21 世纪都市文化跨学科研究书系

◇ 2020 年湖南省文艺人才扶持"三百工程"项目

◇ 湖南省社科基金规划项目"媒介视野下王船山生命哲学的当代价值研究"
　[批准号:19YBA346]

◇ 2021 年广东省社会科学研究基地东莞理工学院城市文化研究中心扶持项目

虚拟之虹：网络文艺的符号世界

聂　茂　付慧青　◎　著

中南大学出版社
www.csupress.com.cn

·长沙·

图书在版编目（CIP）数据

虚拟之虹：网络文艺的符号世界／聂茂，付慧青著.
—长沙：中南大学出版社，2021.8

（21世纪都市文化跨学科研究书系）

ISBN 978-7-5487-1159-9

Ⅰ.①虚… Ⅱ.①聂… ②付… Ⅲ.①网络文学—文学研究—中国 Ⅳ.①I207.999

中国版本图书馆CIP数据核字（2021）第093852号

虚拟之虹：网络文艺的符号世界
XUNI ZHIHONG：WANGLUO WENYI DE FUHAO SHIJIE

聂　茂　付慧青　著

□责任编辑	浦　石	
□责任印制	唐　曦	
□出版发行	中南大学出版社	
	社址：长沙市麓山南路	邮编：410083
	发行科电话：0731-88876770	传真：0731-88710482
□印　　装	湖南省众鑫印务有限公司	

□开　　本	710 mm×1000 mm 1/16　□印张 18　□字数 295 千字	
□版　　次	2021年8月第1版　□印次 2021年8月第1次印刷	
□书　　号	ISBN 978-7-5487-1159-9	
□定　　价	109.00元	

总序　跨学科研究打开都市文化的新天地

欧阳友权

一

当下的中国，是一个快速发展的中国，是日新月异的中国。农耕时代的小桥流水，原始乡村的诗情画意，"日出而作，日落而息"的田园牧歌，"醉后不知天在水，满船清梦压星河"的宁静悠远，正日益成为来去匆匆的都市人残留在记忆深处的一抹乡愁。

与此同时，四通八达的高速公路，森林般扩展的居民小区，随处可见的脚手架，川流不息的车辆与人群，以及霓虹灯、酒吧、立交桥、环形剧场等极具现代性和都市气息的生活场景，不仅浓缩了现代城市的发展变化，也充分彰显了高科技和物质文明的高度融合给整个社会带来的深刻影响。而以"北漂""沪漂""深漂"为代表的城市奋斗者则正在不同的城市以辛勤的努力为自己的幸福拼搏，在梦想的道路上奔跑。这些潮水般涌入的异乡者以最快的速度和最小的代价，想方设法找到属于自己的精神栖息地，让喧哗与骚动、痛苦与欢乐、诗意与汗水尽情地释放，他们不仅源源不断地为都市文明增加新的元素，输入新的血液，也理所当然地获得了与乡村生活不一样的感受，与城市原居民不一样的境遇。他们"漂"来"漂"去，真实地呈现出受时代大潮裹挟所带来的个人命运的种种变化。这些充满油烟味、泥土味、汗臭味和人情味的大大小小的变化，都凝结成转型时期都市生活韧性十足且多姿多彩之审美经验的一部分。无论你喜欢与否，也无论你接受与否，你都身处其间，无可逃离，也不想逃离。

随之而来的是都市文化的更新、再造与嬗变，文学叙事的革命，文化生态的重建，城市空间的延伸，时间观念的裂变，网络文艺的转向，地域文学的分流，大众心理的迷茫与踟蹰，阶级固化的打碎与重构，文化征候的忽左或忽右，等等，这些问题也越来越集中地浮现出来。如何面对这些问题，如何透过现象看清本质，如何把握社会脉动，深刻诠释中国经验，是当下人文社会科学和广大学人面临的重大机遇与挑战。中国社会发展的大潮一泻千里，汹涌澎湃，各种新生事物层出不穷，改革阵痛在所难免，新的审美对象、审美范式、审美形态矗立在现实面前，我们的学科发展和学术追求是融入其中，创新担当，以鲜活的思想讲述改革开放所带来的新事物、新现象、新场景，还是固守原本自成体系的学术范式，守正出新，在圆润完备的体系里做精做深，已越来越成为中国学人的道路选择和学术分野。

二

很长一段时间以来，学科的范畴和学术的"楚汉之界"泾渭分明，壁垒森严，彼此不得越雷池半步，每每强调"隔行如隔山"，自设禁区，画地为界，精耕细作，带来的结果必然是，细分的门类越来越多，研究的范围越来越狭窄，解决问题的能力也越来越弱。不可否认，这种精细分工和"守土有责"在特定的时代和文化背景下发挥了积极作用，也产生了一大批优秀的学术成果，成为"术业有专攻"的典范，但这种传统的学术方式在多元文化、多重场景、多维主体的挑战下也越来越暴露出自己的短板、不适、苍白和无力。因此，在新的历史时期，一切有追求、有抱负、有责任的学人，更应该在纷繁芜杂的现象、纷至沓来的问题、此起彼伏的时代大潮中，勇敢地走出书斋，拥抱沸腾的现实生活，大胆设想，小心求证，以跨学科的研究、大学术的视野、与时俱进的姿态，全身心投入到学科建设和学术创新的实践中。

聂茂是一个出道较早、著作颇丰的作家，也是一个感觉敏锐、非常勤奋的学者，他生于湖南，长于湖南，工作在湖南，湖湘文化中"经世致用"的精髓对他产生了深刻影响。同时，他有着丰富的媒体从业经验和出国留学的经历，思想活跃，视野开阔，学术领域宽广，在新闻传播、文学评论、文化产业、网络文艺等领域都有建树，这为他这些年来跨学科研究的大学术追求提供了坚实基础。

某种意义上，跨学科研究如同多兵种联合作战的现代化军队，能够以强大的战斗力重塑文化研究的新格局。特别是在大文科建设的时代背景下，从理论和实践层面推动跨学科融合，充分运用各学科之间的特色和优势，关注中国现实，回应大众关切，用新的角度，从新的切口，进入研究对象，这样的跨学科研究必将为当前的学术研究带来新的变化，获得新的收获。文化研究的价值体系一方面以审美的方式发现和阐释世界，一方面又以意识形态的角度评析和研判世界，两者都面临着深刻转型，而转型中的巨大困惑和危机也越来越多地激发学人的思考，一系列现象与本质问题亟须从理论上做出清理与反思。

聂茂跨学科研究不是一时的心血来潮，更不是赶时髦、趋时尚、追热点，而是从进入学术生涯的那一天起，就自觉沉潜其中，一以贯之地坚持着自己的学术理想，守护着自己的学术良知。早在 2005 年，聂茂进入到中南大学任教不到一年，当年 9 月 8 日《文艺报》双周刊的头版头条《学科带头人特别报道》栏目里，就醒目地记录了他所追求的"跑马人生"。他清醒地意识到，学术研究要有独特的方法和视角，强调"不拘一格，立异标新，要有拓荒者的勇气和高屋建瓴的气魄"。他呼唤一种"大学术"，追求开放性、包容性和新锐性，认为学术应当走出"象牙之塔"，"学术成果应当转化为生产力，及时为社会、为国家建设服务"。

三

"21 世纪都市文化跨学科研究书系"就是聂茂带领自己的弟子(其中 4 名博士、1 名硕士)历经数年，默默耕耘，呕心沥血，努力践行"跨学科研究"和"大学术"追求的集中奉献。该书系包括 5 本著作、170 余万字，聚焦都市文化的方方面面，致力于各学科之间的融合贯通，将个性空间与社会场景、大众思潮与小众肌理、抽象理念与具象审美有机结合起来，透过纷繁复杂的表象，深入到事物的本质，让学术绽放力量，让审美重拾尊严，让文化回归现实。这种跨学科研究不仅面对过去、现在，更面向未来。聂茂希冀在更多的融合中，真正打破学科界线，去除学科藩篱，用哪怕是尚未成熟的冒险精神，充分展示学术的内在力量和直面当下的责任与担当，以"自反而缩，虽千万人吾往矣"的勇气，确立跨学科研究的立场、观点、方法和范式。

正是基于以上考虑，摆在面前的这摞沉甸甸的书系便有了叙写一般城市文化研究读物"不一样的风景"：《时间之恋：都市文化的审美传播》一书以高速公路和高速铁路作为切入点，见证了"高速时代"社会心理、大众生活和时间观念的深刻变化，并对中国的现代性、文化身份的认同与反省、媒介意义的生成与阐释，以及都市与乡村的流动空间做出了全面而深刻的分析。《空间之美：转型社会的文化镜像》紧紧抓住"空间"二字，细致剖析了速度、空间等变化对人们的思想、心理和精神产生的震撼，兼具思想性、哲理性和文学性，颇像一本韵味十足的文化散文。《文学之光：多维视野下的精神命途》运用优秀文化传统和中华美学精神，对 21 世纪中国文学的发展状态、内在结构、作家心态、书写特点和价值重构等做出深入细致的解读和阐释。《虚拟之虹：网络文艺的符号世界》结合互联网的时代语境，与传统文艺符号进行比较，阐明了网络文艺符号的本质特征和网络文艺符号的生产机理，在网络文艺学理层面上具有一定的开拓性。《地域之魅：新世纪常德文学发展研究》聚焦湖南常德市改革开放以来在书写中国经验和社会转型方面的文学实绩，努力彰显新时期常德文学的精神命途、责任担当、道路选择与家国情怀等，为文学湘军的发展提供了可资借鉴的地域资源与文化自信，为气象万千的中国其他地方文学的发展提供了实证研究和新的学术范式。

毫无疑问，"21 世纪都市文化跨学科研究书系"打开了都市文化研究的新天地，为日后学术同行的相关研究提供了重要的学术资源。整个书系至少在以下三个方面体现了作者的积极探索和不懈努力：

其一，夯实了都市文化研究的学理基础，彰显了跨学科研究融合创新的时代意义。该书系涵盖了文学、艺术、哲学、美学、社会学、传播学、心理学、空间设计、道路、桥梁、工程等跨学科知识，真实反映了 21 世纪新科技所带来的社会变革的强大力量。随着社会心理的深层变革，人工智能的快速迭代，科技革命朝着纵深发展，社会问题日益综合化、复杂化、模糊化，应对这种现实变化亟须学科专业的整合应用，推动跨学科融合发展是新文科建设的必然选择。同时，该书系中的每一部著作都是团队合作的结果，各书之间既有较强的系统性，又有各自的独立性，努力打破学科专业的壁垒，积极尝试跨专业之间深度融通、文科与理工农医交叉融合，充分融入现代信息技术赋能文科教育，从时间到空间，从城市到乡村，从传统到现代，对接社会和各个行业，革故鼎新，而这，也正是新文科建设和跨学科研究的题中之义和价值所在。

其二，新文科建设和跨学科研究的前提和归宿是重新认识和发掘中国文化与都市文明的丰富资源，以实际行动进入学术现场，兼容并蓄，有容乃大。该书系强调拓展研究对象，打通学科分野，直面社会当下的学术主旨。作者的研究对象非常广泛，包括广告牌、服务区、高架桥、报警亭，话题包括视频、综艺、旅程等等，整个书系以审美文化、文艺评论、大众传播相结合的方式，重新检视人们司空见惯的事物，找到那些因为习以为常而失去了审美直觉的存在，以陌生化的体验重建学术研究的观念、范畴和谱系，反思传统学科思维在当代语境中的问题，探讨审美实践、文艺评论和大众传播实践在城市变革中面对高科技力量所带来的种种变化和发展，分析当下社会的审美焦点、文学实绩，以及网络符号生产的状况、传播和变迁。作者还试图挑战横亘于学科与学科之间、理论与实践之间、网络与现实之间的二元对立，从审美和批判的角度直面城市新变，重构城市形象。

其三，作者用纵横交织、自上而下、由里而外的方式，生动阐释城市文化与乡村文化共生共融的关系，充分展示了 21 世纪跨学科研究对于继往开来、积极拓展新文科建设的重大价值。从这个意义上说，本书系的出现可谓恰逢其时。聂茂和他的弟子们带给我们的启发是，学术研究不可耽于眼前的自足，而忘却未来的挑战。真正的大学术既要有"究天人之际，通古今之变，成一家之言"的抱负，又要有"为天地立心，为生民立命，为往圣继绝学，为万世开太平"的雄心，更要走出"象牙之塔"，将学术之根深深扎进脚下的这片土地，尽情书写充满泥味、汗味和烟火味的时代华章。

1837年，爱默生在哈佛大学举办的"美国大学优等生联谊会"年会上发表了一个著名的演讲，他郑重其事地提醒台下的美国青年，希望他们日后不要成为"在美国"的德国学者、英国学者或法国学者，而要成为立足于美国生活的"美国学者"。爱默生语重心长地说："我们依赖的日子，我们向外国学习的漫长学徒期，就要结束。我们周遭那千百万冲向生活的人不可能总是靠外国果实的干枯残核来喂养。"他认为美国人倾听欧洲的时间已经太久了，以致美国人已经被人看成是"缺乏自信心的，只会模仿的，俯首帖耳的"。爱默生的这个演讲，对今天的中国人，特别是中国学者来说，不仅是一个警醒，更是一种启示、一种鞭策。相信聂茂及其弟子们的这套书系，能够成为都市文化研究新的学术亮点，积极推动新文科建设和跨学科研究的创新发展；也衷心祝愿聂茂和他的弟子们为发展既有世界视野又有中国风骨、中国精神、中国气派的学术研究继续新的探索，做出新的贡献。

是为书系总序。

（作者系中南大学原文学院院长、二级教授、博士生导师，国家教学名师，国家社科基金学科评审组专家，享受国务院政府特殊津贴，中国作家协会网络文学研究基地首席专家，澳门文化产业研究所所长，茅盾文学奖评委，鲁迅文学奖获得者。）

目　录

绪论　虚拟与真实：网络文艺的符号世界　　**1**

第一章　网络文艺符号特征　　**7**

第一节　网络文艺的部落化　　8
　　一、网络文艺市场的生态观察　　9
　　二、网络文艺符号文本的部落化考察　　15
第二节　网络文艺的符号化　　25
　　一、基于使用情境的符号化　　26
　　二、基于 IP 的符号化　　31
第三节　网络文艺的模态化　　37
　　一、网络文艺创作与生产的模态化　　39
　　二、网络文艺多模态话语分析　　42
　　三、对于艺术多模态化的美学审思　　45

第二章　网络文艺文化传播　　**47**

第一节　文化传播的时代共振　　47
　　一、跨文化语境下的网络文艺海外传播　　47
　　二、网络文艺跨文化传播迎来发展的新方向标　　52

第二节　从文化输出到文化认同　　55

一、跨文化传播成功原因探析　　56

二、网络文艺的跨文化传播重在精神　　58

三、后殖民语境下的文化认同——实现文化自信的关键　　59

四、后殖民语境下跨文化传播的问题与启示　　62

第三节　跨文化传播与国家形象的重构　　64

一、网络文艺对国家文化形象的构建力　　64

二、创作出无愧于时代的文艺符号　　72

第三章　网络文艺生产症候　　73

第一节　现实主义的异化　　76

一、现实主义的变异——非现实主义与非主流取向　　77

二、呈现"自我"：媒介充欲主义下的异化现实　　81

第二节　宏大叙事的消解　　87

一、消费时代下的身体叙事　　87

二、基于网络经验的游戏叙事　　90

第三节　原创力的萎靡　　109

一、网络文艺创作中的类像化生产　　109

二、IP泡沫化与"模因"生产逻辑下的内容生产　　112

第四章　网络文艺审美转向　　115

第一节　符号享乐与情感狂欢　　115

一、符号的王国与碎片化审美　　116

二、自由的王国与情感的狂欢　　120

第二节　网络文艺的美学困境　　125

一、后现代主义文化与美学的围困　　126

二、审美情感的受困——情感狂欢后的失落　　129

三、艺术的本体论危机　　132

第五章 网络文艺生态变异 *139*

第一节 后现代文化的叙事碎片 *140*

一、媒介转型与微文化 *142*

二、媒介转型与媒介小叙事 *143*

第二节 粉丝力量与草根精神 *148*

一、泛娱乐时代下的"粉丝经济"与粉丝力量 *149*

二、"造星时代"与草根精神 *151*

第三节 消除深度与躲避崇高 *157*

一、消除深度模式后的浅表化创作 *158*

二、网络文艺创作的后现代主义症候 *162*

三、崇高失落的年代 *167*

第六章 网络文艺生产规制 *169*

第一节 人民本位与诗教传统 *169*

一、社会主义文艺是以人民为本位,为人民服务的文艺 *170*

二、人文主义失落下的庸俗写作 *172*

三、为时代而歌,为人民而作的文艺 *174*

第二节 消费至上与价值坚守 *177*

一、消费社会背后的文化逻辑与文化批判 *177*

二、网络文艺创作:立足现实,坚守艺术德性 *184*

三、网络文化产业:文化立本,丰富价值内涵 *187*

第三节 文艺传统的赓续与创新 *193*

一、传统文化与文艺传统是网络文艺创作的精神血脉 *193*

二、传统文化与文艺传统是中国文艺独特的精神标识 *196*

第七章 网络文艺监督与管理 *200*

第一节 主体自律与法理监督 *201*

一、道德伦理失序下的艺术非义行为与伦理失范现象 *203*

二、网络文艺的内部规制——创作主体文化自觉与自律意识 *207*

三、网络文艺的外部规制——网络文艺创作的法理监督　　210

第二节　内部管理与社会制约　224

一、融媒体时代下文艺创作的社会责任重建　　224

二、内部管理——自上而下的制度规范　　228

三、社会制约——社会场域与他律约束　　233

第三节　宏观把控与微观管理　237

一、宏观把控——思想引领与主流意识引导　　238

二、微观管理——理论指导与后备力量　　246

结语　融媒体语境与网络文艺的春天　　254

参考文献　258

总跋　新文科时代的教学相长与学术自觉　聂茂　271

绪论　虚拟与真实：网络文艺的符号世界

　　数字媒介转型把我们带入了尼葛洛庞帝（Nicholas Negroponte）所谓的"后信息时代"，并对我们的生活方式与社会文化进行了数字化的改写。因而，在媒介技术以及互联网思维的合力作用下，媒介视野下的文艺与审美实践也被打上了深深的数字化烙印。在文艺消费层面，媒介技术借助技术化手段改写了文艺的存在方式，从二维的平面存在转向一种由虚拟现实和虚拟审美联合创生的多维场景。受众对于网络文艺的消费也变为一种互动式的在线审美，用户自主生产消费模式以及微信朋友圈式的互娱审美模式置换了传统的审美惯例以及文艺生产范式而成为当今社会主要的文艺消费模式。

　　仅在角落中潜伏着已完善的虚拟实在，是媒介技术所带来的时代裂变。在虚拟实在中，现代人将自己沉浸于感官模拟，当我们开始在真实世界与虚拟世界之间转换时，迈克尔·海姆（Michael Henry Heim）在《从界面到网络空间：虚拟实在的形而上学》一书中发出了媒介时代下的哲学之问："我们对实在的感觉如何改变？"当我们将网络空间再转至网络文艺领域，沿着通向网络空间与虚拟实在之路，就会发现在融媒体语境下，各种新的美学问题与哲学问题又相继浮出水面，等待着我们去思考和回答。

　　"赛博空间"一词最早诞生并适用于文学文本，当"赛博空间"转移到现实描述，就不可避免地携带着文学修辞天生的浪漫气息。从客观条件来说，"赛博空间"是一种基于互联网技术而存在的虚拟空间，是现代人类聚集的第二空间。梅罗维茨（Joshua Meyrowitz）在《消逝的地域》中通过对戈夫曼（Erving Goffman）和麦克卢汉（Marshall Mcluhan）的理论进行理性审思后得出了有关媒介对社会行为影响的结论。他认为：电子媒介不是通过其内容来影响我们，而是通过改变社会生活的场景来产生影响。而对表达与人与世界关联的文学艺术来说，网络并不是只具有所谓"技术革命"这类偏向技术的面相，它也让文艺的创作、传播、消费空间实现了挪移。现代人聚集于网络空间进行社会交流、文化传播与艺术创作，使其逐渐沾染上现实空间的文化属性与社会属性，成为一种带有虚拟性质的社会空间。网络文艺所创造出的这个包罗万象的浮华丽景已成为福柯（Michel Foucault）"异托邦"思想的现代预言。在福柯看来，"异托邦"就是一个确实存在并且在社会的建立中所形成的真实的场所，它虽然以一种反场所的面貌呈现出来，但确实是一种实现了的乌托邦。网络空间虽具有很强的虚拟性，但它并不是一个脱离了现实指向的幻象空间，而是现代人生存空间的网上移置，其仍然是对现实世界的镜像反映，仍然是与现实世界互为对照、互为表述的镜像世界。网络文艺符号的创造与生产就是创作者依托网络文化所建构的一种与现实空间对立并置又互为镜像的艺术想象。创作者在对网络文艺符号进行创造的过程中，时间、空间、历史、未来等不同领域之间的屏障被消除，借助于"赛博空间"，通过艺术性编码继而创造出一套基于现实存在又带有网络文化属性的符号表意系统与文化认知图式。因而，具有想象和真实双重属性的网络文艺符号就是人与现实世界的一种对话，网络空间也就成为现代人进行艺术想象与自我想象的合理性场域。

互联网技术所带来的技术维度、技术思维让现代人的生活实现了一种技术转向，形成了带有互联网文化与网络社会关系的技术语境，"媒介生存"下的网络文艺创作主体则用一种碎片化、个人化、离散式的艺术创作来创造一种意义结构，完成一种话语实践。这种私人化话语下的艺术表达背后实际隐藏着带有集体性质的欲望表达与政治愿景，这就构成了网络文艺世界的在线感觉结构。威廉斯将能够折射出人们情绪情感又溶解于社会整体经验中的这部分感觉结构称为情感结构。"情感结构"的其中一个表现就是，它是一种处于溶解状态的社会经验，是一种隐性的存在，但是它的显性存在则可以通过该时期的文学艺术得到显现。可以说，现在的网络文艺创作以及大众在网络空间下反传统、反常规的行为表达，都是一种凝结于网络生存经验下情感结构的彰显，网络文艺的创作与生产正是创作主体对于现实生活中感觉结构的反映与传达。

新媒介参构文艺创作不仅成为网络文艺形态的一大特色，而且让传统的文艺形态发生了重大裂变。新的媒介技术对于社会的影响不仅仅是技术层面的，而是裹挟着属于此媒介的所有文化因素而来，故它对社会生活的影响还体现在文化、心灵、思维等精神性的层面。媒介技术对于文艺领域的冲击的结果是让传统的文艺形式、美学规范发生了"格式化"般的裂变，而新媒介对于社会生活的影响是让整个社会实现了新的转型，即从"文字时代"转向"图像时代"，从文字表意的时代转向图像表意的时代，从"文字时代"的感悟式思维转向"图像时代"的直觉式思维。媒介与网络文艺之间是相互影响、相互作用的。一方面，媒介赋予网络文艺更多的艺术可能性；另一方面，网络文艺在创作与生产过程中也收编了媒介技术所带有的那种反传统、反建制的革新力量。在媒介转型下的视觉文化时代，网络文艺符号就是一种网络虚拟空间下的视觉文本，具有多元性与视觉化的艺术表征。网络文艺符号的创造与生产偏向于采用网络中虚拟性的文字、图片等进行拼贴或者颠覆性的再创造，在新的网络语境中形成一种全新的意义表达。同时，建构起一套适用于网络文艺符号的专属词汇系统与语法规则，并用全新的语义来呈现网络文艺符号的艺术风格。

网络文艺符号不仅是一种艺术符号，还是一种具有鲜明时代色彩的文化符号。过去通过口语、眼神、手势姿势及语气语调等进行交往的方式，如今已转换成为数字虚拟空间中关于"符号"的社会互动与交往。网络空间成为现代年轻人建立文化族群、进行文化实践活动的主要空间，成为网络文化与青年亚文化滋长和扩张的乌托邦。就此意义来说，网络文艺符号就是对各网络文艺形态与网络文化样态的一种符号化整编，是青年人在网络虚拟社会中所建构的一种独特的话语体系、表达体系、审美体系以及价值体系。

网络文艺符号又是融媒体传播语境下现代人精神情感的一种具象化表

达，故其符号的编码与解码需要在一种互动性的语境之下完成。在编码与解码的过程中，网络文艺符号的青年亚文化游戏与娱乐的特质完全显现出来，在一种"群体游戏"中掀起一场场网络传播的狂欢。虚拟语境下的自我放逐，"泛娱乐语境"下的本我狂欢也是网络文艺符号重要文化表征。在脱离了话语权势的虚拟语境下，无论是网络文艺符号的创造者还是消费者，在对网络文艺符号的自由艺术想象中，都在所建构的符号景观世界与想象图景之上来彰显在现实世界所觊觎的话语权，继而实现对现实的"替代性满足"。网络文艺所建构的情感自由的狂欢王国，也为各种网络文化的文化传播与文化展演提供了一个绝佳的传播场域。网络文艺符号创造的自由性，为各种符号的吸纳、转化与收编提供了一个极具包容性的空间，构成了包容性与多元化并存的网络文艺符号系统。在网络文艺符号这一庞大的生态系统的内部，每一种符号不仅可以构成一种独特的艺术风格，还可建构起一种新的文化样态，使网络文化呈现出多模态化特征。同时，各类符号之间又存在着有机的联系，通过彼此间的相符、一致而建构起具有精神共通性的文化符号，且这种文化符号又共享着同一个语言文本与价值体系。从文化研究视角看网络文艺符号在一定程度上带有当代中国社会变迁与文化转型的隐喻色彩。因而，透过对于此类符号的理论阐释与文化解读，便可理解现代人的精神世界与生存状态。

无论是网络所建构的"赛博空间"，还是网络文艺所呈现的符号世界，其背后都具有一种真实的力量。在网络文艺符号的文化释义中，除了网络亚文化所具有的解构特质外，还具有一定的救赎意义。因为网络文艺符号不仅仅是对现代人现实经验中集体无意识的艺术化呈现，而且包含着现代人精神状况与人生体察的艺术隐喻。因而，本书的任务就是透过"网络空间"的虚拟幻象、穿越网络文艺符号世界的浮华幻影来对现代人、现代社会进行审美透视与文化审思。

网络空间的虚拟性赋予网络文艺极大的自由，让网络文艺世界成为一个真假交织的魅惑世界。网络文化的后现代主义因子不仅让网络文艺创作与生产出现了后现代偏向，传统文化也因媒介的变迁以及资本的介入而颠覆了以往的精神力量。网络文艺的后现代性无疑为现代人营造了一个得以逃脱传统、秩序与权威的"乌托邦"，成为一个"与现实相抗辩并不断重新表象、解释甚至颠覆"①的狂欢化虚拟世界。但极为讽刺的是，很多的网络文艺创作高举"真实"的大旗，将"真实"作为自身的形态标签。例如，网络游戏就是将营造一种"超真实"的娱乐场景以及"超真实"的娱乐体验视为其创作追求；再如，充满着蒙太奇与滤镜的网络短视频"抖音"App，宣传语则是"记录美好生活"；而以实时性、互动性为主要特点，以真人、真景为主要场景的网络直播，也经常上演各种直播"翻车"，这一次次"翻车"的背后又何尝不是商业与娱乐的共谋？又何尝不是打着"真实"的幌子而实际虚伪的作秀？可以说，网络文艺为我们提供了一个审视文艺与真实、文艺与大众的新视角。其中，网络文艺关于"真实"的叙事已经背离了传统叙事的情感真实、历史真实以及艺术真实，最后成为一种置换了现代理性之后的对于真实的消解与重构。我们不禁反问：当"真实"逃匿，艺术又该何存？当传统的美学规范被颠覆，网络文艺创作者又该如何自处？正因如此，鲍德里亚才会发出这样的感叹："我们在符号的掩护下并在否定真相的情况下生活着。"②

事实上，真实性与娱乐性在本质上并不是相互对立、彼此冲突的，只是它们携带的价值功能有所不同。娱乐是站在严肃对面的肆意消遣，是一种脱离了现实语境后的游戏，主体在娱乐中，真实俨然已经成为一个需要被忘记的客体，娱乐的最终目的是放松、快乐。"当一个文化过分沉迷于娱乐，这个文化和这个社会可能走向灭亡。"波兹曼的这句话仿佛是悬挂在现代人头顶上的达摩克利斯剑，让我们不得不警惕娱乐以及它所带来的狂欢的魅惑。当娱乐置换了现实，成为文艺创作中所能接触到的一切现实，当文艺创作成为对于娱乐的生产，那么网络文艺所建立起的"娱乐的王国"也会变成禁锢现代人的精神的牢笼。

本书的任务之一就是通过马克思主义文论思想中的审美理想之维，对网

---

① 贺红英、邢文倩.异托邦的享乐与狂欢——从二次元分析网生代受众行为心理[J].编辑之友，2017(06).

② 鲍德里亚.消费社会[M].刘成富，金志钢，译.南京：南京大学出版社，2006：34.

络文艺符号生产主体的生存状态进行考察。网络文艺想要在浅表化的网络环境下走出自我的围困而走向现代性，就需要我们重新审视人与媒介的关系问题，并对网络文艺符号的生产进行理性规纳、审美规范与价值引导。网络媒介的超真实性让网络文艺符号世界走向了鲍德里亚关于"内爆"的寓言。因此对于"超真实"的批判，必须超越"超真实"的迷雾，使网络文艺符号对所指意义有一种整体性的回归，即作为意义的、真实的回归，作为生命符号的、伦理意义的回归。

第一章　网络文艺符号特征

2014年10月15日，习近平总书记在北京主持召开文艺工作座谈会并发表重要讲话。这个讲话是在新的历史起点上指导当前文艺创作、文艺批评与审美教育的纲领性文件。通过此次讲话，习近平总书记在新的历史条件和新的时代语境下，继承和发展了马克思主义文艺观，丰富和深化了毛泽东文艺思想，把中国特色社会主义文艺理论有力地推进到一个新的历史阶段。在中共中央政治局审议通过的文件《关于繁荣发展社会主义文艺的意见》中，也特地强调了"大力发展网络文艺"的重要性。近几年，我国政府针对"网络文化产业"出台了多项条文规定，如《互联网文化管理暂行规定》《互联网等信息网络传播视听节目管理办法》这也体现出我国政府对于网络文艺的重视程度。

在数字化背景下，在国家的大力支持下，我国的网络媒介迅速崛起，当今社会进入了一个新的文化转型期，以网络文学、网络剧、网络综艺、网络电影、网络直播、网络动漫、网络游戏为主的网络文艺，建构了我们对于网络文化的感知与认识。网络文艺的符号形式、形态构成及生产方式都极大地区别于传统文艺，这种新兴的艺术形态不仅潜移默化地影响着现代社会下人们的生活和思维方式，符号创造主体的精神性也发生了内在的变化。

网络文艺作为数字艺术的衍生形态，两者在艺术形式、特点以及生产、传播、消费等方面具有一定的共性。当前，中国数字艺术创新研究已经在形态创新、形式创新和理论创新三个方面取得了一些重要成果。廖祥忠主编的

《数字艺术论》，这是国内最早对数字艺术形态进行全面系统解析和梳理的权威学术成果；黄鸣奋教授20余年来一直致力于对国内外数字艺术，特别是西方数字艺术进行实践和理论的跟踪研究；欧阳友权教授早年专攻中国网络文学研究，已取得了很多极具创见性的学术成果，近年他又开始关注网络文学之外的其他新型数字艺术形态，这些研究进一步开拓了网络文学的研究范围，具有原创性和前沿性特征。这些立足于中国媒介环境及文化转型期下的原创性成果于本文研究而言，具有重要的理论参考价值。

当前，学术界对于"网络文艺"的研究主要分为这样几个部分，一是对于网络文艺生产过程中的问题批评研究；二是对于网络文艺的德性研究；三是对于网络文艺的价值观引领及导向研究。目前，很少有将网络文艺作为一个符号文本来进行文本研究的，也缺乏对于网络文艺符号生产的研究，因而无法从学理的层面对网络文艺进行一个全方面的认识。本文将研究对象从"网络文艺生产"转向"网络文艺符号生产"，意图就在于将四维化的网络艺术现象降维成二维化的文本研究，以期在更宽广的理论层面上寻找网络文艺符号形式的统一性。

第一节　网络文艺的部落化

英国文化研究学派大师霍尔（Stuart Hall）运用符号学对传播过程进行重新认识时，提出了著名的编码与解码理论。笔者将霍尔的这个理论搬用到艺术的生产创作过程中依然适用。艺术符号的生产依然遵循一套编码与解码体系，且这种规则的制定是以社会公约认知与文化认同为前提的，是一种约定俗成的程式化的意识形态编码。

网络文艺相对于传统文艺来说不是一种"互联网+传统艺术"，而是一种独立的新兴的艺术形态。网络文艺之所以可以成为一门独立的艺术，主要在于它有一套自己艺术语言。我们从网络文艺的符号系统构成上来看，网络文学、网络剧、网络音乐、网络综艺、网络电影、网络直播、网络短视频、网络动漫、网络游戏等，都有网络语言的介入。网络语言不同于社会语言，它的生发地不是社会环境，而是网络环境。可以说，网络语言是网络系统的衍生物、次生品。互动性是网络文艺的本质，网络文艺中的符号在互动中实现不同符号之间的接收及反馈，这种反馈不仅是一种指令之间的反馈，更是一种情感上的反馈，因此，在一定程度上可将网络文艺中的符号看作是一种情感符号，那么符号之间的互动也就是情感符号之间的互动。但并不是所有网络文艺中的组成符号都可以称作情感符号，只有那些可以引发受众情感认同的符号才是，而情感符号的达成依赖于网络语言，这就使得网络语言成为网络文艺与传统文艺的最大显性区别。因而，网络语言符号的本体特征也就成为网络文艺符号本体的重要特征之一，网络文艺生态系统在符号组成上也呈现出明显的部落化特征。

一、网络文艺市场的生态观察

受"新冠"疫情的影响在 2020 年的 1 月 24 日到 7 月 20 日这长达半年的时间里，我国的文艺创作与生产基本处于一个尘封的状态，但是随着宅家用户对于网络文艺内容需求的不断增长，网络综艺、网络剧、网络电影等领域却实现了逆风翻盘，在内容生产方面开启了蓬勃生长的生态格局。

在网络综艺的内容生产市场，以综 N 代与新综相结合为主要的生产模式。例如《创造营 2020》《青春有你 2》《脱口秀大会 3》《奇葩说 7》等热门网综，都是依托于"综 N 代"生产模式。而在新综市场，网络综艺的创作者也在不断地寻找新的话题资源，力图开发新的价值 IP。在此背景下，《乘风破浪的姐姐》就抓住了现代女性的年龄焦虑这一话题点，将目标群体定位在 30 岁以上的女性明星，在选择的这些 30 岁以上的女性明星中，包含了演员、主持人、歌手、制作人等多种行业，这些"姐姐"性格迥异，基本都带有很强的个性标签与话题争议性。这些极具话题的女明星却用一种豁达且积极的生活态度表现出，对年龄、对世俗眼光的无所畏惧以及对生活、对事业的满腔热爱，以一种不卑不亢、不妥协、不讲究的"姐姐"姿态打破了传统女性对于年龄的焦虑、对于性别的焦虑，打破了世俗社会对于大龄女性的刻板印象。这样兼具娱乐价值、文化价值以及社会讨论价值的网络综艺，在未开播之前就具有了超高的关注度，自开播后热度更是高居不退，最终实现了商业效益与社会效益的双赢。除此之外，现阶段我国的网络综艺市场在沿袭原有的综艺路数的基础上，也在积极寻找新题材，开拓新类型，因此涌现出了像《潮流合伙人》这样的潮流综艺以及《德云斗笑社》这种新团综。

我国网络剧的创作与生产在经历了一段时间的"野蛮生长"之后也逐渐向优质、优作的方向发展，开启了属于网络剧的精品化时代。2020 年，我国网络剧市场涌现出了不少立足于社会问题的现实主义题材的作品，其他一些非现实主义题材的作品，在内容以及制作上也都力求精美，兼具艺术性与娱乐性、思想性与商业性。在众多的网剧题材中，悬疑剧一直是网络剧的热门题材，《隐秘的角落》《沉默的真相》《龙岭迷窟》等都属于精品短剧的代表，这些剧集剧情紧凑，悬念迭生，演员演技在线，道具细节到位，让观众既能收获紧张刺激的快意体验又能在悬念迭生的故事中窥探人性、审视人性。

(一) 网络剧市场观察

1. 小数量、大能量的网络悬疑剧

在我国 2020 年的网络剧市场，悬疑剧大放异彩，《隐秘的角落》《重启之极海听雷》《唐人街探案》《龙岭迷窟》等一个个爆款频出，让悬疑剧在质与量上实现了双效提升。《隐秘的角落》中的"爬山"剧情让"爬山梗"在网络上大火，也使得"一起去爬山"成为 2020 年最热的网络流行语之一。我国网络剧制作与生产的"剧场化"特征也愈发明显，网络剧的"剧场化"意味着网络剧的内容生产开始将故事与平台运营在内容上相互关联。其中最具代表性的就是爱奇艺的"迷雾剧场"与优酷的"悬疑剧场"，这种带有剧场化特征的内容生产，一方面让网络剧的内容生产朝着规模化的方向发展；另一方面也让网络剧的单一内容向内容与品牌双向赋能的新模式靠拢。从爱奇艺与优酷的储备项目来看，"剧场化"的悬疑剧将继续大放异彩，爱奇艺"迷雾剧场"将于2021 年于第三、四季度陆续推出《暗夜行者》《淘金》等五部悬疑剧，优酷"悬疑剧场"也将《迷雾追踪》《执念如影》等多部悬疑剧纳入储备项目。我国的悬疑剧制作在扩大规模、增加片量的同时，也更加重视内容和品质，2020 年由爱奇艺制作并推出的 5 部"迷雾剧场"作品截至 2021 年 4 月 25 日，总播放量超 30 亿，其中"爆款"代表《隐秘的角落》不仅收获超 13 亿的播放量，其豆瓣评分更方高达 8.9。优酷与爱奇艺的悬疑剧场的巨大成功也在彰显着，未来的悬疑剧制作将继续推进内容生产的剧场化,"剧场化"式的悬疑剧也将成为我国网络剧尤其是悬疑剧的主要发展方向。

2. 反"套路"的甜宠剧

近年来,随着越来越多"文质兼美"且"叫好又叫座"的网络剧的频频推出,受众对网络剧有了更多的审美期待。创作出短小精悍的网络剧作品也逐渐成为网络剧创作者的创作追求与艺术理想。仅在 2020 年,24 集以下的网络剧就高达百部。当悬疑剧逐渐成为网络剧创作市场的热宠之时,以《传闻中的陈芊芊》为代表的甜宠剧又再次吸引了网友的眼球。如果说 2020 年悬疑剧在网络剧市场大放异彩的话,那么 2020 年网络剧市场的第一大关键词非"发糖"莫属。甜宠剧在编剧的故事能力、逻辑能力以及演员的表演功力方面的要求不像悬疑剧那样高,这样小而美的体量、简单易懂的剧情也大大降低了甜宠剧的准入门槛,这就带来了甜宠剧数量的大幅增加。仅在 2020 年,优酷、爱奇艺、腾讯与芒果 TV 视频播放平台累计上线了 83 部甜宠剧累计有效播放量占全年网剧播放量的 20%。《传闻中的陈芊芊》《半是蜜糖半是伤》和《你是我的命中注定》这三部甜宠剧就取得了 10 亿播放量的傲人成绩,展示出甜宠剧强劲的头部效应。随着《传闻中的陈芊芊》的爆红,甜宠剧这一新的网络剧剧种也在诠释着"撒糖"不仅仅是一种娱乐行为,还可以是一种可被传递的、给人以温暖的能量这一新释义。自此,悬疑与甜宠成为网络剧垂直品类的两大山脉。

3. 开启更短、更快、更爽的短剧时代

在快娱化的背景下,为了迎合现代社会快节奏的生活状态,同时也为了获取更多的商业利益,网络文艺的创作与生产将"快"字作为其主要的创作追求,并在内容生产领域开启了"倍速时代"。在这样的时代背景下,用户对那些剧情冗长、拖沓的长剧慢慢失去兴趣,他们越来越希望看到更多短小精悍、精简浓缩的内容,于是网络短剧顺势而生,网络文艺也迎来了它的短剧时代。2020 年,在爱奇艺、优酷、腾讯、芒果 TV 这四大视频播放平台,24 集以下的网络短剧共上线 135 部,排名前十的网络短剧的累积播放量竟高达80.4 亿,豆瓣平均分也收获了 7.4 的高分,可以说网络剧市场中的头部短剧呈现出品效合一的良好趋势,其中,小体量的甜宠剧、分账剧以及精悍的悬疑剧成为网络剧市场的主体。除了悬疑剧这一热门剧种以及甜宠剧这一新兴的剧种外，都市类、青春类、喜剧类也同样是网络短剧题材的首选，原因在于这些题材在故事内容、情感浓度、话题选择上都能够有效地击中社会大众的心灵痛点，让观众在观看的过程中可享受一场酣畅淋漓且意犹未尽的情感体验之旅。除此之外，继爱爱奇艺、优酷、腾讯、芒果 TV 之后哔哩哔哩也加入了网络短剧的制作与生产中，这显示出网络短剧强大而广阔的市场发展前景。

4. 竞争与多元并存的分账网剧市场

分账网剧也是我国网络剧生产市场中一个比较有代表性的网络剧内容生产模式，市场竞争同样十分激烈，其繁荣发展的背后是上百家公司之间的商业较量，像奇树有鱼、年轮映画、映美传媒、新片场、淘梦、网大影业这些长期耕耘在网生领域下的公司无疑成为网络分账剧的头部出品公司。随着网络分账剧的蓬勃发展，一些新公司也逐渐出现在大众的视野，诸如推出《小女上房揭瓦》这部剧的大唐之星以及凭借女性题材《危险的她》而在网络分账剧市场中脱颖而出的北京核桃影业，这些新公司的加入也为网络分账剧的生产市场增添了新鲜血液，与那些头部出品公司一同推动着网络剧内容生产市场的繁荣发展。由于这种网剧制作背后隐藏着较为复杂的商业关系，因而网络分账剧在艺术性、思想性以及文化性等精神性层面上显得略微逊色。在网络分账剧的题材选择以及类型分布上，爱情剧占据了绝对主导地位。浓厚的商业气息以及题材的局限性使得网络分账剧在内容上也不可避免地沾染了网络文艺内容生产的通病，即同质化倾向。但也不乏优秀作品像《少主请慢行》就将爱情、悬疑、古装这三种因素有效地融合，实现了网络剧在内容生产上的类型复合。这也从侧面反映出，只有摆脱同质化而转向题材类型的多元化，才可保证网络分账剧健康良性发展。此外，网络分账剧在类型与题材上也逐渐变得丰富多元，并以一种蓬勃的姿态开拓着剧集 TOC 商业模式的新的可能性。随着内容不断地变化升级，网络剧的品质与社会影响力也在不断提升。网络电影市场也呈现出一派欣喜的景象，院线电影从线下转网也逐渐成为一种趋势，网络电影的票房也不断突破人们的心理期待。一个个鲜活的数据以及欣喜的景象都彰显出网络剧市场蓬勃且旺盛的生命活力，并显示出网生内容的更多的可能性与创造性。

(二) 网综市场观察

1. 综 N 代——永不过时的偶像选拔与亲密情感映射

综 N 代就是在原有的综艺 IP 的基础上对网综类型的垂直性开发。当前, 综 N 代已成为我国网络综艺市场的主要创作与生产模式, 与此同时, 综 N 代还代表了网生内容的 IP 价值和长线运营能力。数娱数据显示 2020 年共有 42 档综 N 代上线, 在 2020 年综艺有效播放量排名前十的榜单中无一例外都是综 N 代, 累积有效播放量更是突破了 63 亿, 显示出强劲的头部效应。

可以看出, 综 N 代不仅拥有强大的市场占有率, 而且具有广阔的市场发展空间, 依旧是我国网综主要流量的贡献者。在榜单中排名前五的《明星大侦探 5》《这就是街舞 3》以及《妻子的浪漫旅行 3》都属于综 N 代, 但即便如此, 其 IP 价值的发展势头依旧强劲。如何在原有的 IP 基础之上挖掘新元素, 如何在继承的基础上实现 IP 创新性的长久发展, 这是综 N 代所要面临的问题。除了这些老牌 IP, 近几年我国的网综市场还涌现出了《做家务的男人》《潮流合伙人》《密室大逃脱》等新锐 IP。从播放量来看, 这些新锐 IP 的发展潜力也不容小觑。从综 N 代的类型分布及其数量来看, 偶像选拔类、情感类和语言类这三种类型占据了我国网综市场的半壁江山。

2. 新综艺——说话的艺术和力量

为了更好地适应时代的发展以及迎合现代社会大众的审美心理, 近几年的网综市场涌现出了许多题材新颖的新综艺, 这些新综艺也有力地拓宽了网综市场内容生产的边界。仅 2020 年, 在各大视频播放平台上就共有 78 档新综艺上线。在新综艺有效播放的前十榜单中, 高居榜首的是由芒果 TV 制作播出的声音互动类节目《朋友请听好》, 该节目借助几位喜剧界明星的巨大流量赢得了点击量的保证, 通过明星与选手之间的互动而获得了与受众之间的共鸣效应成功拿下超 9 亿的有效播放量, 一举成为新综艺中的顶流。像《朋友请听好》《脱口秀大会》以及《吐槽大会》这样的语言类节目, 让大众再次看到语言所能迸发出的巨大情感力量, 并且这些语言类节目都敏锐地观察到了目前的社会敏感问题以及很好地抓住了社会大众的深层心理与情感诉求, 正因如此，这些语言类节目才很容易在新综艺中脱颖而出。除此之外，像《德云斗笑社》《姐姐妹妹的武馆》《接招吧！前辈》等新团综也展示出了巨大的能量，在新网综市场表现得十分亮眼。

与新团综比较而言，女性题材的网综则更是在网综市场大放异彩并成为今年网综市场新的红利点。2020年共有11档以女性为主体的网综在各大平台上线，其中4档是新综艺，其他7档则已经成长为较为成熟的网综IP。但是从市场占有率来看，有的节目播放量过亿甚至是十几亿，有的节目却不足百万，可以看出女性题材网综的市场表现出现严重割裂。从女性综艺的内容分类来看，之前的女性节目大多聚焦于选秀、美妆、家庭、情感等话题，并以深度访谈作为内容的承载模式，这些女性情感综艺以及美妆综艺对女性的表现形式还是较为局限，多停留于对女性的外部形象的消费上。2020年11月推出的女性独白剧《听见她说》则为女性综艺市场增加了新看点，但是自己让女性综艺在竞争激烈的网综市场中博出圈的标志性节目还属《乘风破浪的姐姐》这一现象级的网综。

(三) 网络电影市场观察

自从"网络大电影"更名为"网络电影"后，我国网络电影这几年的发展还是呈现出较为乐观的发展态势。网络大电影的更名从表面上看只是一字之差，但是这个更名决定的背后则是网络电影从业者对于力图打破过去"网大"粗制滥造的刻板印象所做的努力。2018年，《人民日报》撰文直指网络大电影是"佳作欠奉"，存在"内容低俗"、"从业者专业性差"、"受众文化水平较低"等问题，并明确表示，"如果不改变网络大电影追求短期内容变现的商业模式，很难提升其文化层次"。因而，网络电影的更名实则也是官方、平台以及从业人员对我国网络电影未来发展所寄予的新的期望。近几年我国推出的网络电影作品基本上抛弃了过去追求短期内容变现的商业模式，转而用精品化思维生产制作网络电影，使其更具有文化品质与精神内涵。

我国的网络电影生产市场可以说在2020年迎来了丰收年，全年共上线了742部网络电影作品。在2019年，94%的网络电影作品的有效播放量在4000万以下，播放量在6000万至1亿的网络电影作品则占总量的2%。但是在 2020 年，分账票房过千万的网络电影作品共有 68 部，共收获 12.27 亿的市场佳绩。随着网络电影市场越来越规范化，许多院线电影也选择在网络上播出，院转网也逐渐成为我国网络电影市场新的发展模式。从网络电影的类型分布上来看，动作、玄幻、古装、喜剧等题材依旧是网络电影市场的主流，但与此同时，我们也很难用一种类型标准对某一网络电影作品进行概括，但从总体来看，我国网络电影的制作与生产逐渐朝着复合型题材的方向发展。我国网络电影的繁荣多元化发展离不开制作公司的参与，目前又有一大批新生代公司不断加入网络电影的制作与生产之中，这些新生代公司不仅聚焦于对影片内容的孵化，而且还对现有的网络电影的生产模式进行积极的探索，并彰显出强大的内容创新力与生命活力。尽管如此，网络文艺内容生产市场还是面临着同质化、类型化、程式化以及后续创新力不足等问题，等待着更多有责任的网络文艺工作者去面对、去反思、去解决、去改正。

二、网络文艺符号文本的部落化考察

(一)一种解构元语言的自由符号

　　传统文艺的符号生产相较于网络文艺，不仅在生产之前将符号意义先行确定，而且其生产还暗含"话语权势"。罗兰·巴尔特(Roland Barthes)在《法兰西学院就职演讲》中提到"话语权势是指具有社会性话语权威，是被主流意识形态所奴役了的语言结构"。由于传统文艺在被消费者消费之前要经过严格的审查监管，因而传统文艺在内容生产上则带有较强的"话语权势"意味，这种"话语权势"不是来自创作者本身的创作冲动，而是来自看不见的"第三方"——主流意识形态。这种意识形态以一种"介入"的姿态进入传统文艺的创作生产之中，从而使得各个符号之间的组合都是带有目的性的，带有隐喻意义的功能性和社会功用性，这在很多的传统艺术的生产过程中都隐藏着这种"话语权势"。一些影片如《建国大业》《建党伟业》《战狼 2》《红海行动》《厉害了我的国》等，再如以舆论监督见长的电视新闻评论性栏目《焦点访谈》等，都有主流意识形态的参与。"传媒创造出以影视形象为主要象征符号，借助于特定的话语形式，形成对人们的日常生活和自我意识具有习惯性的支配作用的'话语权力'。"①这种情况在很多伦理电视剧中表现得尤为突出，如费穆导演的影片《小城之春》中对于"发乎情止于礼"的道德伦理的恪守，电视剧《中国式离婚》中在男权统治下的关乎性别地位的理性思考，再如影片《亲爱的》中对于"情与理"的冷峻发问，"话语权势"都隐含在片中。通过这种隐喻的符号表达，观众在潜移默化的接受过程中维系了社会主流话语的主导地位。再如时下正热的相亲节目《非诚勿扰》，在"婚恋观"的定位上，点评嘉宾与主持人的语言表达亦会受到"话语权势"的隐约控制，于是点评嘉宾与主持人的语言则成为一种观念指引，使得整个节目的意义生产不偏离主流意识形态。我们在这里所说的"话语权势"不是一种权威式的官方思想的操控，而是一种受主流思想伦理道德所规范后的语言结构。

到了网络文艺的创作时代，网络文艺创作空间的自由性使得这种"话语权势"的隐含效果大大减弱。网络文艺的这种符号生产的社会性、功用性减弱，如果说传统文艺是一个由意指符号组成的意义空间，那么网络文艺则成为由视听符号组成的互动空间。网络文艺的自由性在于可以很大程度上摆脱"话语权势"的控制，摆脱这种被规范过后的带有功利性的语言结构。网络文艺是一种大众参与的互动性艺术，这种自由性也大大增加了受众的情感能动性的表达，继而使得大众在无功利性的开放空间中的情感表达更加奔放真切，在审美原动力的驱使下促使网络文艺新的艺术形态形成。网络文艺的互动性不仅仅在于受众之间指令的相互反馈，更体现在情感上的交流互动。像《奇葩说》《脱口秀大会》《大学生来了》《脑大洞开》《冒犯家族》《火星情报局》这样以"说"和"秀"为主要内容的网络综艺就是抓住了人类渴望表达的诉求，嘉宾们的语言表达建构并推动节目意义不断生产。这里的"说"和"秀"都带有即兴的成分，因此"说"的内容在很大程度上是不受"话语权势"所约束的自我随性表达，这就使得网络综艺节目成为网络社会下的一种话语传播场域，嘉宾的行为活动与语言表达以符号的形式贯穿于节目内容的生产之中，加之即兴表演所带来的不确定性与偶然性又能带给观众一定的刺激性与

---

① 谢明香.符号与权力：电视文化的"隐秘之脸"——电视文化的符号学解读[J].当代文坛，2007（6）：198-200.

新鲜感。

如果说传统文艺像一种公共话语，那么网络文艺则像"自由话语"。正是由于"话语权势"的存在，传统文艺才像一种道德律令，像一种介入工具，成为一种艺术创作压抑，但它又是一种规范，是社会语境下对文化认同的产物。网络文艺的自由性与互动性则使得这种情感压抑得以宣泄，这种宣泄是一种对于自由的吁求，人类对于荷尔蒙有一种天然的释放冲动，于这一层面而言，网络文艺的内容生产也恰恰是对于这种人性本能的迎合以及对于享乐的迎合，而这种迎合，在当下的文化语境中则更像是一种"众声喧哗"。

（二）一种基于使用情境下的情绪符号

像"红红火火恍恍惚惚"这个语言符号，从符号构成来看，是两个词语的组合，但是单凭停留在符号本身的词义去理解的话，根本不能体会符号所能次生出来的情绪意义。此符号是连打 8 个"h"后，由输入法智能显示的结果，多用于自嘲，意为"哈哈哈哈哈哈哈哈"，后来演变成使用者在遇到大事后精神恍惚、不知所措。再如"感动吗？不敢动"这句网络语言，如果从传统意义上的词义解释来看，对于"感动吗？"这个问句的回复，"不敢动"是一个词不达意的错误式的回复。如果"感动""敢动"这两个具有相同读音却拥有不同词义的词语搭配到一起并用于网络语境中时，就产生了新的化学反应并创造出了新的网络语言符号。"感动吗？不敢动"最初来自 2017 年网络上流传的一张贝尔公益广告宣传图片，图片中贝尔双手抚摸着一只企鹅，企鹅仰头看着贝尔，画面中一片和谐。但是，看过《荒野求生》和《跟着贝尔去冒险》这两个节目的观众都知道，贝尔是一名求生专家，在野外探险的过程中几乎什么动物植物都敢吃，被网友称为"站在食物链顶端的贝爷"。于是就有网友针对这张图片吐槽：问企鹅"感动吗"，企鹅表示一点"不敢动"。这种带有戏谑的问答也被网友广泛运用。"感动吗？不敢动"作为新的网络语言也就产生了新的网络释义。之前在网上流传着一张三个共骑一辆摩托车在等红绿灯的年轻人与他们一侧同时在等红绿灯的一排交警对视的图片。于是就有网友留言："这么多交警陪你一起等红绿灯，你感动吗？""不敢动……"，这张图配上这样的文字让人忍俊不禁，并产生了词语原不具备的情绪意义。

由此我们可以看出，这些网络语言符号所携带的情绪意义已经远远大于符号本身所具有的含义，而这些网络语言符号情绪意义只有在特定的语境中才得以体现，也就是说，网络语言符号的符号化需要依赖一定的使用情境。"意义的产生不仅在于符号本身，更在于符号使用的情境，以及人与情境的互动之中。"①符号学家皮尔斯就曾注意到关于符号"使用情境"的问题，他认为"使用情境"是指"符号使用者运用符号进行认知和交际活动的客观环境，它包括特定的时间、地点、场合以及认知对象自身的发展变化等客观因素"②。同置于相同的情绪环境中，相比一般性的社会性语言，绝大多数人会倾向于选择若网络语言来表达自己的情绪，其原因就在于网络语言符号与一般的社会性语言符号的生发地不同。社会性语言诞生于社会环境，是基于共同的社会认知与文化经验用于人与人之间表达与交流的通用性语言，它的主要功能是自我思想意愿的表达，因而是一种描述性的语言。而网络语言则诞生于网络环境，是在网络互动之中在特定的语境下诞生出来的一种语言符号，这种符号的主要功能已不再是注重内容的表达，而是对于情绪的表达。正是网络语言符号生发地的不同，网络语言符号所传递出来的情绪才更契合当时网络主体此时此地的情绪。美国著名的符号学系统理论的创始人之一莫里斯(Charles W. Morris)将符号学与行为主义社会学结合起来提出了"符号—行为"论。他认为，"符号是这样的事物(a)，它指导有机体(b)应对当前刺激的某事物(c)的行为"③。在这里，莫里斯将符号看作一种控制型符号、一种功能型符号，它的功能在于可以刺激行为。从功能型的角度来看网络语言符号，它不仅仅是刺激，而是在接受者身上所激起的一种反应，一种情绪上的反应，所以网络语言符号的功能则在于传递情绪。相较于莫里斯的"符号—行为"论，网络语言符号遵循的则是"符号—情绪"论。由此我们可以将网络语言符号看作一种基于使用情境下的情绪符号。

---

① 关萍萍. 网络直播的符号互动与意义生产——基于传播符号学的研究[J]. 当代电影, 2017(10)：187-189.

② 关萍萍. 网络直播的符号互动与意义生产——基于传播符号学的研究[J]. 当代电影, 2017(10)：187-189.

③ 陈宗明 黄华新. 符号学导论[M]. 郑州：河南人民出版社, 2014：302.

（三）一种解构式的外延符号

在传统文艺与网络文艺中共同存在着"能指与对象之间具有声音上相似性的象声符号"①，但是在意义的属性上又有很大的区别。传统文艺的语言符号作为一种社会性语言符号，其语言符号的意指多取自传统意义上对于该符号的意义设定。在传统电视剧中，当自己的孩子要远行时，母亲往往会塞上几个苹果，寓意平平安安。因为"苹果"中的"苹"与"平安"中的"平"同音，因而"苹果"也便赋予了"平安"的美好寓意。如在电影《夏洛特烦恼》中，夏洛回到四十平方米小屋吃着马冬梅做的茴香打卤面时，说"你第一次做饭，就是做的茴香打卤面。你说茴香的味道，能让我将来在厌倦你的时候多去回想你的好"。在这里，"茴香"因与"回想"同音，从而使得"茴香"这一原本普通的蔬菜被赋予了这一浪漫的意义。除此之外，"分梨"寓意"分离"，结婚时用枣、花生、桂圆、栗子寓意"早生贵子"，这都是对于象声符号的使用。我们发现，传统文艺中的这些"能指与对象之间具有声音上相似性的象声符号"，它的对象是一些带有文化意义的符号，由于存在声音上的相似性，这些象征符号的意指也就带有这些文化符号的意义属性，故而说这是一种符号意义的"嫁接"。在传统文艺中，多看重"把符号第一系统的能指和所指结合为符号第二系统的能指，另外给定一个所指"②，即意义的传达，尤其是文化意义的传达，因而传统文艺中的符号更像是一种"内涵"符号。

我们经常在网络文艺中看到这样的语言符号："我要对你笔芯""这就杯具了""真希望是洗具啊"，乍一读有一点摸不着头脑，但如果你了解网络语言中的这些象声符号，意思就明了了。其实"笔芯"是"用手比个心"即"比心"的意思，"杯具"是"悲剧"之义，同理"洗具"则代表"喜剧"。我们可以看到，虽然这些网络语言符号也同这些对象存在声音上的相似性，但它们并不像传统文艺中的那些语言符号，借助声音上的同音顺而直接把意义嫁接。再如"蓝瘦，香菇"这个象声符号，出自广西南宁一小哥失恋后录的一段视频，

---

① 陈宗明 黄华新. 符号学导论[M].郑州：河南人民出版社，2014：302.

② 巴尔特. 符号学原理[M].李幼蒸，译. 北京：中国人民大学出版社，2008：152.

他在视频中唱道："难受，想哭，本来今天高高兴兴，你为什么要说这种话?"由于广西壮语里面的发音没有翘舌音，所以听起来就像是"蓝瘦，香菇"。后来，网民用"蓝瘦，香菇"来表达"难受，想哭"这一情绪。再如光良在自己的代表歌曲《童话》中唱道："我想了很久，我开始慌了，是不是我又做错了什么"，也是由于发音的问题，听上去像是"我开始方了"，所以"我开始方了"则具有"慌了，不知所措"的意思。类似的还有"李时珍的皮"不是"李时珍的皮肤"而表达的是"你是真的顽皮、调皮"；"就酱"则是"就是这样"；"开熏"就是"开心"；"小公举"就是"小公主"；"555"就是表示哭泣的声音"呜呜呜"；等等。由此我们可以看出，网络文艺中的这些象声符号脱离了文本符号意义，而重其声音符号意义。象声符号与对象符号这两个符号本身没有任何联系，只因声音上存在相似性，所以只能看作是能指之间的一种替代，相比于传统文艺中象声符号的"第二系统"，网络文艺的象声符号只触及"第一系统"层面。

在传统文艺中，创作者喜欢对自己作品中的符号进行内涵上的扩充，使其成为"有意味的形式"，而且不仅仅是一个"意味"的传达，而是多重"意味"上的附以实现"意味"的丰富性，因而是一种"多义符号"。如张艺谋电影《大红灯笼高高挂》中的"灯笼"，在影片中是"封建""欲望""权力"等多重意旨的携带；费穆电影《小城之春》中的"城墙"是落败的家园，是传统文化，是道德礼法规范等多重意旨的集合；钱钟书小说《围城》中的"围城"不仅仅是主人公方鸿渐的职业"围城"、爱情"围城"，更是人类理想主义和幻想破灭的永恒循环的"围城"，同时又是人类永恒的困惑和困境"围城"；电视剧《北京人在纽约》中的"纽约"，既是改革开放潮流下人们所向往的"外部世界"，又是主人公在异乡困惑与挣扎的"内部世界"，既是充满自由与"美国梦"的"天堂"，又是充满残酷与失望的"地狱"。传统文艺通过符号多层意旨的扩充与叠加，以实现作品的多重意味。受众的消费乐趣也就在于对这些"有意味的形式"的多义解读，人们往往也将这些"多义"符号的意旨丰富性作为衡量作品好坏的一个因素。但是这些"多义符号"的多义性是有局限性的，只适用于所在作品的特定语境中，而不具有使用的通用性。

传统文艺的创作多看重对于符号"内涵"的丰富及对符号意义的扩充与

叠加。在传统文艺中，能指与所指及其意旨之间的关系是对应关系，是固定的链条关系。但是网络文艺打破了这层链条关系，转而偏于对符号意义的解构与重置。如今在网络文艺中到处可见"老司机带带我""快上车，老司机要开车了"，这里的"老司机"不再是指生活中开车经验丰富的司机。它最早出自网络上流行的一首云南民歌《老司机带带我》中的歌词"老司机带带我，我要上昆明啊，老司机带带我，我要进省城啊""老司机身体差不会采野花，老司机身体差不会桑野马"，歌词的低俗性使得网民对"老司机"引发了其他方面的联想，颠覆了人们对于"老司机"这个符号的认知，解构后的"老司机"是指对各种规则、内容以及技术、玩法经验老到的人，是对某件事轻车熟路的行业老手。"我要为你疯狂打 call"这个词语从字面上解释的话就是"打电话"的意思，但在网络语言里，"打电话"的意思与"打 call"的意思大相径庭。"打 call"一词源自日系应援文化，指 LIVE 时台下观众与台上的表演者互动的一种自发的行为。但在网络社交用语中，"打 call"的意义发生了很大变化。一般在网络上的"为×××打 call"就是表达"我为×××加油""我支持×××（的某种行为）"，表达的是一种赞成、支持的态度。类似的还有"厉害了，word 哥"，实则是"厉害了，我的哥"，但这里的"哥"并不是"我"有血缘关系的"哥"，而是觉得对方十分厉害，称赞对方为"哥"，以表敬佩之意。由此我们可以看出，网络语言符号是将"符号第一系统的能指和所指结合起来成为第二系统中符号能指的所指"[①]，由原来传统文艺中的"多义"转为"换义"，而这种"换义"则是基于网络这个特定的互动环境下的特殊语境中催生出的对于原生词义的一种解构与重置，从而成为一种相对于"内涵"符号的"外延"符号。

（四）注意力生产下的欲望符号

奥古斯丁（Augustine of Hippo）在符号解释中曾这样谈论符号："使我们想到在这个东西加诸感觉印象之外的某种东西"，这句话已经表明了符号与心理的指涉关系，而索绪尔对于此观点的表达则更明确，他认为符号学"将

[①]　巴尔特.符号学原理[M].李幼蒸，译.北京：中国人民大学出版社，2008：152.

构成社会心理学的一部分，因而也是普通心理学的一部分"。由此我们可以看出，符号与人的精神与心理层面有着内在的关联性，所以通过对符号精神层面的分析可以探求符号创造主体的精神世界。

通过前文的论述，我们了解到，网络文艺作为一种带有召唤性的审美创造活动，就其能指的丰富性而言，网络文艺符号世界是一个重修辞而轻文本的艺术"浮世绘"，网络文艺作为一个符号文本，在其文本的内部又隐含着一种"话语"，即网络语言，网络语言作为一种基于网络互动机制下的新的言说方式，是言语活动的重新活跃，那么网络文艺的生产实则是受众与网络文艺文本的一种"对话"。

根据"符号的三元关系论"理论，网络语言符号对符号对象也就是使用主体有强烈的依赖性，网络语言符号的符号意义只有在使用主体的使用过程中得以显现，因而网络语言符号的存在方式又寄生为主体的第二性，本身作为一种"情感符号"，它又是人类感官的延伸，是抽象情感的具象化形式。因而网络语言作为一种新的表达方式，它的出现必然带有人类心理或精神的强烈印记。将精神分析与结构语言学结合，来实现艺术研究上的"语言转向"，并通过语言来对言说主体进行精神分析已实属不鲜。波微早在《拉康》中就曾提到"无意识是语言的产物，它受制于语言经验，是语言对欲望加以组织的结果。"[①]那么，网络语言作为一种戏谑式的语言符号，该符号生成以及该符号类型特点的背后又隐藏了符号创造主体怎样的精神状态呢？

一方面，由于网络自由性的存在，让网络语言符号成为一种摆脱了"话语权势"的"自由语义"；网络语言符号自身的社会性、功用性减弱，又使得网络符号成为一种解构式的外延符号，一种基于使用情境下的情绪符号。另一方面，网络的互动性使得网络文艺在生产上实现了传播即生产、消费即生产，其符号在传播消费过程中，在能指层面"易变"的同时又在一定条件下发生着"异变"，所以网络语言符号的构成方式是一种能指的序列。

如果从精神分析的角度出发，能指、语言、精神性之间又存在着哪些微妙的联系？在精神分析学大师拉康看来，能指构成了语言，而网络语言符号

---

① 波微.拉康[M].牛宏宝，陈喜贵，译.北京：昆仑出版社，1999：4.

的构成正是游离于价值序列之外的能指的序列碎片。立足这一点，对于网络语言符号的创造主体而言，其创作过程就是对于价值世界的逃避，是一种"避世"心理的驱使。前面我们提到，网络语言符号是具有使用情境上的依赖性的，而存在于符号构成中的能指同样具有依赖性，它依赖于使用主体，依赖于情绪语境。此外，网络语言符号中单个能指的无意义性，意味着能指又依赖于能指之间的组合方式，这样网络语言符号中的能指就具有了"多重依赖性"，而"能指链的'多重依赖性'向下延伸就到了精神过程的隐蔽世界"①。同时，网络语言符号也属于一种放逐所指的能指嬉戏，对于网络语言的创造主体而言，他们作为"能指的主人"，对于网络语言符号的创造过程就是对于"能指游戏"的把玩。在这里，快乐既不是产品的属性，也不是生产活动的属性，它是精神分析学性的，因为它把审美的精神关系引入到网络文艺符号文本中去，沉迷于网络语言符号的创造者会使自己符合于切割的文本，符合于零散的语言和拼贴的形式，这一过程就是符号创作主体对于"能指游戏"把玩的快乐。

前文还提到网络语言符号是一种"解构式的外延符号"，网络语言符号是存在于网络文艺这个符号文本之中的，网络文艺符号文本系统由于网络的互动性而使得受众对于网络语言的元语言符号进行多次解构、无限解构有了可能。例如"我买几个橘子去，你就在此地不要走动等我回来"这句网络语言，语言主体在这个元语言的基础之上又解构出了："你站在这里不要走动，我去给你搬一棵橘子树来""你站在这里不要走动，我去种棵橘子树""我去吃几个橘子，你就在此地不用等我回来了"等多种的语言形式。同样还有，"你是真的皮""你不是人造革，你是真的皮""皮卡丘都没你皮""皮一下很开心吗？""皮一下很开心"。其实，网络语言符号的这种解构特性是带有"召唤性"的，这种"召唤性"主要体现在以下几个层面。

第一，网络语言符号的可解构性、可解构的无限性以及解构后变义的不确定性又共同引发了网络语言符号能指链的自我扩充，所以在网络语言符号系统内部隐含着一种隐性的"召唤"。

---

① 波微. 拉康［M］. 牛宏宝，陈喜贵，译. 北京：昆仑出版社，1999：4.

第二，前文中所提到的受众对于网络文艺文本的阅读行为，其中的"抵抗式阅读"和"破坏式阅读"也都是一种带有解构特性的审美创造力活动。所以，在网络文艺符号文本中，解构"是一直存在于结构内部的一种充盈着勃勃生机的颠覆性力量"，而这种"解构性"的颠覆性力量同时又是一种"创造性"行为，网络文艺符号文本的意义就存在于受众在其解构中重构的审美再创造，所以当重构完成之后，解构便重新苏醒，于是新一轮的解构又重新开启。就这一层面而言，网络文艺符号系统的这种解构性是带有"召唤性"的。

第三，在沃尔夫冈·伊瑟尔（WolfgangIser Iser）看来，召唤结构存在于文本中的"意义空白与未定性"中，由此发挥受众的能动性作用。文本中的"未定性"，是一种文本内部的不稳定性结构，这种不稳定性则取决于受众的审美活动。在前文中，受众对于网络文本的阅读行为过程是一种享乐过程，享乐和文本的结合是一种实践同另一种实践的对接。一方面这两者的相会绝不可能被准确地固化定位，同时这种相会作为一种动态过程本身就带有一定的不稳定因素，又加之这种动态过程是基于网络互动性来实现的，网络互动的不确定性机制更加剧了这种不稳定性。与此同时，伊瑟尔认为"文本结构的空白成为作品和读者相互作用的驱动力"[①]。然而，在网络文艺符号文本系统中同样存在着"空白"，在网络文艺符号系统的生产机制上，相对于传统文艺的意义先行置入，互动性驱动下网络文艺符号系统的意义建构则是一种循环式的更迭。首先，"意义是一个不稳定的特性，它有赖于其在各种话语的构建里的表达"；其次，这样的意义建构又带有一定的"未完成"性，这种"未完成"性正是网络文艺符号系统中的"空白"所在，只是网络文艺中的能指形式互动性越强，文本内部存在的"空白"区域越大；最后，网络文艺符号文本中所存在的"空白"区域也是受众对于网络文艺文本的第一种阅读行为——"创造式阅读"发生的原因。

由于网络文艺内部"召唤结构"的存在以及网络语言符号本身的"召唤性"，使得网络语言符号带有一种"引诱"特性，这种"引诱"从精神分析的角度出发则恰恰是对于受众"欲望"的引诱。同时，文字重书写，语言重表达，

---

① 刘涛.解读伊瑟尔的"召唤结构"［J］.文艺评论，2016：3.

在网络情绪语境的环境下，网络语言作为一种社交语言，是现代人在网络中进行情感互作的中介，是人类欲望表达的一种符号承载。因而网络文艺的符号生产是一种注意力生产，网络语言符号是一种"欲望符号"。

第二节　网络文艺的符号化

在我国著名的符号学家赵毅衡看来，符号化就是"对感知进行意义解释，是人对付经验的基本方式……是个人意识与文化标准相互影响的结果""物必须在人的观照中获得意义，一旦这种观照出现，符号化就开始，物就不会再停留于'前符号状态'"。[①] 根据赵毅衡的这番理论，我们可以认为，符号赋予事物以意义，那么网络文艺的符号化或者说所有艺术的符号化，其过程都是赋予感知以意义的过程，也就是"表征"。

因而，对于网络文艺符号化过程的分析就要考察网络文艺符号的意义生产过程。相较于传统文艺符号来说，网络文艺符号大多只停留于能指层面，缺乏较为深刻的文化意指。福科曾对能指的这种可自行创造与生产意义的能力不表示惊奇，而更多的是表示悲哀。他在其代表作《词与物》中认为，符号的出现是人类社会借助文化的力量让符号从当初透明的符号而有可能超越与对应物的对应，而最终指向了自身。人类文明创造了符号，而现在的情形却是现代社会已经逐渐变为一个符号的世界，能指优势几乎吞没了整个现代文化，福科还进一步提到，词语与物的关系的逆转，是现代社会知识型上的根本断裂。福科的思想总是具有很强的先锋性与激进色彩，我们不可将福科的这番对于"能指"的言论看作是一种"能指威胁论"，我们可以吸收福科能指思想中的合理性的精神内核，但也不能放弃我们的怀疑精神。不可否认，网络文艺符号相较于其他艺术符号或者文化符号来说，是一种具有能指优势的符号。但这并不意味着具有能指优势的符号不具有意义解释的必要。赵毅衡在谈到"符号表意"这个问题时曾提到，"对能指优势符号而言，要在同一个文化体系内，受同一个意识形态元语言控制，就很难观察符号是否有效。而

---

① 赵毅衡：符号学原理与推演［M］．南京：南京大学出版社，2011：24.

一旦站在此文化之外，能指创造意义的能力就很可能失效"①。也就是说，研究网络文艺符号的符号化过程，需要将网络文艺符号放置于网络语境之中，换句话说，网络文艺符号与传统文艺符号是存在于两个不同的文本语境之中，两者拥有各自不同的意义向度。网络文化社会就是我们研究网络文艺符号的文本语境。在一般意义上，"语境"通常会分为两种，一种是符号内部的语境，一种是符号外部的语境。符号外部的语境也被称为"伴随文本语境"，因为没有任何一种符号可以做到单独表意，其意义的赋予、生产以及延伸都会受到符号外部语境因素的影响，这些外部因素也就成为影响该符号意义的"语义场"。因而，分析研究网络文艺符号的符号化过程，需要注意网络文艺符号的内部语境以及"伴随文本语境"对其意义产生的影响，此外，在对符号进行意义解释的过程中，也要遵循网络语境的文化逻辑。

一、基于使用情境的符号化

说到底，艺术作品的生产就是艺术符号的生产，艺术形式的创新就是创造新的艺术符号，而对艺术符号进行编码的过程就是增加物的符号化的过程。某个符号在符号化之初，它只是一种指代型符号，并不具备承载历史、承载情感的先天的功能特性，但是艺术创作者在对其进行编码之后，该符号便成为某种情感的承载。随着人类基于共同的需要对这种情感进行定性并不断强化，于是这种个人态度将逐渐被转化成为现实中群体的意识，偶然的、个别的符号行为就逐渐被具有普遍意义的符号行为所取代，并就此进入符号化的世界。这个由符号向符号化的转化过程也就代表了符号由个别符号向类型符号的转变过程。例如"红豆"本是一个对于客观实在的"红豆"物的指代，但是在当代人的观念里我们一提到"红豆"便会联想到这是情人之间的相思寄托之物。关于"红豆"是"相思豆"的象征，起初源于民间神话故事，但人们对于"红豆"为"相思豆"的思维定式主要还是由于唐代著名诗人王维的《相思》一诗"红豆生南国，春来发几枝，愿君多采撷，此物最相思"。主要原因在于相比于神话故事的故事性描写，唐诗是一种需要情感注入的艺术创作，

①　赵毅衡.符号学原理与推演[M].南京：南京大学出版社，2011：194.

而情感则是打动人心的扣指。此后无论是温庭筠的"玲珑骰子安红豆，入骨相思知不知"，还是纳兰性德的"那将红豆寄无聊?"，又或是王士祯的"江南红豆相思苦，岁岁花开一忆君"，诗人们纷纷将"红豆"视为相思之物。本是诗人的个人化艺术创作，但由于人们在这些艺术创作中找到了情感认同，基于此，"红豆"是"相思豆"这一个人释义逐渐转化为群体意识。"红豆"的符号化过程也随即完成。直到现在，无论是在文学、电视剧，还是在电影、音乐中，"红豆"的这一符号化意涵依然存在，如其依然在著名歌手王菲的代表作《红豆》中传唱，经久不衰。不仅仅是"红豆"，自"昔我往矣，杨柳依依；今我来思，雨雪霏霏"后，"折柳"寓意"离别"；自李白的"举头望明月，低头思故乡"后，"明月"寓意"思乡"；自"绾青丝，挽情思，青丝不堪绾，情思何处系"后，"青丝"寓意"情思"；等等。以上这些，都是符号向符号化的转化，都是个别符号向类型符号的转化。而对于艺术创作者来说，他们苦苦追求的正是寻求可以引发大众共同情感基底的类型化符号，一种可以将个人态度外化为公共认识的符号行为。

由此可以看出，传统文艺的符号生产过程是努力将符号转化为符号化的过程，而符号成为类型符号之后，其意义也随即固定，继而也就带有了意义的流通属性。从时间维度上来看，传统文艺符号的符号化过程是在符号的不断使用中，在使用重复中的一种程式化的确定，故是一种"历时性"的存在，又因该符号的符号化一旦确定就不会随时间的变化而发生很大的改变，故传统文艺的符号化过程又是一种必然性的存在。从本体的角度来看，传统文艺符号的符号化过程是符号脱离了物的属性，而携带其文化属性，这种文化属性包含了本民族共同的审美经验与情感认同，因而又是一种社会性的存在。符号的"符号化"进程是从它获得符号功能时开始的，只要它获得了超出了它作为自在与自为的个别存在的意义时，它自身的"符号化"也就随即完成。这个"个别存在的意义"在传统文艺符号与网络文艺符号身上又具有很大的区别。从符号本身的意义属性来看，传统文艺重符号的文化意义和象征价值。我们拿"狗"这个符号来说，"狗"的原生符号指代的就是一种犬科动物，当我们读出"狗"这个字的发音时，我们联想到的是"狗"这个形象。但是由于狗不嫌家贫，对主人绝对忠诚，在传统文艺中很容易找寻到"狗"这个动物形象的足迹。古诗中有"唯有中林犬，犹应望我还""此行无弟子，白犬自相随""旧犬喜我归，低徊入衣裾"；画作中有南宋李迪的《猎犬图》，有画师郎世宁为乾隆皇帝十条爱犬所画的《十骏犬图》；电视剧有《神犬奇兵》《警花与警犬》；音乐剧有赖声川的《流浪狗之歌》。可见，人们将"狗"这个动物形象作为艺术创作客体，不仅是出于情感上对它的喜爱，更多的是人们看中的是"狗"身上的"人性"，即忠诚、感恩、依恋、重情、义气、善解人意等，人们将"狗"列为十二生肖之一，也是因为看中了"狗"的文化意义。而正是这些"人性"在"狗"这个犬科动物成为这些意义携带的文化符号，"获得了超出它作为自在与自为的个别存在的意义"，使得"狗"这个名词符号拥有了一种符号功能后，"狗"这个名词符号的符号化过程也随即完成，所以当"狗"作为艺术元素出现在传统艺术中时，创作者更看重的是"狗"所携带的文化意义。电影《那人那山那狗》中的"狗"是忠诚的陪伴，建构起父子之间沟通的桥梁；小说《义犬》以狗的忠诚来讽刺人与人之间的背叛……所以受众对传统文艺中"狗"这一形象的解读，解读的是它的意指。

反观网络语言符号，我们以"单身狗"这个网络语言符号为例，在网络文艺中只要出现了秀恩爱的情节或是场面，网民就会在弹幕中纷纷留言"请给单身狗一点关爱""我这个单身狗感受到了一万点伤害"，这里的"狗"不再是忠诚、感恩、依恋、重情、义气、善解人意这些意义的象征了，所要表达的也不是其背后文化符号的深层意指，而是网友对自己单身状态的一种戏谑、一种自嘲，一种没有伴侣的凄惨情绪的表达。相比较而言，传统文艺是一个由视听符号组成的意义空间，而网络文艺则是一个由视听符号组成的情绪互动空间。在皮尔斯的"符号三元论"中，皮尔斯已经认识到符号要解决的不是用一物表示该物的自身，而是用一物去表示另一物的问题。他认为符号在本质上是一种三元关系，即由符号自身、符号对象和符号解释构成的三元关系。从这一角度来看，传统文艺看中的是符号本身所携带的意义属性，是符号自身与符号对象的解释关系，以原来的符号为能指，另外赋予它"感情或态度"的所指，这涉及的主要是罗兰·巴尔特符号论的"第二系统"。

而在网络文艺中，很多女生在精心装扮自己之后抑或者将自己的物品整理得整洁而温馨的时候，都爱说一句"从今天起做一个精致的猪猪女孩"，这里的"猪"也不再是传统意义上人们对于"猪"符号的文化意义的解释,而是热爱生活的一种表现;再如"陈独秀,你不要再秀了""陈独秀都没你秀",这里的"陈独秀"也不再是五四运动先驱者的旗帜,不再是共产党先锋人物,使用者侧重的是这个"秀"字,对于"秀"这个字的用法最早出现在网络游戏中,指明明很优越,但非要秀一波,醉翁之意不在玩游戏而在"秀"的快感。这句话一般用于看到别人秀恩爱或者是各种"秀"时,表达的是使用者对于"秀"的人的一种"嫌弃"的调侃。还有"我买几个橘子去,你就在此地不要走动等我回来"中关于"橘子"的用法,这句话本出自朱自清的散文,是描写"我"要上车劝父亲回去时,父亲所说的一句话,原本是关于父爱的一段描写,但是到了网络文艺这里,又成了一种新的语言符号,它指的不再是父爱,而是侧重于这句话所隐含的这一层父子关系,一般用于要别人等自己时说这句话,以此来表达"我是你爸"的这一层意思,从而达到一种占别人便宜的快感。由此可以看出,相较于传统文艺对于"符号本身"的侧重,在网络文艺中,网络语言符号比较忽视符号本身,而更看中符号的使用者及符号的使用情境,看中的是符号在介质环境中所能传达的情绪意义,符号只是表达使用者感情的一种媒介。

传统文艺符号的符号化是基于共同的公约认知、共同的情感认同中的一种思维程式化,是在重复性中固定,因而是一种必然性存在。但是网络语言符号的符号化不在于重复性而在于情感共鸣,是在一种偶然性中找到了人类共同的情绪交点,是个性化言语偶然在"特定的语境"中成为大众化语言,而这种"特定的语境"本身就带有一定的偶然性,加之这种"特定的语境"又是在网络互动中产生的,互动的随机性、互动的多频性所诱发的互动不确定性机制,又使得网络语言符号的符号化成为一种可能。

传统文艺的传播与消费是一种线性关系,在传播上是按照"传递→接收"这样的单向传播模式进行的,在传播的过程中,符号的原生词义不会发生改变。又因为受众在对传统文艺消费之前,呈现在受众面前的是一个完成时的艺术作品,因而艺术作品在生产、传播、消费这三个过程之中,其符号构成都没有发生明显的改变。由于传统文艺在对符号的意义进行编码的时候是基于共同的公约共识与相同的文化经验,受众在消费时,也就是在解码的时候，同样也依赖于相同的共识与文化认同，所以受众对于符号的解读也不会偏离太多符号的原生词义。传统文艺在生产这一环节会对符号"内涵"进行多重意指的建构，让其成为一种"多义"符号，但是从接受维度来讲，符号的"多义"性还有一部分来自消费环节，原因在于接受语境发生了改变。例如随着语境的改变，受众会对钱钟书《围城》中的"围城"符号解读出新的意味。所以说，受众对于传统文艺的解读是带有时代接替性的，是在"历时性"的境况下对符号意义的叠加式赋予。"围城"符号的内涵丰富性就是不同时代不同受众对其的不同解读，因此，受众对于传统文艺的消费，于符号来说，是一种意义的建构过程。

但是到了网络文艺时代，网络文艺的互动性打破了传统文艺生产→传播→消费这样的线性关系，缩短甚至取消了符号在时间和空间上的限制，实现了传播即消费，而对于实时互动的网络游戏、网络直播来说，甚至实现了生产即消费。互动性不仅打破了这种线性关系，而且互动性所带来的反馈又打破了原来的线性关系的不可逆性，让整个过程成为可逆的圆形回环路径。这种反馈不是一种既定的完成时，而是一种不断循环反复的过程。所以网络文艺的消费过程，不只是对符号的解码，还有对解码的反馈，正是这种反馈促成了新的符号生产，并影响了网络文艺的符号系统构成。例如在网络直播中，主播会根据受众的互动反馈随时调整网络直播符号系统中的符号构成，有的受众会要求主播换一下直播场景，由于主播所处的环境是构成意义生产与传播的情境符号，那么场景的改变就意味着直播中"情境符号"的改变，受众的反馈也会影响主播的服饰、妆容等人物符号内容，以及主播的语言符号和行为符号，最终影响整个网络直播中的符号内容构成，其意义也会在互动中不断地生产、更新、再生产。而在网络游戏中，游戏者既是符号的生产者又是符号的消费者和反馈者，多重身份也就意味着生产、传播、消费、反馈是同时进行的，由于消除了四个环节在线性上的时间差，使得符号意义的生产与消费是在实时中建构。正是网络文艺的互动多频性及不确定性机制，致使符号在生产、传播、消费、反馈中相对于传统文艺的四个环节来说存在一定的"异变性"。但恰恰是这种互动性所带来的"异变性"，大大提高了符号的能动性。索绪尔（Ferdinand de saussure）在《普通语言学教程》中曾经提到

"语言的历时态"与"语言的共时态"。在这里如果我们将"历时性"看作是对于时间过程的侧重，"共时性"是对于结构关系的侧重的话，那么符号在传统文艺生产—消费的线性模式下的线性解读就是符号的"历时性"。按照这种思维，在网络文艺符号生产—消费的这种循环结构下，符号的不断更迭、置换的多次"异变"过程就是符号的"共时性"。

像我们之前谈到的"老司机""我开始方了""蓝瘦香菇"这些符号的生产，符号的所指是在消费过程中发生了改变，是在原生符号的消费过程中对原生符号进行了"换义"，并在消费中进行了符号的创造及再生产的编码过程。因而网络文艺的消费就不再像传统文艺消费那样注重对于符号意义的建构，而是注重对于符号意义的解构与重置。再者，互动性不仅改变了符号在能指层面的"异变"，也改变了符号的形态构成，并创造了新的符号，最终使符号发生了"异变"。

二、基于 IP 的符号化

网络文艺的生产模式主要是基于流量与 IP 的循环生产，网络文艺的 IP 效应是在商业运作的基础上对其进行 IP 价值内涵的横向挖掘与纵向延伸，其 IP 效应的来源就在于内容的可复制性与再创造性，因而一部具有 IP 效应的网络文艺作品意味着它具有巨大的商业价值。但与此同时，一部作品具有内容的再挖与再造的特质也从侧面说明了这样的作品并非是"爆米花"式或者是"口水"式的作品，即是说它还是具有内容与思想上的可圈可点之处。可以说，一部具有 IP 效应的网络文艺作品实则也是商业性与艺术性兼具的作品，越来越多的文艺创作者也将网络文艺的 IP 化视为创作追求与创作目标。

(一) 网络文艺的 IP 化

著名的符号学家皮尔斯在对符号的考察过程中，主要依靠逻辑演绎的方法来对符号进行界定。在皮尔斯看来，任何符号都是由"符号—对象—解释项"三者构成的。在此基础上，皮尔斯提出了著名的"符号三分法"理论。如果我们将索绪尔对于符号的概念界定来与皮尔斯的符号三分法做一个比较的话，就会发现，皮尔斯的符号三分法理论并不是将符号看作一个静态的象征体，而是将符号看作是可被翻译、可被传播的信息载体，这就暗含了皮尔斯将可传播性看作符号的一大重要特征。而在索绪尔的符号理论中，是能指与所指构成了符号本身，但是从本质上来看，能指与所指是对符号进行本体意义上的界定。如果我们将皮尔斯的这一符号定义与 IP 概念进行对照，就会发现皮尔斯所说的符号的可被翻译性实际就是 IP 内容的可挖掘性与复制性，符号的可被翻译性就是将符号定义为是一个意义项，作为意义项而存在的符号就等同于作为价值体而存在的 IP。"超级符号方法也就是将品牌符号的打造与人们的既有常用符号相连接，从而让受众能将品牌信息纳入既有的认知框架，迅速识别记忆并传播的方法，即所谓的'品牌寄生''借力打力'。这种方法有其认知学上的根据，也即人们的理解总是基于一定的框架而产生，通过范畴化（categorization）来进行。"①

网络文艺的 IP 价值主要体现在它的可挖掘性、可创造性以及可消费性上，基于此，一部具有 IP 效应的网络文艺作品同样也具有一定的符号性，原生 IP 也就充当了原符号的角色功能。就此意义而言，网络文艺的 IP 化过程就是网络文艺的符号化过程。网络文艺的盛行以及网络文化产业的蓬勃发展让 IP 一度成为一网络高频词汇。人们对于 IP 的最初认知还要追溯到 1769年，IP 作为 Intellectual Property 的英文缩写，常用来指代一种智力财产以及对于智力财产的注册与保护。这时的 IP 还只是一个经济学意义或者说是法学意义上的概念。但是随着时代的变迁，特别是在网络文艺兴起的当下，IP 无论是在概念的内涵还是外延上都发生了很大的变化。在网络文艺生产场域下，当我们再谈到"IP"这个概念时，其重点不再是"产权""它不单是个法律概念，而且综合了符号、品牌、版权等多重含义，指具有长期生命力和商业价值的跨媒介内容运营模式。其要义在于要能够进行跨界传播，如能进行影视、游戏、动漫等多种形式的跨媒介平台开发，尚未跨界的 IP 或者跨界表现不佳的 IP 谈不上'超级 IP'"②。尚未跨界前，网文界对 IP 的划分只是一种

---

① 王小英.超级符号的建构：网络文学 IP 跨界生长的机制[J].中州学刊，2020：7.
② 尹鸿、王旭东、陈洪伟.IP 转换兴起的原因、现状及未来发展趋势[J].当代电影，2015：9.

预判和预估，当然这种估量可以参与 IP 的建构，并会以"想象的现实"①。

在网络文艺生产场域提到超级 IP 这一概念时，意味着具有超级 IP 特质的网络文艺作品一定自带超高流量以及广阔的商业价值，IP 与超级 IP 的差别就在于超级 IP 相较于 IP 来说在文化产业价值链上更具有空间上的可延展性。而"超级符号"能够作为一种符号学的思想以及符号学思想的实践方法被大众所认知，还是要归功于"华与华"品牌公司。"华与华"作为一广告品牌公司，它将广告传播三要素归纳为：到达率、传达率与仪式性。可以说，在"华与华"公司看来，超级符号就是意味着超级创意，超级符号必须具有很强的传播性与营销色彩。"从符号学的角度看，超级符号指在人类文化的历史进程中，约定俗成，不经反思即被默认的各种符号、符号文本。超级符号的关键在于能被识别且具有强互动能力。"②我国学者王小英在对超级符号这一概念的考察上，去除了超级符号在原初概念上的营销色彩，转而从符号学的角度对其进行概念界说，在此基础上，王小英得出来这样的结论，她认为"超级符号是具有超强传播力的跨界链接符号，能够在不同的符号系统中产生符号效用。"③，并且王小英还将可识别与强互动性看作超级符号的关键特质。除此之外，中国的汉字符号学家孟华也，将超级符号放置在文化元素系统之中对其进行文化向度的考察，将超级符号视为跨越了不同符号之间的边界，综合被使用而产生更大的符号效用的符号。而网络文艺生产中的"超级符号"是建立在符号不可通约基础上的超级链接。

(二) IP 跨场域的解释与传播

对于一般的符号而言，符号之所以可被解释就在于符号的生成与符号的解释与传播是存在于同一个文化语境之中的。在历史文化积淀中，符号的意

① "想象的现实"，是以色列历史学家赫拉利在《人类简史》中提出的，指某件事只要人人相信就能作为共同信念产生力量并影响世界。参见赫拉利. 人类简史［M］. 林俊宏，译. 北京：中信出版社，2014：33.

② 王小英. 超级符号的建构：网络文学 IP 跨界生长的机制［J］. 中州学刊，2020：7.

③ 王小英. 超级符号的建构：网络文学 IP 跨界生长的机制［J］. 中州学刊，2020：7.

义规定是约定俗成的，对于符号的解释法则以及对于符号的编码与解码都是遵守于同一个文化话语体系。还需强调的是，符号的意义以及对于符号意义的解释都不会因符号发出者以及符号接受者的改变而有所变化，即符号的意义以及符号的编码与解码规则与符号主体无太多关联，而与文化语境、文化传统以及人们对于文化的认知有着相对必然的关系。如果我们将网络文艺视为一个符号文本的话，网络文艺中的网络文艺作品就成为一个符号，而作为IP存在的网络文艺则成为一种元符号。于是通过原生IP而衍生出的各式各样的网络文艺形态以及各种IP符号构成了属于该元符号下的符号群。对于现实生活中的一般符号而言符号在被解释被传播的过程中，其符号形态并没有发生改变，对于符号的解释就是对符号所指的内容解释，符号的解释域就是符号的解释者所存在的文化场域。但在网络文艺符号系统之下，作为元符号的原生IP在被复制的过程中也完成了对于该符号的解释，但是与现实生活中的一般符号所不同的是，对于IP符号的解释就不仅仅是对符号所指的内容解释，还涉及对于符号能指的形式解释。就此意义来说，IP被解释的过程就是一种跨场域的解释与传播。

例如作为IP存在的一部网络小说IP，可在其IP上衍生出网络游戏、网络剧、网络电影、网络动漫等多种类型的符号，这时IP符号也在被解释的过程中完成了向符号类型的转化，也就是说，网络文艺的IP生产就是符号的跨场域解释与传播。这样看来，符号的解释域不仅要遵从网络文艺这一符号语境，还要遵守不同类型符号场域下的文艺语法。譬如，将网文IP符号转化为网络剧这一符号类型时，问题就在于如何将网文IP的文字与氛围感在向网络剧类型符号的解释过程中转化为可视性的语言，因而在对网文IP符号进行跨文体解释的过程中就要遵循网络剧符号场域下的艺术语法。如《微微一笑很倾城》这一网文IP，在网文向电视剧翻译的过程中，创作者会将那些氛围感的语句转化成更具性格化的语言，让叙述节奏加快的同时也让故事矛盾更加突出，可以说《微微一笑很倾城》电视剧创作者在对同名原著这一原生符号进行翻译时，遵循的就是电视剧的场域逻辑、艺术语法以及审美习惯。由此可论，网络文艺的IP化就是延续着原生符号的内容面并借助于新的形式而获得的新的表达并生长为超级符号的过程，兼具价值体与解释项的超级符号在完成自身的 IP 化的过程中也完成了自身的符号化。王小英关于 IP 的跨场域的解释与传播，则将符号转向 IP、转向超级符号的过程定义为"IP 的跨界生长"，并提出"IP 的跨界生长需要达到超级符号才能称之为超级 IP。之所以用'生长'一词，是将 IP 视为一种有生命的存在，其生、灭都有一定的规律可循。具备将他者纳入自己符号体系和话语的能力，成为一种默认的设置和前理解，如中国传统文化中的超级大 IP《西游记》，不但其中的每一个故事是超级符号，连大部分人物和空间场所、宝贝法器也都成了超级符号，从而构成了一个超级符号群"①。

　　用皮尔斯的符号三分法理论来看网文 IP 时会发现，IP 要想实现跨场域的传播就必须经过翻译这一环节，这就将"解释项"的地位间接地凸显出来。"也就是说，IP 产品不能只是'译者'的自我传播，还需要对'他者'进行传播。对'他者'进行传播，就意味着'他者'应该在产品的结构形态中具有主体地位。"②这里所提到的"他者"，指的就是受众，网文 IP 在解释与传播的过程就是面向受众的过程，网络文艺的互动性与自由性机制让受众的地位大大提高，受众的主体地位贯穿于网络文艺创作生产消费的各个环节。从生产环节来看，受众不仅是网络文艺的生产创作主体而且还是消费主体；从创作角度来看，受众不仅是创作目标群体，在注意力经济的主导下，以受众为象征的流量甚至成为创作目的。这样，解释者就在网文 IP 的生产过程中居于主体地位，此外解释者的角色及其功能也发生了一定的变化，即"在 IP 产品的衍生中，解释者不再是经典传播学意义上的传/受二元对立关系中的对象式存在，而是皮尔斯意义上的站在符号解释一端的意义生产者"③。因而这就涉及网文 IP 的翻译问题，网文 IP 的衍生就是以"对象"需求为导向的，是对符号能指与所指进行翻译的过程。

(三) 网文 IP 的超级符号建构

　　IP 在衍生的过程中，也就是超级符号在跨界翻译与传播的过程中，不仅

---

① 王小英. 超级符号的建构：网络文学 IP 跨界生长的机制[J]. 中州学刊, 2020: 7.

② 王小英. 超级符号的建构：网络文学 IP 跨界生长的机制[J]. 中州学刊, 2020: 7.

③ 王小英. 超级符号的建构：网络文学 IP 跨界生长的机制[J]. 中州学刊, 2020: 7.

要遵循不同文艺符号类型的场域逻辑与艺术语法，还需注意保留符号在其始源域中的原有的特质，这是网文 IP 转换在"解释项"这一环节所要面对的问题。而在"对象"这一环节，翻译者所要面临的难题则是如何让始源域下的受众与目标域下的受众实现通达。如何加强受众在不同符号场域下的关联性也成为诸多网文 IP 创作者以及翻译者所面临的创作焦虑。约翰·菲斯克（John Fiske）在解读流行新闻时对关联性做过较为详细的阐释："关联主要涉及内容，正如观众的生活经验与文本中呈现的相一致，但它也有一个重要的形式维度——不单是对故事的选择，而是讲故事的方式也决定了关联性。"①约翰·菲斯克的这番话带给我们的启示就是，网文 IP 在进行符号跨界翻译的过程中要注意符号语境对于符号翻译方式的影响与制约。这是因为符号语境作为符号的外在结构，不仅与目标对象的文化认知习惯、文化认知经验有着密切联系，而且还关涉对象对符号的解读方式。因而网文 IP 的解释者在对符号进行翻译以及再编码的过程中还需遵循原初的符号语境。这不仅关系到网文 IP 跨界翻译的成功与否，而且还关系到 IP 能否在解码与再编码的过程中迸发出更多的传播力而成为一种超级符号。"只有获得最大关联，符号文本才能具有最佳关联。而获得最大关联，就意味着尽可能付出较小的解释能力，去获得最大的语境效果。那么高效地获得最大化的语境效果，就要依靠解释者的认知能力，如信仰、经验、习惯、兴趣等。"②

　　网络 IP 要想在目标域中实现其生长，并且更高效地获得最大化的语境效果，则需要在对该符号的翻译过程中注意遵从目标域中对象既有的认知习惯，努力保持形式层面的艺术经验与对象认知经验的相一致性，处理好目标域下的符号语境与符号阐释方式之间的关系。在内容选择上，要侧重选择那些能够包含人类集体记忆与文化母题的内容，找到能够激活人类情感基底与心灵共振的活力点，并以此作为处理艺术经验的根据，这样才能实现 IP 衍生跨界的良好生长，同样这也是 IP 向超级符号转化的进阶路径。"网文 IP 构建的超级符号是抓住时代共有能量包去激活网文中已有符号的结果。'激

---

①　John Fiske, Reading the Popular, London & New York: Routledge, 1989: 186.

②　薛晨. 传播过程中的符号语境[J]. 中外文化与文论, 2015: 3.

活'符号的规律有其章法可循，更需要从时代文化语境中寻找支撑点。"①

第三节　网络文艺的模态化

"模态"是一个复杂多维的概念，学者 Charles Forceville 在研究多模态与隐喻之间的关系时，对"模态"下了一个简要的定义，他认为模态就是"利用具体的感知过程可阐释的符号系统"。在这里，Charles Forceville 从人类的感知层面去对"模态"一词进行界定。按照 Charles Forceville 的这种界定方式，根据人类的感官，可将"模态"细分为"图画或视觉模态""听觉或音波模态""嗅觉模态""味觉模态"以及"触觉模态"。但是这样的模态划分方式还是具有很大的宽泛性与局限性。为此，Charles Forceville 又将模态细化为"图像符号""书面符号""口头符号""手势""声音""音乐""气味""味道""接触"这九大类型。以上可看作 Charles Forceville 将模态与人的感官联系在一起对"模态"所进行的狭义上的划分，并以此来探究多模态隐喻的问题。

随着"模态"一词在传播学领域运用得比较广泛，"模态"一词的含义也不断丰富，"模态"这一概念也被运用到叙事学、媒介学等多个领域。世界知名的社会符号学家范·鲁文（Theo van Leeuwen）的研究领域就涉及"多模态语篇分析"，他在其代表作《社会符号学导论》一书中，创造性地将理论性极强的"符号学"与鲜活复杂的社会生活相联系，跳出了符号学理论研究的文本领域，也打破了人们对符号学的学理性研究的认知，以此来研究交际语境中各符号模态间的相互作用与联系。他同冈瑟·克雷斯（Gunther Kress）教授一道，在国际上最先提出了"多模态"这一概念，成为多模态分析理论的奠基人之一。在冈瑟·克雷斯教授看来，模态（mode）指"用于意义生产所采用的社会塑造的、文化给定的符号资源，如图像、书写、版式、音乐、体态、言语、视频、音轨、3D 对象，都是用于表征与传播的模态例子"②。拉尔斯·埃尔

---

① 王小英.超级符号的建构：网络文学 IP 跨界生长的机制[J]. 中州学刊，2020：7.

② Gunther Kress. Multimodality, An Social Semiotic Approach to Contemporary Communication［M］. London：Routledge，2010：84.

斯陀姆（Lars Ellestrom）则将"模态"与媒介相联系，认为"模态性是理解任何媒介都不可或缺的基础，各种模态一起构成媒介复合体，整合了物质性、感觉、认知"①。

"多模态"这一概念的提出，为学术研究与未来认知打开了一个新的知识天地，学者瑞安就曾信誓旦旦地认为，当前媒介叙事研究有两大趋势，一个为跨媒介故事讲述，另一个就是媒介的多模态叙事研究。可以说，媒介的多模态叙事研究已逐渐成为媒介研究的一个新的研究领域，这种新的研究方向也影响了我国的学术研究。近年来，越来越多的学者投身于对多模态话语的分析研究中。简单来说，从广义上对模态进行分类的话，可将模态划分为"单模态"与"多模态"两种。像传统的文学作品就是一种单靠文字的"单模态"艺术，或者有的是图片与文字交叉，图片与文字相互融合交叉成为文本意义的主要构建方式，让文本中的模态氛围呈现出视觉模态与听觉模态两种模态形式。而所谓的"多模态化"，则是指"在一个交流活动中不同符号模态的混合体"②，同时也可表示"不同的符号资源被调动起来，在一个特定的文本中共同构建意义的各种方式"。③

多模态作为研究媒介研究媒介叙事的新的阐释视角，具有强大的理论深度与阐释潜力。就目前来看，媒介技术时代赋予了媒介以极强的表现力，媒介变革对于文艺创作的重要性，除了推动文艺创作手段不断创新外，更重要的一点则是让媒介不再只是作为文艺创作的载体而存在，而是能够成为文艺叙事的内容。用多模态理论去理解媒介、理解媒介叙事，也有助于帮助我们更好地看清网络文艺在叙事上所呈现的新特点与新趋向。多模态叙事不仅是网络文艺的主要叙事形式，而且鉴于融媒体多模态叙事巨大的叙事潜力，多模态叙事还成为在跨文化传播语境下向全世界讲述中国故事、传播中国精神、塑造国家形象的重要形式。这样就为我国的网络文艺创作者提出了更高

---

① Lars Ellestrom, Media Borders, Multimodality and Intermediality[M]. Houndmills：Palgrave, 2010：15.

② Van Leeuwen, T. Infroducing Social Semiofics[M]. Londrn：Roufledge. 2005：281.

③ Baldny, A. P. &Thibaulf, P. J. Mulrimodal Transcripfon and Text Analysis[M]. London：Equinox. 2006：12.

的挑战与创作要求：一是如何利用多模态叙事从而创造出更具代表性、更具象征性的中国符号，以实现由多模态媒介叙事到多模态叙事符号叙事的转变；二是采取何种手段，最大限度地调动媒介的表现力与文艺叙事的契合度。现在的媒介叙事从文字、图像、音乐、影像走向了全景视野、立体影像、移动直播等新媒介叙事，在多模态叙事模式的糅合中实现对中国故事内容的最佳表达，在多模态叙事中增加故事的感染力，让海外受众在可认知的范围内对中国形象有一个全方位、多角度的认知。"值得注意的是，叙事学走向跨媒体研究，需要摆脱语言符号资源的单一模态性，全面考察叙事中的各种符号资源，描述各种模态在叙事意义建构中的功能与局限。尤其是在创新中国故事多模态对外讲述的实践中，需要把握不同模态在实现叙事意义方面的不同资质，找到各种模态 协同互动的最佳平衡点，力求实现对外讲好中国故事的效果最大化。"①

谈论艺术的单模态化或多模态化，其目的并不局限于艺术形式层面，而是期望通过对艺术模态化的考察，更好地认识艺术本身。对于艺术创作的任务而言，都是通过形式来通往模态，借助艺术的多模态化而建构一个意义多重的艺术世界。

一、网络文艺创作与生产的模态化

"文变染乎世情，兴废系乎时序"，每一种文艺形式能够作为一种独立的艺术样态而存在，其原因就在于它有自身独立的艺术语法，网络文艺亦是如此。网络文艺的艺术语法不是建立在对于传统文艺话语模式的解构与重建上，网络文艺的创作、生产、发展都是遵循自身的艺术逻辑，从而创造出具有自身特色的话语体系。网络文艺能够建构独特的话语体系离不开互联网与媒介技术的加持，技术的发展让网络文艺的创作形式更加多元化、内容更加沉浸化、传播手段更加全息化。技术理性不仅渗透到艺术创作之中，而且还深刻地影响了网络文艺话语体系建构的形式、风格与模式。

---

① 丁秋玲、张劲松.融媒体视域下对外讲好中国故事的叙事建构[J]. 学习论坛，2020：12.

（一）网络文艺话语体系趋于多模态

所谓模态，指的是一种"可对比和对立的符号系统"。网络文艺作为一个涵盖了多种艺术形式的庞大的艺术生态系统，包括网络语言、火星文、音乐等语言符号以及图像、表情、手势等非语言符号，可以说，网络文艺的话语体系呈现出一种多模态话语协同发展的趋势。所谓的多模态话语，就是"通过两种或两种以上的符号编码实现意义建构的复合话语，它是人类感知通道在信息传播和社会交际中综合使用的结果"①。多模态并非网络文艺生态系统的专属特征，事实上，随着文化的多元化发展，单一模态发展已经不能再满足时代发展的需要，现如今，多模态已经逐渐发展成为当今社会文化话语系统的主要属性。

对于传统文艺来说，文艺发展的"单模态"特征还比较明显。就文学的发展进程来看，在传统文学时期，文学一般通过语言文字这种"单模态"符号建构自身的艺术生态以及艺术话语体系。网络文学则彻底打破了传统文学的"单模态"发展模式，让原来仅靠语言文字的艺术形式在媒介技术的奠基下发展进化为一种集文字、图片、视频、音频等多符码于一体的多模态形式。传统文学通过静态的文字建构文本内部的想象世界，文学的魅力就在于通过文字这一单模态话语符号就能够为读者建构一个自由的想象空间，网络文学则通过"多模态话语"让静态的文本变得鲜活，如很多热门网络小说都出了音频版的"听书"版本，不仅内容可被有声有色地朗读，而且还会根据小说的叙事节奏伴有环境音效及其他多种音效，让读者产生一种身临其境之感，沉浸效应也更加强烈。这让原本的想象空间成为可感知的空间，让文学文本这一平面的二维空间变为一种具有三体环绕声的立体的世界，最终让文学作品变为一种"通感艺术"。

网络文艺话语体系所呈现出的多模态化特征实际与媒介的发展是有着密不可分的联系，可以说，媒介融合的趋势愈发地明显，那么网络文艺话语的多模态形式也会变得更多元更多样。文字、声音、图像这些符码在网络文艺

---

① 惠东坡.多模态、对话性、智能化：新闻写作话语建构的新走向[J]. 新闻与写作, 2018：8.

话语体系中的构成并不是机械式的罗列与拼接，而是依照不同的文艺类型，根据叙事中心、主题呈现等艺术要求让多种符码相互融合，通过合理的布局与搭配对艺术作品进行立体化的建构与多模态的呈现。融媒体时代的来临加快了媒介之间的互动融合，媒介融合让艺术创作手段、艺术呈现方式以及艺术类型之间都出现了相互融合、相互渗透的态势。在网络文艺世界中，各文艺类型之间的艺术边界也因为融合而变得越来越模糊。像网络短视频这样短小平快的文艺类型也具有一定的叙事性，文学上的宏大叙事在网络短视频中被快节奏化，这就使得叙事节奏要快，"爽点""爆点"的间隔要短，审美快感的产生速度要快成为网络短视频主要的创作诉求，因而以网络短视频为代表的网络文艺类型就是一种"快"文艺。

在简短有限的时间内讲述一个完整的故事，这就要求文艺创作者要在内容输出中时刻注意"爽点"与"爆点"的有效设置，只有"爽点"与"爆点"变得更为密集，整个叙事才具有吸引力。为了增加叙事的"爽点"性，网络文艺创作者将时下流行的"表情包"元素、视频特效、音频特效等多模态符码与短小精悍的叙事有效结合，让整个叙事具有更强的可观性。这也就说明，相较于传统文学样的大部头小说以及宏大叙事，为什么现在的年轻人越来越倾向于消费一切带有"快节奏"性质的文艺。如现在的微信文章以及微信新闻就抛弃了单模态的文字叙述，而充分调动各类符码来丰富表现形式。网易曾在2018年世界杯前夕推出了 H5 作品《世界杯光阴的故事》，就创新性地采用"竖屏长图滑动"的形式，将夸张搞笑的漫画、极具动感的音乐、带有年代感的现场解说以及逼真恰当背景音乐音效等多模态符号与简洁明了的文字完美地结合在一起，带领受众穿越历史的银河重新回顾了 1978 年至 2018 年这 40年中世界杯的精彩瞬间，让受众在这新鲜有趣的互动形式中追忆经典。这种多模态符号所构成的视化画面改变了传统新闻单一线性文字模态的存在状态，成功激发了受众的阅读兴趣，丰富了受众的审美体验，同时也是融媒体与新闻相融合的一次成功尝试。

为了获得更多的"流量"以及更大的关注度，网络文艺创作者在内容的创作上更注意沉浸式场景的构建，沉浸式的艺术消费场景就是要让消费者产生一种"在场"的错觉，为此全景化叙事应时而生。全景化叙事就是依靠 VR 技术手段，让观众对于创作者所营造的艺术场景有一种切实的"在场感"，这与网络游戏所带来的超真实的审美感受不同，这不是对于现实的拟真，而是能够跨越时间空间的现实真实。无疑，VR 技术介入网络文艺创作与生产将更加丰富网络文艺话语体系，可将网络文艺话语的多模态建构提升至一个全新的艺术境界。融媒体时代让不同的媒介之间实现了有效融合，文艺创作、生产、传播、消费等多个环节也越来越依赖媒介技术，媒介融合不仅改变了现在文艺的制作方式与存在状态，而且也深深地影响了文艺内容的呈现方式，推动了网络文艺创作与生产的多模态化。多模态化下多符码在网络文艺中并不是作为一种副语言而存在，实际上，这些多类型的符码在很大程度上参构了文艺作品的意义呈现。因此，多模态化不仅是网络文艺话语体系的鲜明特征，也是网络文艺话语系统未来发展的主要趋势。

二、网络文艺多模态话语分析

数字新媒体在网络文艺创作中的广泛运用以及所承担的巨大功能都在表明这样一个事实，媒介正在悄然改变我国的网络文艺创作的方方面面。首先，媒介技术凭借其自身强大的技术力量正在重塑我国文艺生产的布局，媒介融合正在促成不同文艺形态之间的融合；其次，媒介思维介入艺术思维，技术与人文相互影响、相互作用，改变了人们对媒介技术徒有技术理性的传统认知，这种认知的改变也促使人们将技术放在文化的多维棱镜中进行价值判断；最后，媒介在跨文化传播中的作用与地位愈发明显，媒介不仅改变了文化传播的方式与渠道，而且改变了文化传播中的话语体系。网络文艺创作与生产的多模态化，也在召唤着更多学者加入对网络文艺多模态话语的分析研究中。

对于网络文艺多模态话语的分析，主要集中在媒介复合话语的考察。"从媒体演进的历程看，传统的主要通过语言表达意义的做法已逐渐被多种媒介共存的复合话语取代，多媒体化体现社会实践的常态，而多模态化也成为当今社会文化系统的固有特性。"①基于媒介创作的网络文艺不仅实现了创

---

① 李战子、陆丹云.多模态符号学：理论基础，研究途径与发展前景[J].外语研究，2012：2.

作上的多模态化,还打破与重构了传统文艺话语的表达方式与意义建构。谈到多模态话语这个问题,我国学者曾方本就曾在《多模态符号整合后语篇意义的嬗变与调控》一文中谈道:"模态一词在语言学的理解中是相对广义的概念,多模态符号不仅指不同的符号系统,而且包括同一符号的不同变体,即模态就是符号形态,多模态话语是多种符号资源整合的语篇。"①曾方本对于多模态概念的语言学解释,也扩宽了我们对于多模态话语的理解。生活中,话语与符号无处不在,人们在日常的交往互动以及文艺创作中都在用不同形式的话语与符号进行着交流,与此同时又在不断地创造与生产着新的话语与符号。

现如今,网络文艺的创作与生产已经呈现出明显的多模态化趋势,网络文艺的话语建构以及意义生成与传统的文艺相比已经发生了很大的变化,这就要求我们在对网络文艺作品进行话语分析时需转变之前的话语分析模式,并寻找一种新的话语分析理论与参考模式。在马克思主义文论思想中,文艺批评是运动着的美学理论。这就启示我们,批评话语要与创作话语相一致,二者共同服务于同一个美学理念。打个比方,以意写境的中国古代绘画只能用中国古代美学思想才能理解其中的美学韵味,而像毕加索(Pablo Picasso)的绘画则只能用现代派美学理论与艺术观念进行分析,西方美学的其他思想流派如写实主义、自然主义、唯美主义等都不能对毕加索的画作进行有效合理的解释分析,亦无法窥见其画作背后的深层意指。也就是说,多模态的文艺作品就需用多模态话语进行分析。如果再用传统的话语分析多模态的网络文艺作品,就会失去解释效力。"话语分析难以揭示以表情包等为代表的大量新话语形态的所指和它们在跨文化传播中的重要意义。由此,多模态话语分析已然成为新媒体跨文化传播中话语研究转型的路径选择之一。"②

2016年,网友们在网络上自行发起的名为"帝吧出征"的运动,引起了广

---

① 曾方本.多模态符号整合后语篇意义的嬗变与调控[J].外语教学,2009:6.
② 肖珺.多模态话语分析:理论模型及其对新媒体跨文化传播研究的方法论意义[J].武汉大学学报(人文社科版),2017:6.

泛的社会关注。所谓"帝吧"，就是在百度贴吧坐拥三千多万吧友的第一"大吧"，"帝吧"不仅在百度贴吧有着"百度卢浮宫"的名号，还是网络文化的滋生地，网络上的热门表情包、网络热词、网络流行语大多出于此，正因如此，"帝吧"也被民众认为是滋生网络青年亚文化的"温床"。这一次的"帝吧远征"却是一场"爱国青年网络出征"。"帝吧出征"虽是一场网络运动，但是与以往网络运动的娱乐、搞笑、恶搞所不同的是，这次打着"帝吧出征"名号的网络运动具有一定的政治背景的，这也就决定了"帝吧出征"这场运动是具有很强的政治意味与文化内涵。2016 年，自民进党主席蔡英文当选台湾地区的领导人后，"台独"势力不断扩大，网络上有关"台独"的声音也变得愈发肆虐。为了消灭网络上这些不和谐的声音，也为了激起民众的爱国之心，"帝吧"通过制作大量爱国表情包、爱国标语来反击一切"反中"的声音。因而，所谓的"帝吧出征"就是指爱国网友自发到海外各大社交平台，传播爱国青年的声音。最后，"帝吧大军"凭借强大的后援力接连攻破多个"台独"话题及热门帖，让带有中国五星红旗的表情包遍及了网络，一时间，曾经的"台独"讨论区变成了红色的海洋。

这场被社会称之为"青年人自发的爱国运动"不仅产生了巨大的社会反响，扭转了人们对于"网生一代"的看法，在学术界也引起了各专家学者的热烈讨论，很多学者从文化角度、语言学角度以及社会学角度对这一行为进行分析研究，其中最引人关注的就是对于"帝吧出征"的话语分析。在此次运动中，"帝吧出征"用大量表情包作为网络互动的交流话语，这不仅意味着一种网络民主主义运动的新型表达方式，而且产生了一种新的话语模式。"图文表情包、行动口号和标语的生成等多模态话语现象，成为这场'跨文化远征'最鲜明的内容和色彩。这些话语在新媒体跨文化传播的独特环境中生成了新的形式和内涵，无论是大量的图文表情包、口号标语，还是被广泛传播的音频、短视频，甚至连色彩的运用，都糅合为新的话语实践和话语本身，它们在跨文化传播中扮演着独特而令人兴奋的角色。"①在"帝吧出征"运动中所体现出的新的话语模式与传统语言的意义表达模式存在着很大的差异，表现出从传统的文字或图像单模态话语转向媒介共存的复合话语的趋势，这就意味着对于"帝吧出征"运动的话语分析需要转用多模态化媒介思维。

三、对于艺术多模态化的美学审思

艺术的多模态化并不是将一些异质的符号聚集在一起，成为艺术representation 的手段，而是让不同艺术符码之间的异质点相互碰撞，激发出更多的艺术活力，共同服务于同一个意义世界。图像、颜色、表情等，任何一种符号模态都有其自身独特的语法，我们平时讲的语法是对单个语言来说，研究该语言的系统性规制、形式、曲折变化、句法以及正确使用它的科学。符号模态的语法，是指符号话语的模式化规则。多模态话语分析的主要任务则是探讨非语言符号稳定的内部特征。在网络文艺的创作与生产中存在着大量的媒介复合话语，这样的媒介复合话语主要由语言与非语言模态组成，而我们所要研究的正是语言与非语言的语法是如何建构与呈现意义的。

网络文艺创作及生产的多模态化俨然已经成为网络文艺的一个不可逆的发展趋势，文艺的多模态化的确能够丰富艺术的形式内涵，让文艺本身产生极大的艺术魅力与艺术吸引力，同时也会引发消费者更多的审美期待。这就导致很多的网络文艺创作者在"注意力"经济的驱使下，将各种艺术符码杂糅在一起，并以所谓的"艺术创新""艺术个性""艺术自由"来标榜自身。相反，很多时候艺术多符码混合在一起出现的并不是艺术符码的有机融合而是艺术不同符码之间的拼贴与杂糅，其结果就是让艺术的多模态化变成了一种艺术呈现的杂乱化。这样的艺术多模态化创作很容易让网络文艺陷入艺术、景观、权力相缠绕的旋涡。对于艺术应通过何种手段才可摆脱景观、权力对于艺术的压制关系，有学者曾提出了三种解决策略。一是采用 pop 的态度来对待高雅艺术；二是以批判的姿态对资本主义娱乐进行谴责；三是采取德波尔

---

① 肖珺.多模态话语分析：理论模型及其对新媒体跨文化传播研究的方法论意义[J].武汉大学学报（人文社科版），2017：6.

的态度，将创作出的艺术作品视为是一种"游戏"（play），继而用情景主义策略去战胜全球资本主义的景观统治。无论哪一种解决策略，都是以一种"游戏"的态度将艺术游戏化，放大艺术的游戏性、娱乐性，闭口不谈艺术的本真——艺术性、思想性、精神性。这种游戏化的解读策略又何尝不是阿甘本（Giorgio Agamben）在《亵渎》一书中所谈到的那样"艺术家在引导我们集体地地重新学习着去使用那种我们原来只是娱乐着、消费着的东西，使用着，东西被用活，我们作为使用者自己也被激活"①。

---

① 阿甘本.亵渎[M]. 王立秋，译. 北京：北京大学出版社，2012：125.

第二章　网络文艺文化传播

网络文艺依托先天性的技术优势，在诞生之初就比传统文艺具有了更多的"超文化"基因与全球化内质，这使其在跨文化语境下比传统文艺具有了更强劲的生命力与生长力。2018年，为了让具有中国风格的文艺作品成功"走出去"，于是我国的互联网产业专注于内容 IP 的打造与提升，让我国的网络文艺形成了广泛出海的局面。与此同时，这些实践也取得了不俗的成绩，我国的网剧、网综成功打开海外市场，国漫、网游也在原有粉丝群的基础上不断扩大中国文化对于动漫、游戏的渗透力度，这些努力一方面打破了西方社会对于中国文化的刻板印象与东方想象，另一方面借助网络文艺中国文化得以在跨文化语境下不断扩大其影响力与辐射范围并很大程度上推动了国际文化的融合与重组。在海外传播的表现上，网络文艺向我们递交的那一张张傲人成绩单就足以说明网络文艺不仅可以成功出海，而且成为构建国家海外形象的重要力量。

第一节　文化传播的时代共振

一、跨文化语境下的网络文艺海外传播

当今社会正面临百年未有之大变局，国际局势变得愈发复杂，经济全球化所带来的一系列后续效应不仅让政治局势朝着多极化的方向发展，也使文化呈现出多元化的趋势。"文化的本质是伦理，其最后的成果则是优雅人性

和高尚道德人格境界的养成。文化担负着塑造国家形象和国家信仰、接续民族精神血脉等多重重大使命。"①随着文化越来越朝着文化全球化和文化多元化方向发展，"超文化"理念也应运而生，旨在对抗不同民族之间的文化偏见与文化壁垒，消除对于不同文化的二元式理解，这是一种在新的历史背景下对文化尊重与文化多元的新的价值思考。美国学者詹姆斯·罗尔（James Lull）在其代表作《媒介、传播、文化：一个全球性的途径》一书中，将"超文化"放在新的文化背景与时代发展要求下，赋予了"超文化"以新的时代释义。她认为"超文化"的内涵应该涵盖以下六个方面：广泛的价值观念、国际资源、文明、国家文化、地区文化和日常生活。可以说，詹姆斯·罗尔对于超文化的理解也为现在的文艺创作提出了新的要求，即文艺作品要具有跨地域、跨民族、跨文化的内在价值属性，换言之，只有具有超文化特性的文艺作品，才有在跨文化语境下实现成功传播的可能。

如何将中国价值纳入对超文化的构建之中，进而推进人文社会科学的中国化？如何在超文化的时代背景下，强化中国价值引领，扩大中国文化的国际影响力？关于这两个问题，国家对我国的文艺创作提出了"走出去"的战略要求，"要向世界宣传推介我国优秀文化艺术，让国外民众在审美过程中感受魅力，加深对中华文化的认识和理解"②。无论是"超文化"概论的内在要求还是跨文化传播的语境要求都在表明跨文化语境下的文艺的海外传播是我国文艺创作与发展的必然选择。

（一）我国网络文艺出海发展情况

1. 网络文学海外传播继续扩大影响力

在众多的网络文艺类型之中，网络文学可谓表现得十分亮眼，并在2017年成功掀起了一股"海外传播热"。网络文学的成功出海也标志着中国文化正被全世界的受众所认可和接受，这也使得中国的网络文学成为可与美国好莱坞大片、韩国偶像剧、日本动漫同日而语的现象级存在，被并称为"世界四

① 袁祖社. 文化本质的"伦理证成"使命与精神生活的道德价值逻辑[J]. 道德与文明，2011：4.
② 习近平. 在文艺工作座谈会上的讲话[N]. 人民日报，2014-10-15.

大文化奇观"。网络文学在海外所获得的巨大成功，也标志着现在的网络文学不仅是中国当代文化不可缺少的组成部分，而且是中国文化走出国门、走向世界的重要窗口。中国的网络文学不仅通过海外传播进一步扩大了中国文学以及中国文化的国际影响力，还将这一影响优势继续扩大，这主要体现在以下几个方面。

第一，我国网络文学的对外输出呈现出规模化趋势。以我国著名的网络文学网站起点中文网为例，起点中文网依托起点中文国际成为我国网络文学对外输出的重要海外平台，海外授权版权竟达到了700多部，涉及7个语种，数字图书与实体图书都被授权出版，网站上点击过千万的作品也高达百余部，网站的累计访问量超过6000万次。除此之外，起点中文国际在扩大网文出口输出的同时也加快了网文的翻译周期，我国网文海外输出与网文翻译都呈现出规模化趋势，这也使得我国网文的海外读者数量不断增加。目前，起点中文国际上的网络文学作品不仅在以韩国、日本、泰国为主的东亚、东南亚地区广受欢迎，而且也在法国、土耳其、美国等西欧北美地区成功开辟市场。

第二，海外阅读平台不断扩增并日渐成熟。我国网文的成功出海离不开海外阅读平台的加持，我国已经在东南亚、西欧、北美等多个地区建立了中国网络文学海外传播平台，用来作为海外读者了解中国网络文学的桥梁。中国的网文海外阅读平台主要由两部分构成：一是中国本土网站的海外分站，二是由华裔自发创建的网文网站，其中最具代表性的就是阅文集团旗下的起点中文国际，目前该平台已经在海外拥有了庞大的粉丝群，成功跻身全球热门阅读网站。除此之外，美国华裔RWX（网名）于2014年创建的Wuxia World（武侠世界）已经将多部中国的网络小说翻译成英语，吸引了250多万名读者的追捧与喜爱，其影响力已经涵盖了整个北美地区。

第三，移动阅读平台发展迅猛且增势强劲。随着媒介技术的快速发展，网络文学阅读平台也借助融媒体的技术优势推出了各种易懂阅读平台终端，此举进一步扩大了网文海外用户的覆盖面，同时也让网文的海外影响力得到极大提升。例如，由纵横文学在美国成立的分公司Tapread，覆盖180个国家及地区，累计用户超过百万；支持十几种语言的掌阅"iReader"数字移动阅读的国际版本，海外用户超 2000 万；中文在线的"视觉小说平台"（Chapters）注册用户超过 1500 万，同品类排名跃居全球第一。此外，熊猫看书英文版（Pandareader）等移动阅读平台也覆盖多个国家和地区的读者；阅文集团与韩国原创网络文学平台 Munpia、非洲电信及智能阅读企业传音控股、新加坡电信集团等建立战略合作关系，共同开发亚洲、澳大利亚与非洲市场①。

（二）我国网络文艺成功出海情况概览

1. 自主研发的网络游戏成为海外游戏市场的热宠

在海外游戏市场，一般都是欧美网游独霸天下，中国的网络游戏则表现平平。在很长一段时间内，我国几款热门游戏都来自对欧美游戏的引进，自主研发能力与创新能力都较为逊色。到了网络文艺时代，我国的网络游戏加大了自主研发的力度，极具创新性的网络游戏也在海外游戏市场具有了更强劲的竞争力。如腾讯开发的支持 14 国语言的"绝地求生：刺激战场"海外版（PUBG Mobile）在苹果应用商店和谷歌应用市场分别获得"年度精选"和"年度最佳应用"称号；"王者荣耀"海外版（Arena of Valor）下载量超过 1600 万次，美国玩家占比超过三成；网易开发运营的"荒野行动"全球累计流水约 3.7 亿美元，其中日本地区收入占 74%。

我国网络游戏在海外市场表现出了不俗的发展潜力，并成功打开了海外市场。与此同时，我国相关政策在大力鼓励网文出海的同时也对网文出海的"质"提出了更高的要求，促使网文的"出海"模式从"商业出海"向"文化出海"方向转变。于是我国的网络游戏研发也越来越注意将游戏与中国传统文化相嫁接，为网络游戏注入更多的文化内涵与民族因子，这样的游戏不仅在国内广受好评，在海外市场也收获了不少玩家的喜爱与热捧。像由我国腾讯公司自主研发的网络游戏"王者荣耀"，就是将中国历史上的三国时期作为游戏背景，在各英雄人物的基础上进行角色设计与游戏编码，该游戏一经推出

---

① 以上数据来源于《2019 中国网络文学蓝皮书》，中国作家网，http://www.chinawriter.com.cn，2020 年 12 月 12 日。

就风靡整个游戏市场。2016 年，网游"王者荣耀"推出海外版本，开始进军海外网游市场。仅过了一年，海外版"王者荣耀"就霸占了整个东南亚市场，荣登泰国、越南等多个国家游戏畅销榜的榜首。2018 年，腾讯公司开始让"王者荣耀"涉足北美市场，同样该游戏表现出了不俗的市场表现，在北美权威游戏媒体 IGN 评选出的"25 款史上最佳手游"中，"王者荣耀"国际版名列其中，这也是榜单中我国唯一一款自主研发的游戏。

2. 网络剧、网络动漫、网络短视频晋升为网文出海的主力

在很长一段时间内，我国很多大热的网综都是对日韩、欧美综艺模式的照搬，因而"水土不服"的情况经常出现。近几年，随着政策引导以及生产模式的转变，我国的网综市场也开始涌现出一大批具有本土色彩的原创性网综，这些原创网综不仅迅速占据了消费市场，而且收获了很好的社会反响。乘着国内网综市场的东风，我国的一些原创性网综也逐渐向海外市场迈进。2018 年，美国著名的娱乐集团大亨福克斯传媒集团买下了由优酷自制的网络综艺节目《这！就是灌篮》的综艺版权，从"引进"走向"输出"，标志着我国网综市场发展的新向度。2018 年，对于我国的网络文艺市场来说无疑是关键的一年，各网络文艺类型纷纷发力，"野蛮生长"的创作景象在主流化价值观的引导下得到了很好的规制，一大批文质兼美的精品之作也相继涌现市场，实现了井喷式的发展景象。2018 年，我国的网综、网络动漫、网络剧也纷纷走向海外，开辟海外消费市场。如《致我们单纯的小美好》《无证之罪》《河神》等多部原创性自制网剧被海外娱乐公司购买，海外受众反响依旧热烈。其中，《致我们单纯的小美好》在欧美网站"The Drama List"获得 9.1 的评分，在优兔（YouTube）上平均单集播放量超 200 万。网络剧《你和我的倾城时光》不仅在北美地区吸粉无数，而且荣获了"2019 迈阿密—美洲·中国电视艺术周"金珍珠奖项——电视剧金奖这一高等荣誉，标志着中国的网络文艺不仅在海外受到粉丝的喜爱，而且收获了来自官方的肯定，这对网络文艺出海来说无疑是一莫大的鼓励。

2018 年在海外市场表现得十分亮眼的网络短视频也成为中国文化海外输出的一大推手。我国网络短视频的出海先是将东南亚作为主要的深耕区域，以网络短视频龙头"抖音"为例，"抖音"海外版中将二次元、激萌、日韩

音乐等具有鲜明的亚洲文化色彩的元素作为攻破文化壁垒的切口。"抖音"的这种"定向"输出不仅有利于让网络短视频成为引发时代共振的窗口，而且为我国其他网络文化的成功出海积累了经验。

二、网络文艺跨文化传播迎来发展的新方向标

（一）网络文艺出海模式 1.0 阶段——内容输出转向 IP 内容输出

在《2019 年度网络文学发展报告》中，提道：2019 年，是网文出海 3.0 时代的重要一年。网络文学的海外传播正在实现从内容到模式、从区域到全球、从输出到联动的整体性转换。网络文学出海模式的改变标志着网文出海实现了由点到面、由浅入深的转变，实现了由内容输出向 IP 内容输出的进阶，并迎来了我国网络文艺出海内容型主导的新阶段。在 2018—2019 年度中国 IP 海外评价"TOP20"中，《斗罗大陆》《斗破苍穹》《全职高手》《扶摇》等 10 部网络小说荣登榜单。其中，由网络小说《全职高手》改编的同名真人网络剧在美国的主流视频网站 Netflix 一经上线，就收获了无数粉丝。不仅如此，网络文艺的 IP 出海模式还将 IP 的产业链不断延长，以此提升 IP 内容价值。根据网络小说《放开那个女巫》改编而来的同名动漫在"起点国际"小说平台发布之后，迅速占领了北美市场。网络文艺的成功出海自然离不开我国政府与相关政策的支持，根据网络小说《扶摇》改编的电视剧不仅在欧美多个国家的电视台播出，还登上了欧美的主流视频平台，而另一部根据网络 IP《择天记》改编的电视剧更是入选了"一带一路"蒙俄展映的推荐剧目，这种来自官方的肯定也赋予了网络文艺出海以更大的历史责任，即用具有中国风格、中国精神的元素、素材、人物等艺术符号去建构故事，以此展现中国形象与中国气质，让中国文化传播得更远。

（二）网络文艺出海模式 2.0 阶段——IP 内容输出转向文化输出

一时代有一时代之文艺，网络文艺的全球化内质，使其在跨文化传播语境下具有了得天独厚的先天优势。在数字化时代背景与文化消费模式的推动下，网络文艺出海已成为一种中国文艺、中国文化对外传播、

对外交流的文化载体，"讲好中国故事""传播中国文化"也成为网络文艺出海的内在要求与历史使命，这样的时代责任也让网络文艺的出海模式相应地发生了改变，即由 IP 内容输出转向文化输出，这不仅仅是传播模式的改变，更是网络文艺海外传播理念的一次更新与升级。当一种文艺走向海外，文艺的形式、内容就带有了很强的民族色彩，海外受众消费的不仅仅是文艺本身的内容，更重要的是文艺内容所内射出的文化内质。网络文学成功出海的经验告诉我们，一部文艺作品的"好看"不应只停留在文艺本身，而是思考如何与本民族的历史文化与民族精神进行有机的嫁接与融合并使其艺术形式具有文化透视的功能。如何用现代化的叙事方式将一个个普通人的平凡故事与人生体态汇入中国现实经验之中，让这些普通人的人生故事成为中国人故事的缩影，使其不仅具有时代共振的意义，也具有"类"的共情意义。

时代与历史、现代与传统本来就不是二元对立的存在，传统文化、传统文艺在"互联网+"的时代，在融媒体、自媒体蓬勃发展的时代，其形式与内容并没有被时代所遗忘，亦并没有因为各种"潮"文化、新兴文化的蜂拥而至而显得格格不入。相反，传统文化、传统文艺在新的时代背景下，在新的技术语境下获得了得以焕发新的生命力的新途径与新时机。从源头上来看，我国很多网络文艺的美学内质与精神内核都是对于中国传统文化千年文脉的赓续与创新。以网络文学中的玄幻小说为例，故事的转折离奇只是吸引读者的一个筹码，但是其中的故事内核则是对中国传统文化母题、原型的重述、重译与重构，是中国古典文化、中国美学精神、中国历史文明在技术时代的承接、延续与复活。

网络文艺出海的历史要求与时代责任也向文艺创作者提出了更高的创作要求。在网络文艺创作市场，"谍战"题材也愈发地受到网络小说、网络剧、网络电影的青睐，成为网络文艺内容生产市场的热宠。但是对于"土匪"形象的刻画还需要与主流价值相一致，文艺创作者要有历史视角与时代眼光，在艺术创作中应将"土匪"这一边缘群体看作鲜活的生命个体，用生命哲学的视角去审视"土匪"身上的生命价值。从古时的"留取丹心照汗青"到今天的"举世同襄中国梦"，爱国精神从民族独立到民族伟大复兴，从抗击倭寇到对实现中国梦的憧憬，将这些爱国主题的变迁化为一个个鲜活动人的文学故事和作品，将抽象化的精神具象化，继而表现在不同的历史际遇下我国爱国志士与民族英雄在民族大任前的历史担当与自我牺牲。除此之外，创作者在题材选择以及故事架构的过程中，应注意择取那些具有正面意义的内容，用积极的笔触与热情洋溢的文字去描写中国故事的阳光的一面、乐观的一面，并不是痛苦、丑陋、批判才具有美学价值，乐观与阳光更能给人们以精神的抚慰与振奋人心的力量，如此才有利于我国在海外塑造一个积极向上的文化大国形象。譬如从《水浒传》到《乌龙山剿匪记》再到《红高粱》，这些小说无疑都选择了"土匪"这一群体作为小说的叙述对象，但是这些小说并没有一味地批判"土匪"身上的野蛮与无知，而是联系他们在长沙会战、洞庭南岸争夺战以及抗美援朝等战役中的表现，引导观众从家国关系中去看待"匪"的个人命运选择，挖掘"匪"的侠义精神、生命血性与民族因子，这样的文艺作品不仅可以增加中国受众的民族自豪感与认同感，还能够成为海外受众了解中国文化、了解中国历史的有效桥梁，具有扭转海外对于中国文化偏见认知的现实意义。此外，文艺创作者还需以问题导向来阐释中国近代历史大事件，在故事建构中融入怀疑理性，站在国家的立场剖析时代问题，在对世情国情的艺术化处理中增进对主流意识形态的认同感。与此同时，在刻画人物、构造故事、表现主题时应跳出原点式的思维局限，以世界性的眼光去关注人类所面临的共同问题，在中国与世界的共时性关系中，在国家与历史的历时性关系中，去深刻感受时代所赋予的艺术创作重任，激发自身的民族信念、家国担当与济世情怀。最后，文艺创作者的创作着眼点还需立足于当下，应用当下的人物故事去彰显当下中国精神中的"变"与"不变"。如我国著名的材料科学专家徐祖耀院士尽管 90 岁的高龄却还坚持每天到办公室看文献，另一材料科学专家潘建生院士 80 岁的高龄但仍几十年如一日地坚持到工厂一线攻克技术难关。这些大师们兢兢业业的工作态度、无私忘我的奉献精神不正是对于社会主义核心价值观思想的实际践履吗？这些大师的成长史又何尝不是一部艰苦卓绝的个人奋斗史，其背后所凝练的又何尝不是中华民族自强不息、爱国奉献的优良传统作风？这样的故事难道不应该成为当今文艺创作的题材选择吗？这样的精神难道不足以代表中国文化与民族精神走向海外、走向世界吗？

第二节　从文化输出到文化认同

周宁在《天朝遥远》一书中，阐释了西方中国认知的三大来源：一是"对现实中国的某种认识"——事实是最为雄辩的；二是"对中西关系的焦虑与期望"，这是国家关系变化动态的阶段性特征所衍生出的影响；三是"对西方文化自我认同的隐喻"，即西方公众为确认自我身份、构建文化认同会把中国视为一面镜子，来映照自我①。周宁的此番言论就是对当今时代后殖民语境的一种阐述，通过周宁的这番言论我们可以明晰的是，西方对中国的认知必然混杂着虚幻的想象以及出于自身需要的随意裁剪、故意歪曲。这也反衬出我国在后殖民语境下进行文化传播与文化形象建构所面临的困难与挑战：如何处理好文化认同与阐释焦虑，跨文化经验与历史记忆之间的关系；如何摆脱被扭曲的"他者"与东方主义式的想象；如何抵抗"被看"的命运以摆脱西方审美的无意识压抑。

海德格尔（Martin Heidegger）曾经深刻指出，现代社会进入了"世界图像"时代，人们通过图像来把握世界。随着我国网络文艺出海成功，世界文化版图正在向东转移，我国网络文艺在跨文化传播过程中建构中国文化新形象，不断彰显文化自信。"让世界更好地了解中国，让中国更好地了解世界，是中国参与世界性话语并破除'文化霸权'话语的基本前提。"②我国网络文艺在后殖民语境下跨文化传播的使命就在于重建本民族文化的主体性与文化自觉，用图像将话语具体化，争夺民族话语权，用新的艺术语言书写自己民族的文化身份，在文化输出的同时建立文化认同，增强文化自信。

---

① 周宁.天朝遥远[M].北京：北京大学出版社，2006：3.

② 朱立元.当代西方文艺理论（3版）[M].上海：华东师范大学出版社，2014：374.

一、跨文化传播成功原因探析

(一) 我国综合国力增强与国家文化自信战略

不可否认，我国网络文艺蓬勃发展以及成功出海的原因与前提就在于我国综合国力的增强以及国家文化自信战略。经济全球化进程的不断推进也促进了当今世界文化交流的日益密切与空前活跃，世界文化格局也在悄然发生着重组。一方面，经济全球化所催生的文化全球化给世界不同国家、不同民族之间的文化交流与文化借鉴提供了可能，另一方面，媒体技术尤其是现在的融媒体的快速发展与普及应用，也为文化产品之间的交流互动、提高文化观念之间的传播互融提供了重要的前提保障。文化交流的空前活跃所带来的就是文化交融的日益加深，不同文化背景下，不同民族的风俗、思维、价值观之间相互渗透，不同民族的文化相互促进。唯基于此，才能在跨文化语境下实现由文化输出向文化认同的进阶。

文化软实力是一个国家基于本民族的文化而具有的凝聚力与生命力的集中体现，是关系到我国在世界文化格局中定位的关键力量。当代中国价值就是中国特色社会主义价值观念，代表了中国先进文化的前进方向。提高我国文化软实力的一大重要途径就是"讲好中国故事"，这不仅是文艺创作的要求，也是文艺传播的使命。在文艺创作这一维，就需要文艺创作者在文艺创作以及内容生产的过程中注重对中国价值进行提炼和阐释，从中华民族的悠久历史与灿烂文明中，从国家发展的伟大成就与中国时代经验中提炼素材、汲取力量，并将其与文艺形式以及文艺内容进行有机的融合，把当代中国价值贯穿文艺创作与文艺海外传播的方方面面，增强讲好中国故事的底色与底气。要把中国梦的宣传阐释与当代中国价值紧密结合起来，努力使那些承载着中国梦的中国文艺、那些传承着中华优秀文化基因的中国文艺、那些能够展现中华审美风范的中国文艺，成为在跨文化语境下传播当代中国价值的载体。而在文艺海外传播这一维，其使命就在于将这些具有中国价值、继承着中国文化基因、承载着中国梦并展现着中国审美风范的优秀的网络文艺传播到世界的各个地方，让中国文艺走向世界的同时也让世界各民族人民了解中国文艺、喜爱中国文艺，并以此构建中国在世界文化格局中的话语权与重要地位。尽管我国的经济实现了突飞猛进的发展，成为世界上第二大经济体，中华文化的国际影响力与话语权也大大提升，但是就目前的国际文化格局与舆论格局来看，依旧呈现出明显的西强我弱的局面，我们在很多方面还不具备有效性的话语权，还未建立起一套具有中国特色与世界影响力的对话话语体系，甚至在文化事务等很多方面还处于一种失语的状态。若想中国文化在海外影响力进一步提高，中国国家话语权进一步提升，则需要构建一套完整的、具有民族特色与人类共通性的对话话语体系。即是说要创新对话话语表达的方式，文艺创作无论是在题材的选择上还是在主题的表达上，都需要将那些能够唤起人类共情点的原型或是母题作为文艺创作的主要内容，选择那些能够让海外受众看得懂、听得进的文艺形式来阐释中国实践与中国经验，用中国优秀网络文艺来升华中国力量，进而增强我国文艺对话话语的感染力与影响力，传播中华文化，增强文化自信。

（二）"网络空间命运共同体"的时代趋势

只有国家强大，才有走向世界中心的筹码，只有走向世界的中心，才能有让更多民族接触了解的机会，才有由文化输出走向文化认同的可能。随着媒介技术的发展更新以及互联网的普及，我国也顺势成为拥有世界上规模最大的网络用户的国家，在媒介背景下成长起的"网生一代"，在互联网这自由的舆论环境下并没有忘记历史、失去自我，成为与社会主流相斥的"垮掉的一代"，相反，相较于他们的父辈来讲，现在的 90 后、00 后拥有着更为昂扬的民族自信心、更为显在的国家自豪感以及更为广阔的知识面与时代眼光。正如有学者所提到的，中国已经成就一代"平视世界"的青年："他们能够理解和包容各种政治理念、经济模式、文化现象、生态环境、科学技术；不同文明都可以按照自己的基因成长；处在历史不同阶段的文明，也可以在同一个时空相互交融；和平已不再是一种梦想，而成为一种发展的方式。"[①]这一群具有民族信仰的"网生一代"不仅成为我国网络文艺国内消费的主要消费力

---

① 皮钧.把制度财富的创造权赋予青年一代[J].中国共青团，2017（1）：1.

量，还成为网络文艺成功出海的强大的受众基底。

习近平总书记站在新的历史发展格局与新的时代要求以及历史使命下，提出了"人类命运共同体"这一全球性视角与人文主义情怀的新主张，彰显了大国应有的责任与胸襟。现在的融媒体语境也为全球各民族提供了一种可以跨越时间与空间的限制、跨越民族与文化的壁垒的媒介平台，让不同文化、不同文明形成了一种跨时空、跨民族的交流对话、互鉴与融合的"网络命运共同体"。从"人类命运共同体"到"文明命运共同体""网络命运共同体"，这是人类经验在不同的时代阶段下的理念更新，是对于人类生存际遇的理性认知，也是对未来人类发展的美好憧憬。只是，相较于"人类命运共同体"和"文明命运共同体"来说，"网络命运共同体"的不同就在于它的群众指向主要是以网民为表征的青年群体。"网络命运共同体"不仅是一种新的理念、新的视域，也是一种新的文明交流场域，不同的民族文化、不同的文艺思想在这一场域下，文化与文艺以一种数据的形式，又或是一种经验的形式，又或是一种想象共同体的形式，实现着跨文化的流动、融合与发展。就此意义而言，"网络命运共同体"这一时代趋势也为我国网络文艺出海从"海外传播"阶段走向"全球圈粉"，以及为我国网络文艺的全球化文化战略提供了一种可实施的路径选择与理念支撑。

二、网络文艺的跨文化传播重在精神

跨文化传播不仅仅是通过媒介的手段，让某一种文化进行跨时空、跨民族的流通与交流，也不仅仅是单纯地扩大某一种文化在世界上的影响力甚至是巩固其霸权地位；相反，跨文化传播不是让一种文化去影响、取代另一种文化，而是让文化在互动中不断地丰富、完善。无论时代如何变迁，无论传播理念如何更迭，塑造人的精神、净化人的灵魂、承载时代使命依然是一种文艺、一种文化在跨文化语境下传播的根本职责所在。数字文化消费的蓬勃发展与中国文艺国际影响力的提升都基于网络文艺内容之丰富、精神之昂扬、思想之丰盈，唯其如此，创作出的网络文艺作品才会具有振奋人心的力量，才具有承历史之文化、传民族之精神、载时代之价值之功用，才可扛构建国家文化形象之大任。

针对网络文艺在跨文化传播中的重要性这个问题，我国学者孙佳山将网络文艺形象地比喻为"硬盘里的文化大使"，他曾这样总结道："网络游戏、网络视频、网络文学、网络动漫、网络音乐等网络文艺的具体形态，是当代中国文化的重要组成部分，理应在中华文化走出去的过程中，讲好中国故事，扮演好'硬盘里的文化大使'。"

三、后殖民语境下的文化认同——实现文化自信的关键

首先，后殖民语境下的跨文化传播应从文化输出转向文化认同，其关键在于如何将本国文化融入文化产品中，实现产品的民族性与世界性的合一。文化输出是一种文化传播，而文化认同才是彰显文化自信的有效途径。作为有着五千年悠久历史的文明古国，如何在后殖民语境下打破西方的"东方想象"，将我国优秀的传统文化植入网络文艺中实现"自者文化"在"他者文化圈"的尊重与认可，在不同文化之间的博弈之中，在文化之间的对话与理解中实现后殖民语境下文化自信的突围，是建构文化强国的必然选择。在此之前，美国、日本等发达国家都将电影、动漫等文化产品视为各国文化输出与文化认同的重要途径，争夺文化霸权。曾经的美国的好莱坞大片风靡全球，实现了美国文化在全球范围内的文化殖民，现在的迪士尼、漫威电影等文化产品抑或者是圣诞节、万圣节等西方节日都是将美国精神与美国价值观进行产品包装，然后向全世界兜售，让世界各地的受众在对这些文化产品的消费中潜移默化地认同了美国文化。日本的动漫无论是在人物的服装造型还是形象塑造上，都体现出了浓厚的日本文化，"樱花""菊""刀""猫"等带有强烈日本民族的文化符号也经常出现在日本动漫或电影之中，体现出浓厚的日本民族文化。例如以岩井俊二为首的"新浪漫派"，在人与自然的诗意关系中展开对于死亡与时间的思考，传达出日本独有的生死观；又如北野武的"新写实暴力"电影，将日本民族文化符号元素贯穿影片，将日本民族"菊与刀"式的矛盾性格与武士精神在打斗场面中在力与美完美结合中展现得淋漓尽致，呈现出极具日本民族风格的"暴力美学"；再如新锐导演是枝裕和的底层视角、反戏剧叙事、空镜头与长镜头等手法，在湿润的镜头语言下细腻地传递出日本独有的物哀之美。这些充满日本民族文化元素细节的日本文化产品，

很好地助力了日本文化的全球传播。但是我们不得不承认的是，美国与日本都可以将本国文化很好地融进文化产品中，并能够与各国不同的审美品位相调和以获得各国人民的文化认同，在这方面也为我国的网络文艺的自信出海提供了范式。

其次，借助网络文艺跨文化传播来实现"自者"文化在"他者"文化圈的认同。融媒体的发展使得网络文艺可以克服时间与空间的距离，实现扩地域的传播，加快了传播的速度与范围，可以更好地助力本国文艺作品的跨文化传播。在这方面，我国的短视频展现出了极大的优势。前段时间，抖音上一家四口喊妈妈的团圆视频在中国掀起热潮，与此同时，这段"四世同堂合家欢"话题的短视频在国外社交媒体上也受到了大量网友的欢迎，多家媒体对这段视频有着超高评价，称这是中国人有史以来创造的最可爱最具正能量的网络流行文化。例如国外的 Mashable 网站的标题为"四世同堂梗是我们在2019年期待的正能量"。有的外媒还对这个视频作了文化层面的解读，认为其背后所呈现的是中国的传统文化即四世同堂共享天伦的传统。此外，这条视频在国外还掀起了名为《四世同堂》的视频挑战。各个国家的民众纷纷效仿，不少网友也表示了对于中国文化的喜爱与向往。还有不少外媒大赞《四世同堂》视频挑战传递的积极意义。澳大利亚广播公司（ABC News）认为之前不少风靡网络的视频挑战都比较无厘头，但这次起源于中国的"四世同堂"则充满了正能量。这次的"四世同堂"短视频的海外传播，很好地向世界展现了中国"家文化"的差序格局与伦理本位。"家文化"不仅深深影响着中国人的自我认知与文化认同，并且通过网络文艺的跨文化传播使得中国的传统文化与价值观念赢得了全世界的认同，实现了在后殖民语境下的文化自信突围。但是像"家文化"这样的文化视频输出带有一定的偶然性，还没有上升为一种文化符号，只有当民族文化作为一种文化符号进行跨文化传播时，才可减少符号释义的解读错位，才会成为一种传播范式进而实现文化输出向文化认同的转化。作为我国网络文艺中最早出海并获得巨大影响力的中国网络文学，由于传播平台的成熟、出口量的激增、粉丝量的巨大，其正在潜移默化地影响着海外读者对中国文化的认知，建立与中国文化的情感认同。如目前海外不少网络文学读者为了更好地理解中国仙侠小说，选择前往 Wuxia

World 设立的"中国道文化板块"，学习中国传统文化知识，甚至有不少的外国读者在论坛中放弃了 buddy 或 man（兄弟）的西式称呼，互称"道友"①。

最后，文化符号"李子柒"的启示——开发更多的文化符号矩阵，增强中国文化的辐射力与自信力。截至 2020 年 6 月，李子柒在 YouTube 粉丝已突破了 1000 万，成为我国首位在 YouTube 粉丝过千万的中文创作者，鉴于李子柒的海外影响力，其被《中国新闻周刊》评为 2019 年度文化传播人物。"李子柒"俨然已经成为跨文化语境下的中国文化新符号的代表。

李子柒所拍摄的视频内容从手工阿胶、桂花酿酒、腊味合蒸到文房四宝、古法胭脂、手工造纸，中华民族上千年的美食文化与传统工艺被完美展现。正因如此，很多人将"李子柒"视为中国文化输出的代表，她的视频不单单是对中国田园乡村牧歌式的展现，而且通过自然之物将中华民族的传统文化精神进行现代的文化复苏，在缓慢的镜头下感受天人合一的自然和谐。李子染的很多视频都以中国古代的传统文化为表现中心，如造纸术、文房四宝、卯榫建筑、蜀绣等非遗文化，还有酿酱油、酿黄豆酱、酿腊肉等中国传统的饮食文化。在她的视频中，我们可以潜移默化地感受到中国传统文化与精神文明的博大精深，更重要的是给当下快节奏的生活以一丝精神的慰藉。长发飘飘、身穿汉服的女子，清新淡雅的田园风光，鸡鸣犬叫的乡村生活，和睦亲近的邻里关系，这一切仿佛就是陶渊明笔下怡然自得的桃花源。在李子染的视频中，我们看不到工业文明的野蛮，感受到的是人与自然和谐相处，感受到的是中国传统文化的延续。所以，在李子柒有关笔墨纸砚视频的评论中，有外国人曾这样评论道："她在重新向全世界介绍，被我们忘记的那些中国文化、艺术和智慧。"

央视也曾这样点赞李子柒："没有一个字夸中国好，但她讲好了中国文化，讲好了中国故事。"这些评论都肯定了李子柒作为文化符号在跨文化传播中的重要地位。李子柒用中国风式的画面风格、质朴的影像语言去讲述中国故事，传播中国文化，不仅打破了西方对于中国带有东方学意味的想象与认知，而且打开了一扇展现中国文化景观的窗口，重塑西方人眼中的中国，让

---

① 马辉，顾慧敏.歪果仁也迷上仙侠网文！还有人写起玄幻[N].南方都市报，2016-12-08.

中国优秀文化在跨文化传播中实现文化认同。有学者将李子柒的这种文化输出称为"柔性传播"，即"注重挖掘隐藏在文化下的某些特质的传播边际内容，以轻柔、持久的方式潜入受众头脑，以达到春风化雨的目的"①。于是有学者提出这样的观点："把作为文化符号的李子柒放在西方的中国认知谱系中审视，是很有意味的。在西方被较广泛认定为中华文化传统代表的艺术形象谱系。比如，与菊豆等张艺谋早期国际影展获奖作品中塑造的乡土中国女性形象相比，美食视频中的李子柒显然更为向上，彰显出真、善、美和优雅的一面，彻底摆脱了封建、落后等负面标签，产生了正面吸引力。"②李子柒将中国的非遗文化、饮食文化等中国传统文化作为自己的视频内容，是对中国民族话语的自主书写，从侧面也彰显出新时期下中国民众对本国文化的自信。这是作为文化符号的"李子柒"所带来的启示："讲好中国故事，需要壮大中国文化符号体量、丰富中华文化符号类型、形成中华文化符号矩阵。"③

四、后殖民语境下跨文化传播的问题与启示

虽然我国网络文艺的自信出海收获了不错的效果，扩大了本民族的文化辐射力，但是所面临的问题与困境依旧存在。后殖民语境带有很强的文化策略性，在此情况下的文化传播很容易陷入"想象中的他者"的境地，对此应谨防将西方国家的审美趣味作为我国文化输出的审美追求。我国的网络文艺相较于以前的泛娱乐化，也开始不断地向网络文艺的主流化方向转变发展，经过主流化转向后的网络文艺内容生产也逐渐把具有思想化、价值化、历史化、中国化的文艺理想作为自身的创作追求。在这样主流化的创作思想的引导下，我国的网络文学市场涌现了一大批文质兼备的现实主义题材的优秀文艺作品。即使是历史题材的网络文学作品，也都是建立在历史真实的基础上的，故事发展与矛盾冲突也都立足于现实逻辑之上，人物刻画与形象塑造也

① 李建军，刘会强，刘娟.强势传播与柔性传播：对外传播的新向度[J].东北师大学报（哲学社会科学版），2014：3.

② 李习文.李子柒走红海外的国际传播逻辑[J].传媒观察，2020：2.

③ 李习文.李子柒走红海外的国际传播逻辑[J].传媒观察，2020：2.

都遵循着艺术逻辑，围绕着人性逻辑展开。

　　像网络文学作品《琅琊榜》，将礼和、孝悌、忠义、诚信等中国传统儒家文化与险象环生且紧张刺激的故事情节完美结合，其改编后的同名电视剧不仅在国内口碑与收视双丰收并且成功"出海"，在东南亚地区受到了热烈追捧，如此思想性与艺术性并存、价值性与娱乐性合一的优秀网络文学作品不仅扭转了大众以往对于网络文学的刻板印象，更重要的是在跨文化传播的过程中有力地传播了儒家文化与民族精神，在后殖民语境下书写了大写的亚细亚文化。很多玄幻题材的网络文学创作也逐渐抛弃以往专注于想象修辞与虚拟想象空间的营造，开始在玄幻诡魅的故事中添加中国传统文化与民族文化元素。例如《诛仙》这部玄幻题材的网络小说就以道家思想建构小说中的修行体系，在光怪陆离的玄幻世界中，在道家思想的影响下展开对于人性的思考与对终极意义的追问：何为正？何为邪？天地不仁，以万物为刍狗。此外，我国大量的优秀民族文化与传统文化还停留在国人"自赏"的阶段，并未得到有序的开发与正确的讲述，但是像李子柒这样的中国网红走红海外，也为我国在后殖民语境下的跨文化传播提供了一种新的思路与启示，即用人物符号来丰富我国民族文化符号矩阵，与图像符号谱系一并作为我国的民族文化谱系的构成，以此实现中华文化禀赋与中国综合国力的相称。正如人民日报海外版评价李子柒的那段话：李子柒向世界打开美丽中国的一扇窗口，是对外文化传播中值得研究的样本。传统与现代交融、乡村与城市辉映的精彩中国自带"圈粉体质"。相信随着信息技术的发展，未来会有更多人用海外乐于接受、易于理解的方式，从不同角度、不同侧面呈现丰富多样、立体多元的中国。

　　因此，为了更好地在后殖民语境下实现从文化输出向文化认同的转化，彰显我国的文化自信与民族自信，我们不得不面对以及解决的困境就是：如何突破后殖民语境下西方国家对中国文化的形象谱系的刻板印象以及审视中国文化的既定视角，让中国文化的再符码化和文化价值体系在新的时代背景下重新定位，以此实现中国文化符号与网络文艺的嫁接生长，并推进网络文艺的跨文化传播能够在文化输出向文化认同的转化中完成后殖民语境下文化自信的突围。

第三节　跨文化传播与国家形象的重构

安东尼·布莱尔(Anthony Blair)认为："相对于语言文字的话语建构效果而言，图像在与受众的心理互动中更具备'意义生产者'的劝服力量。"[①]在融媒体环境下成长起来的网络文艺在视觉符号的选择与呈现上则更具感染力与说服效果，网络文艺成为跨文化传播下建构国家文化形象的重要载体。加之其得天独厚的网络优势，"中国性"的网络文艺正呈现出它的"世界性"特征。网络文艺在海外国家形象构建力方面发挥了不可替代的作用。2019年9月，在杭州召开的以"网络文艺的中国形象"为主题的"西湖论坛"，其中就分析了网络文艺跨文化传播下对于国家文化形象构建的重要作用以及面临的机遇与挑战。近几年，在融媒体等媒介的驱动以及国家政策的大力扶持下，我国的网络文艺获得了井喷式发展，网络文艺能指的丰富性促进了网络文化的多样与繁荣。如今的网络文艺作为一种新兴的艺术形态，不仅潜移默化地影响着现代社会下人们的生活和思维方式，而且也建构着个体对于国家文化形象的认知，与此同时也关系到国家海外话语权与国家文化形象的传播。"不经意间，中国网络文学的魅力已经散播到全世界，尤其是在没有政府和资本护航的情况下，经由粉丝渠道在网络亚文化空间安营扎寨，进入了国外粉丝的日常生活，这确实是前所未有的。"网络文学在海外产生的影响，极大提振了我们的文化自信，北京大学教授邵燕君在"西湖论坛"上如是说。

一、网络文艺对国家文化形象的构建力

国家文化形象是个体在头脑中对国家总体形象的一种文化认知图式，但一个国家的文化形象绝不是一个抽象的概念，而是立足于本土文化由最具该国民族特色的符号及元素构成，而在文艺作品中，一个国家的文化形象则以一种具象化、形象化的形式呈现。

[①] Blair J. A, The rhetoric of visual arguents. In Charles A. Hill and Marguerite Helmers (Eds.), Defining Visual Rhetoric (pp. 41-62). Mahwah, NJ.: Lawrence Erlbaum Associates, Inc, p. 59.

　　文化自信在习近平文艺思想中占据重要地位，习近平总书记曾旗帜鲜明地提出文艺创作应"坚定文化自信，推动社会主义文化繁荣兴盛"，文化自信是一个国家、一个民族发展中更基本、更深沉、更持久的力量。文化自信不只是文艺创作的要求，更是中国文艺海外传播的应有之义。坚定文化自信，让代表中国文化形象的文艺作品真正走出国门。文化自信的力量来源必须从中国本土的优秀民族文化与传统文化中汲取。坚守自身传统文化，要用自信的心态看待本民族的传统文化。于是，对于中华传统文化的理解和把握，也是网络文艺在跨文化传播语境下塑造国家文化形象的重要维度。

（一）融媒体时代下的国家文化形象构建

1. 网络文艺在跨文化传播中的国家文化形象构建力优势

　　对于网络文艺在海外传播中的国家文化建构力，我国学者陆绍阳曾这样评价道：网络文艺的发展前景，远远超出我们的想象。从世界的角度看，当代中国文艺实现弯道超车，很可能会从网络小说、网络文艺开始。

　　第一，中国的网络文艺在跨文化传播中具有强大的青年文化感召力。《白皮书》显示，海外网络文学的受众以学生为主体，比例为 52.9%。对于年轻的"网生代"而言，相比于传统文艺中文化形象符号的政治倾向与说教意味，网络文艺则属于"低语境"话语体系的一类。网络文艺诉诸于生动鲜活的视觉符号，以当代青年共同的文化想象为基础，以共鸣性话题为切入口，与网络时代世界青年的文化交流的习惯相契合，实现与海外青年群体的"经验融合"，如此海外的青年才能够以一种积极阅读式的姿态认可中国网络文艺背后中所蕴含的关于中国文化及国家形象的符号，从而更有利于中国文化与海外青年的群体互动，最终建构起对于中国国家文化形象的认知与认同。

　　第二，我国网络文艺的四个"加快"与主流化转型，有效提高了对于国家文化形象的构建力。我国网络文艺的四个加快分别为："加快了我们走向世界的步伐，加快了它成为支柱型产业的可能性，加快了文艺作品原创的速度，加快了文艺大众化的步伐。"网络文学的海外传播虽然多以玄幻、武侠、仙侠等题材为主，但是在这些以虚拟想象等修辞符号为主的网络小说中，也存在着现实指向"用幻想的镜子曲折地反映现实"①，固然也存在大量关乎中国文化形象的"现实想象"。例如，在海外阅读平台 Wuxia World 颇受欢迎的《仙逆》这部网络小说，虽然属于仙侠题材，但是作品所刻画的主人公身上所流露出的心怀天下、乐善好施的优秀品格，彰显出中国古代文人特有的"魏晋风骨"式的人格精神与中华民族不媚权贵、豁达超然的民族精神；又如在 Gravity Tales 收获大批粉丝的玄幻题材作品《斗破苍穹》，将儒家文化与中庸思想揉入故事叙事之中；另一部玄幻小说《择天记》则通过一少年的成长历程展现出"天行健，君子以自强不息；地势坤，君子以厚德载物"的中华精神等。诸如这些渗透着民族形象、民族价值观的内容情节与文化符号都有利于海外受众感知和认同中国国家文化形象。除此之外，近几年网络文学、网络游戏、网络动漫在内容生产上开始与传统文化结合并出现了主流化转向。其中最明显的表现就是网络文学开始从个人叙事、情感叙事、游戏叙事转向具有家国情怀的现实主义宏大叙事，有效提高了网络文艺在海外对于国家文化形象的构建力。

第三，跨文化、跨媒体是建构海外国家文化形象的必由之路。随着网络文艺的快速发展及其海外影响力的不断扩大，文化数字化与"互联网+国粹"已经成为融媒体时代下我国的战略基础设施工程的重要组成部分，同时也是我国在海外市场争夺文化话语权的战略性举措。与此同时，我国网络文艺的成功出海也是在新时代、新语境下对中华优秀传统文化的创造性转化和创新性发展的积极探索。在"图像时代"，图像符号、视觉符号较文字而言属于"低语境"话语体系，在直观化、具象化地展示国家文化形象方面具有更大的优势，更易于使不同文化背景的受众达成文化共识。如名为《中国经济真功夫》的短视频，将中国经济与中国功夫类比呈现，展现出我国文明的、负责任的大国形象，其中众多带有中国传统文化元素与民族元素的文化符号也向世界呈现出一个具有悠久历史与灿烂文明的文化国家形象。

第四，网络文艺以连接亿万"小人物"的故事，诉诸"人类命运共同体"式

---

① 陈鲁.谈谈网络文学的几个问题：写在鲁迅文学院网络作家高级研修班结业之际[N].光明日报，2015-01-29.

的情感共鸣，展现真实、立体、全面的中国文化形象。网络文艺的出现打破了传统精英—大众、生产者—消费者边界，在中国作协网络文学研究院副院长肖惊鸿看来，没有哪一个时代能像今天的中国一样众人书写中国故事，在这个故事中，我们同呼吸、共命运。网络文艺以平民视角、小人物个体叙事，"怀揣中国心，以全人类视野与世界共生互动""将中国式的表达方式与世界性的话语体系进行对接和适度转化，有机融合中国内核与世界表情"。这就要求网文创作者应积极发掘中外受众需求的共振点，诉诸幽默来提高"解码共通性"，以小见大地传播中国国家文化形象。此举不仅有助于提升中国文化在世界范围内的认知度和接纳度，扭转国际传播中的文化逆差，还可进一步消融"锐实力"政治偏见与文化误读，继而有利于中国在海外展现一个真实、立体、全面的国家文化形象。2018 年，腾讯视频与隶属国务院新闻办公室的五洲传播中心联合制作的两部展现中国传统习俗和文化的纪录片《佳节》和《敦煌：沙漠中的奇迹》，分别在国家地理频道和 BBC 等海外频道播出，吸引了众多海外观众来了解中华传统文化。五洲传播中心携手优酷联合策划出品了聚焦手工艺人与文化传承的系列纪录片《了不起的匠人》，通过"中华之美海外传播计划"进行中国国家文化形象的国际传播。

　　第五，网络文艺重构了"意识形态"庞大的新舆论场域。网络文艺通过融媒体等媒介重塑时代语境和场域，颠覆了人们对传统文艺的认知与感受，建构了人们对于网络新的社会场景的全新体验，成为新时代、新语境下的文化传播载体，成为网络内外互动、国内外联动"讲述中国故事、传播中国声音、阐释中国特色"，在跨文化传播中争夺文化话语权与重建国家文化形象的前沿阵地。尤其是网络文艺"在大众文化消费、国民阅读和青少年成长教育中的巨大的作用和影响力，使得网络文艺已经成为重建国民意识形态体系、重构社会主流价值观念、重塑文化软实力，特别是重建中国青少年的自我意识、文化建构和族群/国家与民族认同的重要路径"①。无论是好莱坞大片还是日本动漫，作为一种文化产品，都不可避免地将本民族的价值观与文化传

---

① 庄庸.中国网络文艺：下一个伟大时代的入口？中国网络文艺词典开篇词[J].网络文艺日报，
　　2017(02)．

统进行艺术包装，与其说是一种文化输出，不如说是以隐秘的形式在全世界进行意识形态输出。例如日本动漫大师宫崎骏的一系列动漫作品，无论是《龙猫》《千与千寻》，还是《哈尔的移动城堡》等作品，他的作品中总会贯穿着带有日本民族色彩的文化意象符号，流淌着大和民族式的审美趣味。比如日本动漫《龙猫》中的"龙猫"，这个体型庞大、憨态可掬的动漫形象是经过文化与意识形态编码后的形象符号。因为在日本文化和宗教信仰中，"猫"被视为灵性之物，日本文化学家直江广治在《日本文化史词典》中就有提到，日本这种"神佛共奉"猫的现象，显示出猫在诸神之间的跨越性特征，它已经成为一种代表"财源"和"情缘"的文化符号。所以在动漫《龙猫》中，"龙猫"这个动漫形象就带有日本文化中"猫"的指向性意指。因此，动漫中的形象的整体架构是以文化意识和社会意识为填充的，是透过能指的所指从而指向了更深层意义的意指符号。宫崎骏还曾直言不讳地说道，澄清的小河、森林、田地，住在其中的人、鸟、兽、昆虫，夏天的闷热、大雨，突然刮起的劲风，恐怖的黑夜……这些东西全显出日本的美态。"网络动漫是一项综合人文精神、意识形态和工业水平的艺术形式"①，网络动漫的海外传播应更注意对其进行文化与意识形态的编码，担当起实现国家意识形态的柔性传播与扩大国家文化形象影响力的功能。

2. 我国网络文艺在跨文化传播的语境下对国家文化形象建构所面临的问题

问题一：网络文艺对国家文化形象的构建，应从自发、自为转向自觉。

在当前网络文学的海外传播实践中，关于中国文化形象的构建还处于自发、自为的阶段。目前，我国网络文艺的成功出海在通过影响海外受众对中国文化的亲和度与接受度，减轻了西方对我国"东方主义式"的东方想象与文化误读，一定程度上较为真实、全面、客观地呈现了中国国家文化新形象。但是网络文艺目前这种对于我国文化形象的呈现与传播，还无法将建构中国国家文化形象作为文化"走出"战略的一种自觉。因为"单纯的海外传播显然不是'网文出海'的最终目的。我们还需要将网络文艺的海外传播，打造成传

———————————

① 李海燕. 动漫文化与国家形象建构[J]. 电影评介，2006：22.

播中华文化、建构中国国家文化形象的一个独特的窗口"①。

问题二：如何走向网络文艺的国家文化形象构建力的自觉阶段？

第一，从创作者角度，网络文艺创作者应强化自身的内质修炼，强化价值引领，减少网络文学对中国文化形象的错误表达。以我国自主研发的网络游戏《三国演义》为例，该游戏虽以三国历史为游戏背景，但是游戏中所承载的并不是我国传统文化中"仁义礼智信"的儒家文化，更多体现出的反而是日本的武士道精神。因而在建构中国文化形象的网络文艺创作实践中，需首先解决我们自身对本民族历史文化的误读与偏解。由于网络文学创作者自身的文化结构与文化素养良莠不齐，在对中国文化、民族形象、国家形象、文化价值观的认知层次上参差不一，致使在对中国文化与历史精神的艺术化处理与对中国文化形象的表述能力上还存在巨大差异。第二，在创作过程中应着眼于描写真善美的一面，将"海外圈粉力"转化成中国文化形象的"构建力"。在网络文艺众多形式中，网络文学无论是在出口规模还是"海外圈粉力"方面都是一枝独秀的，但是目前网络文学"出海"的题材还主要集中于玄幻、武侠、仙侠等架空现实与历史的虚构类作品上。这些网络文学在表现中国文化、本土元素、历史传统、民族特色等文化意象符号上具有很大的局限性，目前亟待解决的问题则是网络文学尽管具有强大的"海外圈粉力"，但是海外的读者们很难通过文字与修辞形成对中国文化形象具象化的想象。此外，在部分的网络文学创作中，一些作者在"注意力经济"的驱使下无视国家尊严与形象、脱离本国的社会现实，对现实社会进行主观臆造、对历史进行随意裁剪，甚至为了迎合西方对中国"东方主义式"的想象而对中国形象进行过度阴暗性的渲染与丑化。这无疑会对中国国家文化形象的海外构建与传播带来极大的负面影响。这样的历史境遇下，我们应坚持社会主义主流文艺思想，从源头上治理那些严重脱离中国现实实际、偏离民族价值观、违背社会主义核心价值观、扭曲中国人民精神风貌、损害国家形象的网络文学作品，用真善美代替假恶丑，将我国网络文艺"海外圈粉力"的巨大优势转化为构建国家文化形象的驱动力。

---

① 陈定家.网络文学海外传播的思考［N］.中国文化报，2019：3.

问题三：网络文艺的国家文化形象构建力，应根植于传统文化。

传统文化当网络文学在海外成潮流，中国文化融入世界语境，最根本的还是要根植于中国故事，毕竟"欲信人者，必先自信"。"中国的网络文学在海外传播，说到底，是中国综合国力强大的体现，越来越多的外国人产生了要了解中国文化的愿望"，肖惊鸿称，"网络文学从出生的那一天起就打上了中华文化的印记。"①

网络文艺如何通过当代讲述接续中华千年的文脉与文化自信，从而塑造网络文艺的中国形象，关系到网络文艺的国家文化形象构建力。对此，首先是要讲好中国故事的 IP 化策略。网络文学作为网络文艺符号生产的原生符号，其他网络文艺再生符号的生产都是建立于网络文学这个原生 IP 的基础之上的。因此，讲好中国故事的 IP 化策略成为建构海外国家文化形象的必然要求。我国学者常江认为，IP 化是全球化和融媒体时代讲好中国故事、塑造国家形象、提升国家软实力的必由之路，原生的网络文艺要转化为具有中国特色的优质 IP，必须要经过概念提炼、形象创意和叙事安排几个重要环节。"以孵化 IP 的方式讲好中国故事不单纯是对孤立作品传播效果的追求，更是对中国文化进行系统性挖掘、反思与重构的过程，是使中国文化的独特性得以彰显、获得尊重的最有效的方式。"②目前的网络文艺创作还存在一种现象就是，在那些依托于中华传统文化而成为的超强 IP 中，不少网络文艺作品披着中华传统文化的外衣，内容却是对传统文化的戏谑恶搞、挪用拼贴，一味地追求解构新奇而放逐了对传统文化的进一步的凝练与创新。以《古剑奇谭》《花千骨》《诛仙》《三生三世十里桃花》为代表的仙侠题材网络 IP、网络文艺作品盛行一时，覆盖网络文学、影视、游戏等方方面面。清华大学副教授梁君健直言"这类作品大多数在叙事和价值观方面有些被动，并没有给中国传统的伦理价值观、传统叙事等方面提供新的动力和思考，且与当代社

---

① 中国作协网络文学研究院副院长肖惊鸿在《西湖论坛 | 全球媒介革命视野下的中国网络文学》上的讲话，https://zj.zjol.com.cn/news/665511.html，2020 年 7 月 4 日。

② 常江. 讲好中国故事的 IP 化策略[J]. 中国文艺评论，2017：8.

会之间的直接沟通能力也还比较弱"①。其次是要挖掘、思考与重构激活广博的传统文化资源。对于网络文艺如何运用广博的民族文化资源讲好中国故事这个问题，在我国学者看来，这是对中国文化进行系统性挖掘、思考与重构的过程，也是使中国文化的独特性得以彰显、获得尊重的方式。中国文艺评论家协会网络文艺委员会秘书长庄庸则指出，网络文学在对故事原型、文化母题的重塑过程中与当下的大众心理、集体无意识互鉴融合，以此实现对我国广博的传统文化资源的激活与重构。沿着这种创作路径，网络作家猫腻的《朱雀记》就具有典范性的意义。这部作品无论在叙事抑或主题的表达上都承载了经典名著《西游记》的精神内核，在新奇的形式下包裹着的是深刻的人生哲思，作者通过玄妙的构思将具有生活性的艺术内容与其主题精神完美融合，《西游记》中对于命运、对于人性的古老传说在现代性的叙述方式上重新鲜活起来，同时作者在这种传统与现代的碰撞中构建了一种关于"我时代"的现代哲学。最后是要在优秀传统文化创造性转化和创新性发展中增强文化自信。社会主义核心价值观是对中华优秀传统文化的继承和创新，网络文艺在跨文化传播中对于我国优秀传统文化的传承不应是刻板的说教或是直接性的说理，而是将现代与历史相融合，让历史与现代相并置，赋予历史内容以新的时代价值，让古老的哲学思想与文明在新的时代重新焕发新的生机。

问题四：如何让代表中国文化形象的文艺作品真正走出国门，走向世界？

在回答这个问题之前，首先要明确以下两个问题：第一，什么样的文艺作品代表中国文化形象？习近平的文艺思想已经对此做出了明确的回答："社会主义文艺是人民的文艺，必须坚持以人民为中心的创作导向，在深入生活、扎根人民中进行无愧于时代的文艺创造。要繁荣文艺创作，坚持思想精深、艺术精湛、制作精良相统一，加强现实题材创作，不断推出讴歌党、讴

---

① 中国作协网络文学研究院副院长肖惊鸿在《西湖论坛丨全球媒介革命视野下的中国网络文学》上的讲话，https://zj.zjol.com.cn/news/665511.html，2020 年 7 月 4 日。

歌祖国、讴歌人民、讴歌英雄的精品力作。"①现在我国的网络文艺创作者所面临以及所要解决的问题则是，如何才能创作出这种文艺作品呢？根据社会主义主流文艺思想，想要创作出优秀的、无愧于时代的伟大的文艺作品应做到以下几个方面：一是以人为本、书写人民的文艺；二是立足于现实生活，用现实主义精神与浪漫主义情怀观照现实；三是立足当代生活的底蕴，坚定文化传统的血脉；四是古为今用，洋为中用。

二、创作出无愧于时代的文艺符号

创作无愧于时代的文艺符号，让网络文艺出海由内容输出转向符号输出，增强中华符号的国际影响力。当前，我国网络文艺出海取得了巨大成就，扩大了中国的国际影响力。但是我们需要明确注意的是，我国现阶段出海的网络文艺作品大多以娱乐为主，因而缺少一定的历史内涵与文化深度，缺少具有原创性的、民族性的能够体现中国精神与中国风骨的文化符号。这就要求艺术家用艺术为国家打造符合时代发展的超级文艺符号，并将其作为自身的文艺追求与历史使命。增强文化自觉和文化自信，要求我们在创作中既要表现独具魅力的中国"个性"，又要具备与世界共鸣的国际"共性"，着力打造融通中外的文化表达和文化符号，润物无声地推介中华优秀文化，为中国深度融入国际社会发挥积极作用。网络文艺创作主体应始终坚持以"四个自信"和习近平文艺思想为指导，把创作出新时代的艺术精品作为自身的信念和追求。

在文艺美学层面，要更多定位于对网络文艺本质属性的研究。表现的任务包括对于中国网络文艺艺术本质属性和内在精神的思考，对于如何处理中国网络文艺的创作本体规律与观众接受之间的关系，对于中国网络文艺与传统文化精神和艺术气韵关系的把握，等等。中国网络文艺如果想继续扩大其海外知名度与中国文化的影响力，就必须要了解全球化背景下多元文化观众的需求，通过反映共同价值观的影像形式来做到中国的影像文化被世界所共享。

---

① 习近平.决胜全面建成小康社会夺取新时代中国特色社会主义伟大胜利——在中国共产党第十九次全国代表大会上的报告[N].人民日报，2017-10-27.

第三章　网络文艺生产症候

　　为了更好地对网络文艺生产这种全新的艺术生产逻辑进行把握，更好地探究这一生产逻辑背后的社会政治逻辑与文化逻辑，我们需要引入更为科学的、理性的、权威的理论来进行理论分析与规范，就此意义而言，马克思主义文艺理论便成为本文研究理论基础的不二选择。

　　首先，马克思主义文艺理论以历史唯物主义和辩证唯物主义作为思想基础，具有宏大的视野，为解析各种艺术现象提供了科学方法论的利器；其次，马克思主义美学是动态化的，本质是批判性的，马克思主义者可以在复杂多变的文艺语境和文化背景下不断进行理论的更新，从而建构良性的学术生态；最后，马克思主义文艺理论是实践的，而非空中楼阁的语句革命。由此可以看出，辩证唯物主义和历史唯物主义的宏观视野、历史意识、辩证思维、实践观点、批判精神都是马克思主义文艺理论重要而独特的学术品格。理论研究主要是以解决现实问题作为出发点的。推进马克思主义中国化，是党和国家发展的重大战略问题。马克思主义作为人类认识世界和改造世界的普遍真理，只有与具体国家、具体民族、具体时代、具体实践相结合，才能产生巨大的变革力量。利用马克思主义的社会理性、人文理性、认知理性、辩证理性、实践理性的综合优势解析时下的网络文艺符号的生产与特征，可以拓宽其广度，挖掘其深度。

　　马克思主义文艺理论涵盖了"艺术形式论""艺术生产论""艺术反映论"等多维度的文艺思想，思想体系深远且宏大，此后诸多的马克思主义文论家也在继承、发扬马克思主义文艺思想的衣钵的过程中，结合不同的社会文化语境，充分运用各种文论思想资源，对不同时代下文学艺术领域所出现的新现象、新问题进行科学性、学理性、创新性的阐释。

直到19世纪，西方哲学和文艺理论的主流都是在内容与形式的前提下讨论艺术形式的。马克思主义艺术形式论不是根据先验逻辑，而是根据具体的社会历史存在来解释艺术的内容与形式，来分析两者之间的关系的，并进行了"形式的历史化"改革。因而，对于网络文艺符号的形式研究需要有一个宏观的社会学维度，继而洞察网络文艺符号形式本身所具有的社会性与历史性，即从具体社会存在来理解网络文艺现象，这就避免了从繁杂的网络文艺符号各形式中抽象出一个静态的共同特征，也避免了陷入非历史主义的康德形式主义美学的分析泥淖。20世纪的马克思主义形式理论则是在既反对内容决定论又反对抽象形式论的宗旨下发展起来的，其中最为突出的是巴赫金（M. M. Bakhtin）的"社会学诗学"与詹姆逊（Fredric Jameson）的"辩证批评""第三世界民族寓言"理论，这就需要我们对于网络文艺符号本体的形式进行一个历史唯物主义的社会学分析。这样就避免了"形式主义""结构主义"的误区，避免了误将某种共识的普遍的形式特征作为网络文艺符号的本质，最后陷入"语言的牢笼"，而无法真正揭示网络文艺符号的本质。同样，詹姆逊曾提出的"第三世界的民族寓言"理论在现如今的后殖民语境下的文化分析具有一定的同构性。例如中国电影的第五代导演，在"文革"的历史背景与振奋民族的历史责任的驱使下，其影像具有宏大的历史文化背景与史诗性的历史叙事，并呈现出"民族寓言"的整体性叙事特征。而到了网络文艺时代，由于网络文艺生产主体的身份发生了变更，文化历史背景也发生了巨大变动，网络文艺的历史剧创作却走上了戏说历史、大话历史、戏谑恶搞历史的误区，进而造成了民族记忆与民族影像书写的错位。

如果我们以历史唯物主义社会学视角对网络文艺进行一番考察，我们能否发现网络文艺在对传统文艺叙事进行解构与重组的过程中，还具有整体性寓言的特点？民族寓言的影像叙事发生了怎样的变化，又呈现出怎样的新的叙事特点？相较于传统文艺时期，我国的社会生活已经发生了翻天覆地的变化，我国的外交事业、航空航天事业、数字化生活、脱贫攻坚工作、"一带一路"发展等，有太多的中国故事、中国事迹值得去记录、去表现、去铭记。同时，在向现代化社会转型的过程中，人们精神上的思想阵痛，这一切也都需要文艺工作者将人们精神、思想上的变化进行艺术化的创造，让我们可以洞察现代人的精神状况与心路历程。这不只是一部波澜壮阔的中国改革史，更是一部振奋人心的中国人的心灵史。奇怪的是，这些宏大的事件以及平凡的故事并没有在网络文艺中得到有力的书写，网络文艺世界中依旧充斥着"牛鬼蛇神"的神话玄幻故事，小叙事、游戏叙事、私人叙事置换了史诗性叙事，虽然也出现了一些具有思想的深刻性、精神的启悟性的现实主义的网络文艺作品，但是这些优秀的文艺作品与我国波澜壮阔、丰富多彩的现实生活相比，还是远远不够的。

"艺术生产"是马克思（Karl Heinrich Marx）在研究政治经济的过程中提出的一个概念，包含艺术生产的精神生产与物质生产的双线逻辑，将艺术生产的方式与人的行为活动相结合，提出艺术生产的方式是人艺术地掌握世界的方式。在此理论基础上，探究网络文艺符号生产逻辑背后所隐藏的文化逻辑就是本章所要探讨的目的所在。而艺术反映论是马克思主义哲学认识论在文艺理论领域的展开和运用，是对文艺反映的复杂性与特殊性的充分认识。本章要探讨的是网络文艺符号这一新兴的艺术形式与复杂的中国现实生活又有怎样深刻、隐蔽的关系。每一种艺术形式的诞生都与其特定的社会历史背景与文化语境密切相关，本章研究的目的就是要透过网络形式表面来考察人的存在状态。

戈德曼（Lucien Goldmann）从发生学结构主义出发，超越了文艺形式与社会现实的反映与被反映的直接关系，洞悉到文学与世界观、社会现实有一种同构关系，这就将文艺反映的共时性与历史时研究与文艺与人的关系的研究结合了起来，更有利于把握网络文艺符号反映的复杂性。因而本章旨在回答网络文艺符号这种新兴的艺术形式与当下的消费语境、与媒介生存下的大众的精神状态以及世界观是一种怎样的同构关系，这种同构关系又是如何通过网络文艺符号这一形式表现的。可以说，网络文艺盛行的时代已经由本雅明（Walter Benjamin）所处的极盛现代主义时期进入到后现代主义时期。这里还有一个隐性的问题需要本章解决，那就是我国现如今社会的发展状况与西方社会具有一定的差异性，西方后现代社会所出现的文化表征是跨国资本主义社会的一种文化逻辑的反映，而我国在社会发展还未能超越极盛的现代社会继而进入后现代社会的社会条件下，为何在文化领域出现了后现代文化的表征？为何会发生社会文化与社会政治、经济的错位与断裂？与此同时，文化转型期的中国大众的世界观相比于其他时期又发生了哪些新的变化？这种变化又与当下的社会形势、文化生活、文艺理念、哲学思想具有怎样的关联性？其背后又隐藏着怎样的意识形态与无意识观念？这些都是本章所要解决的问题。

第一节　现实主义的异化

根据最新的《中国互联网络发展状况统计报告》，截至 2020 年 3 月，我国网民规模为 9.04 亿，互联网普及率达 64.5%。融媒体时代，"媒介是人身体的延伸"不再只是一种笑谈，而是每个现代人每时每刻都在面对的一种事实。人的历史就是人的生命活动史，媒介转型下，网络空间丰富了人类的存在形式，扩大了人类的精神视域。然而，网络媒介不仅仅是人类智慧的彰显，也是一种精神生产的桥梁和载体。媒介发展所带来的数字化实践与媒介生存不仅为现代人的交流与生活带来了极大的便利，其技术理性也在潜移默化地改变着现代人的生活方式，重构着人们的思维方式。

"赛博空间"一词最先诞生并适用于于文学文本，当"赛博空间"转移到现实描述，就不可避免地携带着文学修辞天生的浪漫气息。从客观条件上来说，"赛博空间"是一种基于互联网技术而存在的虚拟空间，是现代人类聚集的第二空间。梅罗维茨在《消逝的地域》中通过对戈夫曼和麦克卢汉的理论进行抽丝剥茧后，得出有关媒介对社会行为影响的结论。他认为：电子媒介最根本的不是通过其内容来影响我们，而是通过改变社会生活的场景来产生影响。而对表达与人与世界关联的文学艺术来说，网络并不是只具有所谓"技术革命"这类偏向技术的面相，其也让文艺的创作、传播、消费空间实现了挪移。现代人聚集于此进行社会交流、文化传播与艺术创作，使其逐渐地沾染上了现实空间的文化属性与社会属性，从而成为一种带有虚拟性质的社会空间。

一、现实主义的变异——非现实主义与非主流取向

(一) 虚拟生存下对于现实主义的拒斥

从媒介生存转向虚拟生存，词语的表面置换仿佛只是一种相近的类表达，但是词语能指之背后的所指却有很大的不同。媒介生存指向的是"媒介"，是一种技术现实的客观性存在，而虚拟生存指向的是"虚拟"，是有着客观性存在与主观性感受的双重表达，即不仅指网络媒介所携带的虚拟属性，而且还传达出虚拟空间所营造出的非真实感这一主观感受。正如迈克尔·海姆所说："虚拟实在中的'虚拟'这个词……所指是一种不是正式的、真正的实在。当我们把网络空间称为虚拟空间时，我们的意思是说这不是一种十分真实的空间，而是某种与真实的硬件空间相对比而存在的东西，但其运作则好像真实空间似的"①。

如果从交往理论来看"虚拟生存"，那么"虚拟生存是对现实人的一种数字化、符号化，是人通过网络技术和信息处理技术而发生交往活动的生存方式"②。当我们再从哲学的视角对"虚拟生存"进行理性透视时，就会发现，虚拟生存不单单是一个相对于现实生存的概念范畴，不只是一种超越人的现实感觉的一种新的存在方式，而是在技术与人的合力作用下的人的身体的一种自然延伸，其所带来的影响就是认识的技术化与思维的工具化。无论是认识的技术化还是思维的工具化，其结果终究都逃脱不了人被"物化"的结局。不仅如此，我们还忧虑地看到，融媒体时代下的网络文艺世界俨然已经变成一个由虚拟符号堆砌而成的视听集容空间，网络文艺的审美触动效应则是用修辞符号的堆砌让受众在审美认同中获得审美快感，受众身体俨然已成为媒介感官的延伸。碎片化的、无深度的视觉符号造成了现代人思想上的困惑、精神上的流离失所、对生命价值的怀疑以及个人存在感的虚无，等等。那么，

① 海姆. 从界面到网络空间——虚拟实在的形而上学[M]. 金吾伦, 刘钢, 译. 上海科技教育出版社, 2000: 137.

② 崔诚亮. 虚拟生存视域下儒家文化的德育价值研究[J]. 江汉大学学报(社会科学版) 2018: 2.

人们在精神视域拓宽的情况下，主体该如何完成对于生命价值的体认？如何完成生命意义的发掘与找寻？

大家知道，媒介延伸实则就是人被媒介延伸的体外进化，然而这是否是人类生命真正的进化？在虚拟化的数字环境下，主体在媒介机器的主宰下进行着数字化生存，物质世界被简化为数字"比特"，而这种简化的哲学意义正是生命存在的虚无。现代人的精神世界也被无意义的数字符号所冲蚀，主体生命在步入纯粹的数字化过程中沦为片面的人，片面人的存在状态则成为现代人在媒介延伸下的存在主义之殇。

(二) 网络文艺创作市场现实主义异化

近几年，网络文艺在主流价值观的规制下，实现了创作上的现实主义转向，涌现出一大批扎根于中国现实经验、表现时代发展、反映人民心声的优秀文艺作品。欣喜之余我们还要正视这样一个事实：那些脱离现实、基于创作者主观想象的玄幻题材的小说依旧是网络文学创作市场的宠儿，玄幻题材的"霸屏"时代依旧没有过去。根据橙瓜数据网公布的"2020年5月份网文价值榜"来看，玄幻题材在渠道榜单竞争力上依然具有很明显的优势，其在榜单前列所占比例也超过30%。起点畅销榜第一的《诡秘之主》，纵横畅销榜第一的《剑来》，追书神器最热榜第一的《元尊》，QQ阅读风云榜第一的《万族之劫》，熊猫看书畅销榜第二的《逆天邪神》等，无一例外都是玄幻题材。

从题材类型来说，玄幻小说是与现实主义题材小说相对的非现实主义小说，相比于现实主义小说的"诗教"传统与社会批判，玄幻小说则呈现出一种充满着想象精神、娱乐倾向与解构意识的且具有较强的个人化写作风格的创作景象。玄幻小说用虚拟叙事消解了文学批判的力量，书写现实、批判现实的精神力量也被逃避现实与自我欲望投射所替代。玄幻小说的霸屏现象，一方面暴露出当前网文创作者的创作心理依旧是追求基于个人臆想的私人化创作，另一方面也暴露了现在网络文艺创作市场现实主义异化的端倪。

换个角度来看玄幻小说，我们可从文学发展的历时性角度看到玄幻小说题材出现的应然与必然，而在与其他小说类型的共时性比较中又可总结出玄幻小说独有的文体特征与审美取向。与20世纪八九十年代女性作家梦呓式、私语性的自我言说，或是在宣泄中依然将主体自我裹挟在真实历史境遇中的个人化写作不同，网络玄幻小说个人化写作所呈现的主体自我更多的是网络玄幻小说写手主体感受与价值理念狂欢式的个人表达以及因此而生发出的超脱现实情境的私人化幻想。纵观《诛仙》《斗破苍穹》《完美世界》《星辰变》《斗罗大陆》《择天记》等网络玄幻小说热销作品，无论是在语言表达、时空营造、情节铺排还是在思想主题上，其强烈的个人色彩和迥异于传统文化习惯的价值追寻，无不为读者构建了一个充满幻想性的异世界，甚至可以说，网络玄幻小说所具有的这些幻想性特征是该类小说最重要的文本特征之一。通过对网络玄幻小说所具有的幻想性特征逐一进行解读，会发现幻想性特征虽是这些畅销的网络玄幻小说所具有的共同特质，但网络玄幻小说的这一共性恰恰可以看作是建立在异质的个人想象力基础之上的，都是一种对于现实真实的拒斥。

(三) 走向"内爆"的超真实拟象世界

鲍德里亚(Jean Baudrillard)曾对消费社会作了尖锐的透视，认为消费社会不仅产生了无尽的欲望，而且还生产出了各式各样的符号，而这些由各种媒介所制造出的符号世界就是一种超真实的世界，这种超真实的世界，在很大程度上与现实世界无异，甚至比现实世界更加真实，其被称为"仿真"社会。这样的社会没有了"真"与"伪"的区别，也就消弭了现实与非现实的界限，而只呈现出一种超真实的幻象。在这样的"仿真"社会下，媒介所生产的内容遵循的不再是现实的真实逻辑，而是媒介本身的逻辑，"这就是说它参照的并非某些真实的物品、某个真实的世界或某个参照物，而是让一个符号参照另一个符号、一件物品参照另一件物品、一个消费者参照另一个消费者"，而"对世界真实的缺席随着技术的日臻完善就会越陷越深"①。

媒介所生产出的文字、图像、影像所提供的是符号"真实"，这样的真实掩盖了"真正的真实"，但是对于消费者来说，却毫无察觉，对于此，鲍德里亚做了这样的解释："我们从大众交流中获得的不是现实，而是对现实所产

---

① 鲍德里亚.消费社会[M].刘成富，全志刚，译.南京大学出版社，2001：134.

生的眩晕。或者说，没有文字游戏，现实就产生不了眩晕，因为亚马孙平原的中心、真实的中心、激情的中心、战争的中心，这个作为大众交流的几何地点并令人头晕目眩的、令人伤感的'中心'，确切地说，它们是什么也没有发生的地方。那是激情和事件寓意符号。符号令人产生安全感。"①

在网络文艺的生产过程中，创作者对于现实的艺术性改编，并非是对现实真实的改编，媒介的特性已经盖过了事物本身的真实性。创作者将这种所谓的"真实"内聚于媒介之中，用伪真实去代替真实继而去蛊惑受众。在这里，现实的指涉物消失了，真实的起源也被遗忘。这种情况在网络游戏的研发与生产中表现得尤为突出。就此意义而言，网络文艺中对于现实的异化已经比"仿真世界"所带来的符号的遮蔽还要严重，因为现在的网络文艺生产的"超真实"世界已经不仅仅是遮蔽现实，而是生产"现实"。由此而言，网络文艺所生产出的"符号"的世界实则就是一种现实内聚于媒介中的世界，是失去了现实本原的、缺乏真实深度的、分裂的仿真世界，这样的"艺术性"创造实则是一种对现实主义的异化。网络游戏符号文本作为网络文艺符号系统特征的重要体现，同时也是鲍德里亚"内爆"理论的印证。一方面，网络的互动性与虚拟性，在与网络游戏不确定机制的交互作用下，使得网络游戏这个虚拟空间真实与虚拟界限模糊，致使深度和意义消亡，所有真实与虚拟的差异不复存在，最终走向了网络游戏世界的"内爆"；另一方面，网络游戏符号文本的叙事就是对于超真实空间的构建，所有的空间内容符号为虚拟空间真实性而服务，所以网络游戏符号空间系统的构建就是对于虚拟空间直观真实的追求。因此，网络游戏世界已经不单单是一个虚拟世界，而是一个超真实的拟像世界。可以说，网络游戏虚拟空间就是一个没有本原没有所指的"像"的集合系统。

因而，媒介社会下的主体只是停留于"耳目之官"之上的实体化存在，它与王船山所批判的宋明"理学""心学"下的存在是一种观念中的存在一样，都是一种虚假的存在。因此，从存在意义上来说，网络虚拟世界是现实世界

<hr>

① 凯尔纳.波德里亚：批判性的读本[M].陈维珍、陈明达、王峰，译.南京：江苏人民出版社，2005：265.

的魅影，是对主体生命存在的遮蔽，主体在网络世界中的存在则是一种"伪真实"。探讨"虚拟生存"的哲学意义就在于，在人文理性遁形、技术理性纵行的时代，我们又该审视与解决主体生命存在的"祛魅"问题，对"虚拟生存"的概念理解亦是对人类自身生存状态与精神状态的一种认知，是网络主体由"伪真实"走向存在真实的要旨，也是现代主体摆脱存在主义之殇的关键。

二、呈现"自我"：媒介充欲主义下的异化现实

若要探讨网络文艺创作的现实主义异化这个问题，就不得不联系媒介社会来谈，现在的媒介社会不再是之前的电视媒介时代，而是社交媒体互动性更强、自我展现空间更大的融媒体时代。与受众自我展示空间变大相伴而来的是受众欲望的扩大，也就是日本学者佐藤毅所说的"媒介充欲主义"。佐藤毅在其代表作《人的自律》中着重探讨了"媒介充欲主义"这一概念，他之所以提出这一概念，正在于他看到了媒介所具有内在欲望属性，即是说，电视媒介以鲜明的色彩、丰富的影像构建了一个充满诱惑力的商品世界，这个充满了诱惑与欲望的虚拟世界直接刺激了受众对这些商品强烈的占有欲与享受欲。不仅如此，这种虚拟的欲望世界消弭了现实社会的阶级差别与收入差距，受众以相同的姿态追求奢侈化的消费理念与生活方式。佐藤毅认为日本人日渐自私化与媒介的欲望属性有着内在联系，并进一步认为正是由于这种流行关系，最终让日本社会走向了"充欲主义"。我们谈"媒介充欲主义"并非是探讨中国人的自私化、利己化与媒介之间的关系，而是要探讨这种价值主义是怎样影响我国现如今的网络文艺创作的。

(一) 网络文艺：作为超级数字场景的异化现实

网络游戏可以说是一个与现实世界相对的虚拟世界，是一个以现实世界为模型而又超越现实的异域世界。相比于原来的电子游戏来说，网络游戏无论是在致瘾机制还是游戏的本质意义方面都发生了很多的变化，对于现在网络游戏与现实的关系问题，我国有名的游戏研发公司腾讯公司的高级副总裁马晓轶在某次腾讯游戏年度对谈中的讲话就极具代表性，他认为："游戏有对现实的模拟、抽象的规则、人与人之间的互动，并且是被技术所驱动的人

类表达方式的体现。伴随着技术的演进，以数字化形态呈现的电子游戏正在成为"超级数字场景。"的确，网络游戏之于现代社会的意义就在于它为现代人创建了一个"超级数字场景"，这样的一个"超级数字场景"不仅是媒介社会的产物，还同时产生了能够适应这种"超级数字场景"的受众与消费者，所以有人将游戏的意义与信息革命中棉花与石油的地位相提并论。事实上，从网络游戏所产生的巨大的经济效益以及在文化产业中所占的位置来看，网络游戏已经逐渐成为当今网络文化产业中的"棉花"和"煤炭"。

尤其到了后疫情时代，我国经济发展模式也开始转向"内循环"经济发展，在此经济模式下也凸显了虚拟空间、媒介技术以及数字经济对于现实社会的意义与重要性。以虚拟空间为基石的网络游戏也在逐渐地扩大它的领域与势力范围，纳西姆·尼古拉斯·塔勒布（Nassim Nicholas Taleb）就曾在《反脆弱性》一书中将游戏产业与"九头蛇怪"相类比，认为游戏产业能够在不确定的世界中避免损失，甚至获利和日渐强大。从现如今网络游戏以及游戏产业的发展现状和未来前景来看，我们并不能否认纳西姆·尼古拉斯·塔勒布这番话的合理性。但是我们并不是因此要警惕抑或是抑制网络游戏产业的发展，而是要警惕这种强大的"超级数字场景"对于现实世界的真实性所构成的挑战与威胁。当这种"超级数字场景"逐渐向现实世界扩充，当这种场景最终消弭了与现实世界的界限之时，现代人又该如何自处？现实世界的真实性与确定性又该如何界定？

如果说网络游戏是一个游戏设计者为你设计好的虚拟世界，那么网络直播、网络短视频这种带有自我展示性的文艺形式则是一个自我营造的世界。直播与短视频虽然都是视频播放，却不是对于现实的完全记录，它只是场景化视域下的选择性记录，因而这些视频记录的是生活"本该有的样子"，而不是生活"本来的样子"。这种选择性的记录与展示就注定了这些影像的非真实性，就从此意义来说，网络直播、网络短视频的创作走向了它的反面：从对原生活的展示转为对生活真实的掩盖。

（二）虚拟生存下，被"伪装"的现实与现实"表演"

网络直播与网络游戏都是数字化媒介下多种符号重叠相交下的虚拟场

景。网络直播并不是生活直播而是预设"场景"下的直播，这种直播"场景"是对于真实生活场地修饰后的场域而非生活真实的全貌，所以在这种情况下，直播内容里就暗含了一种欺骗性。

尤其是很多网络女主播，她们直播地的选择一般都会选择闺房这种带有浓烈生活气息的地方，大部分女主播的闺房布置都大同小异，粉嫩的墙纸、可爱的玩偶公仔、欧式的家具装修风格，整个房间弥漫着甜美梦幻的公主气息。但实际上，这些"闺房"只是签约公司精心布置的工作室。直播看似是对生活场景的展示，实际却是精心"修饰"后的生活的假象，主播用这些浮华的装饰符号来遮蔽现实生活的真实。那些没有签约公司的女主播，她们没有被指定安排的被精心装饰过的直播间，她们的生活空间就是她们的直播空间，但是直播视角的可选择性还是注定不能展示空间的全貌。像之前很多"揭露网络女主播真实生活"的新闻报道中的那样，很多女主播"镜头之外的房间是狼藉的一片，堆满了零食、纸巾、化妆品等杂物，衣服随处摆放，并没有镜头内的整洁"①。所以，网络直播镜头面前所展露的真实并不是真的"真实"，镜头前的直播主体也是依旧被"修饰"后的假装。

现如今的网络主播是网络直播平台的签约主播，这种商业化的介入使得直播已经不再是单纯的交友式的生活分享平台，而是利益驱动下的互动"表演"。因为主播的这种"表演"是在与受众的互动中进行的，所以主播是在受众"凝视"下的"表演"，这里的"凝视"不是指的真实的视线，而是"看"与"被看"之间所形成的心理权力关系，这种关系是架构于"被看者"自身的想象之中的。所以，主播在这种"凝视"关系下的自我身份构建也是一种掩盖了真实性格的虚假呈现，是对主体真实性的刻意遮蔽。在这里，主播与受众之间也形成了一种欺骗关系。

下面截取的是《揭秘网络女主播真实生活 每晚必听污段子》这篇报道中的一段文字：

高配的台式电脑、可以瘦脸美肤美颜的特制摄像头、一套高音质的耳机

---

① 《揭露网络女主播的真实生活》，搜狐网，http：//women. sohu. com/20141230/n407411205/shtml，2020 年 7 月 23 日。

和可以变声的话筒，外加几个柔光灯，成为每一个网络女主播直播的标配。记者尝试了一下，镜头下的自己变成了锥子脸，声音在变声话筒下也变得娇滴滴。①

这些带有修饰性的语言符号与场景符号构建了"不知情"受众对于主播的视觉认知，同时，"观众的文本视觉符号的表意性与形象之间，主播吸纳从观众镜像中感知的自我形象元素"②，主播将受众的审美喜好纳入自己的视觉展示中心。所以，在网络直播中，受众不单单是一个"凝视"的旁观者，而是主播进行自我展示的视觉围观者，这种视觉围观行为与主播之间形成的隐性的心理权力关系也成为参与主播建构自身主体身份的隐形控制力量。在这样的情况下，主播的主体性是周围环境的拟态写照，建立于这些修饰性符号包装下的虚假之中，是对自身主体真实性主动置弃后的伪装。

这样的情况不仅存在于网络直播之中，在网络短视频中亦是如此。在之前引发热议的"温婉事件"中，一个在"抖音短视频"个人主页中标注 17 岁的未成年少女在停车场发布了一段跳舞的视频，视频中的温婉笑容甜美，舞姿俏皮可爱。在短短的几天内就获得了一千多万的粉丝量，被粉丝称为"抖音女神""宅男杀手"，一夜之间成为"网红"。但是，这个非正常现象也引发了网民对于温婉"年龄造假""早熟""炫富"的热议，随后温婉的诸多黑料被扒出，其"女神"人设崩塌，抖音账号也被封。没过多久，温婉又被曝出在"抖音短视频"注册了一个小号并发布了一段含泪微笑的短视频，随即也获得了数十万的关注度。由此可以看出，受众只接收到了屏幕前光鲜艳丽的视觉符号的传达，却不知道镜头后面的"真实"，很多时候网络短视频中的受众甘愿当那个"受骗者"，碎片化消费下的他们只在意视觉表意所带来的快感享受，却不愿意追究"光鲜"背后的真相。对于主体身份真实的漠然态度也是对于主体真实的一种隐性拒斥。

---

① 《揭秘网络女主播真实生活 每晚必听污段子》，搜狐网，http：//www. sohu. com/a/112075075_431094，2020 年 7 月 23 日。

② 袁爱清，孙强. 回归与超越：视觉文化心理下的网络直播[J]. 新闻界，2016：16.

(三)虚拟生存下,不可避免地"失主体"命运

前文我们谈到,网络文艺符号的生产机制要依托于数字化介质才可实现,因而网络文艺符号又带有了数字化媒介的诸多特性。数字化媒介是一种技术化的手段,所以在数字化媒介下创造出的网络文艺符号可以做到对现实生活中原子符号的完美复刻。但无论多逼真的复刻,终究还是一个脱离现实世界的数字虚拟符号,是一个逼真的原子符号的"赝品",这些逼真的"赝品"符号填充了网络文艺的符号世界。因而我们可以说,网络文艺符号世界是一个拟像的世界。这个拟像世界无限接近于现实世界但是又无法与现实世界重合交叠,它是与现实世界平行的虚拟时空,在这个时空里除了有对现实世界原子符号复刻的后次生符号,还有在想象与幻想之下建构出的纯拟像符号。如果说前者的生产方式是一种模型化的戏仿,那么后者就是一种拟像化的生产,两种生产方式同时服务于网络文艺符号的建构之中,共同构造了网络文艺符号世界的超真实。

网络游戏与传统游戏明显的不同就是对于游戏的"设计",传统游戏的设计者更侧重于游戏设计的规则与流程,而网络游戏或是电子游戏的设计者则更注重融合、调整、渲染、布置,更强调对于游戏语境的设计。游戏设计者设计这一切的目的就是为了受众可以接受游戏中的虚拟世界并可以在游戏中获得"使用与满足"的快感,但是游戏的价值与意义不在于游戏设计者的设计而在于受众的态度。所以游戏中"虚拟世界"达成则需要一个前提条件的成立,即受众的参与和认同。而游戏只有完全投入游戏语境之中,完全进入自己所"扮演"的角色之中,才能成为整个游戏意义生产的导演,那么实现这一切的前提条件就是,受众主体必须忘记自己是"谁",也就是抛弃自己在现实世界中所有的身份标签,用游戏中的角色来掩盖自身主体身份的真实性。

整个游戏充满了对原子符号复刻的次生符号与想象、幻想之下的纯拟像符号,这些符号之间相互交织,共同营造了网络游戏的超真实的符号世界。受众在繁杂多变的符号堆砌中获得戏剧性与多义性,受众将自我投射,沉迷其中。所以这些超真实的拟真符号并不是对现实原子符号的搬演,相反,这些拟真符号的堆砌是对现实世界真实性的遮蔽,是吸收表象清除真实的迷幻

与假装，这时在主体的眼中，虚拟世界和现实世界的差异在系统内部的界限已经消失瓦解，两者混为一体，成了一个"无差别性的仿真流变"，一种"在'幻境式的相似'中被精心雕琢过的真实"①。在鲍德里亚看来，当拟像发展到超真实阶段，真实本身已经被瓦解，真实与超真实之间的关系只剩下意象和想象来维持。主体在网络游戏意象符号与真实再现之间的变动关系中，想象成为意象游离于真实的路径。主体如果长时间沉浸于网络世界的虚拟想象世界中，这种在网络游戏中的想象与幻想关系甚至会浸染到主体的现实生活中，主体也将会面临对现实审美幻觉的危险境地。最终，主体在网络游戏中经历了鲍德里亚意象对拟像构造理论的"意象遮蔽和扭曲真实""意象遮蔽真实的在场"两个阶段后，最终实现了"意象与真实断绝关系，纯粹变成自身的仿真"，丢失了自身的真实性。

主体同时作为网络文艺符号的生产者与消费者，在网络文艺符号生产—消费这一关系链中还存在着一种带有创造力的审美关系的再创造，是对人类主体创造性的发挥与潜在创造性的挖掘；生产者所伴随而来的权利的赋予和权利所带来的是赋予主体激情的创造力量，这些主体对于权利的追求，在对人类能动性与创造性给予肯定和发扬的同时也是对个人本位主体性的肯定。但是，与此同时我们也看到，网络文艺符号的创造主体其自身能动性的发挥是离不开网络文艺这一介质和互联网络这一媒介的，主体的符号创造劳动被异化成了某种独立于他之外的客观的东西，主体的意识、行为都是以事物属性的形式出现的，甚至意识的决定方式也离不开这种物际关系，所以网络文艺符号创造下的主体也逐渐沦为个性泯灭后的物化主体。

同时，由于网络文艺符号属于拒斥所指的能指序列，所以其符号本身没有独立存在的可解释的价值，网络文艺符号意义的实现是在主体的使用中完成的，可以将其看作主体感官的延伸而变为主体的"第二性"。从这层依附关系来看，网络文艺符号是附属于主体的，是主体的使用工具，是主体的"奴隶"。而事实却是，主体在使用该符号的过程中不断地依赖于符号，主体的欲望释放、"本我"需要的满足、情感的传达、愉悦快感的获得都是在对网络

---

① 刘燕.鲍德里亚的后现代传媒理论与媒介现实的构建[J].国际新闻界,2005:3.

文艺符号的创造与使用过程中实现的，并且对自身欲望的移置和在网络文艺符号世界中的身份构建也都是通过符号这一介质来达成的，所以主体与网络文艺符号的主—奴关系实现了翻转，主体在沦为符号"奴隶"的同时，自身也被符号化成为符号—主体，主体在网络文艺符号世界中以符号为依托地"赖活着"，成为一种"破碎的可怜存在"，继而也失去了自身的主体性。

经过以上论述，我们可以看出，网络文艺符号世界中的主体在自身的存在形式上呈现出现代性的主客错位和颠倒异化。从存在状态上来看，主体呈现出被碎片化、物化的生存状态的异化。加之，没有了伦理规范与价值目标，主体在网络文艺符号世界中失去了生存的确定性，在获得极度自由的同时陷入"生命无法承受之轻"的尴尬境地，最后主体的存在只是一种"偶然"状态，主体其"失主体"特性渐渐被彰显。

第二节 宏大叙事的消解

当我们以文本细读的方式来解读网络文艺叙事文本，就会看到整个叙事是由一个个叙事碎片组成的，是聚焦于私人话语的微叙事，是将身体快感作为叙事追求的身体叙事、欲望叙事、游戏叙事。而当我们把网络文艺看作一个大的叙事文本，并将其放在社会——历史的框架之下，用宏观的视角进行文化解读时，就会发现网络文艺叙事文本与现代社会文化有着密切的联系，这消解了宏大叙事之后的叙事文本就具有了在历史、文化和社会中的表征意义。

一、消费时代下的身体叙事

(一)消费主义时代下的"身体"神话

消费社会不仅让现代人感受到了物质的丰盈所带来的精神快感，而且消费文化还带来了一种新的文化范式——消费文化。消费社会裹挟着消费文化以一种不可阻挡之势朝现代社会蜂拥而来，让消费文化渗透到现代人生活的方方面面，消费成为一切文化艺术活动的基础，最终形成了后工业社会下的"文化入侵"。消费文化让生活中的一切都打上了物的消费属性，让一切价值物化，让一切物商品化，让一切商品符号化。简言之，消费社会一切皆可消费。在此境遇下，文化、艺术也难逃一劫。

生活审美化、商品艺术化，当艺术形式向生活进行扩散时，这就意味着艺术开始慢慢丧失自身的属性与本质，当生活中的一切都成为一种美学符号，当所有的美学符号共存于互不干涉的情境之中，那么艺术的审美判断也丧失了其原有审美效力，所谓的艺术标准也变得形同虚设。鲍德里亚曾这样评价消费社会，正是现代社会中影像生产能力的逐步加强、影像密度的加大，它的致密程度，它所涉及的无所不在的广泛领域，把我们推向了一个全新的社会。在这个被影像包裹的社会中，一切变得亦真亦假，而在影像与消费共存的时代，就连我们的"身体"也发生了很大的变化，有人这样说道："我们的时代是一个迷恋青春、健康以及身体之美的时代，电视与电影这两个统治性的媒体反复地暗示柔软优雅的身体、极具魅力的脸上带酒窝的笑，是通向幸福的钥匙，或许甚至是幸福的本质。"当身体成为一种被展示、被消费的客体，其结果就是开启了属于消费社会的"身体神话"。

消费社会下的"身体观"与传统意义上的"身体"概念相比，发生了很大的变化，与我国古代哲学中所谈及的"身体"也有很大的不同。例如，我国古代的大哲学家王船山的"身体观"讲求的是"身心一如"，其所述的"身体"是一气流通的生命体，是将形躯、心灵用一种显—隐有别的方式涵育于实存性之身。王船山的"身体观"对当下社会具有很大的启发意义："身体"作为话语符号，不仅具有"历史的社会—文化面相，在生存意义上，对身体的探询更指向人的问题和深广的形而上之域"。因此，对于"身体"的探讨，究其根本则是对人之存在的关切。王船山批判将精神本体与主体统一性相割裂的性现成论。在现代社会，由于"图像时代"所带来的视觉文化的影响，让人们对于身体的关注、对于身体外观的重视程度超越了以往任何时代，身体也逐渐呈现出美学化的趋势，关于"身体美学"的论题也层出不穷。消费社会下的身体在消费主义意识形态与图像文化的双重合力作用下成为一种身体拟象，呈现出一种"视觉公共性"的特征，同时缔造了一种表层的凸显视觉快感和感官享乐的审美化生存，在一定程度上让大众的潜意识需求得以在同一个身体叙事的视觉空间中得到解放，并使集体潜意识欲望在虚幻的拟像世界中获得替代性与镜像式的满足。

对于网络文艺中"身体叙事"的文化考察以及审美解读，需要我们着重关注网络文艺叙事中的身体以及身体所编织的象征体系是怎样的，此类象征体系建构真实以及阐释真实的方式又是怎样的？其背后究竟遵循着一种怎样的文化逻辑，又是以怎样的方式来实现意识形态的功能？网络文艺作为一种新兴的文艺形态，是以网络文化为基础并对多元文化进行吸纳之后的文化重塑，在此基础上，网络文艺的身体叙事将参与者的身体作为叙事真实性的基础和作为建构真实的载体，以"再现真实"的方式重塑了所谓的"真实"，在一种超真实的虚拟空间之下整合了个体对于网络文化的文化认同，助推了融媒体时代下的文化转型。

（二）网络文艺创作中作为叙事符号的"身体"与"身体叙事"

20世纪末出现了很多的新思想、新观念、新理论，身体叙事学就是其中的代表。身体叙事学理论的奠基者彼得·布鲁克斯（Peter Brooks）就曾这样理解身体与叙事之间的关系："在现代叙事中……如果没有身体作为叙事表意的主要介质，所有的故事都无法讲述。"①可见彼得·布鲁克斯将"身体"放在了叙事的基础性地位，将叙事纳入了身体维度，将叙事理解为一种身体的某种符号化过程。彼得·布鲁克斯的此番言论在传统叙事学那里具有很强的先锋性色彩，但是在网络文艺叙事中却呈现出鲜明的"身体叙事"的特征。

在众多网络文艺形态中，网络短视频的发展是非常引人注目的，抖音、快手、秒拍、美拍、火山小视频等短视频如雨后春笋般涌现，并迅速成为市场的热宠。截至2020年3月，我国网络视频（含短视频）用户规模达8.50亿，较2018年底增长1.26亿，占网民整体的94.1%。其中短视频用户规模为7.73亿，较2018年底增长1.25亿，占网民整体的85.6%。实用技能、街头访谈、即兴舞蹈、健身美妆等内容层出不穷，"抖音"短视频的那句"记录美好生活"也成为每个人展示生活、展示自我的最佳注脚。在这里，人人都

---

① Peter Brooks, *Body Work: Objects of Desire in Modern Narrative*, Harvard University Press, 1993, preface, xii.

是生活的"导演"，同时也是生活的"表演者"。创作者在进行视频创作时，"身体表演"成为他们短视频创作的主要内容，"身体"在进行"表演"时已经不是单纯的生物学意义上的肉体存在，而是成为叙事的主体。"广义上的身体叙事，即以身体作为叙事符号，以动态或静态、在场或虚拟、再现或表现的身体，形成话语的叙事流程，以达到表述、交流、沟通和传播的目的。"①在短视频中，身体表演已经成为一种视觉景观，并担任着重要的叙事功能。

(三) 网络文艺创作中的"身体表演"与"表演的身体"

巴赫金的"狂欢化"理论认为："在狂欢中，所有人都是积极的参与者，所有人都在参与狂欢的演出，不分演员和群众。"②网络文艺创作的自由性与宽容度让网络文艺世界成为一个个性解放的时代，网络短视频在网络世界这个虚拟的场域下，以一种人人平等的姿态建立起了一个网络世界中的平等"乌托邦"。短视频作为一种新型社交方式，使得普通人自我表达和展示的欲望得到极大满足。在巴赫金的狂欢化理论中，狂欢是属于身体的狂欢，舞台上的表演者、街上狂欢的人群都是"身体化"的人，而狂欢节的价值与意义正是通过肯定身体进而愉悦、放纵以及关怀身体。在此环境下，人们用身体的展示来打破世俗的禁忌，从社会阶层与身份秩序中获得解脱的"身体"也具有了巴赫金狂欢化理论中的精神意义，让身体表演成为一种新的自我展现方式，一种新型的社会参与方式。短视频中表演的身体是叙事的主体，身体的魅力通过动态影像呈现而最终成为独具冲击性的视觉消费符号。

二、基于网络经验的游戏叙事

在媒介融合与"泛娱乐"语境的双重影响下，网络生存体验和网络游戏经验也逐渐渗透于网络小说的文学想象之中，并引发了以网络虚拟小说为代表的网络文学叙事机制的新变。网络小说无论在形态构成抑或是美学风格上都与传统文学有着很大的区别，而网络文学的审美范式的转变则与叙事方式的

---

① 郑大群.论传播形态中的身体叙事[J].学术界，2005：5.
② 巴赫金.巴赫金全集：第六卷[M].钱中文，等，译.石家庄：河北教育出版社，1998：188.

转变有很大的联系，其中最明显的动因是创作者文学想象的来源由现实经验转向了网络游戏经验。本文通过对网络游戏经验之于网络小说文学想象的影响与渗透的探讨，试图发现网络小说叙事机制的新变，这种发现将有利于对网络小说的美学特征获得新的认知，希冀藉此对网络小说背后的文化逻辑研究形成新的启示。

网络文艺的生产是在"注意力"商业经济下的艺术文本的生产与创造，网络文学生产也呈现出鲜明的类型化、标签化趋向。2015 年，根据阅文平台的数据统计，在男性小说题材分布上，玄幻占 24.68%、科幻占 18.55%、仙侠占 9.28%、游戏占 4.86%；掌阅数据研究中心发布 2017 年上半年网文阅读习惯报告显示，用户最爱的网文类型中，"玄幻""穿越""异术"虚拟题材小说位居前列；截至 2018 年 7 月 17 日，在"十大品牌网"所统计的点击量破亿的十大小说排行榜中，依然是奇幻、玄幻、武侠、仙侠、科幻等带有强烈的虚拟美学的虚拟小说占据了网络文学的霸权地位。2019 年，起点中文网所统计的"点击量破亿的十大小说排行榜"中，玄幻小说《斗破苍穹》再次蝉联榜单第一，而 2020 年起点中文网最新网络小说排行榜的最新数据显示，《万族之劫》这部都市异能网络虚拟小说更是同时位于"原创风云榜""畅销榜""热销榜"榜单第一。

（一）传统神话小说与网络虚拟小说文本分野

现在受欢迎程度较高的网络文学多以想象型的虚构小说为主要的文体构成。诚然，这种想象型的虚构小说不属于网络文学特有的文体类型，中国传统文学作品《西游记》《聊斋志异》以及金庸的诸多武侠小说都隶属于此类文体范畴，人物形象及叙事都带有很强的虚构性，都是创作者想象力的艺术产物。然而，这些中国传统的神魔小说抑或是神幻小说却与网络文学中的想象型的虚构幻想小说有着很大的不同。如《西游记》作为我国四大名著中唯一的神魔小说，不仅是中国文学史上的瑰宝也是现如今网络文艺生产的热门 IP，它的艺术造诣不在于作者想象力的天马行空，而在于魔幻题材的神话外衣下的深刻现实性，吴承恩在《西游记》的开篇也曾写道：欲知造化会元功，须看西游释厄转。鲁迅在《中国小说史略》也曾提出"曼衍虚诞、纵横变化为特色的神魔小说是中国古代小说序列中一种十分重要的类型，神魔小说在叙述历史时空和风云人事的同时，演绎着幻想时空中的倘恍之情与奇变之态"①。此外，像西方奇幻文学代表作《哈利·波特》系列在故事的叙事上"充满着深厚的凯尔特文化原型，既包括来自北欧古代神话传统、史诗与骑士文学的原型，又涵盖了基督教文化原型"②。因而无论是困守金山的巨龙、隐匿山林的精灵还是慷慨英雄的骑士，都是欧洲神话与宗教故事缩影与投射。

　　无论是东方传统文学还是西方文学，魔幻作为叙事文本中的重要元素符号，所承载的符号功能是携带文化意义的感知，因而在叙事上是作为意义延伸的价值符号。文本中各种虚拟的想象符号之间形成了一种隐性的交织关系，是指向同一意义集合的符号组合。像金庸武侠小说中的"黄药师""桃花岛""降龙十八掌"等这些虚拟的符号，都是共同服务于"侠义"这一个意义集合的。而有的神幻小说则不单纯是创作者主观想象力的模态拟建，像神话世界观下的《封神演义》就是讲述商周战争时期的神幻小说。它所涉及的许多重要文化现象，就不单是属于作家个人的文学想象，而是属于民族的意识与心理，简言之，基于神话故事的想象则是某个历史环境下民族意识与心理的另一种话语形式的彰显。然而，无论是基于历史想象还是神话故事想象的中国传统神幻小说中的虚拟符号组合，在叙事与各种情义要素串接上都最终指向了人类共通的情感基底。由此可以看出，传统文学的想象是对于超验经验局限的超越，是在现实世界真实经验、文化共鸣与情感体验的基础上对于异域世界的文学想象，其叙事想象是基于传统文化经验与现实经验的，所创造的异域空间不仅是创作者对于虚构空间模态能力的彰显，也是创造者对于抽象结构层次心境空间构建的行为实践。

　　因此，传统神幻小说形成了以文化为基底，基于认知经验之上的想象机制，是一种闭环型的想象回路（图3-1）。传统神幻小说想象的展开离不开历史语境，是历史话语介入现代想象的一种叙事模式。诸如中国很多玄幻小说

① 邓百意.明代神魔小说的叙事范型及其发生机制[J].内江师范学院学报，2012：1.

② 高红梅.中国玄幻小说对英国现代奇幻文学的变异性接受[J].东北师大学报（哲学社会科学版），2015：3.

中的人物与故事有些是历史中真实存在的，又经过
了创作者艺术想象的创造与再加工，因而中国传统
玄幻小说的想象机制是部分真实之上的虚拟，其叙
事文本则是对现实世界的想象模本；基于神话故事
的神幻小说则是民间话语介入叙事，是社会性言语
承载故事的面向话语，创作者与受众相同的话语编

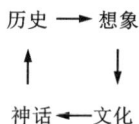

历史 ——→ 想象

↑　　　　↓

神话 ◄—— 文化

图 3-1　传统玄幻小说
想象机制

码与解码机制使得整个故事在"叙述语符层面被模态化"[①]，各个符号之间的
关系联结是一种意义集合体，相近的社会认知体验与情感共鸣是创作者所建
立的与受众之间的想象认同机制，在这种情况下，受众很容易进入创作者所
营造的"叙述语境"，也就是进入创作者的想象话语。

　　到了网络小说中，创作者已经不局限于基于现实真实下的虚拟想象了，
而是达到了一种高度想象。各大小说网站点击量过亿的网络小说标签类型为
"奇幻玄幻"的占据了很大的比重。我们还是以点击量过亿的网络小说为例，
看一下这些具有高流量的网络小说是怎样类型的故事。

　　《斗破苍穹》类型标签：奇幻玄幻。在斗气的世界，天才少年萧炎在创造
了家族空前绝后的修炼纪录后突然成了"废人"。在绝望之际，一缕灵魂从他
手上的戒指里浮现，在药老的帮助与指引下，"废人"萧炎经历了一系列磨
炼，最终成为斗帝……

　　《盘龙》类型标签：奇幻玄幻。作为唯一存在的龙血战士家族的继承人，
年仅八岁的小林雷无意发现一枚普通的戒指——盘龙戒指！自此这枚戒指开
启了一个广博的魔幻世界，这里魔兽丛生，灵魂可变异，地、风、水、火等有
着特定的元素运转法则，恐怖魔法可使江河焚灭，破天平地……

　　《修罗武神》类型标签：东方玄幻；修仙。因修炼速度极慢，被人称作废
物的少年楚枫，后经不懈努力成为界灵师。为了替家族复仇，楚枫在地狱阵
炼化了爷爷留下的修炼资源，突破至五品武仙，并掌控了祖武修行界，从此
壮大楚氏天族。

　　我们再看一下网络文学中的语言都是一种怎样的表达：

---

① 格雷马斯.论意义[M]. 冯学俊、吴泓缈，译. 天津：百花文艺出版社，2005：14.

"他凌空跃起，以剑为刀，当空横斩。闪电斩！一道闪电，掠过夜空。噗嗤！利刃划破肉体的声音。鲜血，像是花朵一样绽放。白骨，犹如碎石一般崩裂。死亡，在利刃与血的交辉中绽放。绝望，在冰冷和黑暗的融合中滋生。"①"太阳高悬，可此刻在秦云的双眸观看下，天空则是弥漫着无尽的青色气息，远处骏马上的父亲'秦烈虎'身上有着些许诡异的气息缠绕，有淡粉色气息、深绿色气息、血红色气息……"②。

这些网络虚拟小说的语言多空灵瑰奇、夸张奇特，用语言符号的丰富性与多变性去营造丰富的想象空间。有人在网络文艺符号生产机制中曾提到，网络文学更容易成为网络文艺符号生产链的原生 IP 符号，如《圣王》《盘龙》《斗破苍穹》《凡人修仙传 OL》《佣兵天下》等多款新兴的网络游戏都是根据同名网络小说改编而来的，网络虚拟小说已经成为网络游戏开发的主要 IP 内容输出库。网络游戏的叙事就是对于超真实空间的构建，所有的空间内容符号都指向一种虚拟真实，网络游戏符号空间系统的构建就是对于虚拟空间直观真实的追求。

根据对网络虚拟小说内容指向的分析与文本把握，可看出网络虚拟小说的鲜明特征之一就是用修辞符号堆砌营造想象空间。因此，网络虚拟小说的想象叙事不再如传统神幻小说一样是对于现实世界的拟真，因为"拟真就是通过一个特殊的系统去模拟一个本源性的系统"③，而网络虚构小说叙事空间的建构很大程度上脱离现实、架空现实，甚至是否定现实，在否定性的表述自身中重构一种"真实"，这种"真实"是一种没有本源的真实，这种"真实"不再是传统玄幻小说那样的现实真实抑或是情感真实，而是一种效果真实，即拟像。网络玄幻小说抑或是想象小说，由于想象空间的架构与现实的脱节，因而网络虚拟小说的想象机制是一种创作者主观幻想的异域建构，一种对于人类想象可能性的建构，相比于传统神幻小说的想象机制，网络小说这样基于"幻想—想象"的想象机制无法形成与文化的回路，因而这种叙事想

---

① 《圣武星辰》，纵横中文网，http：//book. zongheng. com/book/682920. html，2020 年 4 月 6 日。
② 《飞剑问道》，起点中文网，https：//book. qidian. com/info/1010468795，2020 年 4 月 6 日。
③ 弗拉斯卡. 拟真还是叙述：游戏学导论[M]. 宗争，译. 南京：南京大学出版社，2009：247.

象是一种开环型的、发散型的想象，这样的想象机制引发了网络虚拟小说的叙事转向，即由传统小说的时间叙事向网络虚拟小说空间叙事的转变。

　　一方面，传统神幻小说的想象回路机制使得小说的叙事空间是基于既定的时间与空间，所以其想象叙事是在异域空间内的时间线性叙事。传统的叙事学认为叙事是线性的，叙事的成分由叙事的因果联系连接。就此而言，叙事是关于时间的艺术，强调时间域内事件的因果关系。而网络文学中的"二次元""修仙""魔戒"等虚拟符号抑或是"江湖""仙界""灵域"等虚拟空间符号，其符号功能都是对时空同一性的扰乱与打破，离间了主体存在的空间域与时间域，由传统叙事的历时性的历史比较转而为无时序的历史比较，就此意义来说，网络虚拟小说中的虚拟符号都是带有空间属性的指向符号。像"穿越"这种叙事符号可以把过去、现在、未来的三维框架消除甚至可以实现多重时空域的拼贴域杂糅。互动叙事学研究者瑞恩（Marie Laure Ryan）曾提到："虚构是进入文本空间的一种旅行模式，而叙事则是在该空间范围内的旅行。"①很多网络穿越小说多为"灵魂穿越"或者"肉体穿越"，这样的穿越模式使得人物原本的符号构成发生改变或者"变异"，当"变异"后的人物符号穿越到另一个时空的环境符号系统时，这个人物符号就成为环境符号系统的插入符号影响了环境符号系统的重组，像网络小说《中华再起》，两个主人公穿越到第二次鸦片战争，他们凭借自己的先知与努力，一改晚清颓败之势，让一个民主的中国重新崛起；又如网络小说《史上第一混乱》借助"穿越"这一符号将现代与古代对接，实现了在多重时空域的自由旅行，成为混穿流小说的典范。"穿越"这种叙事元素符号就成为影响叙事时空的乱码符号，所以网络虚拟小说的叙事从传统叙事所追求的同一空间内的时间性叙事转向到跨空间的跳跃叙事。

　　另一方面，由于网络虚拟小说的叙事想象的建构是架空于现实之上，所以在小说叙事想象的虚拟符号已不再是意义的指向符号和文化认同的阐释符号，而是想象语境营造的修辞符号，因此引起网络虚拟小说共鸣的共情基础

---

① Marie-Laure Ryan, Posible Worlds, Artificial Intelligence, and Narrative Theory, Indiana University Press, 1991: 5.

也发生了改变，开始逐渐向快感叙事偏移。网络虚拟小说中的虚拟符号失去了对于意义集合的指向，因此各个虚拟符号在意义联结之间的联系性减弱，不再是引发意义效应的意义话语而只是营造想象空间逼真性的修辞话语。网络虚拟小说共鸣机制的构建或者说创作者能够让受众可以快速投入到自己所设定的那个虚拟空间的途径则是采用大量虚拟符号的堆砌。相比于传统神幻小说的重故事性与意义效应，网络虚拟小说更注重对于虚拟想象空间的构建与文本所呈现出的视听效应，这也就是网络虚拟小说更容易成为网络文艺生产原生 IP 的重要原因之一。事实上，每一部网络小说尤其是网络虚拟小说都是达到了上百万甚至上千万字符的"巨篇"小说。例如奇幻玄幻小说《修罗武神》761 万字，穿越玄幻小说《斗罗大陆》298.95 万字，都市玄幻《重生之妖孽人生》2155.04 万字，奇幻武侠小说《修神外传》1588.76 万字，等等。因此，网络虚拟小说的字数优势使得创作者对于虚拟空间的细致叙述达到了"事无巨细"的地步。以《盘龙》这部小说为例，小说对于"境界"的划分就有"魔兽等级""魔法师等级""战士等级""神级""主神之上""灵魂变异""神器等级"等十几种境界等级划分，而每一种等级下面又有多个段位划分，"境界"中的自然元素又有各自详细的运作法则。由此，网络虚拟小说以修辞符号的堆砌来实现其叙事想象不仅是对虚拟空间的平面叙述，更注重于用图像式的空间思维来对虚拟空间进行立体叙述，以此达到一种虚幻的"真实"，用叙述性的拟像来实现文本虚拟空间的可视性拟造。因此，网络虚拟小说中的虚拟真实，是在修辞符号中所形成的隐性的语言哲学，它是虚假，但它又在拒斥虚假的路上无限接近于真。

由此可看出，相比于传统神幻文学，网络虚拟小说的想象机制、叙事方式发生了改变并引发了网络小说审美转向，网络小说的创作也成为一种对于艺术想象的新的艺术行为实践，这种艺术想象不仅是一种对于文学想象可能性的开发，而是对人类多元生命体验方式的想象，而这些变化的原因在于人类的生存方式发生了改变。互联网的普及以及网络文艺的发展使得人类的生存空间发生转向，由现实空间转向网络虚拟空间。

2020 年 9 月 29 日，中国互联网络信息中心（CNNIC）发布第 46 次《中国互联网络发展状况统计报告》。报告显示，截至 2020 年 6 月，我国网民规模达 9.4 亿，互联网普及率高达 67%，网络文学用户规模达 4.55 亿，网络游戏用户规模达 5.32 亿，占网民整体的 58.9%，其中青少年主体占了绝大比重。掌阅数据研究中心发布的 2017 年上半年网文阅读习惯报告显示，掌阅用户网文阅读用户已超过阅读出版读物用户，占总用户比例的 59%，其中 90 后占比 41%，00 后占 34%。根据掌阅中心发布的数据显示[1]，网络文学的创作者也呈现出了年轻化的趋势，"在 2018—2019 年度阅文集团签约作家中，"85 后""90 后""95 后"占主体，为 74.48%，其中 90 后占比最大，为 29.9%。尽管 00 后作家的数量占比相对较少，但增长幅度最大，同比去年增长 113.04%，网络时代的"文学少年"正在崛起"[2]，网络文学整体态势正呈现出双向年轻化的特点。网络文学的阅读方式影响了受众群体继而影响了受众认知方式，最后也决定了文本的构成方式，而这种生存方式的转向不仅为人类的生存体验提供了新的可能，也为网络小说的创作提供了新的创作语境，继而诱发了网络小说呈现出新的思维方式、叙事方式与美学范式。

(二)网络小说叙事游戏化与游戏化叙事

网络世界作为区别于现实世界的第二世界，它在脱离了我们熟悉的经验世界的同时，以其非"物自体"显示自身的虚拟形式建构了我们对于网络世界的经验与认知。一方面，这种数字化生存所带来的是创作者以互联网的思维去编码叙事文本中的想象空间，这种创作者与受众在网络世界中所收获的认知、经验与思维的同一性使得创作者与受众在编码与解码思维上达成了一种内在的"契约性共识"。像《宇宙巨校闪级生》这部网络魔幻神侠小说便是用 vb 语言编写全自动完成，由于是编程语言，总字数超过 340 兆，换成中文计算，总字数约为一亿七千万字。这种写作方式就是先列出故事的写作框架，各式的形容词、招数、武功名称等，然后从一个经过编码预设好的素材提取

① 掌阅 2017 上半年网文阅读报告. 新文学观形成，年轻化成趋势》，新浪网，http：//news. sina. com.cn/c/2017-09-28/doc-ifymkxmh7538309. shtml，2020 年 10 月 3 日。

② 《2019 年中国网络文学蓝皮书》，中国作家网，http：//www.chinawriter. com. cn/n1/2019/0511/c404023-31079531. html，2020 年 10 月 3 日。

库内自动提取随机生成。例如，当你输入"此人的兵器、武功、魔法、法宝"这些编程语言代码时，就会自动生成以下语句：

此人最善使用的兵器是"金霞傻祖钢球镐"，有一身奇特的武功"黑丝飞佛木鱼臂"，看家的魔法是"褐云倒鬼天平密码"，另外身上还带着一件奇异的法宝"紫雨蚊佛瓜皮笔"。

此人最善使用的兵器是"粉雨驴佛凤凰斧"，有一身奇特的武功"灰雾虹仙竹帘脚"，看家的魔法是"青霞夏精地雷大法"，另外身上还带着一件奇异的法宝"绿光丑仙拖网球"①。

另一方面，这种数字化的虚拟生存在网络文艺创作上随之所带来的是对于虚拟美学的追求。网络文艺的世界又是一个充满主体自由的创造和主体创造的自由的双重自由的虚拟世界，幻想是对真实序列的扰动，现实世界中的对立力量只有在真实关系中才能体现，故而在网络文艺这种虚拟的自由语境下，存在于现实生活中的对立元素的界限变得模糊甚至消失，历史话语与自然话语、欲望话语与权力话语、真实话语与虚拟话语、科学话语与想象话语的对立力量都在网络世界强大的虚拟力量下消解。加之网络文艺符号文本的内在话语——网络语言，一种摆脱了话语权势的自由语义，一种解构式的外延符号，这种没有"语法规范"规约之下的网络语言在对社会元语言进行解构的同时成为操纵网络虚拟小说想象叙事的网络元语言，诸如拍砖(提意见)、狂顶(强烈支持)，至 high(兴奋)、大虾(网上高手)、7456(气死我了)等这种带有戏谑性、解构性、亚文化性的网络语言大量地充斥于网络小说文本之中。

随着网络文艺的发展，网络游戏也逐渐发展为可以促进网络文艺符号内循环生产的原生符号，网络游戏世界已经不单单是一个虚拟世界而是一个超真实的拟像世界。在鲍德里亚看来，拟像空间里的"像"，它游移和疏离于原本，或者说根本是没有原本的摹本，它是一种人造现实或第二自然不与任何实在产生联系，它就是它自身的纯粹拟像，而网络游戏虚拟空间就是一个没

---

① 《1.7 亿字小说〈宇宙巨校闪级生〉是怎么用 VB 写出来的?》，知乎，https：//www.zhihu.com/question/21124306 2020 年 10 月 3 日。

有本源没有所指的"像"的集合系统，因而这也使得网络游戏世界成为存在于网络世界中区别于现实世界的第三世界，所以网络游戏体验也成为受众数字化生存体验中的重要组成部分。网络文学与传统文学一个很大的区别就是缺少意象化的诗意语言，取而代之的则是具象化的可视性修辞。"在当前的网络小说叙事中，传统线性叙事的时空关系被打破，时间被淡化、模糊、背景化，而地点、位置、场面、空间等的叙事效能正获得凸显。"①网络小说中充斥着大量的空间描写，虽然对于空间的描写与渲染在传统小说中十分常见，但是传统小说对于环境空间的介绍大多有着鲜明化的时间做底衬，是一种时空一体的环境。而网络小说这种对于空间化场面的营造则是通过以主人公不同的"看"所实现的，无论是猫腻在《间客》开篇所进行的一系列关于"看"的描写，又或是《盘龙》中多次用主观视角对于环境的描写，还是《重生之超级战舰》对于太空空间的方位感与空间感的营造，都是一种纯视觉化的画面呈现，而这种第一视角的、全方位的"看"很大程度上就来自网络游戏中的角色视角的无意识渗透。基于网络游戏经验引发的网络小说空间叙事的转向也影响了网络小说的文学想象与叙事思维。由此可知，网络虚拟小说的想象叙事思维主要是受互联网思维与网络游戏思维的双重影响的，在这两种思维的渗透之下，网络小说呈现出叙事游戏化与游戏化叙事这样的叙事特征与美学倾向。

1. 网络小说叙事游戏化

网络小说叙事游戏化特征主要体现在以下几个方面。首先，网络小说叙事思维与网络游戏思维一同。游戏空间"是借由游戏规则所建立起的语义约束，继而通过'玩者'对规则的有效理解而发生作用，并最终通过'玩者'的交往行为形成具有约束力的'语义场'。游戏世界的构建不是游戏规则或游戏设计者决定的，而是实践游戏行为的'玩者们'通过交往共同构建的"②，网络游戏文本实则是一个由人类自主构建的活动互动文本。网络游戏的叙事机制不是对于因果链的顺序叙事，而是在一个可能行动空间的随机叙事。因此，网络游戏的叙事实则就是对"可能性"的建构，这种不确定性与网络游戏的虚

①　周冰.网络小说的空间、地图与叙事[J].中州学刊，2018：4.

②　宗争.游戏学：符号叙述学研究[M].成都：四川大学出版社，2014：141.

拟性使得网络游戏虚拟空间在真实与虚拟界限模糊的基础上使得深度和意义消亡，所有真实与虚拟的差异不复存在，走向了网络游戏世界的"内爆"。

网络游戏的这种互动叙事将参与者的感知功能得以保留并将其放大，网络游戏叙事的意义又在游戏者的参与行为中建立。因此我们说网络游戏的叙事是一种受众参与下的叙事，其意义效应则是快感。网络游戏的这种叙事思维也影响了网络虚拟小说的叙事方式，网络虚拟小说的无意识叙事使得小说的想象叙事注重对虚拟的异域空间的逼真描绘，让受众在创作者所营造的效果中获得审美认同，用修辞符号的堆砌让受众在审美认同中进而获得审美快感，快感是身体的延伸，而这种快感是在受众的身体与文本之间建立起来的，因此网络虚拟小说的叙事也是一种身体介入下的叙事。同时，受众对于网络虚拟小说的消费是一种身体参与下的感官消费，受众的接受行为也开始向感官化转变。如果说"接受行为艺术化的一个经验性特点是经验的可接受性"①，那么接受行为游戏化的经验特点则是对于快感经验的可接受性。

前文提到，幻想是对真实序列的扰动，那么现在我们如果以游戏的审美视角去审视网络虚拟小说中"穿越""二次元""重生""玄幻"这些架空于现实之上的虚拟符号时就会发现，其符号功能在于对一个全新的异域空间重塑，因而是带有"重置"特性的游戏符号。网络游戏的叙事特性之一就在于叙事的可重置性以及叙事重置的可重复性。在网络虚拟小说中，每一种反真实的虚拟符号的介入都是受众对于现实已知经验认知的一次重置，而每一次重置又可以引发受众对于快感的感知，因此网络虚拟小说的快感叙事在快感重置的重复中具有了无限的螺旋结构。

由此看来，网络游戏的叙事旨在营造一种审美上的沉浸效应，而这种沉浸效应一方面来源于游戏中环境符号、人物符号、声音符号等虚拟符号所营造出的拟像环境的超真实性，以此达到拟像虚拟美学所带来的审美幻境；另一方面来源于游戏角色的代入感与互动带来的快感。当进入游戏空间时，参与者要完成身份的转换，即本我符号向游戏中所操控的角色符号转换，遵守角色符号的人物设定。因此网络游戏的互动文本就是在角色符号之间的"对

---

① 莫利涅著. 符号文体学[M]. 刘吉平, 译. 成都：四川大学出版社, 2014：136.

话"中建立的。而在网络虚拟小说中，拟像环境的超真实性则是通过虚拟修辞符号之间的组合搭配来实现的。

其次，基于游戏体验的文学想象。在网络虚拟小说的叙事中经常出现"打怪""修仙""练级"等叙事桥段，而创作者的这种叙事想象不再像传统神话小说那样基于神话故事和现实经验的想象，而是基于网络游戏体验。网络虚拟小说创作者对于叙事想象的编码以及受众对于小说虚拟叙事的想象认同都是来自在游戏中通过行为意义而建立的"契约性共识"。网络虚拟小说想象叙事的编码与解码所依据的同一性也保证了创作者与受众主观想象中的共同延展性。此外，在网络虚拟小说中经常会出现大量的对话，这些对话很多是对于故事人物的内心外化而有强烈的代入感。这些对话一方面是小说叙事的显性语言，同时又是叙事文本与受众身体互动的隐性话语。因而，网络文艺符号文本的叙事呈现出叙事游戏化的特征。

由此，我们可以说网络虚拟小说中的虚拟空间本源系统就此找到了依据，即在网络游戏虚拟空间的基础上进行建模，形成了以网络游戏为基底，基于空间想象之上的想象回路机制（图3-2）。如果网络虚拟小说中的虚拟符号很

拟真空间 ◀──── 空间想象

网络游戏

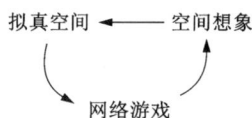

图 3-2　网络虚拟小说
想象机制

多都是游戏符号的副本，那么网络虚拟小说中关于时间与空间的想象就开始从"时间—想象—空间"向"时间—游戏—空间"转化。如果说传统虚拟小说的想象空间旨在营造一个现实空间的拟真空间，其想象文本是对现实文本的模本，那么网络虚拟小说想象空间则注重于对游戏空间的拟真，其想象文本则属于游戏文本的模本。因为网络虚拟小说的想象空间是基于网络游戏空间的建模，所以网络虚拟小说符号文本的叙事特征呈现出叙事游戏化。

2. 网络小说游戏化叙事

前文以网络虚拟小说为例，探讨了网游空间建模与网文想象机制的内在联系，网络游戏对于网络虚拟小说文本的渗透使得网络虚拟小说在叙事上呈现出叙事游戏化的特点。但在网络文学中还存在着网游小说这样的小说类型，"网络游戏+小说"这种新的叙事范式虽然也属于网游经验对于网络小说的文本渗透，但与网络虚拟小说不同的是，网游小说不只是用游戏的思维去

叙事，而是将网络游戏作为一种独立的叙事符号作用于小说叙事文本，从而呈现出新的叙事范式，即游戏化叙事。

　　网络游戏本身是一个空间化的符号系统，其符号文本呈现出以下几个特点：第一，有独立的叙事时空；第二，主体在游戏中拥有新的符号身份；第三，有独立的符号及文本意义生产方式。当游戏符号空间架构于小说符号文本的叙事中时，符号文本的叙事时空被分割成线上的网游时空与线下现实时空，两个不同时空的符号系统，同一主体拥有不同的符号身份，就是两个不同的意义文本符号，网游小说也就变为一种复合型意义文本符号。网络小说《微微一笑很倾城》就是把网络游戏和校园爱情相结合的超次元爱情电影，把虚拟游戏空间和现实生活两个叙事空间并列铺陈，在网游时空与现实时空的灵活切换中进行文本叙事。在这里，"网络游戏"不再是小说文本中的叙事对象抑或是小说的结构性元素而是作为一个独立的叙事时空符号与现实时空并行、交叉叙事。

　　小说一开篇就是在游戏空间里展开叙事：

　　"微微，来忘情岛，我们把婚离了。"

　　游戏里结婚本来就当不得真的，当初会和真水无香结婚，也是为了做任务，有个任务只能夫妻去做，于是帮派里的单身男女们纷纷结婚，真水无香发了条消息问微微能不能和他结婚，微微想了想就同意了。

　　……

　　跑到忘情岛，两人一起喝下忘情水，系统宣布："芦苇微微"与"真水无香"感情破裂，宣布离婚，从此男婚女嫁各不相干。①

　　从小说开篇的可以看出，这个游戏符号具有符号文本叙事所需要的基本符号要素：环境符号、人物符号、人物关系、矛盾冲突。因此网游小说中游戏符号的存在意义就不再单单是故事的结构符号抑或是叙事对象符号，而是内置于文本，分离于现实时空的一个独立的叙事性时空符号，两个不同的叙事时空符号在并行交叉中进行"超时空"叙事。

---

① 《微微一笑很倾城》，晋江文学城，http：//www.jjwxc.net/onebook.php？novelid=370832&chapterid=1，2020年9月3日。

网络游戏符号的独特之处在于它是一个虚拟的空间符号，相较于其他网络文艺形式作为故事叙事符号，其最大的不同就在于它可以营造一个新的叙事时空。"与传统媒体不同，电子游戏并不是建基于'再现论'，而是建立在我们熟悉的选择性符号结构—'拟真'之上。虽然'拟真'系统与叙述学有许多共同的元素，如角色、环境、事件等，但它们的构成在本质上却大相径庭"。① 在故事叙述中，网络游戏符号是一个独立的可叙事的空间符号，但是像角色扮演类的游戏，其内部又会产生新的符号空间，这个符号空间又是游戏中的叙事空间。"经典叙事学过于关注时间性而忽略了叙事的空间范畴。空间叙事的思路是将虚构世界视为故事与游戏得以结合的平台，以空间置换时间的方式来充分考察数字媒介的独特表现力"②，因而，当网游作为一个独立的空间符号作用于文本叙事时就形成了游戏化叙事。

于传统小说创作来说，由于创作与接受形态的历时性特点，小说一向被看作是时间性的艺术符号。因而小说多强调时间性叙事，后来小说创作也开始向空间叙事转向，但是小说中的"空间"被看作是将文本叙事中的结构安排呈现出一种空间性的形式。最早提出小说空间形式理论的约瑟夫·弗兰克在《现代小说中的空间形式》中针对空间形式的创作所提出的"并置"概念，也是指"在文本中并列放置那些游离于叙述过程之外的各种意象和暗示、象征和联系"。在约瑟夫看来，"并置"强调的是那些"有意味的符号"之间的联系，所以小说"空间"理论下的"空间"是不同于实体空间的虚拟意象空间的外化，是一种"空间性"抑或是"空间化"，而非单纯的故事所存在的实体的"空间"。如《红楼梦》《西游记》这样的传统小说，其"空间叙事"也只是在不抹杀时间序列的前提下，在不同的"可感知的实体空间"与"虚化空间"之间所进行的叙事转移。

网络游戏作为一种"空间第一性"的互动叙事艺术符号，是以共时性的画面空间来进行叙事，受众之间的互动是游戏叙事的言说机制。《微微一笑很倾城》作为一部以网络游戏为主线的网络小说，小说中出现的"梦游江湖"这

---

① 弗拉斯卡.拟真还是叙述：游戏学导论[M]. 宗争，译. 南京：南京大学出版社，2009：252.
② 张新军.可能世界叙事学[M]. 苏州：苏州大学出版社，2009：218.

个游戏就是将《梦幻西游》这个游戏搬到小说中，虽不是百分之百还原，但也保留了经典的游戏设定。游戏中贝微微在游戏中的角色名叫"芦苇微微"，是一身劲装、背着大刀的红衣女侠，其人物原型是《梦幻西游》中一身红衣的狐美人；男主角肖奈的游戏人物"一笑奈何"则是一身白衣、纤尘不染、衣袂飘飘、潇洒出尘的琴师，像足了《梦幻西游》中摇动扇子的逍遥生。两人在经典地点"长安城朱雀桥"相遇并举行婚礼。在游戏中有多种系统，例如帮派系统、门派系统、结拜系统、婚姻系统等等。在《梦幻西游》的世界里，你可以孤身游历江湖，也可与他人结盟共同闯荡江湖。达到一定级别时，可带上你的心上人，在月老的见证下结为连理，还可以体验中式婚礼中的迎娶、拜堂、宴请宾客。书中的男女主角在游戏中就是一对侠侣，现实生活中的感情线也是从线上游戏中的侠侣身份发展到线下的。由此可见，网络游戏化叙事又是对于叙事可能性的扩充，游戏符号空间又是作为符号文本叙事的解释空间而存在。

　　网络游戏文本与小说文本这两个不同的意义文本在相互冲突中、意义交叉中也会产生戏剧性，人物关系、人物的符号身份都会发生一定的变化，在变化中又可生成新的意义符号单元。因此网游小说将"游戏"作为独立的叙事符号来进行游戏化叙事时既可以增强文本的"故事性"又可以"结构故事"，网游小说的审美视域存在于各个意义符号单元的张力关系中。一般情况下，玩家在进入游戏空间时，需要完成对游戏人物符号身份的转换，而像《梦幻西游》这样角色扮演类的网络游戏，玩家所要完成的就是角色身份的转换。对于角色扮演理论，在社会学理论中存在着两种不同的取向，分别是衣阿华学派的"结构角色论"和芝加哥学派的"过程角色论"。"结构角色论"强调个体的行为是由其在社会结构中的地位以及与地位相关的社会期望所决定的，个体承担角色的过程不过是这种被结构化了的行为的释放过程，所以"结构角色"是个体对于社会化角色的行使；而"过程角色论"则强调由于角色是通过互动创造的，因而互动是一个动态过程。因此"结构角色"的建构是基于社会系统；"过程角色"则是将个人主体作为建构的中心。如果将两种角色扮演理论并置于网游小说，那么剧中人物在现实时空通过"结构角色论"来建构身份，相对的，在游戏符号空间中的主体身份则属于一种"过程角色"。人物在游戏符号空间的互动中增加对于游戏角色的体认，并在长久的动态过程中慢慢地将角色内化，当剧中人物开始沉浸于游戏中的角色人设以及故事情境之中，则必会影响人物在现实时空的意识行动，届时两个叙事空间开始相互作用。在《微微一笑很倾城》中，女主角贝微微现实生活中单身，在游戏中则是以"芦苇微微"的身份与"一笑奈何"结为侠侣。之前贝微微也与其他游戏玩家"真水无香"结成侠侣，但是只是单纯的为了做任务，除了打怪升级外，两人并没有其他更多的互动，所以贝微微并没有沉浸于"真水无香"的"夫人"这个虚假的角色符号中。但是在与"一笑奈何"结为侠侣后，"一笑奈何"与"芦苇微微"一起"入洞房""度蜜月"，两人在游戏中对话时，"一笑奈何"也经常以"夫人"相称。在与"一笑奈何"的互动过程中构建自身在游戏中的侠侣符号身份。久而久之，贝微微开始沉浸于"一笑奈何""夫人"的角色人设之中，当"一笑奈何"一连几天没有如期上线时，现实中一向理性的贝微微变得辗转难侧，多愁善感，继而引发了女主角现实生活中的感情线。

网络虚拟小说与网游小说这两种符号文本对于受众来说都是对于游戏体验的感知消费，但是两者又存在着一定的差异。网络虚拟小说的想象空间是基于网络游戏空间的建模，小说中类似于"斗气""练级"这样的游戏元素是受众未曾有过的体验，小说与受众的共鸣机制就是建立在对游戏中类似经验的认同。但对于网游小说来说，小说中所移植的网络游戏一般是现实生活中真实的并带有超流量符号的游戏，以此来保证受众经验主体的广泛性。像《微微一笑很倾城》中取材于《梦幻西游》游戏，该游戏同一时间在线人数曾达到 271 万，成为当时中国大陆同时在线人数最高的网络游戏，并且在福布斯 2010 年全球十五大网游中排名第二。再如《英雄联盟之王者荣耀》这部网游小说中的游戏也是取材于时下最热的网络游戏"英雄联盟"。受众在这里就变成了对于小说中游戏的经验主体，作者也无需再像创作虚拟小说一样，用修辞符号的堆砌来营造虚拟空间的拟真性，在网游小说中，受众可以自主地将二维符号文本转化成三维的游戏符号空间，这样存在于小说中的游戏空间由虚化空间变为可感知的空间。所以，网游小说的游戏化叙事使得文本内部的游戏符号空间就变成承载故事发展的实在空间而非想象空间。

小说写作是一种历时性的艺术创作，所以小说的生产与消费之间存在一定的时间差，甚至受众与文本会产生"历史距离"，继而形成了审美经验的差异、审美语境的差异、审美视域的差异等等。这就不可避免的使得受众对于传统小说的阅读体验总在差异中进行，在伽达默尔（Hans-Georg Gadamer）看来，"历史距离"是积极性的，距离是理解的动力。受众在差异中形成了阐释，在对历史距离的克服中获得对于文本的阅读、理解以及阐释，在差异中走向视域融合，在阐释中获得审美快感。但到了网络文学，从阅读形态来看，网络小说一般采用的是"更读"，是一种伴随阅读，于受众来说，获得的是即时的阅读满足。而网游小说中的网络游戏又是现实游戏的移植，所以网游小说是一种"当下"小说。小说的游戏化叙事就是对于现实体验的艺术化处理，但是文本的发生语境与受众的阅读语境是具有同一性的，受众不需要再对文本语境进行预设想象。就此意义而言，网游小说又是消解了"历史距离"的即时小说。按照伽达默尔的阅读理论，历史距离的消除、审美经验的相似、受众与文本视域的重叠，是否就使得网游小说失去了阅读动力？阅读语境失去了弹性？

首先，历史距离是存在于文本与受众之间的心理距离空间，同时它又是促进受众进行积极阅读的反作用力，但它并不是受众阅读以及文本价值的必要条件。艺术创作作为一种主观意志活动，它不是对于现实真实的白描，而一种基于现实理性、历史理性与价值理性的艺术虚构。这种虚构后的"真实"则是一种艺术真实，是历史真实、客观真实、情感真实的统一，在艺术真实的引导下受众可在创作者所营造的故事空间中获得情感的共鸣。像张爱玲的《倾城之恋》，这是一部描写都市爱情的小说，对于那个时代的人们来说，大家对于都市文化的了解远不如对于农村历史的认知。但是在那样的语境之下，《倾城之恋》还是获得了很大的影响力。究其原因，张爱玲在创作中提供了一种都市文化建构里的记忆因素，不仅在于张爱玲对于都市市民的生活细节的逼真描写，更在于她逼真地写出了现代化过程中都市的传统道德式微和社会变动带给市民的精神惶恐，读者的情感共鸣就来源于小说的艺术真实所传递出的情感真实。

艺术作品是基于形象思维下的想象创作，而相似的经验认知就是一种鲜活的形象思维，同时相似的经验认知又是通向引发受众情感共鸣的路径。很多的传统文学作品的叙事内容与受众个体之间存在很多的共同认知经验的交集，但是游戏体验与真实体验不同的地方在于游戏体验是在虚拟空间下收获的虚拟体验，这种虚拟的体验又是可感知的，因此是真实+想象共同介入的体验感受，是虚拟的审美经验与真实的情感体验的融合。所以真实所带来的是一种对于客观实在的认知的经验，存在认知的局限性，但想象则是不可感知的虚幻。在拉康看来，"想象指的是那种由形象所控导的基本的和持久的经验维度，是一种心理构成力量。当想象之于创作时，想象又成为艺术建构作者与读者关系的直接方式"①，所以想象在叙事过程中可以营造更宽广的"共情"空间。加之网游小说中的游戏一般是对真实网络游戏的移植，存在于文本内的游戏规则同样也是受众在现实生活中所遵循的，相同的经验体认则容易拉近文本与受众的心理距离。在《微微一笑很倾城》的豆瓣评语下，很多读者这样留言：

"作为一个玩了5年《梦幻西游》的女生，我没办法抗拒这本书，如果你有玩过网游，你会发现里面的一切是那么的熟悉，看着看着就想到了自己的游戏。"

"大学的时候看了本书的电子版，是得室友的推荐。室友正好是个游戏玩家，看得时候非常有带入感。"②

由此可看出，拉近文本与受众的心理空间，引发受众的代入感，进而触发受众的移情效应是网游小说的"共情"机制。在此基础上，网游小说中的游戏符号空间就成为存在于文本内部的移情空间。同时，网络游戏的叙事是基于预载符号文本之上的。预载即对于游戏叙事规则的预设，这种预设的规则是客观的、公约的，受众通过互动将文本的预设意义文本激活后又同时进行着之于预设意义文本之上的互动意义文本的生产。对于网游小说而言，其对于游戏空间的叙事也要遵循原有游戏预设文本的规则，这就使得网络游戏符号空间叙事是基于规则之下的叙事，是一种局限叙事。但是小说文本中现实

① 曾繁仁. 西方文学理论［M］. 北京：高等教育出版社，2014：184.
② 《微微一笑很倾城（典藏版）经典书评》，豆瓣网，https：//book. douban. com/review/6951537/，2020 年 10 月 3 日。

时空的艺术化叙事又是对于文本的陌生化处理，继而拉开了文本与受众之间的审美距离。

再回到《倾城之恋》这部小说，小说中男女主人公所经历的那个年代对于现如今的读者来说是陌生的，没有社会大变动的历史经验，但是都拥有过同主人公一样的精神空虚与无所适从；没有经历过男女主人公旷世的爱恋，但都拥有过爱而不得的情感。传统文学作品的魅力之所以能够跨越诸多差异而依然能感动读者就在于它挖掘到了人类共同的情感基底与历史记忆，受众对于传统文学的阅读体验收获更多的是精神慰藉。但随着网络文学的出现，泛娱化"伪语境"的渗透，使得受众的阅读行为发生了转向，受众对于网络文学的阅读更倾向于一种浅层的"直感"阅读。与此同时，受众对于网络小说的阅读行为是一种浅表型的感官式阅读，相比于对传统文学的审美消费，阅读网络小说则更像是一种身体消费或是感官欲望消费。马克思从消费作为生产的动力的角度曾这样论证，"消费本身作为动力是靠对象媒介的。消费对于对象所感到的需要，是对于对象的直觉所创造的……生产不仅为主体生产对象，而且为对象生产主体"①。网络文艺符号作为一种媒介符号生产，而受众也作为媒介符号生产的推动力，数字化生存经验以及接受语境的转变使得受众对于网络小说的阅读行为、目的、审美也发生了改变，受众阅读行为的转向也促使了网游小说的游戏化叙事的出现。

综上，网络小说的叙事逻辑与想象机制都带有"游戏化"倾向，与其说这种叙事创新是一种文学传统的断裂，不如说是一种新的美学范式。沿着这一美学逻辑也可对当代网络小说创作主体与消费主体的精神状态进行审美透视，继而挖掘隐藏于网络小说背后的文化逻辑。但值得注意的是，这种游戏化叙事也使得网络小说成为网文创作者"在'乌托邦'里建构'个人另类选择'的幻象空间"②，然而这种叙事创新能够在多大程度上实现以"爽文"写"情怀"？这种新的叙事思维是否会引导网络时代的文学启蒙？此类文学之通俗是否是一条通往文化自省的叙事路径？这一切的问号还有待商榷。网络小说

---

① 马克思. 1857—1858 年经济学手稿[M]. 北京：人民出版社，1979：29.

② 邵燕君. 网络时代的文学引渡[M]. 桂林：广西师范大学出版社，2015：80.

的这种游戏化叙事归根是基于虚拟生存体验与虚拟审美体验之上的，在思想意蕴、精神慰藉、诗教功能等方面还是无法与现实主义小说相比拟，因而加强网络小说对于现实主义题材的美学选择是文学之需、人民之需、时代之需。

第三节 原创力的萎靡

一、网络文艺创作中的类像化生产

基于 IP 与流量的网络文艺生产不可避免地带来了一个生产征象就是网络文艺符号类型呈现出类像化的特征。这样的结果就导致网络文艺所生产出的庞大符号帝国，看似是万花筒般繁华，但事实上却是一种符号堆积所带来的文化的裂变以及一个网络"奇观社会"的到来。美国学者道格拉斯·凯尔纳（Douglas Kellner）在《媒体奇观——当代美国社会文化透视》一书中就对媒介符号所构成的"奇观社会"作了深度分析："人类进入新的千年以后，技术的发展使媒体更加令人目眩神迷。媒体在日常生活中也发挥着更加持久的作用。在多媒体文化的影响下，奇观现象变得更加有诱惑力了，它把我们这些生活在媒体和消费社会的子民们带进了一个由娱乐、信息和消费组成的新的符号世界。媒体和消费已经深刻地影响着我们的思想和行为"[①]。

著名的西方马克思主义研究者詹姆逊在对后现代主义文化的考察时，就将各种视觉符号泛滥所带来的文化上的同质化称为"类像文化"。詹姆逊曾这样描述"类像文化"，"用以表达一个可再现的客体世界的某些特性，它非复制或复制式的再现，而是指一种'没有原件'的假象的泛滥；'类像'与媒体文化或'景观社会'有两种关系：（1）形象或'物质的'或最好说是'字面'的能指的独特地位：媒介原先的感官丰富性被从这一物质或字面存在性中抽取出来……（2）从作品的时间性中产生一种'文本性'美学，一般被描述为一种精神分裂式的时间感，最后是所有深度概念，尤其对历史性本身的遮蔽，以

---

① 凯尔纳.媒体奇观——当代美国社会文化透视[M].史安斌，译.北京：清华大学出版社，2003：3.

及随之出现的拼凑艺术或怀旧艺术，也包括对哲学中相应的深度阐释模式（各式各样的阐释学以及弗洛伊德关于压抑、关于表层和潜层的观念）的取代"①。詹姆逊以类比的方式将后现代主义文化与现代主义文化作了审美意义上的分析比较，将后现代主义文化看作是一种类像文化，直接指明了后现代主义文化或是类型文化的同质性内核，除此之外，詹姆逊还化用德波（Guy Ernest Dobord）的"景观社会"理论，敏锐地察觉到大众媒介所生产出的符号危机，詹姆逊将其称为"符号的冒险"，并提出这种冒险所带来的危机就是符号本身意义生产能力的萎靡甚至是丧失。

(一) 题材同质化与 IP 泡沫化

近几年，网络文艺实现了井喷式发展，虽然经过国家相应制度条令以及主流意识的思想规制后，网络文艺已经告别最初的"野蛮生长"，渐渐回到主流化、精品化的创作趋势中。但是在这百花齐放式繁荣生长的背后，仍然存在着题材同质化、IP 泡沫化、原创力萎靡这样的问题。

1. 过度的生产类像化、同质化现象严重破坏了网络文艺创作生态

习近平在其文艺思想中谈到目前我国的文艺现状时曾一针见血地指出，我国的文艺创作存在着抄袭模仿、千篇一律的问题。事实上，文艺内容生产的类像化、同质化不仅是我国传统文艺创作市场所存在的问题，亦是我国网络文艺创作的通病。我国的网络文艺创作在题材选择上实现了现实主义转向，创作者在现实生活这片广袤土壤上汲取艺术灵感与精神力量，多类型、多样态的文艺作品也在不断地丰富着我国网络文艺生态系统，网络文学市场也不再是清一色的"战神文""玛丽苏文""豪婿文""小白文"。尽管如此，网络文艺创作的创新能力与再生长能力还是缺乏内在的生命力，创作模式趋同，内容生产类像化。"同质化并不是原罪，而是类型演进中的必然现象。'套路文'仍能有广大的市场，证明它确实是抓住了人类某一恒长的欲望模式，并通过固定的写作套路满足了这部分读者稳定的心理需求。"②问题在

---

① 詹姆逊.60 年代断代，见王逢振主编.六十年代[M]. 天津：天津社会科学院出版社，2000：30.

② 吉云飞.过度同质化伤害了网络文学生态[J]. 文艺报，2017：2.

于，过度的同质化已经严重影响到网络小说从"高原"走向"高峰"。现如今的网文圈内部依旧是"小白文"一统天下，在玄幻领域，依旧是××神王""××帝君"此类的作品霸占各大榜单榜首，内容上依旧是各种"无敌流""退婚流"等套路大行其道，在叙事上无非都是"废柴"的开挂升级记；再如宫斗系列的古装剧，基本上都是讲述"傻白甜白莲花"的女主角逐渐黑化强势的成长史。让我们把视线再转到网络综艺市场，近几年《向往的生活》《野生食堂》等美食网综的大热不仅让美食题材成为网综创作市场的热宠，而且让美食网综从之前稚嫩的"野蛮生长"期，逐渐走向系列化的成熟期，最终开启了属于美食网综"综N代"的霸屏时代。但是美食网综的系列化制作并没有让网综市场再次出现像"向往的生活"这样的美食网综爆款，相反模式化、系列化的制作模式虽然让美食网综实现了规范化的发展，但同时"固定班底＋飞行嘉宾"式的明星组合以及流程化的节目内容也让美食网综陷入了内容同质化的创作窘境。

如此的类像化创作与同质化生产不仅压制了网文生态系统的丰富性与多样性，而且也极大地制约了网文的可持续发展，因此，类像化创作与同质化生产并成为阻碍网络文艺创新性发展的最大桎梏。

2. 抄袭、改编依然是网络文艺内容生产同质化的重要致因

IP商业链的价值体现在于IP可改编、可复制的生长力之中。IP的可复制性在于IP文艺作品具有范式的意义，这种范式的可参照性以及可复制性，一方面延伸了其文艺作品的商业价值链，但是另一方面也让IP改编剧扣上了"照搬照抄""粗制滥造"的帽子。这种改编剧无法赢得市场，更无法赢得人心。根据豆瓣评分，在8~10分的改编剧较少，仅为10%，占比半数以上的改编剧都集中在6~8分之间，而4~6分之间的改编剧占比也高达32%。这种换汤不换药、照搬照抄、粗制滥造的改编剧多集中在网络剧、网络电影市场。

而在我国的网络综艺市场，为观众所诟病的则是频频被爆出的抄袭丑闻。2018年，韩国电视剧节目制作公司发布了"中国电视台疑似剽窃韩国节目版权现状"的分析报告。根据报告结果，在2014年至2018年的四年时间中，中国剽窃韩国的综艺节目就有34个，其中很多具有超高点击率与口碑不俗的网络综艺名字也赫然其中。譬如《向往的生活》抄袭《三时三餐》；《中餐厅》抄袭《尹食堂》；《亲爱的客栈》抄袭《孝利家民宿》……这些抄袭不仅让这些网综陷入舆论的漩涡，而且也使得之前积累的群众基础流失大半。这让我们不禁发出这样的感慨，中国的网络文艺创作市场真的失去创造活力了么？

二、IP 泡沫化与"模因"生产逻辑下的内容生产

（一）IP 热背后的冷思考

现如今，一个不争的事实就是，IP 成为改变网络文艺内容生产的新势力、新力量。2015 年，无论是在网络文艺内容生产市场还是网络文艺产业市场，IP 都是最为抢眼的热词。自此，IP 成为构架网络文艺这个庞大生态系统的泛娱乐产业链。基于网络文学而改编、开发的一个个网络文艺爆款，无疑彰显了网络文学作为 IP 产业链内容源头的主导地位。例如《斗破苍穹》这部网络小说，自连载至今，全网点击量已经突破 100 亿，在此基础上全方位开发的游戏、动漫、影视等多样化产业链也频频成为网络文艺市场的爆款，这也显示了该小说所蕴含的巨大的商业引流潜力，也促使了越来越多的网络文艺创作者将超级 IP 视为创作理想。

我们还需注意对 IP 的盲目迷信、并发所带来的 IP 泡沫化的危险。不可否认，超级 IP 具有巨大的文化价值与商业价值，但是面对 IP 翻涌的热潮，我们仍需清醒地认识到，IP 并非是打开网络文艺繁荣市场的唯一钥匙，也并非是赢战网络文艺产业市场的不二砝码。对于"IP 热"这种现象，北京大学文化产业研究院副院长陈少峰认为，很多 IP 只是一个概念，并没有内容支撑，有些 IP 也没有特别大的影响力。若一味地对 IP 进行盲目崇拜与开发，可能会导致"IP 为王"取代"内容为王"而成为网络文艺市场的创作旨归。这种背离文艺内容创作规律的理念也势必会造成 IP 价值贬值，制约网络文艺的内容产业生态的健康发展。在文化品位与文化产品快速更迭的时代，为营造一个健康有序的网络文艺生态系统，我们必须规避 IP 盲目热与泛 IP 论所带来的 IP 泡沫化的危险。

(二)"模因"生产逻辑与网络文艺内容生产

"模因是储存于大脑之中的、执行行为的文化信息。"[1]在网络文艺的内容生产上,其同质化的内容正是遵循了传播学意义上的"模因"理论,即复制"基因型"的指令信息而非复制最终形态。就此而言,传播学上的"模因"理论,对于分析网络文艺创作市场的同质化乱象依然受用。近几年网络短视频的快速走红以及受众基群的飞速生长很大程度上归功于"模因"化的生产逻辑。"当我点开热门,我看到了'全世界是你的耳朵'的卖萌,下拉是'karma is a bitch'的变装秀,再往下是'海草海草'的舞蹈⋯⋯接着就差不多是这十多首歌的不断循环往复,来来回回,做梦都能梦见。"音乐短视频用户小Z的评论并非是一种主观感受,更暴露出在后工业社会下,流行文化、大众文化的工业化生产模式。事实上,网络短视频中的"拍同款"就是将一些兼容性强、洗脑力度大、可复制性高、操作难度低的内容作为内容基因,继而让更多的受众在内容的二次传播中在内容复刻的基础上再进行二次创作,最终实现内容纵向性的延展与衍生。如此,这种"模因"化的内容就在受众之间形成了病毒式的传播。2017年,我国的网综市场实现了蓬勃发展,一大批题材多样、类型多变的网综如雨后春笋般涌入网综市场。其中2017年的网络市场的一大明显特征就是各大网综制作平台开始将目光锁定在了垂直类综艺领域,该领域涵盖了美食、音乐、喜剧、亲子、文化等多种综艺类型。一方面,垂直类网综的更新换代,意味着我国网综创作市场开始日渐成熟,市场格局开始逐渐细化;另一方面,垂直类综艺也开始陷入同质化的创作困境。文化类、萌娃类、舞蹈类网综数量层出不穷,在2018年的垂直综艺中,仅舞蹈类节目就有近十部,但这些垂直性网综在横向数量发展上实现了很大的突破,但无论在形式还是内容上都十分接近甚至雷同,并且明星嘉宾"熟练串门"的尴尬现象也是屡屡频生,这也在很大程度上增加了受众的审美疲劳感。

网络文艺文化作为一种典型的后现代主义文化,是后工业社会的文化产物,呈现出后工业文化集体狂欢性的文化表征,而在这集体狂欢性的文化表

---

[1] 布莱克摩尔.谜米机器:文化之社会传递过程的"基因学"[M].长春:吉林人民出版社,2017:30.

征背后所隐藏的则是消费性的文化逻辑以及复制性的内容生产逻辑。复制性的内容生产逻辑不仅属于同质化内容的类像性，带来了视觉上的审美疲劳，更重要的是会在很大程度上固化我们的审美标准，形成一种思维范式。审美一旦被固化、被标准化、甚至被程式化之后，在此审美影响下的文艺作品也会丧失其特有的艺术"灵韵"，于艺术创作以及艺术欣赏来说，无疑都是一种灾难。

事实上，我国现阶段网络文艺创作所存在的原创力萎靡这一问题就是指文艺内容在生产力、表现力、感染力方面的欠缺，创作者将自己的创作重心放在了繁芜多变的艺术形式探索上，忽视了对于内容思想的挖掘，最终导致了"以文害质"创作困像。我国古代哲学家王船山的文论思想的核心就是探讨"文"与"质"的关系问题。王船山将"不可以韵害意"作为对"文"的要求，其实就是为了说明，一定的艺术形式应与能够与之相匹配的艺术内容相协调，而不是主导一方，亦不能喧宾夺主。若一味地追求形式上的出新，就会使得艺术作品流于表面，再精湛的艺术技巧也需要一定的艺术内容去丰满，再深刻的思想内容也需要相应的艺术形式去烘托，文与质的关系应是相辅相成的，如此，艺术形式才会更具审美价值，艺术内容才会更易产生动人的力量。在注意力经济的驱使下，很多的文艺创作者将艺术形式上的创新奉为艺术创作的圭臬，一种艺术形式的流行总会引起众多追随者的效仿，其结果就是削足适履，东施效颦，贻笑大方。因而，王船山这番"不可以韵害意"的文之要求，为当代的文艺创作者在对艺术形式的处理上给予了指示性的回答。破除题材同质化、内容"模因"化的创作困境，改善网络文艺创作生态的创新路径需要创作者开拓发散思维，跳出"爆款"文艺所带来的模式化思维，挖掘与主题相关的元素来丰富节目内容，用多元类型叠加的方式来增添节目的新鲜感，在拒绝同质化的道路上，将差异化的内容生产作为创作的重心，以此来实现对于类像化生产的"破局"。

第四章　网络文艺审美转向

当弗里德里希·尼采（Friedrich Wilhelm Nietzsche）在 19 世纪末期祭起"我纯是肉体"的大旗时，当时的人们认为这是痴言痴语，但就现在媒介社会来看，这是一个多么伟大的预见。因而，我们可以继续沿着尼采的预言将时下的媒介社会定义为"身体新纪元"。如果说文明社会是对身体的解放，那么在网络文艺世界中，身体不仅获得了独立的审美价值，而且在消费文化逻辑的操控下具有了展示性的消费价值。其中一个非常重要的原因就是媒介（技术）的发展使得图像在人群中的快速传播成为可能，消费者的需求又反作用于对身体的消费。换句话说，媒介是播撒身体图像和身体想象的最为重要的工具，只有现代媒介蓬勃发展，身体的大众时代才会真正到来，换句话说，符号享乐与情感狂欢的时代才会真正到来。

第一节　符号享乐与情感狂欢

当我们对网络文艺作品进行文化透视后，就会发现很多的网络文艺创作都是将后现代主义美学思想作为精神指导，以去政治化的方式来实现对于自由的吁求，以非美学化的表现手法来对传统艺术准则发出质疑，并以此来维护自身的合法性。创作者在艺术创作过程中不再注重对客观现实的再现或表现，也不再注重内心审美意识的呈现，而是将创作重心放在情感的释放与表现上，注重挖掘人类最本真、最直露的欲望。在作品的表达中，"所指"变得无足轻重，而"能指"表面上却变成了具有多重意义的所指，符号被解构成多种意义。这种解构亦如皮尔斯所阐述的"无限制"的符号化过程，网络文艺创作者通过为受众建构一个情感自由的狂欢王国的方式来逃避理性的追责，并用符号享乐与情感狂欢来消解艺术与生活、艺术与政治的对抗性。

一、符号的王国与碎片化审美

(一)符号享乐下的身体快感

网络文艺所具有的符号学共性是能指的丰富性和意指的缺失性。能指的丰富性营造出较传统艺术更为丰富多彩的"视觉奇观"，带给受众强烈的感官刺激；意指的缺失性赋予了网络文艺内容情感上的无功利性，两者共同创造的则是网络文艺内容上的泛娱乐化特质。而这种泛娱乐化恰巧迎合了人们对于享乐的追求，因为享乐从情感本质上来看就是一种无功利性的意志冲动。网络文艺消解了真理、理性和终极意义，成为"能指的嬉戏"，是一种符号的享乐。罗兰·巴尔特在《文本的快感》中提道："享乐正是符号的享乐，享乐正是在符号的真实性和虚构性之间，在符号的不确定性、符号的断裂、符号的弄虚作假之间产生的。"[①]

如果我们将网络文艺这个由视听符号组成的三维空间看作是一个平面的二维文本的话，那么受众对网络文艺的消费也就是对文本的阅读。享乐没有所指，没有内容，只有生产和体验，网络文艺的文本特性就是丰富的能指，匮乏的所指。享乐和文本的结合，是一种实践同另一种实践的对接，而不是内容对形式的填充、掌握和支配。享乐首先表现为一种实践形式、一种动态过程、一种吸收程序。而享乐就是在对网络文艺文本的阅读过程中所收获的快感，其来源一方面体现在网络文艺的互动性上，另一方面则体现在受众的阅读行为上。

人们对网络文艺消费所获得的身体快感主要来源于以下两个方面。一是网络的互动性机制。网络文艺的互动性一方面来自受众与生产者之间的互

---

① 卡尔韦.结构与符号———罗兰·巴特传[M].车槿山，译.北京：北京大学出版社，1997：96.

动，这种互动是一种受众渴望参与到网络文艺生产的交流冲动，在网络文艺中的具体体现形式之一就是"弹幕"，受众在这种互动中收获的是一种欲望冲动得以满足的精神快感。网络文艺的互动性另一方面则体现在受众之间的互动，这种互动是未知用户之间的互动，是一种陌生化交流互动，未知带来渴望，而探索未知是一种本能，并且这种未知不是一次性的"静止"的未知，而是一种多频性的不固定性的"流动"的未知，这种未知所引发的不确定性又会给受众带来反馈心理期待上的刺激快感。

二是受众的三种阅读行为。快感的另一来源就体现在受众的三种阅读行为上，即"创造式阅读""反抗式阅读"和"破坏式阅读"。网络文艺中的受众，不仅仅具有消费者这一个主体属性，而且还以部分生产者的身份存在。受众在阅读文本的过程中，也就是对符号进行消费时，还进行着创造新符号的再生产活动，即"创造式阅读"。在此过程中，受众被赋予能力，成为网络文本生产的"主动的参与者"，这种主动参与性大大提高了受众的阅读能动性。如近来大热的《偶像练习生》这档选秀节目，对练习生的考核、晋级、淘汰就完全由观众的投票决定。在该节目中，观众不再被称为"观众"，而是"全民制作人"。这一名称符号的转变，将观众从一个被动的消费者的地位、一个看客的地位提高到生产者的主体地位。名称符号的转换所带来的是身份上的转换，完成的是权利的赋予，因而是一种"姿态"上的转换。而像网络短视频这样的艺术能指，它将生产权利完全地赋予消费者，消费者也就是该艺术的生产者，在发布短视频之前需要对所拍摄内容进行录制、剪辑、特效等艺术加工，因而它不是简单的对于生活的记录，而是一种带有鲜活能动性的艺术创造活动。网络文艺的全民参与热潮印证了受众的这种能动性是带有激情的创造力量，是艺术形象、艺术构思和艺术传达的辩证统一，受众在这种创造式阅读中享受成就感所带来的精神快感。在对网络文艺的文本阅读中，受众可以摆脱"话语权势"的约束，自行从文本中勾连意义，打破既有的规则，或是嘲讽权威，或是另行创造诠释空间，即"反抗式阅读"。在把玩"文化政治"的游戏中，获得精神上向权威挑战的快感。这种意义生产的快感，类似于巴赫金的"狂欢节理论"，因此强调快感就需要在文本中对"话语权势"予以回避、拒绝或是反抗，从此意义上来说，这种"反抗式阅读"也是一种"自由吁求"，享受着"语义自主"，于是受众生产所得到的就是一种创造式的、自由式的、解放式的快感。

在网络文艺的文本阅读中，还存在着对于既定规则破坏的欲望冲动，在能指嬉戏中，对能指与所指、意指链条关系进行着解构破坏，对传统主流意识话语进行着戏耍嘲弄，即进行着"破坏式阅读"。后现代主义哲学家吉尔·德勒兹就将欲望视作一种积极的创造性力量，而非一种本能的生理驱动，他认为所谓快感就是人对欲望的实施过程。享乐和求新紧密相连，像"小猪佩奇身上纹，一看就是社会人""独秀同学，请你不要再秀了""我是一个没有感情的杀手""我一只狗吃饭睡觉旅行，到处走走停停""你站在这里不要动，我去给你搬一棵橘子树"，此类网络新语言就是在对传统符号的解构和破坏中生成的，"对于这种旧俗套的轻视，就是不尊重既定的法则，就是享乐"①，受众对于符号的这种戏谑、恶搞、解构与破坏，使得传统思维在认知过程中发生断裂，而快感也正是在生产断裂、发现断裂和制造断裂中生成的。

(二) 对符号享乐的美学意义的思考

无论哪种阅读行为，都是一种积极阅读的姿态，它不仅是主动性的而且是生产性的。受众在这种积极阅读中调动的是全部的感官，在阅读中收获的亦是生理感官上的快感，因而在审美效能上引发的是感官型的审美感受，而网络文艺互动性所带来的致瘾性特征，又使得这种审美带有一种沉浸型倾向。

网络文艺符号世界的构成中，各符号之间组合的任意性与停止于能指层面的符号序列，使得符号失去了独立的可解读性，其符号意义的体现只能依赖于情绪语境的预设和各符号之间的组合关系，从而使得网络文艺符号变成一种只停留于感官消费的感官符号、产生快感的表现符号。受众对于这种感官符号的消费也只是一种无深度的浅层阅读，受众的审美鉴赏力也只是一种对于艺术表象的直观感受，审美活动变成一种感觉体验，最后沦为一种快感主义。如果受众对于艺术的欣赏一直沉浸于对于艺术表象的直观感受的话，

---

① 汪民安.罗兰·巴特为什么谈论快感? [J]. 外国文学, 1998: 6.

则很容易丧失自身的审美判断力。在某些情况下，受众在对网络文艺符号的消费中所收获的快感体验并非来自艺术符号，而是将产生快感的表现品(美的东西)与产生快感的(美感以外产生快感的)东西混淆后的感觉误判。例如，受众在网络游戏中所体会到的快感，很大程度上就是一种"发泄身体富裕精力所产生的快感"①，而不是美学意义上的审美快感。

(三) 碎片化的文艺与碎片化的审美

网络语言符号不仅是网络文艺符号系统中的重要符号组成，而且是一种新的语言符号。正如我们之前谈到的，网络语言符号的可解构性和符号组合的任意性所呈现出的未定型性，使得网络语言符号在外部形态上呈现出碎片化的特征，这里的碎片化是能指层面的碎片化，其形态是能指组合的无规律。此外，网络语言符号因打破了传统语义中能指与所指的链条关系，能指的象声功能与指示功能在网络文艺中转而被情绪功能所代替，而情绪作为一种感觉，它也是无规律可遵循的。然而，这种网络语言符号的无规律性也恰巧与审美规律相吻合。同时，网络语言符号作为一种情绪符号，符号的感性意义大于理性意义，甚至可以说是一种感性符号，因为它不能凭借理性去衡量，也不能用一种规范使语言的习惯用法归于统一。所以网络语言符号的无规律性、无理性是与审美判断相契合的，它实现了语言学与美学的相对统一。

首先，网络文艺符号构成上的碎片化。网络文艺符号在形态构成上呈现出碎片化的倾向，在内容构成上也同样带有碎片化的趋势。网络文学的呈现方式不像传统文学是一个完整的文本，由于网络文艺的反馈机制的存在，很多网络文学作品是根据读者的反馈意见来安排后续的叙事的，属于"断点续传"式的呈现。同样，在网络动漫、网络剧这样带有叙事性的网络文艺能指上，依旧存在着"边拍边播"的播放方式，所以网络文艺在内容构成上也不是系统性的、完整性的、一次性的呈现，而是整体被分割的片段式的组接。由于网络文艺呈现的依托介质是互联网，所以受众在对网络文艺的消费过程

---

① 克罗齐.美学原理[M].朱光潜,译.北京:人民出版社,2007:113.

中，可以做到随时随地自由消费，在对某一个网络文艺能指消费的过程中可以任意暂停，做到"断点续看"。一方面，受众的时间被切割的同时，网络文艺的空间形态也被切割，呈现出碎片化的形态特征。此外，像网络短视频这样的能指，每个短视频的内容时间只有短短15秒，视频内容也不是简单的原纪录，而是由一个视频被剪辑切割或者是多个视频剪辑拼凑再加以特效后整合而成的，是打破原视频后的碎片化的重构。

其次，受众消费体验的碎片化。网络短视频无论是在原初的形态构成的时间性还是空间性上，都带有一定的碎片化的属性。同时，受众在对网络文艺空间形态进行碎片化式的消费过程中，其审美关系也发生了断裂，审美效能也在不断被中断，审美想象被破坏，最终使得受众对于网络文艺的审美成为一种碎片化的审美。网络文艺的这种碎片化的存在形态使得文艺作品的意义被切割而无法得到完整的呈现。同样，受众在这种碎片化审美过程中，收获的只是片刻的愉悦，是被简化了的感性世界，是断续的审美感受，无法获得完整的审美体验。受众在对网络文艺的审美过程中，审美体验被破坏，那么对于网络文艺的理性思考也退至边缘，理性的缺失使得受众无法在对网络文艺的审美过程中发现自我、观照自我，审美愉悦又从何说起呢？

二、自由的王国与情感的狂欢

伯明翰学派的著名文化研究大师威廉斯（Raymond Henry Williams）从文化的大众性、情感性角度切入，独辟蹊径地将文化理解为一种存在于社会中的动态的感觉结构。而对于媒介社会所催生的网络文化而言，威廉斯所说的感觉结构就变为基于网络而存在的在线感觉结构形式，大众借助这样的在线感觉结构进行情感分享、欲望互动、艺术创作等，于是具有多种类、多模态的娱乐性与解构性的话语形式与符号系统就层出不穷，例如层出不穷的流行语、网络热词以及表情包等。这样的在线感觉结构也让网络文艺世界变成一个话语狂欢的世界、一个情感狂欢的世界。

（一）"本我"狂欢走向"本我"的群体化狂欢

"狂欢"理论是巴赫金所提出的文学理论概念，按照巴赫金的理解，"狂欢"意味着"狂欢广场式的自由自在的生活，充满了对一切神圣物的亵渎和歪曲，充满了不敬和猥亵，充满了对一切人一切事的随意不拘的交往"①。网络文艺作为一个虚拟性空间，主体身份的虚拟性与"他者"的不在场性，使得网络语言符号的言说地位大大提高，甚至在有些网络文艺的能指形式中，网络语言符号成为重要的甚至是唯一的在场符号。网络文艺中的主体通过网络语言符号这个中介形式进行欲望表达、情感释放、身份认同，于是网络语言的对话盛宴成为主体进入"狂欢"的重要途径。既然网络语言符号是一种无序列、无规则的能指碎片，那么主体在使用网络语言符号的过程中，就不需要遵循任何语义规则与语法规范，从而实现一种带有创造性的使用。因而在网络语言的使用过程中，主体"本我"的欲望诉求也得到了极大的满足与宣泄，最终实现了个体"本我"的狂欢。然而，网络语言符号的生成机制遵循的是传播即生产、消费即生产的"共时"模式，其符号可以在这种圆形的循环结构下不断地更迭、置换并多次"易变"，最终实现符号的"共时性"。原因就在于多主体实时地共同参与，是群体"本我"欲望的共同"在场"。因此，个体的"本我"狂欢就走向了群体的狂欢。

网络直播在一定条件下也会成为受众群体化"本我"的狂欢场域。群体的狂欢的发生需要具备广场式的场域、一定数量的受众、相同的情绪迸发、狂欢化的言语或动作等条件。网络直播间就是广场式的场域，同时网络直播会有不限人次的在线观看，这就拥有了一定数量的受众基数群。此外，受众在观看直播的过程中可以自由地留言、评论、送礼物，在一定条件下，这种人数众多的"共时性"互动很容易达到相同的情绪燃点。现有的网络直播内容主要有三类，即秀场类、游戏类和泛生活类，而最容易引发群体化"本我"狂欢的就是网络游戏直播。

一方面，网络游戏直播相比于其他两类直播来说，它的受众人数最多。我们以"斗鱼"网络游戏直播平台在2018年8月1日23点过去的一小时内的数据统计为例。在斗鱼直播平台的排行榜上，前三名的观看人数及弹幕总数都在百万以上，排名第一的是名叫"旭日宝宝"的游戏主播，在线观看人数达

---

① 巴赫金.陀思妥耶夫斯基诗学问题[M].白春仁、顾亚铃，译.上海：三联书店，1988：184.

到了 619.8 万人次，弹幕总数为 122311 条，礼物总值 58580。另一方面，网络游戏作为一种数字化虚拟符号能指，受众在消费过程中的情感是一种无功利性的审美诉求，因而是"自我"与"超我"让位后的"本我"欲望的自由释放。在观看网络游戏的过程中，逼真的场景设置很容易使受众产生代入感，投入网络游戏的虚拟环境中以及游戏角色之中，并获得一种沉浸型自由情感的自我投入。此外，游戏的紧张刺激性也容易激起受众共同的情绪燃点，并且在同一直播间的受众往往都是该游戏和主播的喜好者，所以受众的情绪燃点更容易达成，也更容易形成群体化"本我"狂欢的场面。

在 2018 年 5 月 20 日英雄联盟 MSI 总决赛的游戏直播中，群体化"本我"狂欢可以说是达到了狂欢的极致化。该比赛冠军的争夺是在我国队伍 RNG 和韩国队伍 KZ 的巅峰较量中展开的。这是时隔三年后 LPL 又一次进入决赛，自然吸引了众多受众观看。根据 Esports Charts 的数据，中国共有 126659400 人次同时在线观看。在 RNG 夺冠的那一刻，直播界面被"我们是冠军！"这句话刷屏。在网络文艺中，"弹幕"是带有"受众之间对话"与"自我对话"性质的语言符号。在这种集体化的场域下，整齐划一的弹幕使原来的自由对话体变成了口号式的集体话语，在满屏的口号式的集体话语中强化了狂欢秩序，而且营造出一种狂欢的仪式感，受众本我的燃点瞬间被激活，受众的思想和语言给予了最为积极的外在的和内在的自由，受众这时的信仰、情感和意愿达成了高度一致，同时这也是受众欲念的狂欢化表现。

(二) 狂欢—民间—笑—自由序列下的狂欢式表达

"在狂欢仪式上，等级制完全被打破，插科打诨的语言、俯就的态度和粗鄙的风尚主导了所有诙谐游戏。"①符号创造主体们在网络文艺世界中享受个体狂欢和群体狂欢之下的双重狂欢过程中，形成了狂欢—民间—笑—自由的序列。

首先是消解了话语权势的草根"民间"。在这里，"民间"与"官方"相对。第一层面是身份上的相对。网络文艺空间的极大自由性对主体身份姿态的要

---

① 汪民安.文化研究关键词[M].南京：江苏人民出版社，2007：142.

求不高，"在假定场景中消弭了贵贱上下的森然界限，毁弃一切来自财富、阶级和地位的等级划分"①，因而是群众性参与下的艺术符号的自由构建。第二层面是形式上的相对。相对于精英艺术象征的传统文艺，网络文艺则是人众文艺的代表，无论是在艺术形式还是在艺术内容的呈现上，都带有极大的通俗性与娱乐性。网络文艺虽然是一种媒介生产，但它不是媒介权力下的艺术生产，媒介所带来的分享的无差别性与共享的自由性，消除了"民间"与"官方"之间权力、地位所形成的张力。越来越多的"草根"在网络文艺的世界中进行艺术创作而成为网红，这种现象便意味着网络文艺的"狂欢"开始向"民间"转移。"papi 酱"是一位普普通通的在读研究生，因在网上自导自演小视频而爆红，成为"超级网红"。与其他网红不同的是，"papi 酱"不是肤白貌美 V 形脸，没有强硬的背景，没有"官方"式的不苟与严肃，视频中的她素颜出镜，自嘲是贫穷并平胸，以笑谑的语言去吐槽社会。以"papi 酱"为代表的"草根"们是与"官方"相对的非正式力量，"七大姑八大姨逼婚盘问""双十一购物狂欢""男性生存法则""情人节送女朋友礼物指南"这些生活化、非正式化的话题视频却是摆脱了教条主义、专横性与片面严肃性的"民间"最真实的话语，这种话语形式在网络文艺的自由世界中获得了新生。在巴赫金看来，笑谑在任何时候都不带有正式的性质，它没有被官方化，也不会被官方化，它是反官方的。当代文学批评家陈思和对"民间"的解释为："民间的传统意味着人类原始生命力紧紧拥抱生活本身的过程……民间往往是艺术产生的源泉。"②所以，"民间"以笑谑式的语言去打破旧的语言与思想之间的联系，以非正式的态度去解读世界。因而，"民间"不只停留于文化意义之上，从哲学意义上来讲，它还是一种非正式化的世界观，"民间"下的狂欢是一种对于自由的真正吁求，是一种对于快乐的尽情释放。

其次是拆解了严肃文化之后的"游戏"的笑。这里的"笑"是指主体在戏谑式的、自嘲式的网络语言符号创造过程中的"游戏"态度。像"生活不止眼

---

① 汪民安. 文化研究关键词[M]. 南京：江苏人民出版社，2007：142.

② 翟应增，莫莉，王小可.《"民间"视野下文学史叙述空间的开拓——以陈思和<民间的浮沉：从抗战到"文革"文学史的一个尝试性解释>为中心》[J]. 现代语文（文学研究），2010：4.

前的苟且，还有诗和远方"本是著名音乐人高晓松的母亲对他的一句生活启示，但由于这句话中所蕴含的人生况味与希冀触动到了人类内心的最柔软处，众多人将其奉为生活的颂歌。但是在网络文艺的自由世界里，受众将这句话进行戏谑解读，"生活不止眼前的苟且，还有过去的苟且和以后的苟且""生活不止眼前的苟且，还有三年高考五年模拟""生活不止眼前的苟且，还有前任寄来的请帖"，在这样戏谑式的语言中所蕴含的否定性的诙谐的"笑"是对严肃文化的拆解，是用游戏的态度对严肃性进行消解颠覆的精神抗争，因而这种"笑"本身就是一种游戏。当这种"笑"介入语言之时，语言就成了对游戏的戏仿，这样，双重的游戏功能使得这样"笑"的话语成为狂欢式表达。如此的话语表达用传统的话语来说，是以游戏的形式进行解构后的陌生化的语言，这样的话语表达与其说是一种戏谑，不如说是一种民间狂欢的胜利。所以就此意义而言，这样"笑"的话语表达不再是对于新的语言形式的创造，言说主体把自身也置于否定性的诙谐的"笑"的话语之中，而不是与这种否定性相对，选择用一种诙谐和笑的角度去看待世界的整体性。因而，于表达主体而言，这是一种对于世界观的建立。所以这样的"笑"的狂欢话语就是一种身体转向，是带有自我降位的自贬化色彩，"贬低化，既是埋葬，又是播种，置于死地，就是为了更好更多地重新生育"[1]。也就是说，贬低化不再是带有否定性的嘲讽性定义，而是一种面对戏谑的无畏，它在民间狂欢的"笑"中收获了新的释义：贬低化不再只意味着毁灭与否定，同时也象征着肯定与再生。因此，主体在对网络文艺符号的创造过程中，力求把所有精神性的东西世俗化、肉体化，用"游戏"式的狂欢化态度去解读意义，用"游戏"式的狂欢化态度去面对世界，从而收获一种前所未有的对于世界的新鲜感，这就多了一种感受世界的体验模式，同时也是网络文化的独特式表达。

最后是摆脱了秩序体系后的狂欢的自由。"自由"是相对于"权威"而言的。从发生学的角度来看，存在于网络文艺世界中的狂欢序列，无论是来自"民间"的创作还是戏谑的"笑"，两者得以存在的基础都是"自由"，自由成

---

[1] 巴赫金.巴赫金全集第六卷—拉伯雷的创作与中世纪和文艺复兴时期的民间文化[M].李兆林，夏忠宪，等，译.石家庄：河北教育出版社，1998：25.

为网络文艺符号生产与传统文艺符号生产的明显划分，它是网络文艺符号世界环境因素的重要因子。同时，自由表达作为一种权利存在才得以划分出网络文艺符号世界中的狂欢的发生场域，因而网络文艺符号世界中的狂欢是一种以自由为名义的狂欢。于网络文艺符号系统而言，无论是本体还是网络文艺各个能指之间，都存在着极大的自由性，网络文艺符号系统内部的网络语言符号作为一种摆脱了"话语权势"的"自由语义"，暂时摆脱了秩序体系和律令话语的钳制，欢快的、放肆的、无惧的、桀骜不驯的言语就在这样的氛围中被创造出来，这是属于网络狂欢文化的胜利。网络语言符号的自由可解构性也成为网络文艺符号系统内部的不断更新的持续的力量，从而使得网络语言具有了狂欢式的特征，这股强大而变革的力量产生了坚不可摧的新生命力，进而成为狂欢式语言。这里的狂欢式语言成为语言的"嘉年华"，这样的话语具有对于游戏与对游戏戏仿的双重式戏谑表达。因而这样的狂欢话语使得主体同时感受到个体内在情绪的抒发的"酒神精神"和对外在理性所标画的超越世界的追寻的"日神精神"，但是这样的狂欢话语作为一种精神上的新秩序，亦"不再有说教的力量"，最终主体在这种"具有迷惑的力量"的狂欢化享乐中走向了狂欢的极致化——疯癫。所以，网络文艺符号世界中狂欢序列的自由既是狂欢的生发基地，也是狂欢的精神诉求，因而狂欢表达既是一种自由的狂欢，也是一种狂欢的自由。

第二节 网络文艺的美学困境

网络文艺的美学困境的根源一方面来自主流文化与网络亚文化所造成的文化夹击，另一方面则是网络文艺创作在后现代主义美学思想影响下，对文艺传统发起了猛烈的攻击，解构正统视觉形象、解构艺术语言符号化、解构艺术形象符码化等一系列的艺术解构行为让网络文艺与后现代主义文化的精神实质不谋而合。然而尴尬的是，网络文艺在对文艺传统以及美学规范进行解构之后，却并未建立起自身的美学价值体系与批评范式。在文化夹击与美学失范的双重暴击之下，网络文艺带着重重迷雾走向了美学的沼泽。

一、后现代主义文化与美学的围困

后现代主义文化作为后工业时代的产物，自诞生以来就以一种反传统的姿态、一种多元化的思维模式与否定性的认知范式颠覆着传统秩序的一切。正如解构主义大师德里达（Jacques Derrida）所说，"传统的形而上学的一切领域，一切固有的确定性，所有的既定界线，概念、范畴、等级制度都是可以被推翻的"。

网络世界依托媒介技术创生出一个相对于现实高压世界的新的社会文化场景，在此场景下，现代人的个性化心理、求新求异心理、全民狂欢化心理都得到了一个被宣泄、被满足的机会，在逃脱了现实等级的藩篱以及传统观念的禁锢后，草根文化、大众文化、网络文化、青年亚文化等新兴文化大放异彩。可以说，网络文艺的世界是一个"强调个性、淡化主流、质疑权威、众声喧哗的异质空间"①，是一个个人主义、私人话语大行其道的世界，是一个情感与欲望狂欢的世界，用巴赫金的话来说，就是"在狂欢节上，人们不是袖手旁观，而是生活在其中，而且是所有的人都生活在其中，因为从其观念上说，它是全民的"②。网络文化作为媒介社会中应运而生的人类新的文化形态，无论是在文化表征还是其文化内质上都与后现代主义文化中的"非中心化""消费性""平面化"以及"复制性"相契合。网络文化与后现代主义文化因文化内质的共通性，因而携带网络文化基因的网络文艺也因"拼贴""重组"的叙事而带有明显的后现代主义文化的品格，并且其背后所呈现出的消费主义、个人主义等诉求也无一不是对于传统主流价值观的冲击与解构。

（一）颠覆传统认知的精神狂欢化图景

带有网络文化与后现代主义文化双重文化因子的网络文艺，为了博取流

---

① 赵立兵，熊礼洋.从"沉默的螺旋"到"意见的长尾"：社会结构变迁与舆论形态重构[J].新闻界，2017：6.

② 巴赫金.巴赫金全集第六卷之拉伯雷研究[M].李兆林、夏忠宪，等，译.石家庄：河北教育出版社，1998：321.

量与注意力，总是在亚文化的边缘处进行艺术创作。例如在网络小说、网络剧、网络动漫中兴起并流行的"耽美文化"就是对于传统男权社会的解构与重构。"耽美"一词最先是从日本文学中发展出来的一个概念，是唯美、浪漫等词的指代，并用于描述沉溺于一切美的事物。"耽美"一词被引入网络小说后，就主要用来描述男性之间的爱情，其打破了传统男权社会统治下的伦理认知与传统爱情观念，而这些"耽美小说""耽美剧""耽美动漫"的流行也无不彰显着网络文艺市场的这样一个事实，即从"女性主诉"向"取悦女性"的创作跨越，这标志着一个新的女性经济时代的来临。

在传统的文艺创作中，对于爱情的描写一般都是遵循着男权社会的文化规范与审美认知，女性一般是依附男性、取悦男性的附属主体，在坐拥社会权力的男性视角下，女性往往只是那个被审视、被观看、被凝视的客体，在男权社会的规范下，女性开始了由"主体"向"客体"的隐性转化，并且这种转化也被变成了一种常态化、自然化的认知。但是"耽美"题材的出现，让当代女性的审美与主体地位在网络文艺时代呈现出了新景象、新形态，在以女性审美趣味为主导的网络文艺创作市场下，女性可以通过对于这些网络文艺作品的消费来表达自身的审美意识，"耽美"题材作品也为当代女性的独立意识提供了一个绝佳的展示舞台。就此意义而言，"耽美"题材的网络文艺作品是媒介社会趋奉女性审美需求的产物，当代女性在这样的艺术场景里实现了情感的狂欢。

（二）挑战权威下的个性狂欢化图景

网络文化的后现代主义因子不仅让网络文艺创作与生产出现了后现代偏向，传统文化也因媒介的变迁以及资本的介入而颠覆了以往的精神力量。网络文艺的后现代性无疑为现代人营造了一个得以逃脱传统秩序与权威的"乌托邦"，成为一个"与现实相抗辩并不断重新表象、解释甚至颠覆"的狂欢化虚拟世界。耽美、御宅、弹幕、表情包、二次元等网络亚文化的兴起与流行不仅显示了网络文艺创作与消费主体的个性反叛，同时也显露出传统主流文化与价值观念在网络空间下的边缘化结局。主体在消除了话语权势的狂欢想象中，用他们专属的数字话语以及网络语言肆意地挑战传统与权威，用恶搞、吐槽、调侃等具有强烈青年亚文化色彩的行为来表现其内心的不羁与反叛，最后个人主义压倒集体主义，主流发声被个人话语所抢占，个性化成为受众表达之诉求，同时受众也用个性化的狂欢表达来抵抗对现实的焦虑。

网络文艺中的个人主义创作倾向，除了上述所提到的对于集体话语的消解外，还表现在自我降格之上。因而对于网络文艺创作的个人化而言，一边是解构，一边是反叛。也就是说，网络文艺对传统进行解构的目的不是为了重构属于网络文艺世界的话语中心，正如解构主义大师德里达在解释什么是"解构主义"时所谈到的那样，解构主义对于中心的解构并不是为了重构另一个中心，而是为了去除中心。德里达的这番话对于网络文艺的个人化创作来说仍是通用的，当"矮穷挫""土肥圆""屌丝"等诸多自我降位的词语"荣登"网络文艺创作市场并成为高频词时，网络文艺创作中的一切都被矮化了，宏大叙事被小人物、小故事、小叙事所取代，草根群体集合大众力量在网络文艺创作市场中活跃着并放大着自身的价值，在媒介社会中不断地创造出新的文化。"从个人英雄到审丑表达，这些网络剧元素所呈现的社会符号无一不在传递个人力量。'个人英雄行为'和'角色审丑形象'等符号的产生来源于个体与集体社会的割裂，而个人与集体社会的新关系是由新技术尺度的介入所引发的。技术与文化原本毫无关联，但随着现代社会的发展，技术向文化领域的渗透已然不可避免"①，创作与消费主体用一种反对崇高、自我降位的方式来表达欲望、宣泄情绪。

(三) 资本逐利下的娱乐狂欢化图景

消费社会进一步滋长了资本的力量，尤其是对于现在的网络文艺生产市场而言，越来越多的文艺作品的生产不再将艺术的规定性作为其创作与生产的主要衡量标准，无论是题材上的同质化还是内容上的娱乐化、低俗化现象，都在表明网络文艺的创作与生产更多遵循的是商业逻辑或者说是资本逻辑。当资本的力量渗透到文艺生产，文艺生产模式趋向于工业化，必然会出现网络文艺创作与生产市场中资本逐利下的娱乐化狂欢图景。

---

① 徐轶瑛、沈菁、李明潞.网络剧文化的后现代特征及成因[J].现代传播，2018：5.

创作与生产本是带有创造性与主观能动性的行为，在强大的资本力量的操纵下，其被工业化、机械化、模式化的工业生产所替代，艺术创作的独创性也在娱乐化语境中缺失了艺术价值和文化厚度。消费文化在网络文艺创作中的盛行也让拜金主义、享乐主义在网络文艺作品中大行其道。"高富帅""白富美"仿佛已经成为网络小说、网络剧、网络电影主角的标配，这种角色设立的背后又何尝不是现代人对于金钱、身份、地位的欲望追求在文艺创作中的折射？传统、政治、英雄等一系列带有宏大意味的主题在娱乐化的创作语境下也成为被娱乐、被消遣的对象，仿佛"一切皆娱乐"已经成为现在网络文艺市场的创作传统。工业化生产也让网络文艺作品的衍生品开发成为延伸作品商业价值链的重要环节，与网络文艺创作的工业化生产模式相伴生的还有在网络文艺消费过程中的广告植入、粉丝围观、会员付费等商业性行为，可以说，资本的力量已经渗透到网络文艺的创作、生产、传播、消费的各个环节，资本压过艺术、文化、精神的力量，最终成为操纵网络文艺创作生产的主要幕后推动力，让原本精神性的文艺作品从此打上了深深的商业痕迹。在人文精神失落的娱乐化场景下，资本的狂欢变得更加的肆无忌惮。

面对网络文艺世界下的狂欢化图景，我们看到了媒介所赋予现代人极大的自由性与个人力量，但若用文化批判的视角来审视这种情感与欲望的狂欢盛宴，我们应看到这样的文化忧虑，"传统文化、传统道德的精神富矿并没有很好地借助网络文化整体充分地展示，也没有很好地统摄网络文化的表现形式，相反，网络文化中的工具主义、操作主义特征却过多地侵入传统文化、传统道德的内容本身，使当今人类文化发生了某种'失落'和'滑坡'"①。

二、审美情感的受困——情感狂欢后的失落

威廉斯在探讨社会意识这个问题时发现社会意识并不是完整的铁板一块，在显性且复杂的社会意识背后实际上隐藏着、交织着各种的生活经验，在那些"已形成的、有意为之的"，而且"已相当固定"的社会意识之外，存在着各种"重大的、形形色色的、混杂的经验"。这些混杂的经验虽呈现出复杂

---

① 翁寒松. 我们需要什么样的网络文化[J]. 中国青年报. 2000-9-3：5.

各异的表象，但是其背后却有着清晰有序的文化逻辑，因为这些经验来自人们现实的生活并通过各种交往行为与社会经验相融合，是对于特定时代下文化、情绪以及情感的反映。威廉斯将这种能够折射出人们情绪情感的同时又溶解于社会整体经验中的这部分感觉结构，称为情感结构。鉴于情感结构是一种源于大众文化以及大众生活经验的、不与主导性意识相背离但又能形成某种张力的、鲜活的、整体性的情感体验，所以我们可以从两个方面去理解情感结构。第一，情感结构是具有一定的历史特殊性，不同的时代都有着与各时代相适应的情感经验，也就是说民众的情感经验是从现实经验中生发出来的，是主体间意识的相互互动而组成的文化结构；第二，一个时代的情感结构溶解于社会整体经验之中，是隐性的存在，但是它的显性存在则是通过该时期的文学艺术得到显现，现在的网络文艺创作以及大众在网络空间下反传统、反常规的行为表达都是一种凝结于网络生存经验下情感结构的彰显，网络文艺的创作与生产则是创作主体对于现实生活中感觉结构的反应与传达。

互联网技术所带来的技术维度、技术思维，让现代人的生活实现了一种技术转向，形成了带有互联网文化与网络社会关系的技术语境。"媒介生存"下的网络文艺创作主体则用一种碎片化的、个人化的、离散式的艺术创作来创造一种意义结构，完成一种话语实践。这种私人化话语下的艺术表达的背后实际隐藏着带有集体性质的欲望表达与政治愿景，这就构成了网络文艺世界的在线感觉结构。网络世界中的在线感觉结构与现实生活中的主体感受存在一定的文化差异，两者之间的差异也就是现实空间与网络虚拟空间的话语表达相异而造成的文化鸿沟，鸿沟的出现也表现出大众内心深处被压抑的情感与欲望。我国学者汪凯在对网络世界中人们这种对于"反鸡汤"式的文艺创作集体参与行为进行了一番文化考察后，他认为，作为感觉结构的"反鸡汤"，以物质性的现实感与自我矮化的主体形象，对抗鸡汤文本的价值秩序，释放了网民实际生活经验与主导意识之间的紧张关系。无论是话语狂欢还是情感狂欢，都是受众的在线情感互动，在这片大众狂欢的海洋中，大众的情感也具有了网络模因的性质。

情感狂欢的语言实践，一方面表现为以网络语言为符号意义的具体文本形式，但是网络语言这一文本不同于其他语言文本的地方在于网络语言文本并不是一个独立的语言文本，而是一个基于互联网语境并内嵌于网络文艺世界的伴随文本，文本的外部形态会随互联网语境的变化而自我更新，但文本内涵仍具有一定的稳定性，这种稳定性决定了该文本在传播过程中可以被复制的条件。因而从"模因"理论的角度来看，就会发现网络语言这一符号文本不仅具有符号本身的聚合性，而且其内质还具有可广泛传播、可复制的"基因"特质。就此意义而言，我们可以将网络语言这一文本看作是网络文艺世界下的文化模因。另一方面，我们还可将网络语言狂欢看作是一种网络文艺创作主体集体性的创作与传播现象，这样的创作实践不能够再用结构主义式的文本研究方法论对其进行文本分析，而是转用福科的"话语理论"，将这种创作实践视为一种基于网络文艺创作者之间的且具有社会互动意义性质的集体想象与情感认同。

当我们跳出文本的局限，从文化的角度来审视网络文艺世界下情感狂欢的话语实践时就会发现，网络语言的戏谑性、解构性不仅仅是现代人将现实压力投放于网络空间的一种话语释放，还是一种现代人在网络空间下基于各种网络经验的话语表征，是一种带有溶解状态的社会经验在网络空间的弥散。这种带有亚文化性质与后现代主义文化色彩的感觉结构成为当代媒介社会具有标识性的公众心态与社会情绪，这样的情绪背景不可避免地导致整个网络文艺创作市场出现迎合过度娱乐化消费的姿态，与此同时过度娱乐化以及过度浅表化的创作倾向也极为严重。现在无论是网络文艺的创作还是传播都逐渐被娱乐化，网络文艺的创作与生产也都长期被娱乐化的内容所把控，整个网络文艺市场受制于娱乐化与商业化的市场逻辑。一次性、快餐式的网络文艺作品在网络文艺创作市场中的占比逐渐加大，恶搞的、荒诞的、戏谑的、博眼球的文艺内容被源源不断地进行着批量的生产与再生产。近几年出现了很多颠覆公众审美认知的网络文艺作品，其标新立异的形式很大程度上是迎合市场的一种艺术作秀，当用传统艺术的价值功能与审美理想对其进行艺术层面的价值判断时，就会发现这些思想空洞、缺乏艺术性的文艺作品是对传统文艺的一种背离，我们也很难将这种"破格"式的艺术创作看作是一种艺术创新，这样的"破格"又何尝不是一种对于传统文艺的不屑与挑衅呢？如此的创作追求必然是对文学艺术的审美降位，同时，创作门槛的降低也让很多缺乏艺术修养与文化素养的创作者加入网络文艺创作队伍，良莠不齐的创作队伍也让网络文艺作品的质量无法得到有效的保障。这种现象肆意泛滥的结果就是削弱文学艺术应有的价值功能，损害其原有的艺术灵韵与风骨。

三、艺术的本体论危机

数字媒介转型把我们带入了尼葛洛庞帝（Nicholas Negroponte）所谓的"后信息时代"，并对我们的生活方式与社会文化进行了数字化的改写。因而在媒介技术以及互联网思维的合力作用下，媒介视野下的文艺与审美实践也被打上了数字化烙印，传统的文艺标准以及审美模式也面临着新的冲击与挑战。一方面，网络文艺成为新时代的新文艺代表，但是就目前来看，网络文艺并没有成为能够体现中华民族特色的文艺美学，也未能成为能够彰显中国文化软实力的文化代表，这样的尴尬处境逐渐成为网络文艺的美学困境；另一方面，网络文艺的"网络性"正在悄悄地置换"艺术性"而成为网络文艺的本质属性，这种性质的错位也造成了网络文艺本体论的认知危机。

（一）网络文艺美学的基点

"文艺美学"这一概念在我国最早是由著名学者李长之提出。李长之将文艺美学理解为："文艺美学者是纯以文艺作品为对象而加一种体系研究的学问。例如什么是古典，什么是浪漫，什么是戏剧、小说、诗……从根本上而加以探讨的，都是文艺美学的事。"[①]李长之是从文艺学学科建设的角度来阐释"文艺美学"，实际上文艺美学涉及文艺与审美，文艺学与美学两个维度，而文艺美学的本质就是研究文艺之本体的学问。虽然对于网络文艺的认知可以从技术的、经济的、文化的、政治的维度来进行考察，但是对于一种文艺类型来说，文艺的本质研究或是本体论的考察只能从美学的维度出发。现在网络文艺的美学困境就是没有形成一种稳定的美学风格，就拿电影美学来说，很多知名的电影导演都凭借自身独特的艺术素养与审美趣味而形成了

① 李长之.李长之文集：第三卷[M].石家庄：河北教育出版社，2006：35.

具有"作者"色彩的影像风格。例如以陈凯歌、张艺谋为代表的中国"第五代"电影人用史诗性的影像以及民族寓言式的方式来追求写实与写意之间的美学平衡；再如以许鞍华、徐克为代表的香港电影人则在其作品中很好地将商业元素与艺术性相融合，使作品既有消遣的快感又有哲思的意味；而以杨德昌、侯孝贤为代表的台湾电影人则依然高举现实主义美学的大旗，追求更高层次的现实主义美学的精神力量。与传统文艺或者说是其他文艺类型相比，网络文艺的美学风格犹如一种"大杂烩"，多元而又杂乱。网络文艺的大众性让网络文艺成为大众文艺的狂欢，却同时也丧失了"作者"文艺的先锋性，同时多风格并存的网络文艺又跟无风格有何区别？

(二)文艺、审美的数字化转型与解释危机

自进入媒介转型期后，媒介思维以及技术潮流对于文艺创作的影响也越来越大。正如斯诺(Charles Percy Snow C. P. Snow)所说的那样："在当代社会，公众往往接受媒体所呈现的社会现实，因此，当代文化实际上就成了'媒体文化'。"[①]在文艺传播层面，"数字化时代文艺、审美信息的传播必然呈现为全媒体、融媒体、智媒体传播。数字化传播的优势恰恰在于它是一种跨越鸿沟、联通门类、融通整合、立体多维的数字化'全境传播''全息传播''星丛传播'"[②]；在文艺消费层面，媒介技术借助于技术化手段改写了文艺的存在方式，从二维的平面存在转向一种由虚拟现实和虚拟审美联合创生的一种多维场景。受众对于网络文艺的消费也变成一种互动式的在线审美，用户自主生产消费模式以及微信朋友圈式的互娱审美模式置换了传统的审美惯例以及文艺生产范式而成为主要的文艺消费模式。"数字文艺、审美的关键点不在于新型文艺的审美性、艺术性的提升或弱化，而在于商业化和产业化的生产机制、媒体化和数据化的传播渠道、娱乐化和休闲化的消费模式、即时联通的智慧生产、智慧消费的网络星丛式格局，在于审美模式和文艺生产消费

---

① 克兰.文化生产：媒体与都市艺术[M].赵国新,译.南京：译林出版社,2001：4.
② 何志钧,孙恒存.数字化潮流与文艺美学的范式变更[J].中州学刊,2018：2.

模式的剧变。"①可以看出，以融媒体与互联网技术为表征的数字化潮流不仅对当代文艺的创作生产、传播方式、审美实践、审美心理、审美趣味带来了深刻的变化，而且使文艺的性质、文艺的价值功能也发生了重大位移，这也让我们不得不重新审视媒介语境下艺术的本体论问题。

在文艺学层面，世界、作者、文本、读者这传统的文学四要素在网络文艺这里将不再适用，网络文艺文本也不再只是一种完成式的存在，超文本艺术、网络接龙小说、网络 AB 剧的出现都在表明这样一种事实，即网络文艺文本的展开是一种后验的动态过程。在此情境下，曾经四种经典的文论模式：世界中心论、作者中心论、文本中心论以及读者中心论在网络文艺这里也丧失了之前的解释效力。与西方古典美学聚焦于对美学进行形而上的本体论探讨不同，中华美学的美学原点则是切切实实的审美经验。沿着中华美学的致思路径，我们亦可将对网络文艺的研究聚焦于审美实践中的审美经验，而不对其做形而上的审美判断以及审美意识的追问。但现在的问题是"'数字化生存'的内核是'比特'而非'原子'，当数字化已然影响甚或颠覆了人类日常生活中的审美经验时，美学和文艺美学也势必需要应数字媒介转型进行范式转换"②。如果说机械复制技术曾在历史上使真本与摹本的界限趋于消弭，那么虚拟现实、"超真实"的拟像、奇幻叙事、沉浸体验则使现实与虚构的界限趋于消弭，使文艺领域中真实与虚假的对立面临失效，也势必使传统的再现性美学、真实美学遭遇数字美学、虚拟美学的挑战③。

(三) 艺术的"泛娱乐化"

媒介的不断发展与升级，不仅为现代人的生活带来了极大的便利，催生了一大批新型的艺术形态，更重要的是媒介正在以一种隐性的方式逐渐侵入现代人生活的方方面面。网络文艺的诞生就是媒介对于文艺的影响，这也意味着文艺的现代转型与重要变化。如果说文艺的创造过程就是人们的情感结

① 何志钧，孙恒存.数字化潮流与文艺美学的范式变更[J].中州学刊，2018：2.
② 何志钧，孙恒存.数字化潮流与文艺美学的范式变更[J].中州学刊，2018：2.
③ 何志钧，孙恒存.数字化潮流与文艺美学的范式变更[J].中州学刊，2018：2.

构的运动过程，那么文艺的传播与消费就是不同人的情感结构相互交织、相互碰撞的过程。因此，我们可以将网络文艺看作为可以透视现代人精神面貌的窗口，借此来审视我国当下文艺与文化的变迁。

我们应该清楚知道，宏大叙事的史诗性不是体现在宏大主题的选择或是恢宏的场面描写以及英雄人物的刻画上，而是其中所透露出的历史的厚重感与心灵的震慑感，而这一切都是基于现实的真实。因为只有真实才是叩开观众心灵的钥匙，只有真实才是引发观众共鸣的触点。但是到了媒介叙事的网络文艺世界中，传统叙事则面临着被拆解的危机，所有的规则都被打破，传统叙事所遵循的真实性逻辑，在这里却惊讶地发现"现实"无可找寻，"真实"无从谈起。网络文艺是依托媒介技术以及互联网语境而存在，网络空间也就成为网络文艺完成创作、生产、传播与消费的主要空间，网络空间的虚拟性赋予了网络文艺极大的自由性，让网络文艺世界成为一个充满着真假交织的魅惑世界，但是很多的网络文艺却高举"真实"的大旗，将"真实"作为自身的形态标签。例如，网络游戏的致瘾机制很大一部分就是将营造一种"超真实"的娱乐场景以及"超真实"的娱乐体验视为其创作追求；再如，充满着蒙太奇与滤镜的网络短视频"抖音"App，宣传语则是"记录美好生活"。而以实时性、互动性为主要特点，以真人、真景为主要场景的网络直播，却也经常上演着各种直播"翻车"，在这一次次"翻车"的背后何尝不是商业与娱乐的共谋？又何尝不是打着"真实"的幌子实际虚伪的作秀？可以说，网络文艺为我们提供了一个审视文艺与真实、文艺与大众的新视角。其中，网络文艺对于"真实"的叙事已经背离了传统叙事的情感真实、历史真实以及艺术真实，是一种置换了现代理性之后的对于真实的消解与重构。我们不禁反问：当"真实"逃匿，宏大又何存？

因此，网络文艺叙事文本背后的文化逻辑就是真实性与娱乐性的博弈，真实性是文艺创作的性质要求，而娱乐性则是消费文化语境以及商业资本助推后的必然选择。波兹曼（Neil Postman）曾在《娱乐至死》这本书中对媒介所带来的"娱乐业"时代以及娱乐对现代社会所带来的文化冲击进行了深入的剖析与批判。在波兹曼看来，所谓的娱乐就是一种"视觉愉悦"、一种"视觉快感"①。在波兹曼所处的那个年代，电视是媒介代表，因而波兹曼对于媒介的分析大多是围绕着电视、电视文化展开，波兹曼批判电视、批判电视文化，并不是完全否认电视或其他媒介的存在意义，波兹曼所一直诟病的是："问题不在于电视为我们展示具有娱乐性的内容，而在于所有的内容都以娱乐的方式表现出来。""娱乐是电视上所有话语的超意识形态。""娱乐不仅仅在电视上成为所有话语的象征，在电视下这种象征仍然统治着一切。"②波兹曼认为以生产娱乐为目的的电视媒介是无法承担起传承"严肃"文化的功能的，在以媒介为表征的时代下，只存在一种声音，即"娱乐的声音"，话语方式的变化不只是象征着一种新的语法的诞生，而是话语方式的变化也会间接地带来文化的改变。因而娱乐是消费性的，它的概念内核是游戏、是解构，而非具有建设意义与理性价值。波兹曼对于电视、娱乐的担忧，到了网络文艺时代，非但没有消减反而变得愈发严重。在网络文艺叙事中，娱乐性成为叙事的主导，这种以追求快感、刺激的娱乐，让叙事放逐了思想深度，所呈现的叙事文本也是一堆无序、无所指、无建设性的信息，真实性不再经得起现实的检验甚至完全与现实脱节，最终真实性被娱乐性所侵蚀。网络文艺叙事文本所遵循的关于"真实"的逻辑就是对"现实性、'真相'和'客观'的更为贪婪的要求上面"，然而，这种对客观现实的消费是从旁观者的角度进行，是主体不在场的真实，是"实际不存在但又偏偏存在的事实"，是"幻影"，"我们在符号的掩护下并在否定真相的情况下生活着"③。

北京大学教授邵燕君曾这样评价文学的价值功能："某种意义上，文学是一个社会的梦幻空间，那么，文学批评者的工作就有点像释梦师。我们要在作者有意识的书写背后，读出一个时代的集体无意识；在貌似肤浅的流行背后，读出人们深层的怕与爱；通过文学潮流的兴衰把握时代精神的走向。这是当代文学研究最迷人的地方，也是最吸引我的地方。"④文学的迷人就在

---

① 波兹曼.娱乐至死[M].章艳，译.桂林：广西师范大学出版社，2004：114.

② 波兹曼.娱乐至死[M].章艳，译.桂林：广西师范大学出版社，2004：114-121.

③ 鲍德里亚.消费社会[M].刘成富、全志钢，译.南京：南京大学出版社，2006：9.

④ 邵燕君于2015年3月7日在北京大学举行的 TEDX Peking University "顿悟时刻"中的演讲稿。

于人们可以透过作者的叙事想象而感受到现实的力量。

事实上，真实性与娱乐性在本质上并不是相互对立、彼此冲突的，两者只是携带的价值功能有所迥异。娱乐是站在严肃对面的肆意消遣，是一种脱离了现实语境后的游戏，在娱乐中真实俨然已经成为一个需要被忘记的客体，娱乐的最终目的是放松、是快乐。"当一个文化过分沉迷于娱乐，这个文化和这个社会可能走向灭亡。"波兹曼的这句话仿佛是悬挂在现代人头顶上的达摩克利斯剑，让我们不得不警惕娱乐以及它所带来的狂欢的魅惑。当娱乐置换了现实，成为文艺创作中所能接触到的一切，当文艺创作成为对娱乐的生产，那么网络文艺所建立起的"娱乐王国"也会变成围困现代人的精神的牢笼。

本章主要通过马克思主义文论思想中的审美理想之维，对网络文艺符号生产主体的生存状态进行考察，在浅表化的网络环境下该如何走出自我的围困、走向现代性，这需要我们重新审视人与媒介的关系，并对网络文艺符号的生产进行理性规范，其目的在于探求一条如何通过对网络文艺符号的审美规范继而通往人类解放之路的可行性路径。

由于篇幅限制，本章对于网络文艺生产症候的论述还不够深入，还有很多问题没有涉及。第一，网络文艺审美自由的可限度与网络文艺符号生产方式的转变所带来的审美范式的转型；其中隐含的一个问题是网络媒介所带来的感觉革命，是对人的感觉与特性的完全解放还是对审美自由的背离，这种对冲关系与媒介生存下人的精神异化又有着怎样的显性与隐性逻辑？第二，对网络文艺进行审美规范的现实性与可实施性分析。针对第一个问题，马克思奠基的审美人类学思想把艺术与人的解放连接起来，建构了马克思主义美学的人学维度。无论是后来的列斐伏尔（Henri Lefebvre）的新浪漫主义美学或是马尔库塞（Herbert Marcuse）的审美新感性还是赫勒的伦理美学都为本文对于网络文艺符号主体的生存困境和实现解放的研究提供了一种理论参考，有利于解决网络文艺后现代性对于审美主体现代性所造成的围困。网络媒介的超真实性使得网络文艺符号世界走向了鲍德里亚关于"内爆"的寓言。因此对"超真实"的批判，必须拨开"超真实"的迷雾，使网络文艺符号对所指意义有一种整体性的回归，即作为意义的真实的回归，作为生命的符号的伦理意义的回归。针对第二个问题，对于网络文艺符号的伦理与美学规范，继而实现对网络文艺符号的审美自由与人的解放的可行性路径的探讨，我们是否可以借鉴"中国电影学派"的理论构建方式呢？沿着这一致思路径，是否可以创建"中国网络文艺学派"？这不仅仅是出于一种学术研究的方向设定，也不仅仅是源于一种对经验事实的汇集总结，而是要在中国网络文艺历史发展的新时代，建构一种能够贯通创作实践与理论体系、能够整合产业发展与文化价值、能够汇聚历史传统与现实经验的总体表述，"中国网络文艺学派"这个时代命题的分析、阐释必将在理论与实践上推动中国网络文艺的全面发展。

第五章　网络文艺生态变异

技术化时代，技术几乎成为主导各领域的媒介存在，技术转向所带来的"数字化生存"也让文艺创作逐渐向媒介技术领域靠拢，由艺术的技术性逐渐转向技术化的艺术。当媒介思维渗透到艺术生产，便创生出了众多艺术与技术的"混血儿"，网络文艺的诞生亦是如此。

依托媒介技术以及后现代主义文化而生的网络文艺创作，在其叙事思维与叙事方式上都发生了很大的变化，传统的文学形式与美学规范，对于网络文艺创作来说就像是"纸面上的规矩"，网络文艺对于文艺传统的冲击不仅仅是内容上的嬗变，更多的是形式上的革新。在俄国形式主义学者看来，文学的本质不是内容，而是形式；文学的研究对象不是文学而是文学性，而文学性则恰恰是对于形式的研究。俄国形式主义学者还将文学的发展史看作是形式的变迁史。依托媒介技术而创生出的新的网络文体，从"聊天体""接龙体""短信体"到"链接体""拼贴体""分延体"再到"凡客体""废话体""羊羔体"，网络文艺不仅用层出不穷的文体形式向传统发起了猛烈的攻击，而且让形式创新成为当代文艺转型的一大表征。就此而言，网络文艺对于文艺传统的冲击更多的是来自形式层面，像"超文本""多媒体""VR"等新媒体形式在网络文艺创作中的广泛应用，不仅让新媒体、新媒介参构文艺创作而成为网络文艺形态的一大特色，而且还让传统的文艺形态发生了重大裂变，最终导致了整个网络文艺生态系统的变异。

第一节　后现代文化的叙事碎片

一种新的媒介技术的诞生，对于社会的影响不仅仅是技术层面的；一种新的媒介的到来是裹挟着属于此媒介的所有文化因素而来，因而它对社会生活的影响还体现在文化、心灵、思维等精神层面。媒介技术对文艺领域的冲击的结果是让传统的文艺形式、美学规范发生了"格式化"般的裂变，而新媒介对于社会生活的影响则是让整个社会实现了新的转型，即从"文字时代"转向"图像时代"，从文字表意的时代转向图像表意的时代，从"文字时代"的感悟式思维转向"图像时代"的直觉式思维。欧阳友权教授将"文字时代"下的思维方式称之为"词思维"，将"图像时代"下的思维方式称之为"图思维"①，并将这两种思维对文艺创作的影响进行了精辟地论述："如果说'词思维'的直观与快捷使表达'提速'，可能会消弭文字书写时的深思熟虑和因表达'延迟'而凝练的语言诗性，那么，'图思维'则对整个文字表意体制给予了祛魅化的消解与置换，用视听直观的图像强势遏制了文字表意的审美空间，昔日的'语言艺术'不得不改头换面或脱胎换骨，'被形式'为'图像符号'或'视听写真'。于是，'词语钝化'与'文学疲软'的互为因果就成了图像权力整饬下的一个文化隐喻，也成为新媒体崛起后文学孜孜抗争却屡屡落败的艺术宿命。"②层出不穷的媒介新技术不仅影响着人们的艺术思维、改变着人们对文学艺术的体悟方式、整饬着人们对文学艺术的审美认知，也让网络文艺不断衍生出新的文艺形式，这种带有技术性的文艺形式让网络文艺作品的内容叙事呈现出了新的特质。"不仅如此，互联网还在艺术审美领域重组人与网络世界的审美关系，以无纸写作的电子文本重构新的艺术存在方式，营造虚拟空间的技术诗性。昔日的'文学艺术'作为被因特网率先激活的审美资源，已

---

① 有关"字思维""词思维"和"图思维"的阐述，参见欧阳友权《数字媒介与中国文学的转型》选自《中国社会科学》，2007 年第 1 期；欧阳友权《数字传媒时代的图像表意与文字审美》选自《学术月刊》，2009 年第 6 期。

② 欧阳友权.网络文艺学探析［M］.北京：中国社会科学出版社，2018：359.

全方位地介入第四媒体之于艺术成规的转型和技术美学的书写。文学的形式裂变和文学研究的边界位移，就是在这个过程中历史性地出场的"①。

技术的不断进步让文艺创作对技术的依赖愈发增加，对文艺创作的大环境的外部影响也由社会生活变为媒介变迁，可以说媒介技术在赋予文艺形式以诸多艺术可能性的同时也在悄然地更替文艺创作所依赖的社会历史母体。法国哲学家利奥塔（Jean-Francois Lyotard）在《后现代状况：关于知识的报告》一书中率先提出了"元叙事"这一概念，他认为元叙事就是一种具有明确主题性、连贯性与统一性的叙述，是一种具有合法化功能的"大叙事"，并将"元叙事"看作是现代性的标志。同时，利奥塔认为到了后现代主义社会，"元叙事"就消失了，因为后现代主义是对"元叙事"的怀疑。当文艺创作缺少了历史充当叙事背景，历史的整体性叙事就会荡然无存，最后呈现出的是具有后现代主义文化色彩的碎片性叙事症候。一方面体现在网络文艺创作在面向历史化的叙事过程中摆脱了简单的时段、传记、事件等传统的历史叙事方式，而转向更为微观和复杂的动力机制，并在"文献与档案"和"小叙事"的叙事逻辑下展开；另一方面则是基于网络媒介的信息"内爆"与"超现实"网络空间，正在生成人与网络的新的时空关系，这种新的空间关系也将促成网络文艺叙事实现"空间叙事"转向。

詹姆逊在对后现代主义进行审美透视时发现"拼贴"已成为后现代主义最为明显的特征之一。"后现代使用'调侃、模仿、拼凑和寓言'可以看作是拒绝'作者'第一的位置或原创力，他现在不再被要求'发明'而只是被要求'重写原来的作品'或重新排列'已经说过的东西'。"②现在的网络文艺叙事正是通过拼贴、戏仿、挪用、转换、再加工、再合成的方式重构政治与历史，以再书写、再表义的方式建构一种逆向性叙事表达策略，视觉影像为经过计算编码的文艺作品赋予了意义与价值，我们已经进入了电子拼贴的时代。"拼贴"叙事打破了元叙事的整体性、总体性，以一种错综复杂的叙事手法以及一种碎片式的叙事风格来建立起网络文艺的后现代叙事风格。

---

① 欧阳友权. 网络文艺学探析［M］. 中国社会科学出版社，2018：354.

② 陈犀禾、吴小丽. 影视批评：理论和实践［M］. 上海大学出版社，2003：213.

一、媒介转型与微文化

"媒介力量推动了时代文化转型与审美转型，从印刷媒介到电子媒介、数字媒介，大众传媒的力量不断地既塑造又颠覆既定时代的生活方式和文艺样式。印刷媒介促使报纸、杂志、图书渗透到日常生活的每个角落，电子媒介让影视等视听文化形式成为这个时代的文化宠儿。而互联网促成了文化的空前世俗化，从而引发了庶民的文化狂欢。"①网络文艺是数字媒介转型下的必然产物，依托数字媒介不仅诞生出了网络文艺这一新型的艺术形态，而且还直接影响了现代社会的文化与审美，衍生出了像微文化和微审美这样的概念，这种新概念也为我们更好地理解网络文艺的审美特征与文化证象提供了一个新的切入点。

在融媒体时代下，层出不穷的媒介让不同的艺术形态得到了不同程度上的数字化整合，在这种数字化编码下的文艺创作与生产也彰显出与传统文艺完全不同的艺术图景。在大众媒介兴起之时，著名的媒介理论家马歇尔·麦克卢汉对于媒介技术的一番言论，被当时很多的学者看作是一种"技术决定论"，认为其夸大了媒介技术对社会生活与人类自身的作用与影响。随着技术的不断发展，大众媒介在不断进行自我更新的同时也实现了媒介之间的融合，除此之外，网络文艺的兴盛也表明了与媒介技术不再只是纯粹技术理性的象征，也不是隔绝了社会文化与精神心理的纯粹技术手段。现在，媒介与文化艺术的关系并不是相互阻碍、相互排斥的存在，因为一种新技术的出现就意味着一种新的技术文化的诞生。就此而言，对于一种技术的评价，不仅要从技术的层面对其进行科学性的考察，更重要的是要挖掘其背后的人文意义指向，尤其是在当代媒介技术已经成为推动社会变革、推动大众思维转变的重要力量，所以这就更加要求我们从审美的角度、文化的角度去探究媒介技术与社会文化、受众心理之间的互动关系与共生关系。

沿着这一致思路径，我们就会发现"当代的微文化本质上是一种以智能手机为代表的数字媒体文化，是一种'手机'文化。现在的智能手机可以编码

---

① 何志钧，孙恒存.微文化语境下数字媒介的审美转型[J].中原文化研究，2014：6.

和解码微电影、微广告、微博、微信等几乎所有的微文化，将人们引领进一个'无微不至'的时代。毋庸置疑，微审美正是微时代审美精神的主导趋势，微文化、微审美也迅速成为人文研究的学术焦点，'微文本''微媒体''微营销''微表达''微声音''微美育'等一大批崭新的词汇迫不及待地涌现"①。

可以说，微文化就是依托智能手机而生的一种数字媒体文化，现代人通过智能手机可以实现随时随地的对微信、微博、短视频等微文艺的编码与解码，即时地参与到对网络文艺的互动生产之中。可以说，以智能手机为代表的微媒介、微文化以及各种各样的微文艺将人们带入了一个"无微不至"的新时代。而这种"微文化"的"微"并不是完全从形态大小上去进行界定，"微文化"的"微"是相对于传统文化、精英文化等各种文化的整体性而言，以传统文化、精英文化为代表的"大文化"除了外部形态上的整体性之外，还具有内部叙事上的丰富与充盈，因而"大文化"无论是在外部的形态呈现还是内部的内容叙事上都具有整体性的特质。当我们回过头反观以网络文艺为代表的"微文艺"时就会发现，这样的文艺形态在艺术风格上具有很强的个人色彩，是现代人在融媒体时代语境下与媒介文化相互影响而建构的新的文化话语，但是具体到叙事形态或美学特征上来说，它又具有很强的后现代主义文化取向，即呈现出鲜明的碎片化特征。

"新世纪以来，新媒体的发展更加剧了文化中心的下移，民众的审美内容也日益摆脱了传统的宏大叙事和集体话语。继而，审美理性化、群聚化不再天经地义，微博、微信引领的自媒体生活潮流使微时代富有个性化、私人化、原子化的'微型'，审美大张旗鼓。"②

二、媒介转型与媒介小叙事

相对传统"大文艺""集体话语"表达的宏大叙事，网络"微文艺"则将传统"大文艺"宏大的政治言说与社会意识形态表达置换成一个个由日常文化、个人私密文化等组成的小叙事，传统的元审美、单数审美、向心化审美逐渐

---

① 何志钧 孙恒存.微文化语境下数字媒介的审美转型[J].中原文化研究，2014：6.
② 何志钧 孙恒存.微文化语境下数字媒介的审美转型[J].中原文化研究，2014：6.

被多元化审美、复数审美、离心化审美取代。正如何志钧在《微文化语境下数字媒介的审美转型》一文中所描述的那样，"微文化"的"微"主要是以离心性、散落性、多元性、复杂性为其外部表征。如果我们从文化的角度、主体的角度重新切入对网络"微文艺"的考察中，就会发现其背后究竟隐藏着怎样的文化逻辑。何志钧教授认为网络"微文艺"的这种小叙事是与文化的世俗化、庶民的原子化有着密切联系。除此之外，何志钧教授还考察了"非群体化"效应与网络"微文艺"的小叙事之间的联系。何志钧教授对微文化的这番思考主要受阿尔温·托夫勒思想的影响。美国学者阿尔温·托夫勒（Alvin Toffler）在《第三次浪潮》一书中提到了"非群体化"效应的幕后推手就是非群体化传媒，他在书中写道："传播工具的非群体化，也使我们的思想非群体化了。……我们生活在'瞬息即变文化'（blip culture）的时代。……第三次浪潮人民对这种连珠炮式的瞬息即变的文化的袭击，却泰然自若。"[①]在这里，阿尔温·托夫勒将这种能够产生非群体化效应的时代，称之为"瞬息即变文化的时代"，将这个时代的文化概括为"瞬息即变的文化"。而阿尔温·托夫勒对于"瞬息即变的文化"的理解不正是对我们所处的这个网络"微时代"、网络"微文化"的描述吗？

学者南帆认为我国文学的叙事范式正在经历着由宏大叙事向微小叙事转变的变革。他认为"文学对于个体的持续注视表明，另一些微型的小叙事始终在顽强地探索。……眼花缭乱的话语实验汇集在文学领域，各种微型的小叙事此起彼伏，前仆后继"[②]。事实上，网络文艺的这种以"微"见长的叙事风格在很大程度上契合了南帆所说的这种叙事转向。网络文艺的微叙事就是通过一个个碎片化叙事段落或叙事碎片，将个人话语的声音不断放大，将很多尘封的、不被人知的、琐细的历史经验拨开并以个性化的艺术形式加以创作改编。这样的小叙事风格颠覆了传统"大文艺"的那种气势宏伟的叙事范式，突破了人们对于艺术叙事的传统认知。在南帆看来，小叙事并不是一种在艺术性上低于宏大叙事的叙事方式，而是以另外一种艺术形式对历史的叙述，

---

① 托夫勒.第三次浪潮[M].朱志焱，等，译.上海：生活·读书·新知三联书店，1984：240-243.
② 南帆.文学形式：快感的编码与小叙事[J].文艺研究，2011：1.

但是其叙事本质并没有抛开对历史的关注，并没有脱离历史而独立存在。

就目前我国网络文艺的发展来看，网络文艺的这种小叙事的发展并没有像南帆所描述的那样乐观。因为网络文艺在叙事的切入点上大多以表现大众生活经验与大众心理为主，是一种聚焦底层的"微"叙事，但是从网络文艺小叙事的整体呈现来看，网络文艺的叙事又带有很强的后现代主义文化碎片化的特点。这样的碎片化叙事不但不会将历史的一角掀起，使之呈现出新的时代色彩，反而割裂了历史形态的完整性以及人类历史经验的整体性。如此的叙事，也暴露出创作主体在网络文艺的叙事过程中抛弃了对于历史的尊重与敬畏，遗忘了创作主体应有的文化自觉与自省意识，也就是说"微文化、微主体、微身份、微审美不能沦为无文化、无主体、无身份、无审美"①。这就警告我们，小叙事也好、微审美也罢，究其本质只是一种新型的艺术形态、艺术风格，但是其内核依然要着眼于文艺该有的历史担当。对网络文艺的创作者而言，则要警惕在微叙事的过程中自身被"矮化"的风险。

对于后现代文化形态的描述，很多国外的学者对此有不同见解，甚至对"后现代"这一概念名词都有着很多的争议。"现代性"与"后现代性""现代主义"与"后现代主义"等概念，有的学者从文化的角度，有的从美学的角度，有的从资本主义发展形态的角度对这些概念都做了不同程度的剖析。虽然这些争议一直没有中断过，但是这并不意味着这些争论没有意义。不可否认的是，这些争论让我们得以从不同的角度、不同的侧面更全面地去了解现代性与后现代性、现代主义与后现代主义之间的联系与差异。在众多的解释中，波德莱尔（Charles Pierre Baudelaire）的见解显得格外的与众不同。这是因为波德莱尔从时间的角度来理解现代性，他认为"现代性就是过渡、短暂、偶然"②。另一位后现代主义文化研究者詹姆逊也从时间与空间的关系中去观察主体，认为在后现代主义社会下人的主体存在被时间与空间所分割。

如果我们沿着波德莱尔与詹姆逊的致思路径，即从时间与空间的角度来看网络微文艺时就会发现，网络文艺的"随时随地""即时即刻"的创作模式，

---

① 何志钧 孙恒存.微文化语境下数字媒介的审美转型[J].中原文化研究，2014：6.

② 波德莱尔美学论文选[M].郭宏安，译.北京：人民文学出版社，2002：424.

虽然赋予创作者以极大的创作自由，让受众在交流互动中实现网络文艺的在线生产。但是从另一角度来看，这种"随时随地"与"即时即刻"是对空间与时间的切割，以这种碎片化的时空结构消解了现代主体一体化的时空存在体验。麦克尔·哈特(Michael Hardt)和安东尼奥·奈格里(Antonio Negri)在对全球化政治秩序的考察中，就透过对服务型产业来考察这种产业模式对于现代人时间与空间的影响。通过分析，这两位学者认为"随着劳动移到工厂围墙之外，要保持计算工作日的假说，并进而将生产的时间与再生产的时间，或者工作的时间和业余的时间分离开来就愈加地困难了"①。也就是说麦克尔·哈特和安东尼奥·奈格里认为现代社会的服务型产业为社会大众建构起了一种新的时间体验。麦克尔·哈特和安东尼奥·奈格里所提出的这种新的时间体验与网络微文化与网络微时代下人的体验感受又存在着很大的一致性。可以说，网络微文艺就是这种新的时间体验在艺术上的表现形式，因为网络"微文艺"在内容与形式上都是对于传统的"大文艺"的一种简化。对此，詹姆逊对于电影的简化现象也有着很独到的见解，他在《奇异美学》一书中谈到："功夫片看起来像是一堆爆炸着的相互堆积的此刻，情节已沦为一个借口和填充物，如同一根弦丝，串起来一堆以我们的兴奋点为中心的珍珠。因此，看看影片预告或精彩片段剪接就足够了，电影除了这些精彩片段也就没有别的什么东西了。"②詹姆逊这番对于电影简化的言论也同样适用于现在的网络微文艺所呈现出的审美特征，可以说网络微文艺在审美倾向上已经与后现代主义美学达成了内在的共谋。许多历史实践表明，美学问题或是审美问题已经不再是一个纯粹的理论问题，在其背后隐藏着很深层的文化因素，任何时代的审美转型都是不同时代下人的精神状态的一种折射，也就是说审美问题已经慢慢地变为一种文化实践。不可否认，受消费文化与后现代主义文化的双重影响，当今社会正在面临着文化中心的下移、社会结构扁平化、大众文化形式的娱乐化、网络化趋势愈发明显，草根化、通俗化、后现代主义

---

① 哈特，奈格里.帝国：全球化的政治秩序[M].杨建国，等，译.南京：江苏人民出版社，2003：380.

② 杰姆逊.奇异性美学[J].文艺理论与批评，2013：1.

化的审美趣味也变得越来越甚嚣尘上。在此情况下，我们更要警惕的是"当微文化坚定地以小叙事解构传统的宏大叙事，以复数审美取代传统的一元审美、单数审美时，它也要警惕走向另一种极端，从而重复现代性元叙事的宿命"①。

　　媒介小叙事和隐藏于故事背后的原型与传统的宏大叙事有很大的不同，其表象上的叙事差异体现在母题、人物选择以及文风等方面。此外，在情感表达上，媒介小叙事更多地侧重于私人化、情绪化、非理性化的情感诉求与宣泄。后现代思潮理论家利奥塔在其书《后现代知识状况：关于知识的报告》中谈到后现代的知识现状时，曾提到了"宏大叙事"这一概念。在利奥塔看来，19世纪以前，无论是科学知识还是包括文学艺术在内的各种知识，其本质都是在一种"宏大叙事"的制约下的合法化，而这种合法化的权威性则主要来源于宏大叙事本身的合法化。在利奥塔的叙述中，宏大叙事是指启蒙运动后所标举的关于人类解放理想的人文主义或科学主义理论等一系列宏大理论体系，因而由利奥塔所言的宏大叙事是建立在整体性、权威性与确定性的基础之上的。

　　相对比宏大叙事的整体性、权威性与确定性，媒介小叙事多采用戏仿、拼贴、杂糅等修辞策略，因而在叙事风格上呈现出碎片化、游戏化与多样化的特征。从表象上来看，媒介小叙事虽然在一定程度上是对传统宏大叙事的一种消解与解构，但是它并不是以一种对立不相容的姿态站在传统宏大叙事的对立面，反而，媒介小叙事是在媒介时代下，主体通过网络文艺这一平台进行欲望宣泄与情感释放时所提供的一种新的叙事可能性，它与传统宏大叙事是两个相互依靠、互为补充的两种不同的艺术形态。媒介小叙事在叙事主体构成上多聚焦于平民百姓等小人物，拒斥了以传统叙事中的英雄叙事或是精英叙事，因而在网络文艺这一自由的叙事空间下，这样的叙事修辞就更容易拉近与主体的距离，赋予了叙述者与受众之间平等的主体地位，使得这种普通的平民情感以一种"众声喧哗"的方式为大众所共享，也使得这种个人化、平民化的情感在媒介社会以小叙事的方式有了被观照的审美意义。如此

---

① 何志钧，孙恒存.微文化语境下数字媒介的审美转型[J].中原文化研究，2014：6.

看来，网络文艺世界的自由性、大众性、草根性、互动性使得网络文艺成为一个得以观照现代人自由灵魂的一个媒介场域，在网络文艺这一自由世界下，基本上实现了每一个人都是自己生活的"导演"。大众的情感、故事借助此类网络文艺形式实现了自身欲望在网络文艺自由世界下的欲望狂欢，"原来的生活形态、道德基础和信仰全变成了'腐烂的绳索'，人的两重性、人的思想的两重性，此前一直隐蔽着，这时全都暴露出来了。不仅人和人的行为，就连思想也从自己那些等级分明的封闭的巢穴里挣脱出来，在'绝对性'的对话的亲昵氛围里，相互交往起来"①。网络世界也就自然而然地成为巴赫金笔下的狂欢节下的"狂欢广场"，就此而言，我们可以将网络文艺视为巴赫金"狂欢化"理论下的现代寓言。

第二节　粉丝力量与草根精神

媒介发展的主要趋势之一就是媒介融合，媒介融合在网络文艺叙事上所带来的改变就是催生出了多种基于跨媒体之间的新型叙事形态。很多文章对媒介融合的分析，大多是从技术力量的角度或社会学的角度进行分析。但是美国的学者詹金斯（Henry Jenkins）却另辟蹊径，他认为任何一种新技术的诞生，都是一种技术力量的象征，而在这技术力量的背后，也会催生出一种新的社会文化与新的社会群体。于是詹金斯对媒介融合的研究从粉丝文化的角度切入，认为推动媒介融合的一重要力量就是草根阶层与粉丝力量。他在《融合文化：新媒体和旧媒体的冲突地带》一书中写道："媒介融合既是一个自上而下公司推动的过程，又是一个自下而上消费者推动的过程。公司融合与草根融合同时并存。"此外，詹金斯还对粉丝这一群体如何参构到粉丝文化中去做了相应的解答，他认为粉丝"对虚拟世界的迷恋常常产生出新的文化产品，从服装到杂志再到现在的数字电影。粉丝是媒体受众中最活跃的群体，他们拒绝简单地接受提供给他们的内容，而是坚持享有成为完全意义上

---

① 巴赫金全集：第五卷［M］．白春仁，顾亚玲，译．石家庄：河北教育出版社，1998：222-223．

的参与者的权利"①。

一、泛娱乐时代下的"粉丝经济"与粉丝力量

网络文艺独特的生长环境与生产模式让粉丝这一群体成为推动网络文化产业发展的重要力量。很明显，粉丝群体与明星偶像存在很密切的捆绑关系，明星这一群体属性使"粉丝"不再是一个单纯的社会群体。在消费社会下，更多的商业价值为该群体赋值，这也使得明星这一群体因具有了很强的商业价值而具有了更多的可消费性。也就是说，明星的商业价值与本身所具有的可消费性是成正比的。需要说明的是，明星的商业价值与企业家们身上的商业价值是不同的，企业家的商业价值也就是所谓的身价，企业家的商业价值就是实质性的财富以及一切可以变现的财富资源，其商业价值的变更是通过商业化的市场运作来实现的。但是衡量明星商业价值的重要因素则是"流量"。现在我们在网络上经常提到的"流量"，指的是一种由各种的点击率、转载率、播放量等一系列的网络数据，这些数据背后所隐藏的就是巨大的"注意力"，而"注意力"的背后主要的推动力量就是庞大的"粉丝群体"。在我国，粉丝这一群体以规模化、组织化的形式催生了粉丝经济。一方面粉丝经济这一经济范式的出现与泛娱化的时代语境有着密切联系，另一方面粉丝经济在推动网络文化产业快速发展的同时，也成为影响网络文艺内容生产的关键因素。

下面我们将以《这就是街舞》第三季为例来探讨粉丝力量是如何推动网络文化产业的发展以及如何介入并影响网络文艺的内容生产的。在《这就是街舞》第二季中，节目组请到了我国青年偶像的"顶流"易烊千玺，而在《这就是街舞》第三季中，为了进一步赚取关注度，提高 IP 价值，节目组则请到了王一博、张艺兴与王嘉尔三大流量明星，另一个"大牌"明星钟汉良与这三位"顶流"相比在流量黏性方面还是逊色很多。

在 Data 数娱所提供的数据中，我们就可从"大秀场内排名""战队场外排名""节目相关热度"以及"弹幕量""百度指数"多方面的数据看出这些流量

---

① 詹金斯.融合文化：新媒体和旧媒体的冲突地带[M].杜永明，译.上海：商务印书馆，2012：48.

或者说其背后的粉丝力量给该节目带来的巨大的"注意力"与后续效应。其中"弹幕量"是检验明星与粉丝黏性的重要参考指标。根据云合数据，在节目播出过程中，王一博与张艺兴两人的实时弹幕总量均维持在十万条以上，其中王一博以 169983 条的弹幕总量远远超过张艺兴的 11 多万条，更是分别为钟汉良与王嘉尔弹幕总量的四倍之多。"百度指数"则是网友通过对明星艺人的关键词搜索来显示网友对明星艺人的关注度和了解欲望的一种数据指标。在舆情方面，关于这几位流量明星在节目中的表现的微博热搜量在节目首播的次日达到了峰值，微博话题总阅读量更是达到了 40 亿，关于王一博的话题讨论量达到了一半之多，其中关于微博话题#王一博 battle 太炸了#的阅读、讨论量最多，阅读量高达 12.3 亿，这些数据足以显示王一博身上所携带的巨大的流量效应。

面对拥有着巨大流量的三位明星，节目组节目制作、宣传、播出等过程中也是将粉丝的情绪与感受作为调节节目内容生产的一个重要因素。例如《这就是街舞 3》在微博进行宣传时，凡是在博文中提到明星的名字时，都会附带上一句"以上名字顺序按姓氏首字母排序，首字母相同按姓名第二个字首字母排序"，以避免粉丝因艺人番位而引起的论战。这些流量明星背后的巨大粉丝群让节目收获了十分耀眼的"注意力"，粉丝与节目组的关系是一种水与舟的关系，即粉丝载舟亦能覆舟。在节目播出不久，粉丝群之间的相互较量也慢慢浮出水面，粉丝们对于节目组也从刚开始的热捧转变为指责，出现了很多不和谐的声音，例如"恶剪钟汉良业务差""官博@张艺兴未备注本名""大秀只剪王嘉尔上半身"等话题争议再次将节目组推上了风口浪尖。这样的舆情也让节目组一方面为了安抚粉丝情绪，另一方面为了保证热度与 IP 价值，不得不重新调整节目策略。《这就是街舞》在节目的内容指向与精神传达方面主要是借助街舞这一艺术门类来向社会大众传递出一种"为爱而战"的精神，为了热爱而战斗的信仰，这样的青年精神不仅在很大程度上消解了社会大众对街舞、街舞爱好者的一种偏见性认知，而且在年轻人群体之间迅速引起了共鸣，"燃""太燃了"也成为当年最热的流行语之一。但是对于一些明星艺人的狂热粉丝而言，节目的热血精神已经不是他们所关注的了，他们所在意的只是自己的 idol 的镜头数、番位、排名等一些与节目内容无关的事情，更重要的是他们的这种"在意"已经对节目的制作与播出造成了干预与影响。

我们透过"数据论""番位论"等舆论争议以及各路粉丝之间的较量与抗衡，以及节目组面对这些争议所做出的回应可以看出，在这争议的背后实则是资本之间的较量，如若网络文艺的内容生产完全以资本、流量为导向的话，这样的节目也只不过是"注意力"经济下的一阵关于自嗨的时代闹剧，其艺术性、文化性也在这各式各样的争议与喧嚣中消磨殆尽。

从节目的内容生产来看，创作者应时刻谨记自身的文化责任与时代担当，要正确认识粉丝群体的力量与价值，要合理正确地处理好节目与粉丝之间的关系，在保证节目本性的同时也要与偶像明星相配合适时地引导粉丝，警惕粉丝舆论成为主导节目内容输出的主导力量。

二、"造星时代"与草根精神

随着明星艺人这个群体越来越具有商业属性与可消费价值，所以在网络文艺生产大环境下，涌现出花式多样的选秀节目。其中在 2018 年 4 月 21 日由腾讯视频、腾讯音乐娱乐集团联合出品的女团选秀节目《创造101》，其关注度以及所引起的一系列社会影响完全不亚于之前的《超级女声》。这个被称为是"中国女团青春成长类节目"的《创造101》，从 101 位偶像女团练习生中通过训练、培训、考核等层层选拔，最后由观众投票最终选出 11 人组成一支真正由中国本土打造的中国偶像女团。《创造101》从赛制、模式和节目理念上都遵循了互联网时代下的青年文化和偶像定义，打破以往选秀节目的传统而将更多选择机会留给观众，以开创"中国顶尖女团"为理念，通过提供宽阔开放的舞台让国内女团以此为契机得到更长远的发展。

无论是之前的《我型我秀》《中国好声音》《中国最强音》还是后来的《创造营》《明日之子》《偶像练习生》等，层出不穷的选秀节目与各式各样的男团女团养成类节目仿佛是在宣告这是一个"造星"的时代。这样的选秀平台的确给了那些心怀"明星梦"的年轻人展示自我的一个平台，让非科班的对于艺术抱有无限热爱的少年有实现自己梦想的机会。一般来说，选秀节目通常都具有很强的话题性与社会热度，但是受"模因"理论的观照，我们又会发现很多的选秀节目之间存在着模式上的相似性，"卖惨"仿佛成为选手博取关注度的制胜法宝，导师之间的各种"撕"也仿佛成为节目赚取热度的惯用"套路"，如此的节目操作也让这些草根造星的选秀节目变了味，由"选秀"变成了被商业、被资本、被眼球所操纵的"作秀"，从而造成，观众对选秀节目的刻板印象，选秀节目一味地追求各种"秀"也为社会大众所诟病。但是《创造101》的出现再次刷新了人们对于选秀节目的认知，不仅在商业上赢得了巨大的成功，而且还收获了良好的社会反响，正因如此，《创造101》凭借不错的社会口碑荣获第三届金骨朵网络影视盛典的年度影响力网络综艺奖。《广州日报》也曾这样评价《创造101》这个女团选秀节目："《创造101》的节目模式和在卫视盛行的选秀节目'超女''快男'等基本相同，然而最大的不同在于，观众能不能掌握最大的话语权。也就是说，他们能否真正'pick'心目中的偶像出道。该节目将定义偶像的权利交给观众，和网友实现实时互动，偶像拥有了强大的粉丝基础，节目接了地气。该节目抓住了中国内地偶像太少，特别是偶像团体稀缺的空白。实际上，这类偶像团体在中国颇受欢迎，鹿晗、黄子韬等也是偶像团体出身，他们掀起一场又一场青春风暴。不过，我们缺少国产的偶像团体，虽然大量偶像团体在悄悄运作，但他们的大众知名度几乎为零，观众饥渴的心理需求注定了该节目会火爆。该节目也符合年轻人的情感认知，各位人气选手都有鲜明的'人设'，她们的存在就说出了许多女性的心声，反映年轻人审美的多元化，而选手们身上全都有的勇敢自信、积极向上、努力拼搏等正能量更感染了无数观看的。"①

（一）对"杨超越现象"的文化解读

《创造101》大获成功的原因是观众在这群青春洋溢的女生身上看到了"青春"与久违的"真实"。谈到"创造101"，谈到"真实"，谈到"草根"，就不得不提一个名字，那就是杨超越。一个从农村走出来的"贫民窟"女孩，没有高学历，没有优越的家世，也没有标准的"网红脸"，更没有接受过正规的

---

① 《偶像团体选秀为何今年爆发？》，新华网，http：//www. xinhuanet. com/ent/2018 - 06/26/c_1123034979. htm，2020 年 4 月 12 日。

舞蹈与声乐训练，可以说唱跳俱不佳。然而就是这个嘴上说着"我是全村人的希望"的女生，这个动不动就哭鼻子的女生，这个只因节目组 2000 块钱包吃包住而选择报名参赛的女生，这个在有颜值有实力的 100 位训练生中仿佛是"丑小鸭"式存在的女生，最后竟然以第三名的成绩与其他十位成员组成"火箭少女 101"成功出道。正因这一连串的不可思议，将这个未满 20 岁的小姑娘推到了舆论的风口浪尖，让杨超越的出道也成为一个现象级的社会话题，这样一个唱跳都不行的杨超越却能创造出一天上七个热搜的奇迹。在《创造 101》的总决赛上，比起关注究竟是哪十一位女生成团出道这个话题，更让人感兴趣的是唱跳都不行、公演严重走音但是拥有着巨大关注度与流量的杨超越能否出道。《创造 101》的播出让杨超越一直处于舆论的风口，面对被全网的网暴，杨超越的支持者却以逆袭式的报复性投票让杨超越以第三名的成绩成功组团出道。因而，在成团的当天，并不是"101 成团"而是"杨超越划水"登上了当日的热搜榜单。伴随着杨超越的成团，杨超越也成为一个现象级的存在，有很多的专家学者开始从学术的角度去分析这一文化现象来剖析这个时代下的大众心理。

"杨超越现象"也从侧面体现出，在这个被资本挟持的时代，在这个真实而又虚拟的时代，在这个一切都在"秀"的时代，人们越来越渴望真实，而杨超越身上所具有的那种真实的"草根"性，那种不谙世事的自然成功地迎合了这个时代对于"真实"的渴望与呼唤。很多人将杨超越的成功归结为"运气"俩字，的确，相比于那些业务能力突出、勤奋用功并坚持不懈地逐梦演艺圈的人来说，杨超越的成功似乎来得更容易一些，更何况杨超越自出道以来就一直作为话题性人物的"顶流"。因此，很多人认为杨超越自从参加《创造 101》之后，她的人生就像"开挂"一般，甚至有人将杨超越奉为"锦鲤"。不可否认，在娱乐圈的商业运作以及娱乐化的包装下，"杨超越"已经不再是那个出身农村、早早辍学、没什么才艺的打工少女，而是逐渐演变成一个"符号"式的存在，一个带有时代印记与时代大众心理的一个"符号"。虽然"杨超越"这个符号带有很强的商业元素，但同时也具有深刻的文化性的内容值得我们去透视、去挖掘、去解读。实际上，当我们谈到杨超越走红的背后所隐藏的文化逻辑时就会发现，在杨超越的身上带有太多社会底层大众身上的痛点标签，而杨超越将这种大众性的、草根性的力量以一种农民的真实的、自然的、朴实的形式展现在大家面前。在这个以"人设"立足的娱乐圈，明星为了博人眼球、为了稳住番位、为了获取更多粉丝的喜爱，更直白一点就是为了赢得更多的流量为自身赋值，所以不惜处处"凹"人设，在这个亦真亦假的娱乐时代下，当人们看惯了装腔作势的虚伪与"人设崩塌"后的唏嘘之后，简单、真实则显得尤为重要。由于"火箭少女101"是一个限定团，所以在2020年6月23日面临解散，杨超越在6月23日女团解散的晚上发表解散感言，在谈到自己两年来自己的"逆袭"之旅时，她声泪俱下并动情地说道："老天不一定是爱聪明的人，它的万分之一也会宠幸到我们这些笨小孩的。"华东师范大学传播学院副教授吴畅畅，《创造101》的总编剧顾问，将杨超越定位为"农二代"——家境一般，能力平常，处境欠佳，但也对改写命运抱有强烈渴望。

通过对"杨超越现象"的文化分析可以看出，"杨超越现象"离不开粉丝力量与草根精神的合力作用。可以说，在大众娱乐纵行的年代，在网络文艺势力不断增长的年代，"草根"已不再是推动"造星"的幕后力量，而是逐渐走向荧幕成为荧幕焦点的一员。杨超越的支持者也不仅仅是因为杨超越身上的真实，更多的是杨超越身上所具有的草根的韧性与坚强，以及面对命运不卑不亢的姿态让越来越多的粉丝喜爱与欣赏。粉丝对杨超越的支持又何尝不是对自身的一种"心理补偿"呢？

(二) 大众文艺与草根精神的"突围"

网络文艺作为媒介发展以及我国在社会文化转型过程中所衍生出的一种新型的文化现象，它的出现是历史的产物。正如丹尼尔·贝尔（Daniel Bell）在对大众文化进行分析时所说的那样："市场是社会结构和文化相互交汇的地方。整个文化的变革，特别是新生活方式的出现之所以成为可能，不但因为人的感觉方式发生了变化，而且因为社会结构本身也有所改变。"网络文艺的网络特性将文艺的大众性与草根性进一步扩大，在内容生产或是外部形式呈现上与大众心理相贴近，都具有强烈的平民意识与底层情怀。大众性意味着网络文艺具有很广阔的群众基础，虽然网络文艺的衍生与发展是基于互联网语境，网络空间是相对于现实空间的第二空间且具有空间的逼真性与虚拟性，但是网络空间的这种虚拟特质并没有将网络文艺从空间上与大众相隔离。相反，网络文艺相比传统文艺而言在形式上更贴近大众情感与草根心理。

值得注意的是，通俗与高雅并不是相对立、相抵牾的，通俗的文艺作品也有向高雅、经典进阶的可能性。当我们回顾那些在文学史银河中熠熠闪光的文学经典时就会发现，它们之所以经典是因为它的故事、人物是基于共通的人类情感的。正因如此，才使得一个个与众不同的故事具有了"类"的意义，具有了原型的意义。我们拿《水浒传》这部经典名著来说，它的成文著书的过程是通过大众口头文学而进行整理改编的；再如元曲这门艺术的演出台本就是借助草根大众来进行相互传唱的；再如《三刻拍案惊奇》这部小说的语言也具有很强的草根性，其受众群体就是社会底层大众。这些文艺作品的大众性、草根性、通俗性都没有影响其最终成为中国文学或艺术史上的经典与奇葩。再比如说塞万提斯的著名小说《堂吉诃德》、莎士比亚的戏剧作品以及文艺复兴时期其他的一系列文艺作品得以在世界文学史上熠熠生辉并彪炳史册，其中一个很重要的原因就在于它们是为大众而作、为草根百姓而作。我们再把眼光从古代拉回近代，像我国著名的文学湘军代表水运宪作家的作品就是在具有形式的通俗性的基础上又不失思想的深刻。

查尔斯·泰勒（Charles Taylor）在其书《世俗时代》中向现代人抛出了一个灵魂之问：生活在世俗时代意味着什么？之于作家这个问题就变成了生活在世俗时代对作家意味着什么？水运宪的回答是，要始终遵从心的方向，真诚面对读者，真诚面对自己，真诚面对笔下人物的灵魂。水运宪孜孜不倦地寻找着由"通俗"向"通雅"过渡的叙事路径，并取得了卓越的成效。水运宪深谙文学立格之道，因而其作品多以通雅为基，在得乎大众通感与喜爱之时又通乎人性洞达之镜。正如著名作家王蒙所言"所有高雅的世界背后都有一个庸俗的世界"[①]。"土匪"作为主流意识形态下的异己者，在正统话语系统中始终处于一种弱势地位，"土匪小说"也在很长一段时间内被认定为不入流

---

① 王蒙.不奴隶，毋宁死？［M］.北京：北京十月文艺出版社，2008：196.

的通俗读物，这样的作品往往被正统文化当作拒斥的草莽文化，或被高雅文化当作放逐的一种低俗文化，难登大雅之堂。水运宪要为它正名。就像莫言的《红高粱》为"土匪爷爷"立传一样，水运宪用一种低姿态努力观照这群落草为匪的边缘群体，积极挖掘出"土匪"身上在可变的外部环境压力下的那种不变的生命强光，用民间话语为"土匪"发声，用英雄视角为"土匪"立言。不得不说，水运宪的这种执着和对生命的悲悯值得尊重。在小说《乌龙山剿匪记》中，既有紧张刺激、曲折离奇的故事情节，又有对人性的追问与对生命的理性思考，在一个个鲜活的生命个体之上窥见了灵魂的独特性与传奇性，读者也在精神消遣与对小说人物生命状态的体认中实现了精神的启悟与文化的自省：人生从来不是一场关于物质或世俗意义上成功的盛宴，而是一场有关个人灵魂的修炼、感悟与得失。高雅与通俗从来不是对立的两面，而是两个相互依靠、相互支撑的艺术世界。小说《乌龙山剿匪记》不仅在艺术上实现了通俗性与思想性的耦合，传奇性与时代性的相契，精神消遣与价值思考的统一，而且改编后的同名电视剧迅速捕获了大众趣味，成为电视荧屏上一个时代的经典记忆。

在现在的融媒体时代下，历史又再次重申了文艺的大众属性的重要性，那些席勒式的教化式创作，那些远离群众并以灵魂的工程师自居的文艺创作者，都是文艺创作萎缩的一种表现，是属于这个时代的文艺家的不幸。在此境遇下，历史又将网络文艺这门新兴的艺术形式推到了时代的前沿。因为网络文艺的通俗性与草根精神又重新让文艺走进生活、走进大众，再次点燃了草根大众参与到文艺创作中的热情。只有坚守住文艺创作的大众性，才能促进中国文艺多元、多维的文艺生态格局。精英文艺与大众文艺只是两种不同的艺术类型，只有风格上的区别，没有艺术上的高低之分，我们也不能用精英艺术的标准去要求通俗艺术，也不能将精英艺术作为艺术创作的唯一追求。艺术的繁荣需要多种类、多类别、多样式、多风格的艺术形态，在保证文艺创作没有违反艺术创作规律以及艺术道德的前提下，如若用一种艺术风格的标准去衡量所有的艺术，那么百花齐放的文艺生长格局就只能是一种不可能实现的美好愿景。

在新的历史阶段与新的时代要求下，网络文艺依靠自由性的运行逻辑和开放性的扩张机制，进一步发扬了文艺的通俗性与草根性。从所收获的巨大受众群以及市场占有率来看，网络文艺无论是在大众吸引力还是感染力方面都远远地超过了传统文艺和精英艺术，这些也再次佐证了不同时代的大众文艺、草根文艺都是与时代社会大众的审美期待相呼应，是社会底层大众文化行为与社会审美的自发流露，是一个时代、一个社会集体审美的集中体现。一时代有一时代之精神，一时代有一时代之文艺，网络文艺作为中国当代文艺，网络文艺创作者不能够对网络文艺在商业上、在市场上所获得的巨大成功而沾沾自喜，我们也要对网络文艺发展所面临的困境有所反思。网络文艺的成功流行也在证明中国社会大众对于大众文艺的吁求成为现当代我国文艺发展的时代语境，在此境遇下，文艺创作者不仅要继续发扬大众文艺与人民群众相贴近，与大众心理相契合的创作经验，还要创新性地继承与发展我国精英文化感时忧民的精神血脉，创作一种能够代表中国社会大众心灵愿望与精神风格的当代大众文艺，这是网络文艺生产与发展所要承担的历史使命。

第三节　消除深度与躲避崇高

苏珊·朗格(Susanne K. Langer)将后现代艺术看作是一种"逃避解释"的非理性创作，当我们带着苏珊·朗格对于后现代艺术的这番论断来审视网络文艺创作，竟发现这种结论依然具有解释效力。网络文艺在叙事过程中通过消除深度、躲避崇高的方式来"逃避解释"。网络文艺将视觉修辞作为自身的叙事策略，视觉图式不再如传统艺术中所扮演的角色那般属于艺术的表征，网络文艺将形式作为内容呈现，人们通过对视觉修辞的阐释并不能发现表现背后的真实，没有深度，亦没有崇高。很多的网络文艺作品都带有一种玩世不恭的轻飘感，实则是用一种戏谑的、恶搞的、反讽的态度对宏大叙事、连贯历史、传统理性进行拼贴、戏说与拆解，继而对历史与现实的本质进行消解乃至颠覆。

一、消除深度模式后的浅表化创作

(一) 浅表化思考与浅表化创作

在技术转型的时代下，技术让一切变得便利、快捷，技术让现代人的生活变得简化，技术在侵入现代人日常生活的同时技术思维以及工具理性也在悄然地侵占着人们的大脑。丹尼尔·卡尼曼 (Daniel Kahneman) 曾在其著作《思考，快与慢》中将大脑的思考方式分为"快思考"与"慢思考"两种。快思考是通过简单运算的直觉思考方式，而需要经过复杂的计算才可得出结论的思考则被卡尼曼称为慢思考。另一位学者爱德华·德·博诺 (Edward de Bono) 也在他的著作《大脑的机制》一书中表达了相似的观点。爱德华·德·博诺也是通过对思考方式的考察来探究大脑的机制，爱德华·德·博诺经研究发现我们的大脑天生不喜欢复杂的运算，而是喜欢将复杂的运算转换为简单的模式去执行，大脑讨厌创新，而本能的喜欢简单的模式。用卡尼曼的表述来说就是我们的大脑天然偏向的是快思考，而非慢思考。

进入网络文艺时代后，文艺创作日益被技术化，继而创作出的作品也日渐浅表化。自技术与艺术联姻之后，人们的社交方式、娱乐方式也逐渐向快消化的方向发展。从大部头的传统文学到长文的博客时代再到现在短文的微博时代，从现实主义创作到现在漫天的"爽文""口水剧"的快餐化时代从图文社交时代到现在的短视频社交的时代，无论文艺作品还是文化样态都在逐渐的"微化""短化"。这些消除深度的文艺作品之所以能够在网络文艺市场中大行其道，就在于这种浅表化的创作迎合了人们大脑的浅表化的思考方式，助长了人们的思维惰性。当我们的大脑长期被浅表化的作品所侵蚀，长期停留于浅思考的阶段，当浅思考成为大脑的思维定式，那么我们将很难再进行深入的思考，长期如此，我们将与波兹曼在书中所言的"沙发上的土豆"又有何异？创作上的浅表化必然会带来文化与思想上的浅薄，创作者只有对人生、生活有着深度思考，这样创作出的作品才不会流于表面。

(二) 技术化创作与消除深度

当人工智能开始崛起, 当 AI 写作成为创作趋势, 我们不得不重新思考技术与艺术的内在关系。2020 年 1 月 15 日,《光明日报》就推出评论专栏来与各路专家学者共同探讨人工智能与文学艺术的关系问题以及未来发展。的确, 当技术侵入文学艺术, 当文艺创作日渐技术化时, 文艺创作也逐渐向智能化的方向发展。当我们不禁惊讶, AI 创作出的文艺作品不仅具有特定的艺术风格, 而且还呈现出"类人"的趋势时, 我们也需冷静地思索人工智能为现在的文艺创作所带来的新的命题, 诸如 AI 在与审美客体、与审美主体之间的关系发生了怎样的嬗变, 与之所产生的审美问题又发生了哪些改变等, 这都可以纳入我们思考的范围。

在讨论 AI 对于文艺创作的影响之前, 我们先回到文艺创作的原点, 即文艺创作究竟是一个怎样的过程。文艺创作是一种带有强烈主体性的创造行为, 一种带有个体灵魂深度的精神性创造行为。亚里士多德(Aristotle)在《诗学》中曾说道:"历史没有诗歌是了无生气的, 而诗歌没有历史则是乏味的。"亚里士多德从历史的角度来论述诗歌的存在, 即是证明了文艺创作不仅是一种历时性的行为, 其间更是充满了历史的厚重与思想的深度, 简言之, 文艺创作不可缺少历史的灵魂。而"人工智能的诗歌产品, 虽然形式上有先锋派的痕迹、后现代的味道, 或许能给予读者一种'震惊'的短暂体验, 但由于没有历史深度和时间刻度, 显然属于一次性过的'仿后现代'。"[①] 文艺创作不仅是经验的, 更是超验的。文艺创作是"形在江海之上, 心存魏阙之下"。对此我国古代著名的文论家刘勰就将文艺创作前的构思称之为"神思", 并对其进行了精彩的论述:"神思之谓也。文之思也, 其神远矣。故寂然凝虑, 思接千载; 悄焉动容, 视通万里; 吟咏之间, 吐纳珠玉之声; 眉睫之前, 卷舒风云之色; 其思理之致乎! 故思理为妙, 神与物游。神居胸臆, 而志气统其关键; 物沿耳目, 而辞令管其枢机。枢机方通, 则物无隐貌; 关键将塞, 则神有遁心。是以陶钧文思, 贵在虚静, 疏瀹五藏, 澡雪精神。积学以储宝, 酌理以

---

① 朱志勇. 是产品, 而非艺术品: 也论人工智能与文学艺术[J]. 光明日报. 2020: 3.

富才，研阅以穷照，驯致以怿辞，然后使元解之宰，寻声律而定墨；独照之匠，窥意象而运斤：此盖驭文之首术，谋篇之大端。"①可以说，刘勰对于"神思"的论述是围绕着想象展开。物像经过创作者想象的浸润之后就构成了艺术的表象，因而这种带有强烈主体性的作品"包含了主体对文化的整合和想象的跳跃，有物质层面的，有行为层面的，更有精神层面的，既具有技术属性，更具备创造属性"②。

正因此，我国学者朱志勇认为通过人工智能创作出的诗歌作品，只是一种浅表的类型化文本，将 AI 创作的作品视为产品，而非艺术品。缺乏灵魂的深度与思想厚度的文艺作品，这种消除了所有深度的模式化创作，是不能够给受众带来崇高性的精神体验与神圣性的审美体验的。

(三) 被曲解的现实主义

在我国，文艺创作一直提倡内容多元、形式多元、思想多元，但无论创作如何求新求异，现实主义创作始终是我国文艺创作的主流。我国著名作家李一鸣曾这样理解现实主义："当我们提到现实主义的时候，往往忽略另外一个重要的维度，现实主义是一种创作态度。何为现实主义态度？概括地讲，就是密切关注人类实践活动和社会现实，关切人类生存处境和精神成长，揭示现实生活本相和时代特质，书写人类丰富饱满的心灵世界。""现实主义并不只应对于现实题材创作，在处理历史题材、科幻题材等其他题材时，同样可以体现现实主义的辽阔视野和深刻洞察。"③经过社会转型后的中国，无论是在经济、政治、文化还是人们的日常生活都发生了翻天覆地的变化，生活环境、人们的精神面貌日新月异，但是生活与创作之间的关系，生活方式与现实主义的关系不应有所改变。现实主义永远是对现实人生的描写，是对人存在的意义的追寻与灵魂拷问，现实主义不等于现实生活，不等于现世人生，亦不等于人们生活的全部，现实主义是心灵浸透过的现实，是

---

① 范文澜. 文心雕龙注・神思 [M]. 北京：人民文学出版社，1958：494.
② 朱志勇. 是产品，而非艺术品：也论人工智能与文学艺术 [J]. 光明日报，2020：3.
③ 李一鸣. 现实主义更是一种创作态度 [J]. 长篇小说选刊，2018：5.

经精神之眼透视过的现实，现实主义不仅有着形而下的关怀更有着形而上的叩问。

　　当我们以现实主义的标准去审视现在的网络文艺创作时，就会发现在 IP 泛滥、翻拍成为主流的网络文艺创作市场中到处充斥着虚假的人物、虚假的情节以及虚假的情感，在丧失真实、丧失深度的"泛娱化"的创作语境下，现实主义也面临着缺位的尴尬。近几年我国的网络文艺市场逐渐向现实主义创作靠拢，对之前以奇幻、穿越、青春等题材为支撑的网络文艺内容格局有所改善。但最近涌现的一些现实主义题材的网络剧如《北京女子图鉴》《上海女子图鉴》《全职高手》等，赢得了很高的市场占有率，并取得了非常不错的播放量与关注度。当我们在欢呼网络剧创作的现实主义时代将要来临时，我们发现这些所谓的现实主义题材的网络文艺只是披着现实的外衣而讲着虚假的故事。现实的残酷、人物内心的挣扎与痛苦只是做了表面的描写，描写现实却没有直击社会问题的核心，描写内心的挣扎只刻画痛苦却忽视自我救赎，繁华但却处处充满残酷与危机的大都市在影像的交织与蒙太奇手法的调和下变成了由高楼大厦、都市男女、灯红酒绿组成的消费图景。影像艺术的"仿真"特质为我们在荧幕上呈现出一副与现实世界平行的虚拟的"仿真世界"，但是这种"仿真"只是停留于现实表面的真实，缺乏客观真实与情感真实。并不是说影像艺术的"仿真"特质冲淡了现实主义叙事的深度，而是其故事的思想内核不应只停留在具象的表面，应为观众提供更多的自由想象空间，让观众自行体味故事所传递出的人生况味。

　　再如在网络游戏、网络歌曲、网络动漫领域近几年都出现了"国风热"，将传统文化与流行元素嫁接，由此来实现传统的回归。但是很多标榜着"国风"元素的网络文艺作品实际上是一种"伪国风"，只是将传统文化、民族元素作为吸引注意力的噱头，"在文艺创作中冠之以'国风''古典'之名，貌似借用了历史典故、经典作品、经典人物形象等元素，实以无可考证的服装造型、无可考证的语言修辞、无可考证的历朝历代进行不知族群的'恶搞''戏说'，油滑而不深沉，无视中华民族生生不息的历史智慧，因此这类作品基本没有历史自觉和文化自信"。① 并没有表现出传统文化真正的价值深度，在娱乐中错写了文化的意义，这样的"伪国风"的网络文艺创作亦是一种对现实主义的曲解。

二、网络文艺创作的后现代主义症候

我国的网络文艺由于之前缺少美学规范、道德伦理与法理的制约，因而出现了野蛮式生长的现象，大量的文艺作品质量良莠不齐，尤其受西方思想的影响与青年亚文化风气的渗透，使得我国的网络文艺在美学特征与文化表征上都呈现出后现代主义症候。无论是在题材的选择还是内容呈现上，都具有后现代主义式的颠覆式解构与拼贴式重构，内容上的新、奇、怪，审美感受由雷人代替感人，并呈现出文体杂糅、生活艺术混搭等"四不像"或"大杂烩"。这种后现代主义式的叙事严重背离了现实主义艺术作品的创作原则，走向消除深度与躲避崇高的浅表化写作，从而导致现实主义精神的消隐、批判精神的弱化，人们在这些艺术虚假、历史虚无、扭曲现实的不良艺术作品中失去了理性认知与现实批判的能力，最终逃不出"单面人"的悲剧命运。

(一) 消解精英化："造凡"与"拆凡"的狂欢

在 2020 年的后半年，一位名为"蒙淇淇"的微博博主突然成为各话题关注的焦点，与"蒙淇淇"一起走红的还有"凡尔赛文学"这一网络热词。根据网络上对于"凡尔赛"文学的网络释义，"凡尔赛文学"指的是一种"用低调的方式，炫高调的耀"的话语表达方式。"凡尔赛文学"在当代年轻人群体中迅速流行并吸引了一大批网游模仿"蒙淇淇"式的炫耀口吻来进行"凡尔赛文学"创作，以至于一种名为"凡学"的概念应运而生，同时也催生出一场关于"凡尔赛文学"的精神较量与文化狂欢。"凡尔赛文学"因其现象级的走红，在 2020 年的 12 月 4 日入选《咬文嚼字》，2020 年度十大流行词，这足以看出"凡尔赛文学"强大的流行力量与热度。

面对以"凡尔赛文学"为代表的网络亚文化在网络文艺创作市场中的大

---

① 低俗、抄袭、伪国风，中国网络文艺之路如何走？[J]. 人民论坛，2021(3)：1.

行其道，我们不得不反思其背后的文化逻辑。当我们从这场网络亚文化的狂欢盛宴中抽离出来加以一种文化批判的视角审视这一场"凡学"狂欢时，就会发现其走红背后的文化逻辑实则与巴赫金的狂欢理论有着内在的精神关联。事实上，媒介文化就是一种大众文化，媒介平台赋予每个人以平等的展示机会，这种权利上的平等，对于每个自由个体的尊重，又何尝不是为当代社会大众提供了一个反抗精英、消解权威的契机？媒介文化对于草根文化的接纳、对于大众文化的宣扬，又何尝不是底层文化自下而上的延伸？媒介文化的文化特质与网络文艺的自由市场共同为"凡尔赛文学"营造了一个"造凡"与"拆凡"的狂欢广场，在这虚拟的场域下，大众可肆意的颠覆等级秩序，对一切精英文化进行戏谑的拆解。可以说，"凡尔赛文学"的盛行对于网络文艺创作而言，就是一种从内部开始瓦解的颠覆力量，这种力量让网络文艺的日常叙事渐渐地走向消除深度、躲避崇高。

在媒介文化纵行的融媒体时代，互联网的网络性、自由性、大众性对于网络文艺创作的影响就是让网络文艺创作市场迎来了一个全民参与的时代，一个万物狂欢的时代。狂欢理论最早是由前苏联著名思想家巴赫金评论拉伯雷（Francois Rabelais）《巨人传》一书时提出，其主要的理论思想就是重塑平等、释放天性的话语狂欢。巴赫金的狂欢理论主要是围绕"狂欢节""狂欢式"与"狂欢化"这三个概念展开，可以说"狂欢节"就是巴赫金狂欢理论的理论基点。巴赫金谈到"狂欢节"时说道："狂欢的节日广场文化总是在不断地颠覆等级秩序、消除尊卑对立、破坏严肃统一、瓦解官方和民间的界限，让一切边缘化。"①在网络文艺创作市场，消弭了传统文艺与媒体文艺之间的界限，让媒介文化打通了各文艺类型之间的艺术壁垒，网络文艺的大众性、草根性与自由性把一切严肃的知识遁形，把一切打着精英标识的事物拉下神坛，让一切都可颠覆，让一切都可破坏，让一切都可拆解，一切皆可解构，与此同时又让这些可被颠覆、破坏、拆解、解构的事物在解构与重构的断裂处重获新生。对于网络文艺创作来说，网络文艺市场的"狂欢"犹如一种极具破坏性的颠覆力量，向正统、主流、秩序等一切传统发起了攻击。

---

① 巴赫金.巴赫金全集：第六卷［M］.钱中文，等，译.石家庄：河北教育出版社，1998：188.

(二) 现实表现的"失真"与泛娱乐化的艺术想象

1. 现实表现的"失真"

现在我国的网络文艺创作市场经过了主流化规制后，在题材的择取以及内容表现上实现了现实主义转向，但是在具体的艺术表现上还存在着很多的问题。

首先表现在对于现实的表现太过流于生活的表面，未能触及真正的现实问题、社会症候，简言之，未能对现实进行深入阐释。另外，对现实问题的处理太过简化，很多标榜着现实主义题材的网络小说、网络剧、网络电影在对现实问题的处理上却没有遵从现实的发展逻辑，故事的内核未能将历史真实、现实真实以一种艺术真实的手段表现出来。很多的创作者将现实问题简单的归为精神上的困锁，仿佛只要经过某一人的引导或经过一种所谓的"精神开智"后，所有的生活困扰、精神压抑等一系列现实问题都会立刻迎刃而解，而实际上对现实问题的根源以及解决办法都语焉不详。

其次是在对现实的"失真"想象上。很多的网络文艺创作者缺少现实实践经验，未能深入到群众内部与现实深处，未能对切实真正存在的现实问题进行社会性的考察、思考，可以说对于现实的描写只是一种脱离了现实根基的艺术想象，这样塑造出的人物形象也只是刻板化、扁平化与"超我"化的塑造。就拿人物的"绰号"这一艺术化处理来说，绰号本是对于人物性格的一种补充，是对人物形象典型化、个性化塑造的一种艺术手段，像鲁迅的小说、赵树理的小说中的人物都有着极具性格特点的"绰号"，人物的绰号与其性格特征、命运走向都有着深深的内在关联。现在的网络文艺作品也中人物的绰号虽然都各具特色，但是其绰号并没有实现对于人物性格的补充，也并没有让观众通过这样的绰号对人物的性格及命运归宿有更深层的认知。这样缺少内在情感动力的"绰号"也只能是一种停留于娱乐表面的人物记号，是一种将人物的个性化向人物的扁平化的审美降位而不是人物的符号性艺术表达，这样带有审美缺陷的艺术创作又怎么会拥有现实主义的深刻力量呢？这样的伪现实主义又怎么会具有现实的深度与艺术的崇高呢？

2. 泛娱乐化的艺术想象

媒介社会的自由性与宽容度伴随着消费文化的扩张，让网络文艺世界下的自由个体感受到比现实社会中更强烈的存在的欢愉。马尔库塞认为，匮乏状态的结束和丰盛时代的到来，为摆脱压抑文明，解放爱欲本能，塑造新感受力，并为培育一代新人进而实现总体的社会革命准备了前提。这曾被称为是一种乌托邦的幻想，现在已经有了实现的可能。对待汹涌而至的后现代主义社会与后现代主义文化，有哲学家发出了这样的慨叹："我们所在的后现代的情形实际上正是以存在的欢愉抵御权力的痛苦。"而在笔者看来，后现代主义文化以及网络亚文化所带给当代年轻人的那种短暂的、虚拟的存在的欢愉，只是一种停留于身体层面的快感而非精神层面的愉悦，若抛却精神，又何来存在？面对此类现状，我们只能说媒介社会催生了太多新鲜的事物，让人眼花缭绕却又深陷其中不可自拔，伴随着这些新兴事物的出现也为现代人增加了一种幻觉，即个体存在的幻觉。加拿大科幻作家吉布森（William Gibson）在《神经漫游者》中说："网络空间是成千上万接入网络的人产生的交感幻象，这些幻象是来自每个计算机数据库的数据在人体中再现的结果。"[①]

现代人自认为在网络文艺的自由世界中获得了更多自我展示的机会、更多表达发声的权利，因而出现了自身权力增长的幻觉。不可否认，媒介社会作为一种新型的场域在一定程度上重组了社会关系，且存在着某种新的权力制约关系。现代人可以更自由勇敢地发出自己的一己之音，网络中的群体之声也变得愈发具有影响力，这一切的改变让每一个社会个人产生了一种自己某种权力增长的幻觉。此外，生活在后现代主义社会下的大众用存在的欢愉并不是单纯的抵御权力的痛苦，还有与生活有关的一切现实的痛苦。现代人将网络、将网络文艺世界当作是个人痛苦的避难所，用精神上的转移来逃避现实痛苦。"逃避"仿佛成了当代人在媒介社会下的一种生存方式，逃避现实深度的力量，不再向往崇高，让"卑琐"成为当代年轻人的一种存在状态。

事实上，网络文艺创作的泛娱乐化叙事并不是虚拟审美下的必然导向，而是有一定的历史背景可追溯的。无论是中国传统文艺，还是中国传统文

[①]　William Gibson, Neuromancer, New York：Basic Books, 1984：67.

化，都追求一种潜在的、隐性的"乐感文化"，网络文艺创作在更自由的媒介社会下将中国传统文化中的"乐感文化"基因进行了放大，形成了一种过度追求娱乐快感的创作机制。在远古时期的中国文艺呈现出一种集歌、乐、舞"三位一体"的文艺形态，这说明中国的原始艺术从诞生之初就不是一种严肃文化的代表，而是娱乐文化的象征。而在西方，由于受希伯来文化的影响，西方文艺的文化内核则是"原罪"意识。"原罪"意识作为一种潜意识已经深深地刻在每一个西方人的心灵深处，当这种"原罪"意识渗透到文艺创作中时，就会让整个文艺作品带有一种悲剧性美感，因而"耻感文化"或者说是"罪感文化"就成为西方文艺的文化内核。"乐感文化"让古代的中国人更加追求现实的幸福，及时行乐，追求一种达观的人生态度。正如象征着中国古代哲学智慧的《周易》一书中所提到的"乐天知命"，"乐则行之，忧则违之"。

在《论语》的《述而》一篇中的那句"发愤忘食，乐以忘忧，不知老之将至云尔"仿佛更能代表古代人的一种人生态度与处世风格。因而我国著名的美学家李泽厚受徐复观忧患意识的启发在《试谈中国智慧》一书中将中国文化概括为一种"乐感文化"，后来又在《中国古代思想史论》一书中提到"这种精神不只是儒家的教义，更重要的是它已经成为中国人的普遍意识或潜意识，成为一种文化—心理结构或民族性格。中国人很少真正彻底的悲观主义，他们总愿意乐观地眺望未来"①。可以说，暗含于中国文化、中国文艺中的"乐感文化"，其本质是一种以情感为本体的审美意义上的感性的文化。沿着这一致思思路，我们完成了对网络文艺泛娱乐叙事的文化溯源，可以看出"网络文学娱乐本体的根——它以通俗性娱乐为主打功能，正是传承了文学的'乐感'本性，是以虚拟审美光大了俗文学传统的在地性娱乐精神，并在新媒体语境中实现了文学娱乐本体的归宗之旅"。我国著名网络文学研究学者欧阳友权还提到："网络上的文学虚拟审美行为，一方面天然地归宗为娱乐本体，与传统纯文学、雅文学分道扬镳、殊途为用；另一方面又以高度市场化、网络民间化的异变，构成虚拟审美的网络特色，这也正是网络文学'爽'文学

---

① 李泽厚.中国古代思想史论[M].北京：人民出版社，1986：311.

观的由来。"①

三、崇高失落的年代

　　"躲避崇高"并不仅仅是网络文艺创作的主要特征。事实上，从 20 世纪的 90 年代开始，伴随着社会现代性转型所带来的阵痛，之前的传统秩序与公序良知都被蜂拥而来的各类思潮所颠覆，人们的生活及精神状态开始变得无所适从，于是"躲避崇高"开始在文艺创作领域流行、生长，然后逐渐蔓延到人们精神生活的各个领域。在 20 世纪 90 年代的文学领域，精英文学的地位逐渐被世俗小说以及闲适小说所取代，随之而来的还有像崇高、理想、前方等带有浪漫主义色彩的词汇也逐渐退出文学创作的舞台，词语精神性降位成为文学创作的主要特征。在当时的文学语境下，《废都》这部作品应运而生。小说主人公庄之蝶就是那个特殊时代下的精神产物，集知识分子、知名作家、丈夫、情人多重社会身份于一身，在欲望与道德之间，在"本我"与"超我"之间不断地徘徊、踌躇、犹豫。最终，庄之蝶以一种自我堕落的方式，将自己沉溺于欲望的无限宣泄中逃避现实、躲避崇高，抛弃了中国传统知识分子应有的历史责任感与使命感，最终选择用荒诞回应荒诞，从一种堕落走向另一种堕落，以此来摆脱现实与理想的差距所带来的绝望与幻灭。

　　一直到今天，"躲避崇高"依然是文艺创作领域以及人民生活领域的精神表征。在很大程度上，"躲避崇高"就是对于现在这个时代人们精神生活状态的反映。"如果说人类传统的意识结构是一种完整世界观和社会历史观指导下的人生观结构的话，那么现代人类的意识结构不仅恰好与之相反，而且呈现出不稳定或紊乱的结构特征。在传统的哲学观念里，一个人只有首先正确认识了自身存在于其间的整体世界和各种关系，才有可能正确认识自身。确定这一认知秩序的哲学前提是：人作为一种生命存在不过是整个世界的一部分，因而具有着与整个世界和社会相通的本性。"②

　　早在几百年前，古罗马著名的文艺理论批评家贺拉斯就看到了现实主义

---

①　欧阳友权.网络文学虚拟审美的娱乐边界[J]. 社会科学辑刊，2021：1.

②　万俊人.寻求普世伦理[M]. 北京：商务印书馆，2001：21.

文艺的精神力量与艺术价值，并呼唤现实主义文艺创作。在贺拉斯看来艺术创作不可脱离现实世界，创作者应在对现实生活熟悉与深耕中，去发现人的共性与个性，类型与特殊，并以创造具有时代特征的艺术词汇为创作旨归。正是秉持着这样的艺术信念，才让贺拉斯的那句"无论风暴将我带到什么岸边，我都将以主人的身份上岸"成为熠熠艺术银河中的不朽。而纵观网络文艺市场，创作者的主体意识的薄弱致使创作出的作品缺乏时代主人翁精神，此外创作者的创作理念也发生了思想错位，不再将文艺作品看作是主体生成的精神场所，而是将其看作是对于快感体验的书写。放眼望去，我国的网络文艺市场正在被一部部充斥着"网感""爆点"的"爽文""雷剧"所侵蚀。可以说我国现在的网络文艺不仅缺少形而上的精神叩问，也缺乏形而下的现实书写。网络文艺在背离现实、拒斥真实的同时也抛弃了现实主义的思想深度、人文关怀与批判力量，不可避免地走向后现代式的无主题、无中心、无主体式的写作。受众最后也只是在浅层娱乐下的享受感官的狂欢，只能在语言游戏、文化沙漠的精神荒漠中徘徊。

为了引导网络文艺走向主流化的创作道路，这就要求网络文艺创作者加强主观思想建设，回归主流化创作。因为强化网络文艺的现实主义特征不仅是社会主义文艺理论的基本价值取向，更是发展中国特色社会主义文艺、扩大中国文艺海外影响力的应有之义。社会主义文艺是人民的文学，是根植于现实经验、历史精神与时代价值的现实主义文艺。网络文艺作为融媒体时代下的新型文艺代表，理应在文艺创作理念与文艺创作理想上继续传承社会主义文艺的光荣传统，同时在题材开拓、感情基调、写作风格以及主体生成等方面强化网络文化精神气象，还需坚持与发扬社会主义人民文艺的艺术经验与美学特质，努力扭转网络文艺创作浅表化、快感化、娱乐化的创作模式，最终实现我国的网络文艺创作从技术强势向艺术强化的转化、娱乐机制向思想价值的进阶。"现实主义特征在网络文化领域的加强，一方面是社会主义精神文明建设和文化建设的题中应有之意，是马克思主义文艺理论的必然逻辑和基本价值取向的表现，也是社会主义文艺的光荣传统和人民文艺的基本经验。"[1]

---

① 陈永禄.坚持网络文艺创作的社会主义价值取向[J].毛泽东邓小平理论研究，2019：9.

第六章　网络文艺生产规制

由于网络文艺是基于网络空间生长的艺术形态，具有形态上的易变性，所以要从多层面、多角度、多维度去认知网络文艺的研究对象与本质特征。也就是说，在对网络文艺的内涵与外延进行进一步界定的同时还要兼顾网络文艺研究对象的广延性与特殊性，关注网络媒介生态中各个艺术类型之间的影响作用与联动关系。与此同时，对于网络文艺的评价机制要兼顾网络文艺的不同阶段，从创作的自主性、独创性到主题的规范性、引领性，要将内容升级、品质提升贯彻到网络文艺生产与创作的各个方面。因此要从艺术性、精神性、价值性、思想性等多角度对网络文艺作品做量化的衡量与评价，兼顾网络文艺作品的社会效益与商业利益，建立一个全面性、综合性的网络文艺评价体系，对网络文艺的生产与创作进行思想上的引领与精神上的引渡。

第一节　人民本位与诗教传统

《人民日报》曾在 2011 年刊文《文艺创作症结何在？十大恶俗阻碍文艺健康发展》批评我国文艺创作所存在的十大恶俗现象：回避崇高、情感缺失、以量代质、近亲繁殖、跟风炒作、权力寻租、解构经典、闭门造车、技术崇拜、政绩工程。距离这篇文章的发表尽管已经过去了十年，但是这篇针砭时弊且一针见血的文章对我国现在的文艺创作尤其是网络文艺创作及其健康长远发展依旧具有很强的警示意义。

一、社会主义文艺是以人民为本位，为人民服务的文艺

（一）文艺的意识形态属性

文艺的性质不仅关乎着一个国家的文艺的价值功能以及发展方向，而且还属于文艺的根本问题。在马克思文艺思想中，就谈到了文艺与意识形态的关系问题。马克思主义文艺理论无论是在西化还是中国化的过程中，文艺与意识形态论一直是马克思主义文艺思想的关键问题之一。詹姆逊曾说："意识形态理论是马克思对异化的认识中一个不可或缺的组成部分，同时也是马克思主义对意识形态分析和文化分析最有独创性的贡献之一。"①自马克思、恩格斯提出了文艺的意识形态论之后，后来又有很多的马克思主义者相继对文艺与意识形态的关系进行了多维度的思考与阐述。以列宁（Lenin）为代表的苏联马克思主义所提出的文艺意识形态论就是一种本体论的文学意识形态论，他将社会意识形态视为文学的最高本质，强调文学的党性原则。后来，西方马克思主义者伊格尔顿（Terry Eagleton）又提出了"审美意识形态论"，认为文学艺术就是对于意识形态的生产。因而，文艺创作中一个很重要的问题就是为谁而作，这关系到文艺创作代表哪个阶级的利益，为哪个阶级服务的问题。

1942年，毛泽东同志立足于特殊的历史背景发表了著名的《在延安文艺座谈会上的讲话》，讲话的核心就是界定文艺的性质与功能，从而为当时的文艺创作指明道路。毛泽东特别指出："文艺为什么人的问题，是一个根本的问题，原则的问题。"②这句话一针见血地指出了文艺的性质问题。后来习近平总书记在其文艺思想中又重申了文艺的性质问题，并将这一问题明确化："社会主义文艺，从本质上讲，就是人民的文艺。"③一个国家的性质决定了这个国家文艺的性质，社会主义国家是人民当家做主的国家，那么社会主

---

① 詹姆逊.后现代主义与文化理论[M].唐小兵，译.北京：北京大学出版社，1997：284.

② 毛泽东.毛泽东论文艺[M].北京：人民文学出版社，1992：45.

③ 习近平.在文艺工作座谈会上的讲话[J].人民日报，2015：2.

义国家的文艺就是人民的文艺。

社会主义文艺就是代表人民利益的文艺，是以人民为本位的文艺，是为人民而作、为人民而歌的文艺。"所谓人民的文艺，就是以人民为本位的文艺，它表现为始终坚持以人民为中心的创作导向，以满足人民精神文化需求为文艺和文艺工作的出发点和落脚点，把人民作为文艺表现的主体、作为文艺审美的鉴赏家和评判者，把为人民服务作为文艺工作者的天职。"①

(二) 文艺的"人民"释义

随着时代的发展，"人民"的含义也在发展中不断被充实、丰富、完善。在 1942 年的抗战时期，毛泽东《在延安文艺座谈会上的讲话》指出："什么是人民大众呢？最广大的人民，占全人口百分之九十以上的人民，是工人、农民、兵士和城市小资产阶级。所以我们的文艺，第一是为工人的，这是领导革命的阶级。第二是为农民的，他们是革命中最广大最坚决的同盟军。第三是为武装起来了的工人农民即八路军、新四军和其他人民武装队伍的，这是革命战争的主力。第四是为城市小资产阶级劳动群众和知识分子的，他们也是革命的同盟者，他们是能够长期地和我们合作的。这四种人，就是中华民族的最大部分，就是最广大的人民群众。"②毛泽东在提到"人民"这一概念时，主要强调了"人民"的广大性、集体性。后来，邓小平、江泽民、胡锦涛等国家领导人也都在其各自的文艺思想中重申了文艺的人民性这一核心问题，但是他们在使用"人民"这一概念时还是主要侧重于"人民"的集体属性。不可否认，人民的阶级属性不会随着时代的变化而有所改变。在我国中国共产党的话语体系中，"人民"主要是指社会主义建设的主体，是推动特定历史阶段社会进步的基本阶层及同盟力量。可以看出，在我党的话语体系中，再后来，"人民"的涵义是带有价值意味的集合概念的。再后来"人民"这一概念在习近平文艺思想中也有了新的释义，习近平在谈到"人民"概念时特别强调："人民不是抽象的符号，而是一个一个具体的人，有血有肉，有情感，有

---

① 范玉刚."以人民为中心的创作导向"—习近平文艺思想的人民性研究[J]. 文学评论, 2017: 4.
② 毛泽东. 毛泽东论文艺[M]. 北京：人民文学出版社, 1992: 47.

爱恨，有梦想，也有内心的冲突和挣扎。"习近平在坚持"人民"的阶级性、集合性的基础上，又特别强调了"人民"的个体性、主体性。"人民"既是推动社会主义建设的重要力量，也是鲜活生动的生命个体。习近平文艺思想中对于"人民"的释义，不仅赋予了这一概念新的内涵，而且还为我国今后的文艺创作明确了创作道路。"对人的个体性价值的凸显，是对'人民'概念认知的深化，是对当代文艺发展规律的深刻把握，和对文艺要书写'具体的人'的情感、价值和诉求的内在要求。它体现了对中华民族伟大历史复兴中个人的尊重，突出强调当代文艺既要把关注文学表现哪些人及其个体性感受作为批评要点，也要把关注如何表现及其立场作为批评标准，这才是'人民的'批评，以及对文艺创作中现实主义精神的张扬。"①

二、人文主义失落下的庸俗写作

在媒介社会与消费主义文化的合力作用下，催生了一种以"流量"为导向的文艺创作理念。为了追求流量、博取眼球、赢得关注度，很多的文艺创作者抛弃了对文艺的理想主义追求而让虚假主义、反人民本位、反历史主义与反诗教传统等非主流思想在网络文艺创作市场中流行，最终让网络文艺创作走向失落了人文主义的庸俗写作。不可否认，现在我国网络文艺创作生态与网络文艺创作者创作理念的转变是分不开的，我国著名作家王蒙曾在《躲避崇高》一文中从创作理念的角度区分了两种作家与文学。王蒙在文中这样提到这两种作家与文学："一种是自认为自己的知识、审美品质、道德力量、精神境界、政治的自觉都高于一般读者的作家，他们实际上选择了一种先知先觉的'精英'形象，努力地在创作中做到教师的循循善诱，思想家的深沉与睿智，艺术家的敏锐与特立独行，匠人的精益求精与严格要求；一种是绝对不自以为比读者高明而且大体上并不相信世界上有什么太高明之物的作家和作品，这是一种不打算提出什么问题更不打算回答什么问题的文学，不写工农兵也不写干部、知识分子，不写革命者也不写反革命，不写任何有意义的历史角色的文学，即几乎是不把人物当作历史的人社会的人的文学；不歌颂真

---

① 范玉刚.《"以人民为中心的创作导向"—习近平文艺思想的人民性研究[J]. 文学评论, 2017：4.

善美也不鞭挞假恶丑乃至不大承认真善美与假恶丑的区别的文学，不准备也不许诺献给读者什么东西的文学，不'进步'也不'反动'，不高尚也不躲避下流，不红不白不黑不黄也不算多么灰的文学，不承载什么有份量的东西的（我曾经称之为'失重'）文学……。"①虽然王蒙对于两种作家与文学的区分是针对传统文学而言的，但是这两种不同的作家与文学的价值取向用于类比传统文艺与网络文艺依旧是适用的，前者追求崇高、追求审美品质、精神境界与道德力量，后者则是脱离现实根基，以一种对现实的漠然、一种不着边际的孤芳自赏的姿态躲避崇高，无顾于文艺的精神与心灵之用。早在1980年，王蒙就说过："是的，四十六岁的作者已经比二十一岁的作者复杂多了，虽然对于那些消极的东西我也表现了尖酸刻薄，冷嘲热讽，但是，我已经懂得了'凡是存在的就是合理的'的道理。懂得讲'费厄泼赖'，讲宽容和耐心，讲安定团结。尖酸刻薄后面我有温情，冷嘲热讽后面我有谅解，痛心疾首后面我仍然满怀热忱地期待着。我还懂得了人不能没有理想，但理想毕竟不可能一下子变成现实，懂得了用小说干预生活毕竟比脚踏实地地去改变生活容易所以我写小说的时候，比起来用小说揭露矛盾、推动社会政治问题的解决，我更着眼于给读者以启迪、鼓舞和安慰。"②

可以看出，王蒙对于文学创作是推崇一种充满理想但又回归现实的审美取向。作家钱文在《失恋的季节》一书中就从知识分子的生活窘迫与理想追求的二元关系出发，用非叙事性的话语表达了其对于生活的再认识，对于理想的再认知："再高明的理论，再伟大的信仰，在最平凡的吃喝拉撒睡问题没有解决以前，也显得是多么苍白，多么匮乏，黯然失色了啊！"钱文的这一慨叹对于现在以"媒介充欲主义"盛行、以"流量为王"为导向的文艺创作来说又是一种多大的讽刺啊。其实，无论是王蒙的理想与现实与共的审美追求还是钱文的这一灵魂发问，都是在警示我们，生活在一个世俗时代并不意味着我们要归为世俗，文艺作为一种精神性产品还是应该立足世俗而向往崇高。

在我国著名的文化学者余秋雨先生看来，造成我国文化领域人文精神失

---

① 王蒙.躲避崇高[J]. 读书，1993：1.

② 徐纪明、吴毅华编.王蒙专集[M]. 贵阳：贵州人民出版社，1984：37-38.

落的原因主要有以下三个方面：第一，改革开放以来我国的经济发展与人民的精神文化发展并不是亦步亦趋的，两者存在很严重的错节与断位，继而我们与西方国家相比也就自然而然地缺少在经济发展模式跨越式发展与时代转型之时的精神准备；第二，中国的传统文化的内在生活活力其实到了清代与近代之时已经出现了式微，后续发力不足，导致国民的思想状态开始出现精神荒芜；第三，经济的开放导致了许多虚假文化的涌入，这种文化的精神性质具有很强的破坏力，无论是对经济还是文化的发展都带来了极大的负面影响。面对这样的精神困境，余秋雨从一个文化学者的忧患意识出发，向中国的文人发出了这样的灵魂之问——中国文人到哪里去了？余秋雨还在《人文的失落令我忧伤》一文中说道："就是如果没有人文坚持，无论是个人或企业，不管发生什么事情、处于什么状态，最后都进入到文化意义上的'丧魂落魄'，魂和魄都没有了。"但是想要扭转中国现如今的精神困境与思想焦虑仅仅靠文人学者的精神呼吁是远远不够的，转变思想观念，重振文化的大旗需要一代甚至是几代文艺创作者的努力。因而，余秋雨也不得不这样说到："我所谓的'忧伤'正在于此，因为它来得遥远，且根深蒂固，这一切都不是能靠一个人或几个人的力量，就可以改变的。"这就要求整个网络文艺创作市场应重新打理文化基座、重新调整创作理念，让文艺的人民性与诗教传统重返文艺创作的舞台。

一个有担当的文艺创作者只有深入生活，铭记心中使命，时刻以创作出人民的文艺为己任，才可刻画出有血有肉的人物，创作出震撼人心的文艺作品。若想成为一个有精神风度的文化大国，则必然需要一批有深度的文艺作品，必然有一支有温度的创作队伍。但是现在我国的网络文艺创作市场出现的种种艺术病象却让人担忧，创作风气江河日下，私人写作、欲望叙事大行其道，让一己悲欢取代宏大叙事，使人民本位让位自我宣泄，这样的文艺作品又怎么会赢得人心，这样的国家又何谈民族的未来？

三、为时代而歌，为人民而作的文艺

美国作家威廉·福克纳（William Faulkner）在1950年接受诺贝尔文学奖的演讲中指出："人类是不朽的，这不是因为万物当中仅仅他拥有发言权，而是因为他有一个灵魂，一种有同情心、牺牲精神和忍耐力的精神。诗人、作家的责任就是书写这种精神。他们有权利升华人类的心灵，使人类回忆起过去曾经使他无比光荣的东西——勇气、荣誉、希望、自尊、同情、怜悯和牺牲，从而帮助人类生存下去。诗人的声音不应该仅仅成为人类历史的记录，更应该成为人类存在与胜利的支柱和栋梁。"威廉·福克纳坚决反对有些作家"不是在写爱情而是在写情欲，在他们描写的失败中没有任何人失去任何有价值的东西；在他们描写的胜利中找不到希望，更糟糕的是找不到怜悯和同情。他们的悲剧没有建立在普遍的基础上，不能留下任何伤痕；他们不是在写心灵，而是在写器官"。威廉·福克纳所提倡的又何尝不是我们这个年代对于网络文艺创作者所鼓励的？同时威廉·福克纳坚决反对的又何尝不是网络文艺创作者须警惕的？

　　任何一个时代的文艺都不会因为其形式的嬗变、内容的变迁而忽视文艺的本质、忘却文艺的审美理想。一个时代的文艺就是一个时代的社会道德与审美理想的载体，文艺创作者用文字、图像、影视的形式去追求理想，去批判现实，透过这繁杂的形式我们可窥见创作者的人格力量与其灵魂的重量，这是独属于文艺的力量，也是一个时代在文艺中所折射出的光辉。任何一个时代的文艺都有其不同的历史主题，任何一个时代的文艺家也都肩负着不同的时代使命，但是对于文学的人民本位与诗教传统是不会随时间的推移而有所改变的。作家王蒙也曾在《躲避崇高》一文中对"五四"以来的作家的思想状况做了总结，他具体谈道："'五四'以来，我们的作家虽然屡有可怕的分歧与斗争，但在几个基本点上其实常常是一致的。他们中有许多人有一种救国救民、教育读者的责任感：或启蒙；或疗救，或团结人民鼓舞人民打击敌人声讨敌人，或歌颂光明，或暴露黑暗，或呼唤英雄，或鞭挞丑类……他们实际上确认自己的知识、审美品质、道德力量、精神境界、更不要说是政治的自觉了，是高于一般读者的。他们的任务他们的使命是把读者也拉到推到煽动到说服到同样高的境界中来。"[1]

　　王蒙的这番话是对传统文学作家的文化自觉意识的肯定，而传统文学

---

[1]　王蒙.躲避崇高[J].读书，1993：1.

作家曾经的那份忧国之思与济世情怀却是现在网络文艺创作者所欠缺的。王蒙在《躲避崇高》一文中还特别谈到了王朔文学出现的特殊价值以及其所代表的"痞子文学"的时代意义。"痞子文学"相对于当时的主流文学来说可以看作是一种叛离或反抗，该文学用一种玩世不恭的姿态来戏谑社会，其调侃、粗俗、喜剧的外表下其实隐藏着一种严肃、深刻、悲剧的社会内核，是用嬉笑怒骂的不屑来完成对现实赤裸裸的讽刺与批判。例如王朔小说中出现的一系列"顽主"形象，他们玩世不恭、行为叛逆，与传统知识分子相对立，是一种脱离了"类"的意义的带有鲜明时代意义的特殊群体。但是，这些"顽主"们做派十分的自由洒脱、自在真实，"他们活得那样舒展，那样痛快，那样有滋有味。他们的吃喝拉撒，他们的男欢女爱，他们的喜怒哀乐，他们的侃搓骗混，一切都显得那样真切，完全由着性子来……"。与当时虚伪、怯懦的知识分子相比，他们真正摆脱了传统道德秩序对人的禁锢，冲破了世俗之见，是一种真正被解放了的形象。王朔通过刻画一系列"顽主"群像，以一种揶揄的姿态完成了对于当时虚伪的现实以及装腔作势的知识分子的严肃批判。

可以看出，"痞子文学"外"痞"内"不痞"。反观现在的网络文艺创作，有些作品无论是在语言表达还是叙事风格上都与"痞子文学"有很多的相似之处，但是其思想深度、精神指向、文化内涵的层面却远不及，所以我们不能将这些带有戏谑、解构倾向的网络文艺作品看作是"痞子文学"在融媒体时代的一种复生。相较于"痞子文学"来说，现在的此类网络文艺作品更像是一种"骗子文学"，具体来说就是在内容上粉饰现实、回避社会矛盾、缺乏现实真实，是对现实的一种瞒与骗；在情感上专注于描写一己之欢与恋人情爱，缺乏全人类共同情感的触动机制，只是一味地兜售情感、贩卖情怀，是对受众情感的瞒与骗。可以说，现在我国的网络文艺创作领域呈现出一种颓败之势，而网络文艺创作所暴露出的这些病象实际上也暴露出当代我国国民人文精神危机。

第二节　消费至上与价值坚守

一、消费社会背后的文化逻辑与文化批判

与消费社会相伴而来的是后现代主义文化的兴起。在消费社会下，生活与文化逐渐地被资本入侵，所有的东西开始带有商品的性质，社会生产方式也逐渐从物质生产向商品消费转变。"消费"二字在后现代主义文化或是消费社会下已经不再只是一种在人的主观意志下的行为冲动，而是作为一种生活方式与思维方式深深地渗透在现代人的意识之中。文化研究者雷蒙·威廉斯曾在他的代表作《关键词：文化与社会的词汇》中对"消费"一词的内涵进行了历史性的考察。威廉斯认为，"消费"一词在历史与社会的变迁中从负面意义逐渐转变为中性意义，即，消费品"通常既是消费，又是生产；既是破坏，又是生成；既是解构，又是建构"①。另一位文化研究者贝尔在考察消费对社会的意义时，是结合技术来进行分析的。在贝尔看来，是技术革命推动了消费社会的形成，在此之后，以娱乐、炫耀、快乐、放纵等为表象的享乐主义，成为当时资本主义社会的一种带有鲜明时代性色彩的意识形态。这种消费观念或是说是文化理念在一定程度上冲击了思想文化传统，"讲求实惠的享乐主义代替了作为社会现实和中产阶级生活方式的新教伦理观，心理学的幸福说代替了清教精神"②。费瑟斯通（Mike Featherstone）在《消费文化与后现代主义》一书中为我们提供了观察"消费文化"的三种视角，其中所提到的第三种视角则是从消费心理的角度来进行考察。他在书中提道："第三种视角关心的是消费时的情感快乐及梦想与欲望等问题。在消费文化影像中，以及在独特的、直接产生广泛的身体刺激与审美快感的消费场所中，消费快乐与梦想、欲望都是大受欢迎的。"③此外，费瑟斯通还一针见血地指出在消费

---

① 卢瑞.消费文化[M].张萍，译.南京：南京大学出版社，2003：1.
② 贝尔.资本主义文化矛盾[M].赵一凡，译.上海：生活·读书·新知三联书店，1989：118.
③ 费瑟斯通.消费文化与后现代主义[M].刘精明，译.南京：译林出版社，2000：18.

社会下，大众消费的不仅是快乐、欲望和梦想，还有符号和影像。

消费社会以及消费主义文化都在表明，现代社会无论是艺术生产还是日常生活，其背后的逻辑都是受消费逻辑的操控与支配。不仅如此，现代人的欲望、身体也都带有了商品的属性，都沦为一种消费品。虽然我们现在的社会开始逐渐从"生产型"社会向"消费型"社会转变，但根据马克思生产与消费的理论来看，生产的目的是消费，消费的目的是刺激再生产。就此意义而言，我们现在依旧是"生产型"社会，只不过是这种生产已经不再仅仅是对于有形商品的生产，更多的是对于现代人欲望的生产。这样的生产逻辑也可在网络文艺的生产与创造中看出端倪，之前的传统文艺生产都是建立在某种深刻性的文艺观之上的，但是现在的网络文艺生产则是对于同质化符号的生产与再生产，这样的符号大规模批量生产并没有丰富与充实网络文艺的符号生态系统，究其原因在于这样的符号具有"内在秩序"同质。

随着时代的发展和中国文化体制的变革与变迁，在这个"娱乐至死"的狂欢化的时代，中国的网络文艺创作尤其是在文化经典影像的改编上出现了扭曲经典、颠覆历史、丑化经典人物形象、亵渎艺术精神的文化病象。在商业利益和经济效益的驱使下，缺乏艺术良心的文艺创作者让这些承载了民族集体记忆和历史文化意蕴的文学经典成为文艺史上的"跳梁小丑"。针对这些丛生的乱象，本节就我国网络文艺创作中对文化经典影像改编时所暴露出的问题来进行致因分析以及问题的对策研究。

(一) 致瘾化、低俗化、虚假化的文艺创作病象

习近平总书记近些年特别是在 2016 年中国文联十大开幕式讲话中针对当下的文艺创作做出了全面深刻的论述，明确指出文艺创作要扎根于人民的现实生活，以满足人民不断增长的精神需要为目的，着力创作有益于人民身心健康而又喜闻乐见的大众文艺作品。

习近平总书记的这番文艺讲话具有深刻的现实意义，纵观时下的文艺创作，尤其是对文化经典影像的改编上普遍存在着严重的艺术虚假等问题。一些文化经典改编作品，被一些艺术道德泯灭的创作者在利益的驱使下，丧失了对经典文化精神内涵的坚守而迎合大众审美以及低级趣味，一味地追求商

业利益，使得整个中国文化市场成为虚假艺术作品的滋生地。特别是在当今文艺创作成为文化产业发展的一部分后，导致了越来越多的文化经典改编出现日趋严重的致瘾化、低俗化、虚假化等文艺创作乱象，不仅严重扰乱破坏了中国文化市场的健康平衡，而且严重损害了社会大众特别是青少年的身心健康，这样的现象不得不引起我们的重视。有的文化经典改编作品我们可以看到存在着严重的扭曲经典，颠覆历史，丑化经典人物形象等现象；有的将媚俗等低级趣味架设到经典文化作品之中，放大人性中恶的阴暗面；有的过度追求影像的形式元素，使形式大于内容，从而导致内容空洞乏味、味同嚼蜡；有的则一味追求影视特效，粗制滥造，追求感官上的视听刺激。这种对于艺术亵渎的现象在对中国四大经典名著《西游记》的改编上更是达到了令人发指的地步。

2013 年春节档，周星驰携新作《西游·降魔篇》(票房 12.46 亿)获口碑与票房双丰收，揭开了西游改编系列"黄金时代"的序幕，《西游记之大闹天宫》(2014 年，票房 10.45 亿)、《西游记之三打白骨精》(2016 年，票房 12.01 亿)、《大话西游 3》(2016 年，票房 3.65 亿)、《西游·伏妖篇》(2017 年，票房 11.49 亿)等改编电影蜂拥而至。这些院线电影在上映之前需要经过国家新闻出版广电总局的严格审查，对于影片的内容以及价值导向上可以进行一个思想的把关，因而纵使这些成功上映的影片虽然在艺术性上无法与经典原著相比拟，至少在思想价值上还是不会与主流价值观相抵牾。但是，在资本力量的强力介入下，点击率、播放量成为创作者最终的创作追求，在这个奉"流量"为圭臬的网络文艺创作市场，所创作出的文艺作品的质量更是令人担忧。好的创意是成就一个好故事的前提，一个好的故事又是商业与口碑的保障。而在这个"文化快消"的年代，一切都被"快餐化"了，文化亦是，文艺作品亦是。为了减少创作的时间与成本，于是越来越多的网络文艺创作者盯住了文化经典改编这块"蛋糕"，并开始了肆无忌惮地解构、戏谑、恶搞、拼贴、重组等一系列"创造性"的改编。根据相关数据显示，2020 年的网络文艺创作市场的 IP 改编作品数量一直呈现出上升的趋势，IP 改编作品数量竟高达154 部，与 2019 年相比，增幅超过 20% 之多，这些经典改编后的作品大多选择了一些像孙悟空、唐僧、宋江、贾宝玉等在文学作品中具有符号性意义的人物形象，并对其进行人物形象的重塑以及故事命运的重编。2020 年我国网络电影票房 TOP20 榜单中，有 11 部作品来自经典 IP 改编。

标榜着国产西游系列奇幻的众多网络电影，诸如《大话西游之缘起》《大梦西游 4 伏妖记》《大梦西游 3 女儿国奇遇记》《不一样的西游》等在网络文艺市场大行其道。这些文化经典改编后的网络文艺作品，良莠不齐的品质导致"收益和口碑倒挂"的现象频生，究其原因是创作者被商业、金钱、利益蒙蔽了双眼，无视艺术创作规律，背弃艺术真实，从而使作品始终充斥着大量的艺术虚假。

1995 年，电影《大话西游》首次以现代视角介入古典西游，从此对原著《西游记》的改编开始由忠实原著向解构转变。《大话西游》因其改编夸张却足够犀利、嬉笑却无比真诚而备受追捧，也被誉为后现代解构的经典之作。影片对"紧箍咒"这一符号的全新阐释被认为是《大话西游》最具学术意义的贡献，而"大话西游"现象的出现与当时的历史文化背景是休戚相关的。当时的社会正在经历着"由 80 年代中国政治文化理想拯救、朝向 90 年代经济奇迹和物质、经济拯救的现实与话语的转换。完成着由精英文化朝向大众文化引导，重构社会的转换"①。在这样的历史语境中，电影《大话西游》这种现代化解构创作恰好迎合了当时人们的精神状态与审美期待。由于原著《西游记》的神话色彩契合了现如今商业化电影对于新、奇、怪艺术元素的追求，加之《大话西游》的大获成功，吸引了更多的电影创作者对其进行改编与重构。由于历史文化背景的改变与"重构"历史语境的消失，在这个泛娱乐化的年代，电影创作者依然继续沿承《大话西游》的改编路数，对西游经典的改编与重构发展到近乎毁灭式的解构与颠覆。很多的文艺创作者无妄的亵渎经典并冠以现代元素与低级趣味，艺术虚假取代艺术真实并大行其道，将经典沦为只剩玄幻外壳的虚假艺术作品。"如此创造性"改编出来的西游系列电影也遭到了铺天盖地的批评与异议，而这些电影所通有的诟病就是影片形式虚假和内容虚假并存的艺术虚假。

所谓形式虚假，就是指一部艺术作品的形式元素的设计与展示直观上不

---

① 张宗伟. 20 世纪 90 年代以来《西游记》电影改编[J]. 当代电影，2016：10.

符合生活真实或历史真实，客观上和理性上也不符合美学逻辑和情感逻辑。电影作品注重的是文化阐释价值，渲染色情、内容虚假怪诞、情节离奇的艺术文本最容易导致沉浸型审美，而这种艺术文本的本质特征就是艺术虚假。现在网络电影市场上充斥的西游改编电影大多都是小成本影片，整部作品给人一种粗制滥造之感，普遍带有演员表演肤浅夸张，语言低俗挑逗，场面粗制，特效堆砌等特征。所以影片无论是在特效奇观上还是在人物的造型上都追求浮夸的艺术效果，呈现出一种外在形式上的艺术虚假。电影《西游记之大闹天宫》在人物造型上可谓与原著中的人物原型相距甚远，周润发饰演的玉皇大帝长发飘飘，玄纹云袖，少了原著中的威严而多了几分古代书生的儒雅；牛魔王造型则身穿一袭黑衣盔甲，蓬头乱发，牛角像是飘扬的海带，给人一种忍俊不禁的唏嘘感。此外，这些西游改编电影在故事情节的叙述上以及在人物语言的设置上也背弃了艺术真实和美学逻辑，同样存有内在形式上的虚假。

（二）文化运行体制的不合理，商业利益驱使下艺术创作者艺术道德的泯灭

为什么越来越多的经典文化的改编作品尽管充斥着如此多的艺术虚假，但还能在当今的中国文化市场中占据着很大的比重，有着众多的跟随者并能够产生巨大的商业利益呢？

这些良莠不齐的文化经典改编作品中存在的这些病象一部分归咎于中国文化运行机制的不合理，有关部门对于艺术作品监督上的不严厉，问责机制缺乏疏漏，文化机制运行偏于商业化；一部分则是文艺创作者在进行文艺创作时，脱离人民群众，脱离历史真实和理性真实，在无视艺术创作规律的同时进行盲目的跟风改编，将一系列沉淀着中国传统文化精髓的经典文化作品踩踏的不堪入目。虽然，IP改编已经成为我国网络文艺创作的一条重要的创作路径，但是对于同一IP扎堆改编而带来的同质化、雷同化、粗制化等现象的出现频率依旧只增不减。根据我国视频播放平台——优酷所提供的《2020年度优酷网络电影数据报告》，2020年规划备案中的IP改编影片数量超280部，关于"狄仁杰""封神榜"题材的影片数量均超过40部。这些同质化、低

质量的同名改编的网络电影都出现了票房低走的现象，票房超千万的影片数量寥寥无几，在播出的数百部网络电影中，票房过千万的还不足十部。

毋庸置疑，对文化经典 IP 改编现已俨然成为网络文艺的一种创作趋势或者说是主要的创作策略，但对于文化经典 IP 的过度消费以及对于内容肆无忌惮的解构很容易带来一个严重的后果，就是经典文化 IP 过度扎堆带来的严重"内卷"，这种现象极大地制约了网络文艺创作市场的健康发展。每当影视领域出现一个爆款作品，那么这款作品就会迅速变为一个具有极大商业开发价值的 IP，最终导致与之相雷同的 IP 改编作品蜂拥而至。尤其是近几年，这样的情况在网络文艺市场更是屡见不鲜。例如：电影《狄仁杰之通天帝国》的票房大卖，成功引领了一波对"狄仁杰"IP 改编的创作热潮；再如电影《白蛇传说》、动漫电影《白蛇·缘起》引爆的"白蛇"IP，以经典电影《倩女幽魂》为代表的"聊斋"题材的电影又将"聊斋"这一经典文化 IP 推向了网络文艺创作市场的前沿，《聊斋残篇之六道天书》《聊斋倩女传》《聊斋志异之美人首》等由"聊斋"这一经典 IP 改编而来的网络电影层出不穷。此外还有2019 年的"哪吒"IP、2020 年的"花木兰"IP 的发展状况亦是如此。

"网络大电影"向"网络电影"的更名被业界认为是网络电影市场的升级与转型，标志着创作理念向精品化的转向。但是网络电影自更名后的七年时间里，网络电影虽然相较于"网大"时期有了很大的改观，一些经典文化 IP 改编后的品质化影片开始涌现，"文质兼美"的网络电影作品所占的比重也开始逐年增加，可以说经典文化 IP 改编成为我国网络文艺市场升级的破局路径。像近几年收获口碑与不俗市场表现的《倩女幽魂：人间情》《奇门遁甲》等网络电影，无一例外都是改编自经典文化 IP。这些电影在制作上由导演严格把控，抛弃低成本的粗制，转而沿袭传统电影的大投入、大制作、大宣传模式，在故事的设计上也是认真推敲斟酌；在服装、特技、道具以及细节层面都力求细致完美。而在受众需求以及审美期待这一层面，电影在创作过程中也针对线上用户给予更为精准化的服务满足。譬如像近几年在网络电影创作市场出现了一大批"战争"题材的 IP 改编电影作品，例如根据经典战争电视剧《雪豹》改编的网络电影《雪豹之虎啸军魂》，由《雪豹》姊妹篇《黑狐》衍生出的网络电影《黑狐之绝地营救》以及由经典电视剧《苍狼》改编而来的网络电影《苍狼之猎杀》。从市场选择以及受众需求的角度来看，这些网络电影以男性观众为主的消费群体与网络电影的用户画像有着较高的重合度，并能在思想价值上迎合受众对主流化的审美需求，这些经典 IP 所积累的国民度也为网络电影成功破圈提供了较为坚实的群众基础。

这一切都在表明来自经典文化 IP 的网络电影正以精品化、头部化的崭新面貌朝人民大众走来，但这些现象并不能抹掉网络电影在发展的过程中显现的一些不可忽视的问题与症候。其中很大一部分暴露在对于经典文化 IP 的改编上，其原因一方面在于一些经典文化 IP 并不适用于网络电影的形式呈现。因为很多的经典文化 IP 都隶属于古代小说之列，影视剧本的一个很大的特点就是语言上的视听化，而古代小说不侧重于对画面的呈现，人物的形象感也比较模糊。古代小说将更多的笔墨着重于对意境的营造上，而意境则是一种可感受、可想象、可品味但不可具象描述的。另一方面则是文化经典 IP 改编的网络电影为了迎合市场，在创作中加入了过度的"套路"想以此讨好观众、博取"流量"，而忽视了电影的本质属性以及艺术的价值功能。

很显然，文艺作品作为一种艺术作品，它带有艺术作品先天性的审美特性，能够带给欣赏者感官的享受，解放身心，解除疲劳。文艺作品能够带给欣赏者感官的享受，但是如果一味重视感官刺激，将作品中的思想价值和美学价值置之一边，那么文艺作品就会沦落成"精神大麻"，使欣赏者产生"沉浸型自由情感"，严重影响和损害人民群众的身心健康。根据马立新教授的低碳美学原理，沉浸型自由情感是一种基于审美主体纯粹形式的自由情感，这种自由情感的强度可能很大，但来得快去得也快，且很容易产生审美疲劳效应，而这种"沉浸型自由情感"带有很强的致瘾性，所以不得不说这种潜在的精神损害是不容小觑的。

既然在众多的文化经典改编作品中存在着如此多明显的背离艺术真实、脱离历史真实、现实真实、理性真实的带有艺术虚假性的高碳艺术作品，而且这些披着虚假"艺术"外壳的"艺术作品"已经引起了众多人民群众的反感并令很多人为之鄙夷和唾弃，那么在现如今的中国文化运营体制下，中国的网络艺术创作者又该以什么样的审美标准、创作标准来生产有利于人民群众身心健康的优秀艺术作品呢？

二、网络文艺创作：立足现实，坚守艺术德性

（一）以"人民为中心"、以艺术真实为纲的文艺创作

事实上，习近平总书记在文艺座谈会上就旗帜鲜明地提到了文艺创作应遵循的几点要求。首先，"人民是文艺创作的源头活水，一旦离开人民，文艺就会变成无根的浮萍、无病的呻吟、无魂的躯壳……人民生活中本来就存在着文学艺术原料的矿藏，人民生活是一切文学艺术取之不尽、用之不竭的创作源泉"。其次，"文艺创作是艰苦的创造性劳动，来不得半点虚假"，"在发展社会主义市场经济条件下，还要处理好义利关系，认真严肃地考虑作品的社会效果，讲品位，重艺德，为历史存正气，为世人弘美德，为自身留清名，努力以高尚的职业操守、良好的社会形象、文质兼美的优秀作品赢得人民喜爱和欢迎"。"优秀作品并不拘于一格、不形于一态、不定于一尊，既要有阳春白雪、也要有下里巴人，既要顶天立地、也要铺天盖地。"同时，"好的文艺作品就应该像蓝天上的阳光、春季里的清风一样，能够启迪思想、温润心灵、陶冶人生，能够扫除颓废萎靡之风"①。从习近平总书记的讲话精神中我们可以总结出，好的文艺作品的创作要立足于历史事实，要以现实为基，以中国传统文化为壤，以弘扬社会正能量为旗，以艺术德性为纲，从而创作出有利于人民群众身心健康的好的文艺作品。不仅对于文艺创作，对于现如今的经典文化作品的改编，文艺创作者和工作者也需要秉承着习近平总书记的讲话精神，对艺术怀抱一颗敬畏之心，时时刻刻铭记文艺创作者身上所肩负的历史重任和社会责任，而不是一味地追求经济效益和商业利益，只图一时的享乐而辜负了人民群众所给予的审美期待和心理诉求，枉费了"文艺创作者"的这一名号的荣光。

回顾中华上下五千年的文化史和文艺史，我们可以鲜明地看到：只要是坚持了历史真实、现实真实、理性真实的文艺作品都在历史的长河中熠熠生辉，为后代所颂扬和传唱；只要是将历史与社会的重任肩负在身上，将自己

---

① 习近平.在文艺工作座谈会上的讲话[J].人民日报，2015：2.

的满腹才情融汇到作品中来作为警醒现实的冲锋号的这些作家、诗人们，哪一个不载入史册，让一代又一代的人所敬仰所歌颂？

现阶段我国正处于一个伟大的变革时代，对文艺创作而言，有太多的社会历史题材可以书写，有太多波澜壮阔的精彩活剧可以搬演，有太多丰盈饱满的心灵应该得到探知，有太多中国式的现实经验应该进行艺术化地表达。那些惊心动魄的"爽文"，那些叙事离奇的"雷剧"抑或是那些"皮相"极好的大片，不过是"注意力"经济下的一颗流星，虽精彩但终究陨落。经历史检验的实践证明，只有形式上的创新是远远不够的，优秀的文艺作品除了形式上的独创外，还需要深刻的历史性与现实意义。

(二)高举现实主义大旗，追求"文质兼美"的艺术创作

有着"诗史"之称的唐朝著名现实主义诗人杜甫，他的哪一首诗不是当时黑暗社会的缩影？哪一首诗不是投射了当时的人民大众水深火热的生活？他的《春望》《北征》《三吏》《三别》哪一首不是历史的绝唱？他笔下的国家是"国破山河在，城春草木深。"他笔下的百姓是"存者且偷生，死者长已矣。室中更无人，惟有乳下孙。""安得广厦千万间，大庇天下寒士俱欢颜，风雨不动安如山！呜呼！何时眼前突兀见此屋，吾庐独破受冻死亦足！"这是杜甫内心对于现实的呼喊；"默思失业徒，因念远戍卒。忧端齐终南，澒洞不可掇。"这是杜甫忧国忧民的深沉情怀。正是杜甫心中有着对于国家、对于百姓的热爱，所以他的文字句句都充满着诉不尽说不完的满腔热情，也正是这份热情使得杜甫的诗句有着感人的力量、不朽的力量，所以依旧可以穿越历史的银河给我们的心灵以震撼的力量。鲁迅也曾这样评价杜甫"我总觉得陶潜站得稍稍远一点，李白站得稍稍高一点，这也是时代使然。杜甫似乎不是古人，就好像今天还活在我们堆里似的。"他还曾经说过："杜甫是中华民族的脊梁！"由此我们可以看出，只要是带有现实主义力量和现实主义情怀的文艺作品，都会经得起时间的检验，成为岁月的经典，成为不朽的神话。《水浒传》《三国演义》《西游记》《红楼梦》这四大名著就是最好的例证，它们的经典就在于它们深刻的历史性与现实意义。

我们再把眼光放到近现代，《平凡的世界》《白鹿原》《最后一个匈奴》《穆

斯林的葬礼》《祝福》《子夜》《乔家大院》……这些哪一个不是时代的经典？哪一个不带有震撼心灵的伟大力量？哪一个不带有当时社会的深刻性？这些经典作品中无一不具有内容上的厚重，无一不表现小人物的命运在大历史的湍流中浮沉，这种具有浓烈时代感的经历与对人性的哲思让任何时代下的读者都能产生心灵的共振与精神的共鸣。"孙少平""白鹿原""红高粱"仿佛成为一种具有象征意义的文化符号，成为中国读者心目中的一种情结，依旧可以穿越历史的银河给我们的心灵以震撼的力量。第五代导演用视听语言去书写历史，用形式去承载民族记忆，因而其形式是具有深刻的伦理意味与史诗性的。相比于第五代导演的宏大叙事，第六代导演则采用底层视角，用长镜头、平拍、固定镜头表现时代变革下的小人物命运与平行时空下的平凡世界，这种朴素的艺术形式依旧具有震撼人心的力量。

被誉为"二十世纪东亚文化地图上占最大领土的作家"的鲁迅在《中国小说史略》中曾这样写道："又作者禀性，'复善谐剧'，故虽述变幻恍惚之事，亦每杂解颐之言，使神魔皆有人情，精魅亦通世故，而玩世不恭之意寓焉。"《西游记》作为中国古代四大名著中唯一一部"神魔小说"，它的经典不在于"神魔精魅"的神话外衣，而是用"有人情"的神魔和"通世故"的精魅比喻了人性，因此它的创作之基是立足历史真实、生活真实之上的。鲁迅一直所提倡的"现实性"其实就是立足历史、立足现实、立足理性的真实性，而这种"现实性"的创作理念也正是鲁迅在进行文艺创作时一直秉承的标准。鲁迅以"为人生"为创作目的，开创了"表现农民与知识分子"两大现代文学的主要题材。他的取材"多采自病态社会的不幸的人们中"，即始终关注着"病态社会"里知识分子和农民的精神"病苦"。所以鲁迅笔下的"阿Q""孔乙己""祥林嫂"都带有当时社会百姓的印记，这些典型环境中的典型人物之所以能够成为典型就是因为他们集合了当时社会中最鲜明最集中的人性特征。他们的存在不是虚无、荒谬的，而是充满了深刻的现实意义，所以鲁迅的文字总是那么的尖锐，他直指社会最阴暗面，他将社会的阴暗、人性的丑陋一层层的解剖，这直面人心的勇气就是鲁迅的社会担当所赋予的，这血淋淋的事实就是当时最真实的存在。《鲁迅杂文》之所以犀利、刻毒，令人难以接受，原因也是如此。毛泽东曾经这样评价鲁迅："鲁迅的骨头是最硬的，他没有丝毫的奴颜和媚骨。这是殖民地半殖民地人民最宝贵的性格。鲁迅是在文化战线上的民族英雄。"

鲁迅的"现实主义",敢于说真话的精神,敢于揭露社会黑暗的勇气,鲁迅这些精神的可贵,就在于它是很多文艺创作者所严重缺乏的。所以习近平总书记在文艺工作座谈会重要讲话中指出,文艺创作"应该用现实主义精神和浪漫主义情怀观照现实生活,用光明驱散黑暗,用美善战胜丑恶,让人们看到美好、看到希望、看到梦想就在前方"。电影《白日焰火》在悬疑策略与怀疑品格的张力关系中探讨人与人之间的存在关系,与纯商业的犯罪片相比,多了几分哲思的韵味,票房过亿的成绩证明了以思想内容取胜的影片依旧具有广阔的市场潜力;《追凶者也》则采用"章回体"的多线角度叙事,故事脉络惊险刺激,加之浓烈的作者色彩与黑色幽默,最终以 1.3 亿的票房佐证了文质兼美的影视作品与同质化肤浅化的爆米花电影的区别;《我不是药神》更是用社会题材作衣,用现实主义作核,实现了商业元素与主流价值思考、娱乐性与意识形态传播的耦合,以 30 亿的票房纪录让更多人看到了受众对于文质兼美艺术作品的强烈呼求。网络文艺创作亦是如此,文化网综的大热、现实主义网文的崛起、短小精良的网剧的走红都在表明,要想获得长久的文化生命力,文艺生产就必须以思想为立足点,用文化力量渗透内容生产,从娱乐消遣走向思想蕴含,追求艺术价值、商业价值、文化价值与社会价值的融合统一,开启文质兼美的精品化时代。

三、网络文化产业:文化立本,丰富价值内涵

(一)网络文化产业要主动向主流文化靠拢

在融媒体时代背景下,网络文艺对青少年在文化、教育、娱乐、审美等方面的影响已经是不容忽视的存在,这就提高了社会对网络文化产业的正向引导的标准与要求。即使是像网络游戏产业这种带有很强的亚文化属性的文化新业态也应承担起价值引导与精神引领的功用,创作者也应充分挖掘网络游戏产业抑或是网络文化产业在多维度弘扬正向文化的价值。这就要求网络游戏的研发者在构思、设计、研发、推广的多个环节都要端正价值思想,积

极主动地向主流文化靠拢，秉持着尊重文化的态度，在游戏设计中融入更多的文化元素，以实现用娱乐游戏的方式传达文化内涵的目的。

网络文化产业作为文化新业态首先应该做到向主流文化积极靠拢，这就要求网络游戏产品在设计之初就应当秉承着尊重文化的态度。尽管网游属于大众文化的领地，它虽以娱乐表现方式传达内涵和意义，但仍能够做到以娱乐来弘扬正面价值。正如我们所看到的，诸如《王者荣耀》《剑侠情缘》等近年来取得不俗市场反响的国产网游，其内容相当一部分取材于中国传统文化。网游中的奇幻、武侠、神魔、修真、战争、历史等题材，都可以在弘扬正面价值的基础上提升用户黏性。《天龙八部》《金庸群侠传 Online》《笑傲江湖 Online》等游戏对正义的张扬，意气风发的英雄们忍辱负重、奋力拼搏乃至舍生取义的精神让人感到悲壮。《三国策 Online》《三国演义 Online》《成吉思汗》等游戏中纵横捭阖的帝王将相、"治国平天下"的韬略，让玩家心生仰慕。对于这类游戏产品，不仅需要其开发创作者具备相应的历史文化知识基础，而且对其中涉及的传统文化精髓部分，更是要严肃谨慎地对待，切不可随意解构。此外，在尊重传统的基础上，网络游戏还应形成对传统文化的"创造性转化"和"创新性发展"，开辟出更多更新的传统文化诠释方式，进而让传统文化的精髓得以更加生动形象、立体可感地彰显出来。全民直播首席技术官张云龙曾表示"直播很重要的一点是内容为王，核心壁垒就是内容生态"。例如文化网综《说好中国话》，其定位就是弘扬中国传统文化，保护和传承非物质文化遗产。在传承非遗精神、传播非遗文化方面，"直播+非遗"也成为一种新兴的传播方式。事实上，无论是"直播+非遗"还是"直播+国粹"，都是"直播+文化"的一种内容填充形式，都是传统文化透过网络文艺实现文化内涵传播的一种手段，都是网络文化产品实现其文化价值的一种途径。网络文化产业的开发与运行都要用社会主义核心价值观和中华优秀传统文化滋养人心、滋养社会，为广大网民特别是青少年营造一个风清气正的网络空间。

(二) 开展网络文化建设工程，丰富网络文化产品文化价值内涵

在 2017 年的党的十九大报告中明确提出了有关如何建设我国文化产业的诸多建议，其中明确指出要健全现代文化产业体系，创新生产经营机制，

完善文化经济政策，培育新型文化业态。十九大报告中所提出的这些内容为我国网络文化产业的健康发展指明了发展方向。2017 年 4 月，文化部出台了《关于推动数字文化产业创新发展的指导意见》，发出了鼓励数字文化产业发展的明确信号，明确提出要丰富网络文化产业内容和形式，实施网络文化建设工程，大力发展网络文艺，丰富网络文化内涵，推动网络文化内容的传播。作为数字文化产业的一部分，网络文化产业迎来新机遇①。2017 年，中国游戏产业营收 2036.1 亿元，其中：移动游戏占比 57%，游戏用户达到 5.83 亿；中国网络文学读者规模突破 4 亿，人均消费 30.9 元，销售量约 120 亿；作为文化 IP 源头，网络文学改编电影累计 1195 部，改编电视剧 1232 部，改编游戏 605 部，改编动漫 712 部；网络大电影全网上线大约 1973 部，在各大视频网站上共创造了 79.46 亿的点击量；网络综艺共上线 159 部，投资规模达 43 亿，播放量超 500 亿。可以说，2017 年是我国文化产业的转折之年，也是崛起之年。在数字化经济的推动下，我国的网络文化产业也实现了飞速发展，网络文学、网络游戏、网络短视频以及网络动漫等现已经成为我国民众主要的文化消费品，像网络直播这样的新兴业态也成为新的市场宠儿。我国网络文艺在实现繁荣稳进的同时也带动了相关网络文化产业的发展，目前来看，我国的网络文化产业已经形成了较为成熟的商业模式以及良性的产业生态，并以优质的内容与体验丰富着现代人的精神文化生活。

通过这些数据可以看出，我国的网络文化产业无论是在产量、产值、市场占有还是在市场收益方面都基本实现了突破式的发展。我国的网络文化产业在短时间内实现了巨大的商业产值，有力地推动了我国经济以及文化的发展，其中很重要的原因就是我国的网络文化产业的发展策略很大程度上是依托于对文化 IP 为核心的内容转化生产。根据《2018 年度中国网络文化产品用户评价报告》相关数据显示，我国的 IP 产业链正暴露出两个主要问题：一方面体现在头部 IP 的数量以及生命力后续发力不足；另一方面体现在 IP 综合质量不高。这两个方面都集中反映出一个问题：我国的 IP 经济以及网络文化产业中的文化价值量严重欠缺。2020 年 11 月发布《关于推动数字文化

---

① 刘妮丽. 走进新时代，网络文化产业大有可为[J]. 中国文化报，2017：5.

产业高质量发展的意见》(以下简称《意见》)，在夯实数字文化产业发展基础、培育数字文化产业新型业态、构建数字文化产业生态等方面提出多项意见。其中，《意见》还特别提到了为了满足我国人民群众的精神文化的需要，要求数字文化产业需加强内容建设，努力创造出具有文化价值的数字文化产品。

(三) 网络文化产业应坚持主流价值导向，弘扬社会正能量，实现产业价值与文化价值的双效统一

1. 网络文化产业的发展不能丧失其文化属性

根据《2018 年度中国网络文化产品用户评价报告》，我国近几年比较热门的网文、动漫、游戏等大 IP 的艺术品质与所产生的社会效益都较低，其中不乏一些产品诱导用户消费，甚至很多的消费环节上带有一定的赌博性质，这样的产品设置也引发了大量用户的吐槽。这就警示我国网络文化产业的发展必须要重视数字内容的 IP 价值提升，将产品的社会价值、艺术价值以及文化价值作为主要的考量因素与提升产品质量的突破路径。

文化与物质是大众生活的两面，因而两者的发展应该是亦步亦趋的。一个国家的强大不是靠经济体量的增大来彰显，我国未来的发展目标是实现经济强国向文化强国进阶。标志着一个国家的综合实力进入到一个新的发展阶段的就是该国的经济、产业以及产品都彰显出文化的价值品格。文化产业的兴起就是一种文化与经济的双向渗透、互动循环，"经济文化化"与"文化经济化"已经逐渐成为一种新的经济发展模式。文化产业的最终目的并不是要实现"文化经济化"，而是为经济赋值文化的品格，将创意、文化融入产品，从而更好地满足大众、服务大众的精神文化生活，提升大众的生活价值与品味。

《2018 年中国泛娱乐产业白皮书》显示，2016 年中国数字经济规模达到22.6 万亿，同比增长 18.9%，占 GDP 比重达到 30.3%，并且到 2035 年我国的数字经济将达 16 万亿美元①。数字经济以及网络文化产业巨大经济产值的背后让我们看到数字文化产业所具有的广阔的发展前景，这也就引发了我们对网络文化产业发展的思考。"泛娱乐"这个概念自 2012 年被提出以来，让 IP 这个概念成为网络文化市场的焦点。毫无疑问，IP 经济是带动网络文化产业发展的主要推动力。IP 这一概念实现了我国网络文化产业的根本性变革，主要体现在其创作与经营理念从以产品为核心走向了以 IP 为核心的发展路径。这种变革所带来的影响就是各文艺产品、文化产业的娱乐属性开始逐渐泛化，文学、影视、游戏、动漫等文化内容之间的互动与渗透也变得越来越密切，呈现出一种新的文化生产形式与新兴文化产业业态，这也就使得我们对于 IP 的思考也从"如何让 IP 价值最大化"变为"究竟什么才是 IP 的价值"。很明显，IP 的价值不等于 IP 的商业价值，IP 的价值不能只体现在商业、经济层面，更要考虑 IP 的价值含量。

2. 文化价值是网络文化产业的核心竞争力之一

2018 年，第十三届中国北京国际文化创意产业博览会在京盛大举行，此次博览会吸引了众多行业的目光，其原因在于大会上颁布了首个针对文化 IP 的报告——《面向高质量的发展：2017—2018 年度 IP 评价报告》。该报告从多个层面多种因素对中国当前的众多文化 IP 做了一个价值衡量与价值排序，IP 覆盖范围涉及文学、游戏、动漫、影视等 274 个 IP。此次报告让我们对 IP 经济、对我国的网络文化产业的发展有了一个全新的认知，即文化价值才是网络文化产业的核心竞争力之一，这也促使更多的创作者在产品的设计环节更多地侧重于社会效益层面，大力提升网络文化产品的文化价值含量，从而带动中国的数字经济与网络文化产业向文化型经济方向发展。在党的十七届六中全会上也明确提出要"创新文化发展理念，解放和发展文化生产力，推动文化事业全面繁荣、文化产业健康发展"，党的十七大报告也同样提到，要"激发全民族文化创造活力，提高国家文化软实力"。可见一个国家的兴盛与强大需要文化的支撑，一个民族想要振兴的前提就是文化的觉醒与崛起。

---

① 《2018 年中国泛娱乐产业白皮书》，https://www.sohu.com/a/229517681_115326，2020 年 7 月 5 日。

2018 年 12 月 15 日至 16 日，第四届中国网络文化产业年会成功举办，本次年会在"强网络、强文化、强产业"总主题下，展开了对网络文化产业的文化透视。通过 2018 中国网络文化产业年会，我们看到了数字文化产业正在摆脱乱象丛生、盲目迷信 IP 的疯狂，向着更理性、更有价值趋向的数字文化内容形态转型升级[①]。文化产业的本质属性不是产业，而是文化，文化才是一个文化产业立足的根本。《人民日报》也曾发文明确表示"激活网游产业的文化属性"，这都表明了文化价值对网络文化产业发展的重要性。因而网络文化产业的发展就需要相关从业人员转变文化发展观念，坚守文化产业的价值属性，在发展理念上将文化视为网络文化产业的重要精神内核，在实践经营上则要将文化价值深深地根植于文化产业实践中去，最终实现将文化渗透到网络文化产业的每个环节中，最大限度地发挥出文化产品的经济效益与社会效益，让我国的网络文化产业成为推动我国市场经济发展的弄潮儿，助力我国经济发展的转型与升级。

3. 网络文化产业的健康发展须实现网络文化产业与文化价值相贯通

随着网络技术的发展，网络文化产业正给人们提供越来越多的文化产品，丰富着人们的精神文化生活。但一些网络文化产业经营者只注重经济效益，甚至不惜以传播网络低俗信息获取利润，忽视了网络文化产业发展中的文化责任，严重污染了我国网络文化生态。如果从文化价值角度来考量我国现在的网络文化产业，我们应该抛弃传统的"泛娱乐"式的网络文化产业发展模式，而将"新文创"作为网络文化产业的发展理念，挖掘文化产业中的主流价值、文化内蕴与人文关怀。因此，我国的网络文化产业发展需将社会主义主流文艺思想作为网络文化产业运营的思想指导，始终坚持以人民为中心的创作导向，提升网络文化产品价值内涵和文化厚度，将中国传统文化、民族文化与网络文化产业实现有效的融合，让文化成为网络文化产业的精神内核与内容主旨，从而进一步激发网络文化产业的文化创造力。

---

① 高彦.网络文化产业年会：揭开未来文化产业发展轨迹的面纱[J].文化产业评论，2018：12.

第三节　文艺传统的赓续与创新

一、传统文化与文艺传统是网络文艺创作的精神血脉

我们之所以要重视中华民族传统文化与我国文艺传统的赓续与创新，不仅在于这是属于中华民族的精神财富与民族精神，也在于这是历史所赋予我们的历史使命，其中一个很重要的原因还在于中华民族传统文化里隐藏着我们华夏儿女自己的生活方式以及其对世界的认知。中国传统文化区别于西方文化的最鲜明的特征就是我国传统文化隐藏着三种关系：一是人与天的关系，中国哲学将世界看作是一个一体圆融的世界，中国哲学精神的核心就是追求"天人合一"，也是说让人的生活方式符合天的运行规律，让人道符合天道，例如在中国的传统文化表达中常用月亮的阴晴圆缺、季节的四时流转来表达情感；二是人与人之间的关系，在中国传统文化中，很多的节日都是为了沟通人与人之间的关系，将个人投入到整个社会之中，在欢快的节日气氛中恢复和构建人与人之间的和谐友善，在与他人的沟通中、在这种欢乐的气氛中感受人类的共在；第三是人与人自身的关系，孔子曾将"内圣"作为人最高的精神人格追求，孟子也说"吾善养浩然之气"，这体现了"人"在我国传统文化中的重要地位，我国的传统文化和古代哲学思想都着眼于如何通过自我反省来实现自身的修德修为。人与自然、人与人、人与自身的关系很好地体现了我们我国传统文化的特质。可以说，我国传统文化是关于人的文化，离开了人就无法理解我国的传统文化，同样对我国传统文化的传承与创新也有利于加深我们的民族经验与民族认同感，更重要的是加深我们对我们人类自身的理解。因为人的存在不是孤立的、抽象的、现时的存在，而是在对历史经验的回顾以及在对现实经验的体验过程中而感受到的历时性存在。就此意义而言，对我国传统文化的赓续与创新，不仅仅是历史使命的须要、时代发展的须要，也是人类自身发展的需要。

对于传统文化的赓续发展，有的学者提倡原生态保护，保留其文化原汁原味的艺术本身。习近平总书记在谈到对传统文化的继承问题时，提出了对

传统文化进行创造性转化与创新性发展的主张，这也为如何让传统文艺借力媒介力量在新时代下焕发出新的生命活力指明了发展方向。对于传统文化的传承与创新，不仅要在新的时代背景下对其进行新的价值判断，还要赋予其新的价值内涵。传统文化不是固定不变的实体，而是具有流动性特质的精神力量。传统文化的流动性体现在两个方面：第一个方面体现在传统文化是从历史到现代、从现在到未来的时间性流动；第二个方面则是从点到面的跨地域的空间性流动。若是"把文化的生命展现限制在一定的空间一定的时间范围内，让它长久地牢固地稳定在某个时空节点下的状态，实际上等于让文化僵化，在整个社会向前发展的背景下它会逐渐消亡。历史的教训非常多，过去许多文化就是因为不适合在另外的历史时间，不适合在另外的一个社会空间，所以必然要消亡。如何跟着时间、跟着空间的需求来调整、来应对、来互动，这是文化自身的一个调适"①。

(一) 网络文艺作品中对中国优秀文艺传统的赓续与创新

现在我国很多的网络文学作品评选不再只考虑作品的点击量、评论量等流量因素，而是将精神指向、思想内蕴等文化因素作为主要的衡量因素。这样的评选机制也激励了网络文学创作开始在传统文化中寻找题材、从传统文艺创作找寻灵感，让作品的人物、内容及叙事成为携带中华民族传统文化与优秀传统文艺的价值基因。秉承着这样的创作理念与价值理念，越来越多的优秀网络文学作品不仅具有网络性、通俗性、流行性，还具有一定的文化性、思想性与精神性，其价值思想也愈发地向传统文艺靠拢。像《诛仙》这部网络小说，虽然是一部具有强烈玄幻色彩的仙侠小说，但无论是故事架构还是叙事方式都处处流露出浓厚的中国哲学智慧。该小说从道家哲学中寻求创作灵感，将老子《道德经》的那句"天地不仁，以万物为刍狗"与玄幻故事相结合并创新立意；而在形象塑造、人物的个性化语言以及整体的故事风格上可以看到《山海经》《鹿鼎记》《蜀山奇侠传》等古代典籍以及古代小说的影子。作者通过现代化的思维方式对古代文化以及传统文艺的创造性阐释，让整部作品

① 保护民间文化 传承中华根脉——访民间文艺理论家刘魁立 [J]. 中国文艺评论. 2020：12.

在具有可读性的同时也流露出浓厚的中国文化的魅力与神韵。《诛仙》这部网络小说正是凭借其对中国文艺传统的赓续与创新，成功入选中国网络文学20年20部作品。

曾创作出多部脍炙人口的网络小说作家猫腻就十分注重从我国传统文化中汲取创作能量，其创作的作品多具有文化的厚重感与历史的沧桑感。2019年曾火爆全网的现象级电视剧《庆余年》就是由猫腻的同名网络小说改编而来。《庆余年》成为影视爆款的原因除了细节到位、制作精良外，就是它能够让受众在欢愉中感受到中国文化的精深，在戏谑爆侃中领略中国文化之美。为制造观看爽点，猫腻在故事的构思上依旧是采用了架空历史、穿越等叙事套路，但是猫腻并没有一味地追求故事的娱乐性，而是将中国哲学思想、中国古代诗词、中国古代园林建筑、中国古代服饰等文化因素与冲突反复、笑点丛生的故事紧密结合在一起，让人物的形象、动作、语言都成为传达中华文化的载体，例如小说中庄墨韩与范闲"朝堂斗诗"的情节描写可谓是可圈可点，猫腻直接用中国古代诗词作为该情节的叙事矛盾点，在一轮轮斗诗交锋中，将中国古代诗词婉转悠长的意境之美展现得淋漓尽致。与其他的架空小说不同，猫腻从文化入手，致力于寻找文化与娱乐之间的平衡点，旨在用文化的力量去引发共鸣、感动读者。

随着中国网络文艺的出海成功，网络文艺作品也被赋予了更多的时代使命与历史责任，不仅是网络小说，现在的网络游戏也开始注重将传统文化与游戏相结合，让网络游戏成为向全世界传播中国传统文化的窗口。在这样的时代感召下，"国风"网游开始风靡网络游戏市场。我国最大的网络网游研发公司腾讯近几年就一直致力于开发具有传统文化因子的文化网游，例如由腾讯公司推出的《天涯明月刀》，就是一款以中国传统文化为主题的"国风"游戏。这款游戏在深入挖掘游戏的可玩性的同时，也努力将中华传统文化的魅力发挥到最大，从游戏设计中我们可以看到传统技艺与民族文化的影子，例如游戏中人物的服装设计的灵感来源就是来自我国中国古代苏绣的绣法技艺，海外玩家在娱乐消遣的同时也可以惊叹于中华传统文化的无限魅力。正是基于《天涯明月刀》中美轮美奂、精妙绝伦的人物服饰，《天涯明月刀》受邀参加了2018年的纽约时装周，将一件件具有中国风的服饰带到了纽约的会场，甚至让中国非物质文化遗产苏绣、云锦和花丝镶嵌等传统技艺成为纽约新的时尚地标。至此，网络游戏也成为在跨文化语境中弘扬中国传统服饰文化、非遗文化的载体与窗口。除了"国风"网游，具有"中国风"元素的网络歌曲也同样赢得了市场与受众的喜爱。在大力弘扬中华传统文化的时代背景下，像《风流当歌》《新贵妃醉酒》《少年游》等众多网络歌曲将中国传统京剧、越剧等唱腔以及中国传统诗词与流行性歌曲元素相嫁接，以浓厚的"中国风"迅速捕捉了当代年轻人的审美趣味，并引发了一股"中国风"歌曲潮流。网络文艺的壮大与发展离不开传统文化的滋养，同样传统文化也需要借助网络文艺实现其文艺精神与文化内涵的继承与弘扬，网络文艺只有不断地对中国文艺传统进行赓续与创新才可实现健康平稳的发展，才能以更加自信的姿态展现真实的中国历史文明和中国时代精神。

二、传统文化与文艺传统是中国文艺独特的精神标识

网络文艺对于中国经验的艺术化表达，要立足于中国传统文化与中国文艺传统。尤其是在跨文化传播的语境下，网络文艺创作除了要满足本民族人民的审美趣味与精神需求外，还需致力于创造一种极具主体性、本土性与民族性的中国式艺术符号与话语体系。中国式话语符号的本土性与民族性决定了文艺创作者在艺术创作的过程中要根植于本国的历史实践与现实经验，但是中国经验是一种历时性的历史经验的集合而非共时性的存在。中国经验是从古老的历史文明与灿烂的传统文化中沉淀积累而出的，因而这也就决定了对中国经验的艺术表达不能与中国的历史文化与文艺传统相脱离，说明中国网络文艺的艺术书写应回到历史中去，回到传统中去。正因如此，对传统民族文化与艺术传统的赓续与创新也就成为网络文艺内容生产与创新的题中之义。

新时代下的中国经验的表达与书写需要依靠具有民族性、本土性的中国话语，而中国话语根生于本国的历史实践与现实经验，不可能与悠久的历史文化传统相脱离。中国作为世界上唯一一个历史与文明没有中断的文化大国，有着极为悠久而光辉的文明历程，中国古人通过中国式的哲学智慧去感知世界、认识世界，在探究人与自然的关系中悟出了"天人合一"的哲学思

想，一代又一代的哲学思想家沿着历史的脚步，继承古人留下的思想遗产，站在不同的历史转折点上孜孜不倦地"究天人之际，通古今之变，成一家之言"，为后人留下了丰富的精神财富。但尽管如此，光辉灿烂的中国文明在以数媒文化为表征的融媒体时代却没有很好地在文艺作品中被表达。中国上下五千年文明历史是一座可被源源不断挖掘的艺术富矿，有太多波澜壮阔的历史经验需要被挖掘，有太多的传统文化资源需要被弘扬，有太多可歌可泣的人物事迹需要被看见，不能将文艺创作局限于穿越、宫廷、玄幻等架空历史题材，局限于儿女情长与一己之欢的小情小爱，而是要取优秀的历史文化资源为我所用、为我所创。网络文艺作为新时代的新文艺代表，也应沿着传统文艺的步伐，在新的时代起点肩负起活化传统文化与文艺传统的历史使命。

（一）传承中国文艺传统不仅是文艺发展之所需，更是时代之所需、文化之所需

在《关于实施中华优秀传统文化传承发展工程的意见》中，同样指出"实施网络文艺创作传播计划，推动网络文学、网络音乐、网络剧、微电影等传承发展中华优秀传统文化"。网络文学作家唐家三少说："网络文学是一个性价比最高的精神文明载体，它的素材基本源自我国五千年传统文化。"其实不仅网络文学，其他的网络文艺类型也都离不开传统文化的滋养，网络文学与传统的精英文学以及中国古代文学在其美学精神与文化内质上有一定的继承性与共同性，而像网络短视频、网络综艺、网络直播这样新兴的文艺样态依旧需要将传统文化与文艺传统作为其精神血脉，离开了传统文化、文艺传统作为支撑的网络文艺创作只能是无源之水、无土之木。

网络文艺的具体创作，其关键在于艺术构思。我国古代著名的文艺理论家刘勰在其文艺理论巨著《文心雕龙》中谈到文艺构思时说道："独照之匠，窥意象而运斤：此盖驭文之首术，谋篇之大端。"刘勰敏锐地观察到，艺术构思的关键就是对于意象的想象与构建，这也启示网络文学创作者在创作叙事的过程中不可一味地追求叙事的冲突性与情节的故事性，更不可将文艺创作当作博眼球、赚流量的工具，而是要着力于创造具有可识别性、有记忆点的

意象符号，而从意象向意象符号的进阶就在于深入挖掘符号的文化意义与深层意旨，这就要求网络文艺创作者在提升自身文化素养与知识积累的同时还要有文化传承与创新意识，如此才可在创作过程中获得"思接千载，视通万里"的创作快感。如何更好地将传统文化与现代审美趣味相融合，又如何在遵循文艺传统的同时将现代文艺的特质发挥到最大化，网络作家小春于2017年创作的穿越小说《不负如来不负卿》则具有典范式意义。《不负如来不负卿》这部网络小说最早于2017年1月在晋江文学城连载，连载之初就在短时间内收获了大量粉丝，点击量更是超千万次，由于超高的人气，该小说于次年出版发行，且获得了很高的社会评价。人们不禁反问，为什么这样一部穿越题材的网络小说却收获了如此高的社会赞誉，它与其他的穿越小说又有什么不同？其原因主要在于该小说虽讲"穿越"，但是整体叙事并不在创作者的主观臆想中架空历史、闭门造车，而是创作者依凭自身深厚的文学素养让小说中的每一个话语都有史可依，让每一处情节都有史可循，让每一枚细节都有史可鉴，并以现代化的创作手法完成了对于历史文化与文艺传统的继承与创新。该小说主要讲述了某大学历史系女大学生艾晴为验证历史穿越回了五代十国时期，并遇上了著名的佛教高僧鸠摩罗什，前生的牵绊让两人在今生相爱并上演了一出荡气回肠的动人恋歌。该小说作者无论是在对故事历史背景的处理上还是对书中环境的描述上，都查阅了大量的历史文献并进行了严格的历史考证。例如，书中对于龟兹的环境描写主要是参照《大唐西域记》一书，"主人公鸠摩罗什的生平叙述参照《高僧传》、僧祐的《鸠摩罗什传》；书中出现的佛法经义也来自《法华经》《楞严经》《金刚经》等典籍与研究专著。同时，小说中描写的边疆民族习俗、集会等场景也来自相关历史著作或古代诗词，如对"苏幕遮"大会上出现的胡旋舞和胡腾舞的描写，作者也都注明了改编自唐代白居易的《柘枝妓》《胡旋女》等诗词。该文在晋江文学城连载时，作者在每一节文章后贴出该节内容涉及的史料出处，以求读者明晰。这些细节处足以显现该小说作者对历史、对文学的敬畏之心，对传统文化与文艺传统继承与创新的虔诚之心。观众也在娱乐之时游走于历史的长廊，领略中华历史文明带给我们的精神陶冶与心灵震撼。

（二）中国经验的艺术化表达、中国式艺术符号的创造以及中国式话语体系的构建都离不开对于传统文化与文艺传统的赓续与创新

中国的网络文艺能够赢得众多海外受众的喜爱，在全世界引发一股"中国热"并成功"出海"，主要就在于中国网络文艺的本土性与民族性特质。传统文艺也是中国文艺的代表，但是网络文艺自身的媒介属性得以让中国声音、中国符号以极快的速度传播到世界上的每一个地方。而中国文艺的本土性与民族性则源自中华传统文化与文艺传统，可以说，传统文化与文艺传统就是属于中国文艺的独特的精神标识。

新文化运动的先驱胡适早年曾说："缓慢地、平静地，然而明白无误地，中国的文艺复兴正在变成一种现实。这一复兴的结晶看起来似乎使人觉得带着西方色彩。但剥开它的表层，你就可以看出，构成这个结晶的材料，在本质上正是那个饱经风雨侵蚀而可以看得更为明白透彻的中国根底——正是那个因为接触新世界的科学、民主、文明而复活起来的人文主义与理智主义的中国。"①中国传统文化中的哲学智慧、人文精神、人格理想，早在一代又一代的中国文艺中有所彰显。在百家争鸣的春秋战国，哲学家用"天人合一"的世界观去探究人与自然、人与社会、人与人之间的"道"，于是有了儒家的《论语》、道家的《逍遥游》、墨家的《墨子》等一部部思想巨著；到了以诗论英雄的唐宋，诗人们纷纷借诗以抒胸臆，如杜甫"安得广厦千万间，大庇天下寒士俱欢颜"的济世情怀，李白"天生我材必有用，千金散尽还复来"的壮士豪情，周敦颐"予独爱莲之出淤泥而不染，濯清涟而不妖"的高洁品格，陆游"王师北定中原日，家祭无忘告乃翁"的爱国热情，等等。一代又一代的文艺先驱在文艺创作中，无不用传统文化做脊，用民族精神做骨，用充满力量的文字谱写了一部部荡气回肠的文艺作品，为后世留下了无尽的精神食粮。现在中国正处于一个新的文艺复兴时期，网络文艺作为新时代之新文艺，更应在对历史的传承中勇于创新，在延续中华文化的血脉中开辟未来。

---

① 叶子.对中国文化魂的坚守与创新[J].光明日报，2011：4.

第七章　网络文艺监督与管理

美国当代著名传播学家詹姆斯·凯瑞（James W. Carey）说过，"传播的起源及最高境界，并不是指智力信息的传递，而是建构并维系一个有秩序、有意义、能够用来支配和容纳人类行为的文化世界"①。这里论及的即是传播的文化功能和社会责任问题。具体到文艺传播，其文化功能与社会责任这一命题之所以成立，原因在于文艺作为独特的精神现象在社会分工中扮演着重要的角色，承担着特殊的使命。可以说，网络文艺生产及传播的文化、审美功能和社会责任，是人们对于文艺存在合理性的当然诉求，这一诉求赋予文艺传播以意义并且使文艺传播的文化功能、审美功能和社会责任之价值体系得以构建。当然，文艺传播的宗旨和目的并非是一成不变的，而是随时代的变化而被赋予新的社会责任与历史使命。在融媒体时代和消费时代，网络文艺的生产与传播拥有了更多的自由。但是，绝对的自由是不存在的，自由必须同责任相伴而行。恰如彼得森（Theodore Peterson）所言："如果传媒能够意识到自身所担负的责任并将其作为业务方针的基础……就可以满足社会的需求。"②今天，对于网络文艺的生产与传播来说，真正妨害传播自由的不是社会责任和担当意识，而是拜金主义和享乐主义；最能体现文艺传播之媒介伦理和职业道德的，是对传播之人民导向和社会责任的坚守。我们坚信，在

---

① 凯瑞.作为文化的传播[M].丁未，译.北京：华夏出版社，2005：7.

② 彼得森.传媒的社会责任理论[M].戴鑫，译.北京：中国人民大学出版社，2008：62.

习近平总书记讲话精神的引领下，积极、主动地克服乃至消除文艺传播中的消极倾向和负面影响，与我们强烈呼吁的树立、增进、强化文艺传播的文化功能和社会责任是同一个过程。

新时代的文艺思想，应当根据新时代文艺出现的新情况和新问题，做出新的学术阐释和理论回答。网络文艺所出现的很多理性失范现象，让我们不得不以一种审美批判的思维来重新审视这媒介语境下的"文艺的狂欢"。近年来很多的研究学者都不约而同地选择了用马克思主义文艺理论思想去规范引导网络文艺的发展。诸如《试论网络文艺的消费主义历史观》一文就提出"网络文艺消费主义历史观的形成，具有社会现实、历史根源、网络环境、传播特性等方面的原因。以社会主义核心价值体系引领网络文艺的发展方向，应该从主导思想、理论反思、文艺批评等具体问题着手，探索建立既开放包容又旗帜鲜明的网络文艺管理体系"。《网络文艺的意识形态属性及其引领策略》一文更是从审美意识形态角度来分析网络文艺的意识形态属性，并提出须立足中国现实，用马克思主义美学对其进行规范引领。此外，《网络文艺发展应坚持社会主义方向繁荣和发展》《新时代中国网络文艺的文论话语建构》这两篇文章也都强调了用马克思主义美学指导规范网络文艺发展的必要性与紧迫性。值得注意的是，在2019年第12期的《中国社会科学报》上，刊登了四篇关于用马克思主义文艺观指导文艺发展的文章。由此反映出，首先，我国的文艺在快速发展的过程中，在文艺大众化的过程中的确出现了很多问题；其次，这也再次彰显出马克思主义文艺思想在当今的中国社会依然具有很强的指导意义与学术活力，依然具有很强的实践品格。

第一节 主体自律与法理监督

网络文艺的创作与生产背后的逻辑就是消费与娱乐的逻辑，传播学大师波兹曼就曾从人的角度分析大众媒介的文化意义，并对大众媒介表示出深深的忧虑。当时波兹曼通过对电视娱乐态度的分析，发出了"娱乐至死"的惊人之语，他谈道："娱乐不仅仅在电视上成为所有话语的象征，在电视下这种象征仍然统治着一切。就像印刷术曾经控制政治、宗教、商业、教育、法律和其他重要社会事务的运行方式一样，现在电视决定着一切。在法庭、教师、手术室、会议室和教堂里，甚至在飞机上，美国人不再彼此交谈，他们彼此娱乐。他们争论问题不是靠观点取胜，他们靠的是中看的外表、名人效应和电视广告。"①

的确，一种新的媒介的诞生，我们不能只从技术科学和技术理性的角度去进行技术性的分析，当我们在为这种新兴媒介欢呼之时，更重要的是保持一份文化批判的自觉。网络文艺在创作、生产、传播、消费等多个环节所暴露出的诸多问题都是需要我们去警惕与规避的，这主要表现在两方面：一方面，网络文艺题材选择上的边缘化，生产与创作上的历史虚无主义、非主流倾向，传播与消费环节上的非义行为，等等；另一方面，网络文艺的自由性与后现代主义文化特征也让网络文艺日渐成为青年亚文化蔓生的滋生地。伯明翰学派在进行大众文化研究时，曾将大众媒体看作一个"复杂的领域"，如比尔·奥斯歌伯（Bill Osgober）在《青年亚文化与媒介》一书中所谈到的那样："受众与消费者也能够在其中开拓出富有意义的文化和生活模式。"②事实上，从本质上来看，网络文艺虽然与传统文艺有很多的不同，但是究其根本还是一种文艺作品，它的精神属性决定了它不仅服务于现代人的娱乐消遣的需要，更重要的是满足人们的精神文化的需要，像传统文艺的"诗教"传统那样，要有培根铸魂、振奋人心之用，这都是网络文艺应有的创作追求与创作使命。

谈到网络文艺的精神性问题就不能不回避网络文艺内容生产与精神指向与意识形态的关系问题。从精神性的角度来看，网络文艺的内容生产也就是意识形态的生产，但值得注意的是，网络文艺的意识形态生产并不是对于社会主流意识形态的择编与生产，相反，网络文艺内容生产中的很多价值取向尤其是其中各种各样的青年亚文化形态都与主流价值观相抵牾。就此意义而言，网络文艺世界作为一个区别于现实世界的新型场域，在意识形态生产上与非主流价值观达成了某种共谋，同时又是青年亚文化实施网络文化主导的

---

① 波兹曼.娱乐至死[M]. 章艳，译. 桂林：广西师范大学出版社，2004：121.
② 奥斯歌伯.青年亚文化与媒介[M]. 北京：北京大学出版社，2011：335.

一个关键性场所，因为"青年人在使用文化制成品和媒介文本时是积极的、具有反抗精神的。青年亚文化能够创造性地与媒介及文化工业接触，可以被视为能够盗用商品并创造出意义，形成对统治权力结构的一种象征性挑战"①。除此之外，网络文艺领域也是各种意识形态与社会主流意识形态相抵抗的角斗场。在此情境下，对于网络文艺进行生产规制是十分紧急与必要的。只有对网络文艺生产进行主流价值引导、道德伦理规约以及精神引渡，才可使网络文艺实现健康蓬勃发展。

一、道德伦理失序下的艺术非义行为与伦理失范现象

(一)道德伦理失序下的艺术非义行为

首先，其表现在"消极自由"与"消极自由"下的主体上。现代性的自由观认为自由是"成为某人自己的主人的自由"，是一种可以主张理性的自主，是冲动和激情可以被理性所控制的"积极的自由"。而主体在网络符号世界中所享受的自由则是在无规则、无操守的欲望释放中盲目地追求感官刺激的"狂欢式"表达，最终在独立无羁的个性张扬和自我满足中造成文化失范。在网络文艺符号的自由世界中，由于社会规范的弱化以及没有"话语权势"的制约，主体可以随心所欲地用能指碎片化的网络语言符号进行交流，可以肆意地嘲讽权威，可以毫无顾忌的戏谑历史并对网络文艺符号文本进行"破坏式阅读"，并在这种对事物的破坏和"毁灭"中享受快感。主体在网络文艺符号世界中所享受到的自由是脱离"自我"现实原则和"超我"道德原则的把控后不受理性指引的"本我"的嚣张，在"本我"统治下的主体所追求的自由是对自由滥用的追求，是一种"泛自由"，是"不受别人阻止而做出选择"的"消极自由"。主体在这种"消极自由"中，其身心健康及精神性并没有得到改善和提升，反而在"本我"统治下的对自由滥用的过程中滋生出了"网络暴力"。

其次，其表现为"消极自由"下的网络语言行为失范。例如近几年大热的"明星亲子类"网络综艺《爸爸去哪儿》《爸爸回来了》《妈妈是超人》等，无论

---

① 奥斯歌伯.青年亚文化与媒介[M].北京：北京大学出版社，2011：335.

是在形式还是内容生产上，都存在着索绪尔结构主义语言学聚合关系下的可替代性，然而这些同质化的节目类型化生产热度依旧不退，其主要原因就是满足了受众对于明星生活可自由窥探的欲求。网络文艺带给受众以消费的自由，然而受众在自由消费的过程中其言论自由却很容易走至失范的边缘。每一档明星亲子类节目都会引起受众对于明星子女长相的热烈讨论，还有对明星子女行为的"道德"评判，在这些言论中不乏偏激刺耳的恶语，这些带有攻击性的网络语言暴力造成了网络文艺中的网络语言失范。

最后体现在"消极自由"下的艺术行为失范。除此之外，在网络文艺中，还存在着很多由于网络文艺的自由机制而造成的网络行为失范问题。《中国互联网络发展状况统计报告》的数据显示，我国目前的网络直播用户规模已高达4.25亿①。网络直播作为网络文艺符号系统中重要的能指形式，采用的是用户内容生产的UGC模式，而这种生产模式在把生产权赋予受众的同时，也赋予了受众极大的自主权与自由权。网络直播的生产自由与消费自由共同为受众营造出的自由环境，非但没有成为受众个体"个性化"发展和"内在成长潜能"的动力源，使"自由"成为受众在网络文艺世界中存在的特征，反而因为这种不加把控的自由造成了诸多的网络直播乱象，受众主体也在对自由滥用的"野蛮"状态中引发了诸多网络行为失范问题。从网络直播化妆品售假制假、销售"三无产品"、"伪慈善"吸粉，到"未成年人直播晒孕肚""未成年裸播""00后宝妈带娃"，主体在网络直播这个自由环境下挣脱了束缚自由的纽带而实现了对于艺术生产自由的创造，但是主体这样的意志自由并没有实现其主体自由和个性自由。于艺术而言，艺术生产脱离了艺术德性与艺术价值而成为一种非义性质的艺术行为失范；于主体而言，"随心所欲"式的自由使得主体行为背离道德伦理而最终导致了主体行为失范的乱象。

(二)道德伦理失序下的伦理失范现象

网络文艺符号世界的自由性带给主体选择艺术的权利、创造艺术的权

---

① 《"实名制"能否终结网络直播乱象？》，搜狐网，http://www.sohu.com/a/249513316_267106，2020年8月21日。

利，对自由权利的追求，对于自身想象力与能动性的发挥，在创造中感受欲望的释放与个人本位的重要。网络文艺符号世界赋予了言说自由的权利和主体新的言说权利，这种新的言说权利使得主体拥有与"话语权势"对立的勇气，在言说中呼吁社会正义、呼吁社会公平与阶级平等。网络文艺符号世界自由性所带来的艺术的宽容性，不仅是对艺术能指形式多样性的包容，也是对艺术创作者的要求的宽容，这种在艺术上的包容所带来的是主体可以自由且自主的选择艺术能指形式，并在对艺术的审美过程中满足审美需要，感受艺术的生命力。网络文艺符号世界的自由性和宽容性也是对人类思想自由的解放，因而我们可以说，网络文艺是关注个人的艺术，是带有启蒙特性的艺术能指，因为"启蒙就是指人类摆脱其自己招致的蒙昧状态……就是敢于公开运用自己的理性的能力"①。但是，我们又不得不承认网络文艺符号主体同样存在着"本我"统治下的理性缺失、缺乏价值理性引导的理性迷失、工具理性主导下的行为失范等非理性问题，使得网络文艺符号主体也同时存在着现代理性与非理性的冲突。

在网络文艺符号世界中，主体人格中的"本我"始终处于统治地位，在"本我"统治下，主体对欲望释放、感官享受的一味追求，并将自身的欲望移置，而将"他者"的欲望作为自身的价值所在，甚至沦为了"欲望的机器"。在此过程中，象征着"现实原则"的"自我"和"道德原则"的"超我"始终处于缺席的地位，这就是主体"理性"的缺席。主体在"本我"快乐原则的统治下，实现了"本我"的狂欢和群体的狂欢，最终主体在这种"具有迷惑的力量"的狂欢化享乐中走向了狂欢的极致化——疯癫。

一方面表现为"本我"统治下的理性迷失。网络语言符号又是一种游离于价值序列的无意义的能指碎片，网络语言符号的形态特征是符号散在的，符号之间的组接形式是拼贴与挪用，不能构成一个完整的句子，但这种句子的不完整性又是网络语言符号的符号活动规律，言说主体仅仅通过网络语言符号能指的丰富性很难在其自身形成确定的连续状态，这种游离的状态也反映了主体思想意识的无序以及理性的迷失。在网络文艺符号的自由世界中，

---

① 康德.历史理性批判文集[M].何兆武，译.上海：商务印书馆，1990：287.

社会道德的教化作用减弱，快乐原则主导"伪语境"下的"能指游戏"，主体在这种理性精神缺乏的符号使用过程中，自身的思想也被平面化、琐细化和去深度化，只剩下无意识的思想的"空洞"，最终导致了主体精神层面"意义的丧失"。另外，这样迎合感官刺激的艺术能指，使得艺术作为价值理性的作用缺失，主体在缺乏理性认知与判断下，将"他者"的意见与反馈作为认知自我的判断，在"他者身份"的构建中获得"身份认同"，主体的这种无意识的文化误读，主体身份获取的错位正是其自身在享乐中理性迷失的显现。

前面我们也提到，主体在网络文艺符号世界中沦为了物化的主体、符号化的主体，这种主体的异化反映在理性上，则是启蒙理性向工具理性的转变。然而，伴随工具理性而来的对主体的影响则是行为的失范、人的价值和意义的失落。若主体在网络文艺符号化的世界中一味地在其丰富的能指上寻求实在感与存在感，那么实在感也势必会演化成抽象的符号，对于主体而言，面对的只是符号和符号组成的稀碎的无所指的语言，而这些东西使得主体丧失了一种对于存在具体的经验。

另一方面表现为被"物化"的主体与主体的价值失落。行为失范是调节社会行为规范的缺失或崩溃，也是人类异化的一种表现。迪尔凯姆认为，个体欲望是无穷的，人性本质上是需要限制和规训的。对于失范的调节必须来自一种高于主体自身的意识的统治力量，但是在网络文艺的符号世界里，新的网络道德还未形成，旧的社会规范与伦理道德被无视，主体的行为不受法律和道德的制约，在无穷欲望的驱使下，滋生出了众多的"网络暴力""名誉侵权""盗版侵权"等具有恶劣影响的网络失范行为。因此，在网络文艺符号世界中，工具理性失去了其道德的基础，工具理性主导下的主体进入了个体的边缘化地位，同时也导致了网络文艺这门艺术对主体生活的囚禁和异化，成为主体追求现代性解放的桎梏。

20世纪60年代之后，影像不再是简单、客观的素材积累，而是作者基于自己的文化价值判断最终建构的表述系统。如今，影像更是被用来进行一些实验性的探索，不再只考虑表达或论证一个观念，而是用来拓宽我们认知世界的可能性的一种媒介载体。

大文化视角电子游戏研究倡导者库克里奇（Julian Kucklich）认为，电子游戏的研究"不仅应该注意到电子游戏文本之中的内容，更应该注意电子游戏意义生产过程也是一个与其所处文化环境的符号交互过程"①。伊格尔顿在谈到文艺与意识形态的关系时也提到，艺术作品就是对意识形态的生产。因而无论是是什么类型的文艺，其背后都有一种价值观与意识形态的主导。就此而言，从社会身份以及当下的文化环境来审视网络文艺的文本生产具有重要的伦理意义。

二、网络文艺的内部规制——创作主体文化自觉与自律意识

(一) 良好的市场导向与创作者的精品化追求

对于网络文艺的内容把关，具体到创作环节就是对创作者的思想把关，优质的内容生产离不开创作者的思想自觉。为了更好地鼓励文艺创作者的创作激情，规制网络文艺创作市场，相关文化管理部门也进行了大力度的政策支持与资金扶助，例如我国的茅盾文学奖、鲁迅文学奖开始允许网络文学作品参赛，在2017年第二届"茅盾文学奖新人奖"的评选上更是设立了网络文学新人奖这一奖项，唐家三少、酒徒、我吃西红柿、愤怒的香蕉等20位为大众所熟知的网络文学大神获此殊荣。不仅如此，为了规范网络文学的创作队伍，我国著名的作家人才的"摇篮"——鲁迅文学院开设网络文学作家培训班，有着极具特色的课程设置以及高水准的教师队伍，以期实现网络文学作家队伍建设的专业化、规范化、体系化发展。

不仅如此，许多专门的网络文学奖项也具有很高的知名度与影响力，如成功举办多届的"橙瓜网络文学奖"、"金熊猫"网络文学奖等，也逐渐收获了业界的肯定与社会的认可，成为引领网络文学创作的价值风向标与精神旗帜。这不仅是传统文学对网络文学的接纳，更是主流价值思想对网络文化的接纳，这也极大地鼓舞了网络文学创作者的创作激情与责任意识，越来越多的网络文学创作者将精品化创作视为艺术信仰去信奉、去坚守。如唐家三

---

① Julian Kucklich, Video Games and Configurative Per - formances in Mark J . P . Wolf and Bernard Perron. eds. The Video Game Theory Reader New York：Routledge，2003.

少，用只争朝夕的敬业精神、用十几年如一日的坚持去书写中国网络玄幻小说的黄金时代，在一个个瑰丽离奇的故事背后所凝练的是健康向上的价值观与具有原创力的精巧构思。又如以写网络历史架空小说见长的网络小说家酒徒，在他那令人惊叹的想象力的背后，我们看到的不是历史的虚无与价值的消散，而是有关文化的品位、精神的格调以及历史的责任。无论是读他的《秦》《家园》，还是《盛唐烟云》，都能感觉到一股历史的厚重感扑面而来，都能够从他笔下小人物的悲欢中看出时代之兴衰。再如精品化网络文学作家代表——愤怒的香蕉，他以拓荒牛的精神冲破一切套路性叙事，以独树一帜的叙事风格开网络文学之新文风。在异常喧嚣的娱乐化创作语境下，愤怒的香蕉表现出强烈的文化自觉，孜孜以求网络文学的网络性与文学性之间的有效平衡。另外，用一部部网络历史小说引爆全网的网络作家子与2，他的历史小说中将历史的沧桑感、厚重感与他独特的轻言叙事相结合，创造出别具一格的叙事文风。子与2的小说创作是站在接续文脉的历史拐点上，用笔尖文字窥历史之风云，在清新轻娱的文风中感受中华文明之精深，在幽默爆侃的叙事中领略大时代的波澜壮阔。以上这些网络小说作家无一不是将文化责任、文学追求、时代使命凝于文字，用一个个动人的故事去讲述属于中国的华丽篇章，他们的自觉追求何尝不是时代使命的感召？他们的创新不流俗又何尝不是他们深刻的文学思考与艺术开创精神的彰显？在这些具有强自制力、具有高度的思想自觉与高尚艺术追求的网络作家的引领下，我国网络小说的发展必定在网络文学市场转型下迎来新的时代立足点。

这些举措极大地提高了网络文艺创作者的担当精神与使命意识，凭借自身对艺术的敬畏与信念，让重内容、重思想、重品质成为网络文艺创作者对于艺术的自觉追求。虽然现阶段在许多的网络文艺作品中还能找寻到一些网络亚文化的影子，但是"随着现实题材创作的增多，网络小说创作开始逐渐遵循现实逻辑，作品篇幅大幅度减小，实体书出版增多，表现出与传统文学融合的趋势"①。在创作者对精品化的自觉追求下，开始注重对现实主义题材的挖掘与深入，开始注重对作品思想内涵的不断深化，让网络文艺的艺术

---

① 中国作协网络文学中心. 2019 中国网络文学蓝皮书[J]. 文艺报，2020：5.

价值与艺术定位从娱乐消遣转向价值引领，网络文艺的主流化趋势变得更加明显。创作者的思想自律与自觉追求不仅是一种网络文艺创作市场内部的自我净化的能力体现，更是一种有责任、有担当、有艺德的主体养成。唯有此，网络文艺才能真正成为一个时代的文艺，才能更好的代表中国文艺走向世界，用时代化语言与中国化符号表达去讲述中国故事，传播中国能量、中国精神与中国价值。

（二）主体自律与创作要求

1. 挖掘原创力，去同质化，保证市场活力

现如今我国的网络文艺生态系统不仅有着庞大的作品基数群，并且以极快的速度进行着作品的淘汰与更迭，在此环境下，就会有很多的网络文艺作品面临下沉的危险，究其原因就是作品的同质化。网络文艺的类像化生产不但让作品本身失去了市场竞争力，而且还会让市场丧失活力。而去同质化的根本就是挖掘艺术创作的原创力。在"2019网络影视的机遇与挑战"主题行业对话活动中，北京儒意欣欣影业投资有限公司总经理施云表示，"打造精品剧是创作的初衷，在内容上不断迭代创新，加入很多新鲜的元素，是促进这个行业长期健康发展中非常重要的一点，希望未来多做一些创新的东西"[①]。

挖掘艺术创作的原创力，力转网络文艺创作市场同质萎靡的现状，需要创作者从创作环节入手，从世事百态与人文世情中挖掘艺术资源，充分发挥创作者的艺术想象力，丰富文艺内容创意，以保证文艺市场的生命与活力。创新对艺术创作的重要性，不仅是我们在艺术创作中所总结的艺术经验，而且是古今中外所奉为的艺术真理。宋代著名的思想家朱熹的那两句诗"问渠哪得清如许，为有源头活水来。"又何尝不是警示我们创新犹如艺术创作的活水，唯有活水灌溉，艺术生命才可常青常新。无独有偶，清代诗人赵翼也在《论诗》中一针见血地提到："诗文随世运，无日不趋新。"艺术作品不是板结

---

① 《2019网络影视走向何方？听专家为你解读定位与创新》，搜狐网，https：//www.sohu.com/a/309400146_116162，2020年4月5日。

的一块，不是凝固的生命，其艺术生命与艺术价值在于读者的解释域中，不同时代不同读者的新的解读就是注入艺术作品的新鲜血液，如此，诗文才得以随世运而趋新。相反，题材上的类像化、叙事上的程式化以及内容上的同质化只会让整个网络文艺市场故步自封、停滞不前，唯有将去同质化作为整编文艺市场的创作信念，才可实现网络文艺市场的平衡生态与良性发展。2013 年，第 65 届美国电视艾美奖颁奖典礼上，美国网络自制剧《纸牌屋》成为当晚的最大赢家。《纸牌屋》自开播以来就收获了超高的关注度与不俗的口碑，不可忽视的一个原因就是《纸牌屋》的创作者从该剧的第一季到第六季都十分注重网络原创力的挖掘与表达，将创新精神贯穿艺术创作的始终，以对艺术的忠诚认真编织每一个悬念冲突，以对艺术的敬畏去塑造每一个鲜活灵动的人物形象，让观众在一个个冲突反复的故事情节中、在悬疑丛生的叙事中感受艺术的魅力。《纸牌屋》的大获成功，也为我国网络剧的创作以及其他网络文艺类型的发展提供了一个借鉴学习的艺术范本。《纸牌屋》的成功不是偶然的，但它的收视纪录也不是神话式的不可触及，它的成功模式仍然是可复制的。

近几年，我国的网络文艺市场也出现了一些令人欣喜的现象，一大批品质化、精神化的网络文艺作品的涌现也为娱乐化的网络文艺生态系统注入了更多的文化力量。《白夜追凶》《心理罪》《唐人街探案》等短小精悍的网络剧在商业与口碑上的成功，更让我们看到充满想象力的内容创意以及原创力的文艺内容所具有的强大生命力与市场竞争优势。在当下的融媒体时代，新媒体对传统媒体的冲击也让网络文艺与传统文艺之间的差异不断拉大，但是归结到底网络文艺终究还是文艺的一种，因而与传统文艺一样都拥有相同的艺术理想。挖掘网络文艺的原创力是在保证网络文艺自身属性与特质的基础上所进行的内容纵深挖掘，以突破网络亚文化在思想与审美品位上的制约，做到艺术思想内容与精神内涵的深层次与多向度开发，旨在实现网络文艺的文化品格与美学品格的同步与并举。

三、网络文艺的外部规制——网络文艺创作的法理监督

中共中央政治局在 2015 年 9 月 11 日召开会议，审议通过了《关于繁荣

发展社会主义文艺的意见》。会议新闻稿里的一句话——"大力发展网络文艺"，引起各界的关注，尤其引发了网络舆论场上的热议。关于如何"繁荣发展社会主义文艺"，政治局会议讲了很多。虽然提到"网络文艺"的就这么一句话，八个字，却对"网络文艺"的性质给予了积极、正面的肯定：它也是社会主义文艺的一部分，它也应该得到繁荣发展，它同样要"以社会主义核心价值观为引领"，同样要致力于"弘扬中国精神、传播中国价值、凝聚中国力量"。

然而，大力发展网络文艺，也不等于放任"网络文艺"成为低俗、庸俗、恶俗的代名词，成为变态心理、扭曲心态、极端情绪的汇聚地。"网络文艺"需要的是通俗的，但不能是另外那"三俗"；"网络文艺"可以反映多样化的社会生活、多样化的价值观，但社会主流价值观仍应是"网络文艺"的基础底色；"网络文艺"里可以有段子、打趣、自嘲甚至一些善意的恶搞，但所有这些都不能逾越法律底线、社会公序良俗的边界。

（一）数字艺术监管权力探源

案例分析——国家对于网络文艺非义行为的依法监管

2017年6月8日下午起，有细心网友发现，"严肃八卦""毒舌电影""关爱八卦成长协会""萝贝贝""南都娱乐周刊""芭莎娱乐"等25个知名娱乐八卦的微信公众号已经被关闭。10日，"网信广东"公众号发文称，广东省网信办依法责令腾讯微信切实履行主体责任，加强平台和用户账号管理，采取有效措施整治炒作明星绯闻隐私和低俗庸俗等问题，积极传播社会主义核心价值观，营造清朗的网络空间。腾讯微信依据有关法律法规和用户协议关闭"关爱八卦成长协会"等30个违规公众账号。这些曾经在娱乐圈兴风作浪、饱受诟病的八卦号以这种方式谢幕，娱乐圈的一大片"雾霾"散去，大快人心，也标志着一个新的开始。这个暑假，广大青少年上网时少了娱乐八卦的污染。而更大的价值还在于，娱乐圈的生态正在重构，人们对娱乐八卦的认识也得以改变。

对于上述娱乐八卦号被关闭，10日下午，广东省网信办表示，网络运营者和用户应当遵守《中华人民共和国网络安全法》（以下简称《网络安法》）、《互联网新闻信息服务管理规定》等有关法律法规，对违反有关法律法规的行为，主管部门将依法予以查处。这其中，网络安全法备受关注。2017年6月1日起实施的《网络安全法》，成为一柄利剑，给这些娱乐八卦号画上了休止符。正如《人民日报》在2017年5月18日所刊登的《别让"八卦"太喧嚣》一文中所指出的："有人说，既然已经是名人，在享受其名气带来的益处的同时，私人空间的公共化也在所难免。毕竟，当一个人的受关注度高了，对于普通人来说只是日常生活的行为，也就在聚光灯下具有了公共属性。显然，这不合情理，更不合法理。"①

《网络安全法》规定，任何个人和组织不得利用网络从事侵害他人名誉、隐私、知识产权和其他合法权益等活动。网络运营者应当加强对其用户发布的信息的管理，发现法律、行政法规禁止发布或者传输的信息的，应当立即停止传输该信息，采取消除等处置措施，防止信息扩散。"关爱八卦成长协会"等25个违规公众号在《网络安全法》实施后依然不收手，被依法关闭就是必然的，实属咎由自取。炒作明星绯闻隐私和低俗庸俗的娱乐八卦号对娱乐圈、网络文化、青少年等造成的危害早已受到广泛批评，公众期待加以整治，此时的行动则顺应公众期待。国家电网公司社会责任处处长刘心放认为，渲染演艺明星绯闻隐私、炒作明星炫富享乐、低俗媚俗之风等问题，实质上是一种"审丑"情趣。中国传媒大学媒介与公共事务研究院研究员侯锷评论，庸俗、媚俗、低俗的"三俗"之风，无论在哪个时代都是社会文明与进步的"噬魂鸦片"，必须坚决遏制和隔离。"俗"不是坏事，坏就坏在"唯俗""尚俗"。北京作协会员、中国科普作协会员张红樱说，网络媒体资源不能让明星的炫富和绯闻霸屏，而应让更多普通人有存在感。

网络不是法外之地，娱乐圈也不是法外之地，娱乐八卦号同样不是法外之地。这些娱乐八卦号被关闭，是一次普法行动，也是一次网络空间净化行动，还是一次娱乐圈正本清源行动。清朗的网络空间，才是我们共同需要的精神家园。"严肃八卦""毒舌电影""关爱八卦成长协会"等25个知名娱乐八卦的微信公众号，作为娱乐新闻消息的推送平台，它与快播在信息传播的性

---

① 君然.别让"八卦"太喧嚣[J].人民日报，2017-5-18：17.

质上是类似的，都是对于数字艺术的传播。这些微信号被查封的原因也是由于内容低俗庸俗，以炒作明星私生活为主的八卦娱乐来博取眼球，其传递的"三俗"价值思想与社会主流价值观相悖，不利于网络清朗文明空间的构建，触及了网络安全法的相关规定而被广东省网信办通过腾讯微信平台依法查办。

我们可以看到这里的公安机关和网信办同作为国家的行政机构，进而对危害社会安全的艺术秩序进行监管。由于这些八卦微信公众号所传送的内容与网络安全法的相关规定冲突，并不属于违法犯罪行为，所以惩治措施只是对公众号进行查封警告。查封警告实则就是国家运用权力在数字艺术领域进行监管的手段，权利的行使都是以国家强制力为依托，是国家惩罚社会非义，维护国家利益，最终实现公平正义的手段。而艺术生产权利、艺术消费权利、艺术传播权利都属于"人"这个行为客体的自然权利的范畴，是人的主观意志的延伸，权利的行使是一种客体本身的主动行为，是自发的个人行为。公安机关和检察院所行使的监管权则是对于客体行为和社会环境的一种管制行为，而客体由原先的权利行使者变成这里国家权力的被施者。其原因就在于人虽然作为权利的主体，具有先天的感觉力、认识力和自由意志，而自由意志指导行为，所以人们行为主要是受主观思想的调配，思想与道德在不受约束力的自由范畴内容易走向非义。因为自然的人有着自私的心理，而且缺乏罪恶的认识，所以就没有自制的耐心。当自制力和道德律令不能对客体的非义行为进行约束后，就需要法律的强制力来进行有效的管控。在艺术领域，艺术作品作为艺术家自由意志的产出，而带有一定的意识形态属性，当这种精神意志与社会主流意识形态相悖时，法作为一种规范秩序，在社会层面自上而下进行权力控制，在艺术文化层面则是理性对非理性的权力统治结构。

由此我们可以看出，监管权是以国家强制力为依托，以行政机关和司法机关为执行力，对违反社会道德、破坏公共秩序的社会非义行为进行监管的权利。而艺术监管权就是在艺术的生产、消费、传播领域，对艺术非义行为进行监管的权利。

(二) 国家监管权力溯源

要想搞清监管权与生产权、消费权、传播权在权利主体的归属上的差别，还是要到权利的划分的渊源上去找答案。密拉格利亚（Luigi Miralia）将权利分为"固有的权利"和"获得的权利"，也就是天赋的权利和法定的权利。天赋的权利是伴随着人的诞生而具有的权利，是神圣不可侵犯的权利，诸如生命权，自由权，等等，是每个自然人所具有的不可转让的权利。在奴隶社会，人们缺乏对于自身的认知，缺少思想自觉，因而对于这种天赋的权利处于一种无意识的精神状态。一直到了启蒙运动，人类的人权意识才开始觉醒，才有了对于自由、平等、幸福的普世价值的追求，并捍卫和维护这种神圣不可侵犯的天赋权利。后来，法国的《人权宣言》和美国的《独立宣言》将这种权利落在实文，并以法律的形式将其合法化。由此可见，这种"固有权利"存在的前提就是拥有一个健康完整的人格。而像监管权这种"获得的权利"不同于天赋权利的与生俱来，它的诞生是以固有的权利得到保障为前提，在社会与人类发展的共同进步中，因社会需要而次生出来的新的权利，这种权利的保障则须要以国家的强制力为依托，因而这种权利的衍生是自"国家"这个政治共同体的诞生之后才开始出现的。

人们在步入"国家"这个政治社会之前处于自然社会。在这种自然状态中，人们不必服从于另一个人的不法的意志，对于侵犯，惩罚的方式就是暴力。在自然社会中，人们处于自由的无序的状态中，"不受人间任何上级权力的约束，不处在人们的意志或立法权之下，只以自然法作为他的准绳"[1]"自然状态缺乏文明规定的确定法律、'共同裁判者'以及正确裁判的权力机构，知性自然法的个人实际充当着自己案件的裁判者和执行者的角色"[2]。"苏格拉底之死"被认为是西方历史上的一大冤案，这个事件不仅是人类思想史上的一大损失，而且也让我们看到自然法的不完善所带来的对人身权利的侵害。2000 多年前，被誉为西方孔子的哲学家苏格拉底（Socrates）在雅典的

---

[1] 约翰·洛克.政府论下篇[M].叶启芳，瞿菊农，译.上海：商务印书馆，1987：127.

[2] 胡水君.法律与社会权力[M].北京：中国政法大学出版社，2011：33.

普通法院，被代表雅典政治家的阿尼图斯（Anytus）、代表诗人的美勒托（Meltor）和代表公众的演说家素康（Sukang）起诉，苏格拉底被指控犯下了"不敬国神""另立新神"和"败坏青年"的言论罪行。在接受审判期间，苏格拉底一直都在为自己的行为和思想辩护，但结果雅典法庭的陪审团以281票对220票被判处死刑。雅典人利用雅典民主制这架机器，处死了他们引以为傲的思想巨子苏格拉底。当时雅典在自然法的基础上所建立的成文法作为其所公认的伦理道德规范，对于苏格拉底罪行的判定不是依据相关法律条例而是通过公民代表投票判决。正是因为在这种自然状态下"人人都有执行自然法的权利"，所以，"自私、心术不正、感情用事、报复等都有可能被带到惩罚中，从而使得权力的行使'既不正常又不可靠'，这最终导致了'偏私'和'暴力'"。① 权利是对于主体意志自由的保障，是"社会主体在法律框架内享有的自由行使自我意志的一种权限或资格"，在自然法这样不具有法律条文效义而带有强烈随意性和主观性的规则面前，这种资格根本无从谈起。

　　自然法是人们在自然状态下所存在的自然的法则，而"自然法规则的权威和适用是道义性质的……是由社会道德的各种价值引申出来的……自然法的制裁不是国家的强制，而是在道义上互换进行主动性质的或者被动性质的抵抗。违反自然法的法律在道义上是没有约束力的"②。自然法也被看作是正义和终极原则的集合，我们可以看出自然法只是在道义上对人们的行为进行价值判断，用道德的手段来建立公共秩序，因而它的效用范围只存在于道德领域。自然法最早萌发于古希腊哲学，在古希腊大哲那里，"自然"是区别于"法"的，因而是一种永恒地存在着的理性。亚里士多德（Aristotle）更是将这种理性看作是永恒的正义，他认为以正当方式制订的法律（而不是法律本身）应当具有终极性的最高权威。而斯多葛派则将自然法看作是理性法，将理性看作是遍及宇宙的普世力量，是法律和正义的基础。所以说，自然法只是从道德批判的角度对人们的非义行为进行价值衡量，是一种形而上的规范尺度，缺乏强有力的惩戒机制，在这种情况下，人们的各项权益也无从保障。

① 胡水君.法律与社会权力［M］. 北京：中国政法大学出版社，2011：33.
② 胡水君.法律与社会权力［M］. 北京：中国政法大学出版社，2011：42.

而"国家"这一政治共同体的出现，使得公民的权利有了保障的可能。

　　现代意义上的"国家"概念不同于古代"国家"的释义。以古代中国为例，《史记·五帝本纪》说："轩辕之时，神农氏世衰。诸侯相侵伐，暴虐百姓，而神农氏弗能征。于是轩辕乃习用干戈，以征不享，诸侯咸来宾从。"①由此可以看出，古代国家诞生源于部落间的联合，是一种空间上的地域整合，并以此开始了权力自下而上的集中。而古代国家不注重本国对权力与权利的平衡，而更注重于对地域的统治和权力的集中。北宋石介的《中国论》也鲜明地点出，位于天地正中的叫作"中国"，中国以外的地方叫作四夷。所以"中国"这个概念在古代更侧重于地理意义上的区域名词，这时国家的政治性质还不是非常明显。在恩格斯看来，国家概念应具备两点，一是按地区来划分它的国民，二是公共权力的设立。第一点从空间角度去规定国家的地域范围，第二点则是从权力的归属的角度去择判国家的政治属性。但是在古代中国，公共权力更多的是一种集权，一种私权，一种特权。这里的"权力"则是个人意志的高度彰显，是对国民意志的一种压制，是为了个人独裁的一种保障，因而是一种霸权。在这种特权下所诞生的法律，则更带有强烈的个人意志的独断性，是服务于统治需要的一种手段。例如秦朝的法律，"大仁不仁，诛行不诛心"就是秦法的精髓。因而在严格意义上来说，这种严苛性则是对法律是人格化国家意志体现的否定。此外，《汉书·刑法志》所记载的秦朝的连坐制度"秦用商鞅，连相坐之法，造参夷之术"②，其残忍性更是对个人生命权利神圣性的漠视。秦朝法律与现代法律的巨大差别还在于特权的存在，"朕言即法""明法度，定律令，皆以始皇起"③，皇帝作为国家权力的掌控者，国家法律于他而言没有制约力，秦朝的法更侧重于惩戒意义。而现代法律的根本要义则是公平正义的平等观念，特权与现代法律的这一精神是严重相悖的。现代意义上的法律作为一种公共意志，是一种具有普遍强制性的社会规范，它的权威性在于它合法地垄断了使用社会暴力的权力，来自国家的强制是所

---

① 司马迁.五帝本纪[M].载《史记》卷1，北京：中华书局，1982：3.

② 班固.前汉书[M].北京：中华书局，1989：498.

③ 司马迁.李斯列传[M].载《史记》卷8，北京：中华书局，1982：2546-2547.

有社会成员都必须承受的压力。但是在古代中国的秦朝，法律的权威性则在于它的严苛性，在于它的社会暴力，但是在这样以严苛酷刑为支撑的法律之下，人们是没有权利可言的。直到文艺复兴，人们的思想开始解放，文明开化，"人"的意识觉醒使得人们开始追求幸福，追求平等、自由的权利，"可以由纯粹理性决定的选择行为，就构成了自由意志的行为"①，一个人能够按照自己的意志去行动的能力，则构成了这个人的生命，至此人们的思想开始从愚昧状态走向了文明。随着"天赋人权"思想的宣扬，人们开始意识到众生权利平等，特权的威力开始消失，法不再是强者利益的体现，法的国家性也开始逐渐向法的伦理性过渡。到了近代西方资产阶级革命前后，社会契约思想盛行，人们开始让渡自己的自然权利形成国家权力，旨在建设一个新型的政治共同体，制订体现公共利益的法律来保障自己的权利。而社会契约正是在政治领域个人伦理与社会伦理的一种反映，是个人意志伦理性的一种满足。西塞罗（Marcus Tullius Cicero）在《论共和国》一书中对国家这样定义："国家是人民的事业。可是所谓人民，不是指任何人在任何场合下的结合，而是指一群人因服从共同的正义的法律和享受共同的利益组成的整体的联合。"②在西塞罗的这句话中我们可以看出，在"国家"这个政治共同体下的法律是以正义为准则的，人们对于法律的服从则是法律背后国家强制力的体现，是"命令—服从"的权力运行规则。这时的法律才以成文法的形式出现，法律对权利的保障也正是通过立法的形式来确认，而人们"获得的权利"也在对成文法的不断修正中有了新的延伸。国家与法的存在关系是相辅相依的，国家是法存在的前提，法是一个国家文明的象征，而法的实现又需要国家的强制力作为依托。《独立宣言》标志着美国脱离英国的统治而独立，一个新的国家诞生；《人权宣言》的公布表明，法国资产阶级用以法律为基础的资产阶级权利取代了君主个人意志为标志的封建特权；1689 年，《权利法案》的通过则向全世界宣告，一个新的资产阶级君主立宪制政权在英国建立起来。"国家"的出现是人类文明向政治文明演进的标志，伴随着"国家"出现的是成文法的诞

① 康德. 实践理性批判[M]. 邓晓芒，译. 人民出版社，2004：84.
② 马库斯·图留斯·西塞罗. 论国家[M]. 王焕生，译. 中国政法大学出版社，1997：39.

生，这里的法律是国家意志的集中和体现，在这种具有强大的强制力和感召力的法则尺度规范下，人类从无序的自然状态走进了有序的文明状态。自"国家"出现之后，我们之前所谈到的像监管权这样的"获得的权利"才有了衍生的可能，可以说权利的演变也是人类思想进步史的折射。

国家作为公共意志的集合，是各种社会意识和观念形态按一种有机形式所组成的社会意识结构，而艺术作为个人自由意志的表达也同属于意识形态领域。前面我们已经说了，监管权力是国家意志作用于个人意志的一种权力监督，而这种权利则产生于国家与艺术的关系作用之中。国家作为阶级斗争的产物，政治属性是它的根本属性，国家与艺术的关系也就转化成了政治与艺术的关系。对于政治与艺术的关系问题有两种言论：一是认为艺术应从属于政治，是政治的附庸；二是认为艺术应是不受制于政治而独立存在的，是艺术家情感宣泄的自由意志表达。对于第一种言论，柏拉图（Plato）在他的《理想国》中就表达了艺术的政治性这样的文艺观："你心里要有把握，除掉颂神的和赞美好人的诗歌以外，不准一切诗歌闯入国境。如果你让步，准许甜言蜜语的抒情诗或史诗进来，你的国家的皇帝就是快感和痛感；而不是法律和古今公认的最好的道理了。"[①]柏拉图提倡，生活中的一切事物都要服务于最高统治，一切艺术都要成为专制统治的赞歌，一切意识形态、道德规范都要服从于统治秩序的最高道德准则，一切与国家意志相悖的事物、思想都应该被驱逐。在这里，柏拉图将艺术完全看作是政治统治的手段与工具，这样的艺术政治性虽然有利于思想的统一和阶级的统治，但是泯灭了艺术家的主观创造性，是压制人性的一种表现。

（三）国家监管权与文艺生产

艺术作为一个话语场，表面的语言、文字都是假象，假象的背后是意义的延伸，国家意识形态则是与该形态社会的本质规定性相适应，并作为社会价值尺度和价值标准与人类相适应的尺度和标准。艺术所传达出的个人意识形态因经验认识的规定性而显得更具有独特性，这种独特性在思想上就带有

---

① 柏拉图. 理想国[M]. 郭斌和、张竹明，译. 商务印书馆，2002：81.

218

一定的反抗性，而这种反抗性对于国家意识形态而言就带有一定的威胁性，因为国家意识形态一旦受到质疑，意识形态就失去了它促进统一的作用和国家的巩固作用。反抗性的主观意识与国家意识形态的作用关系中就成了权力力量对抗游戏，而艺术品作为艺术创作主体主观意识的复制，在传播过程中完成了思想的输出与召唤，这样的思想自由就成为改变力量关系结构的危险因子。国家政策的颁布一般按照"命令—服从"的权力运行规则，带有绝对命令式的至高权力的特性，国家作为控制力量，对人民的控制都是思想上的控制。艺术是对生活表象的超越，在艺术中，文字与语言打破了语词和话语的局限，上升到概念和思维的层面上成为一种意义阐释与再认识。

"艺术品是由具体感性的艺术符号所组成的一种综合体"①，在与接受主体在接受过程中存在一种外向的召唤，在这种"召唤结构"中，接受主体的思想、情感与创作主体的艺术精神完成了交流互动，在情感共鸣中达到了思想上的认同。因而梁启超就认为小说具有"支配人道"的政治力量，分别从四个方面影响人："一曰熏，'熏也者，如入云烟中而为其所烘，如近墨朱处而为所染。'二曰浸，'浸也者，入而与之俱化者也。'三曰刺，'刺也者，刺激之义也。'四曰提，'提之力，自内而脱之使出，实佛法之最上乘也'。"②此外艺术作品中所带有的多义性和复义性，带有很强的隐喻空间，而隐喻空间所隐含的暗示性于国家意识而言则是思想的躁动。在文艺复兴时期但丁（Dante Alighieri）的《神曲》所提出的"地狱—炼狱—天堂"新的救赎模式是人权对神权的挑战，其中对"自由意志"思想的宣扬，是对黑暗现实的不满反抗，教皇的统治开始动摇；在19世纪以"创造论"为主流意识的思想统治下，达尔文（Charles Robert Darwin）《物种起源》一书中"进化论"思想的提出无疑在思想界引起了轩然大波，民众对当时的统治思想产生了质疑；在《快乐的知识》一书中，尼采借"狂人"之口宣称"上帝死了"，这一惊世狂语19世纪宣告了神权思想统治时代的消亡，成为人类进入现代理性文明的伟大宣言与昭示。艺术作品思想的反动力量，对当时的人民来说无疑就是思想的轰鸣，随即而来

---

① 马立新.人类艺术传播行为法哲学考察[J].山东师范大学学报（人文社会科学版），2018：3.

② 夏晓虹.梁启超文选下册[M].北京：中国广播电视出版社，1992：153.

的就是行为上的反叛，政权的交替表面上是统治者的权力交接，实则是思想上的更新换代。为了统治的需要，国家统治者不得不运用国家权力在文化艺术领域对思想反动行为进行压制。战国后期，学派林立、百家争鸣，秦朝统一天下后，丞相李斯看到社会上以古非今、街谈巷议，儒生游士"皆诵法孔子"，思想太过自由不利于专制主义集权统治的建立，于是提议冶熔各家学说于一炉，就有了历史上著名的"焚书坑儒"事件。古希腊时期的柏拉图也是看到了艺术家所创作的艺术作品中思想的引诱力量，将艺术创作看作是一种摹仿的摹仿，是双重的虚构，并提出主张将艺术家从理想国中驱逐出去的口号。

以现代思维再回顾这段历史时，秦朝的"焚书坑儒"在文化意义的层面来说是一场思想的浩劫，对传统文化的践踏，对经典的埋没，都是一场反人性反历史的残暴行动，但是从国家统治的角度而言，秦始皇和柏拉图都意识到了唯有思想上的统一才能保证国家的稳定与长治久安，并以文化标准制定者和执行者的身份对异己文化进行打压控制。虽然"焚书坑儒"是秦朝运用国家的强制力介入文化思想领域对异己的思想进行干预整合，是对思想异动的一种强权压制，但由于秦朝属于封建统治王朝，不是现代意义上的"国家"，因而不属于国家权力的监管行为，不是国家监管权力的行使。但不得不承认的是，无论是奴隶时期还是封建王朝，统治者和大哲们都意识到了国家监管职能的必要性、紧迫性以及对于国家统治的重要性。

我们再把眼光从历史的长河拉到近现代，1919 年的德国纳粹党执政，希特勒（Adolf Hitler）上台后实行了一系列的残酷手段来维护纳粹集团的极权统治，不仅通过纳粹一党执政来控制人们的社会生活，而且对人民实行意识形态的绝对思想控制。为了宣扬"绝对服从和效忠"的观念和种族优越论，将一切与该观念相左的思想视为离经叛道，将一切宣扬自由民主的人文思想视为异端，上演了令世人瞩目的"纳粹焚书"事件，将一切进步书刊和非德意志精神的文学著作焚之一炬。我们可以看到希特勒将对本民族思想领域的控制视为国家统治的一个重要范畴，德意志作为一个现代意义上的"国家"象征，焚书事件可以看作是国家运用国家权力所行使的监管权力，但是其目的却是为了极权统治的国家非义行为，是一种思想暴行。由此我们可以说国家的监管权力是以实现国家正义为前提的权力行使。

1. 完善相应的网络文艺制度与条例，使其更加细化

习近平指出："对传统文艺创作生产和传播，我们有一套相对成熟的体制机制和管理措施，而对新的文艺形态，我们还缺乏有效的管理方式方法。这方面，我们必须跟上节拍，下功夫研究解决。"[①]因此，面对迅猛的网络文艺发展态势，要加快构建规范的引导和保障机制以建立健全网络文艺管理体系来适应网络文艺发展的新需求、新形势。

虽然网络文艺的法规制度已经有了基本框架，但依然不能适应网络文艺的独特性和快速发展的现状，我国相关的制度法规与网络文艺的快速发展的速度不匹配，甚至出现了脱节的情况，致使在某些网络文艺领域还存在一定的法律漏洞。所以相关部门要根据时代发展的变化适时调整相关制度，使之更好地指导与规范我国网络文艺的生产与传播。网络文艺无论是在内容存量还是用户基数群方面与传统文艺相比都非常庞大，传统的文艺管理方法对于网络文艺的管理显得有些力不从心。这就要求相关的文化部门在制度制订方面，要完善相应的网络文艺的制度与条例，使其更加明朗、细化，更好地适应网络文艺迅猛发展的实践现状；在管理层面，则需要相关部门人员转变管理思维模式，运用开放性思维，依靠技术管控，对网络空间进行严肃且灵活的处理。

2012 年 3 月 26 日，刊发在《中国艺术报》的评论文章《网络自制节目：再不管，就会晚》和《刹住网络自制剧的"色、狠、野"》用严厉的语词对网络自制剧"三俗"内容进行了猛烈地批判，并呼吁加强对网络文艺的监管力度，这几篇评论文章引起了国家有关部门的高度重视。国家新闻出版广电总局马上采取了相应的行动，最终于 2012 年的 7 月联合国家互联网信息办共同出台了《关于进一步加强网络剧、微电影等网络视听节目管理的通知》，以此来打击、遏制无底线、无道德、无良知的低俗节目的泛滥。

2. 严厉打击危害国家安全的违法行为，打造健康网络生态系统

随着媒介技术的不断发展，网络这个与现实空间相对的虚拟空间也逐渐

---

① 习近平. 在文艺工作座谈会上的讲话[J]. 人民日报，2015-10-15：2.

成为现代人生存与娱乐的"第二空间"，这也就意味着网络安全成为国家安全组成的重要一环。若想打造良性、健康、有序的网络文艺生态系统，构建和谐、稳定、积极的网络文艺创作环境，就必须重视网络安全问题。在政府"十三五"计划中就特别提到了要"加强网上思想文化阵地建设，实施网络内容工程建设，发展积极向上的网络文化，精华网络环境"。在"十四五"计划中，国家再次将网络安全问题放在了政府工作的重心环节。网络安全不仅关系到网络文艺创作者的创作安全问题，民众在网络上进行消费与娱乐的问题，更关系到国家安全问题。从国家文化安全的角度来看网络安全问题，一方面要求相关政府或文化部门要建立健全的对网络文艺作品的检查与监管制度，另一方面创作者要端正创作态度，杜绝一切违背社会主义核心价值观的作品，政府与群众相互配合，共同维护我国的网络安全。

一个国家文明与进步的标志就是完善的法律体系的构建，我国也将建设文明法治的国家作为国家的发展目标。因为单靠公民的自律以及道德伦理的约束来实现一个国家的长治久安是远远不够的，还需要法律的支持。法律法规相对于道德来说，它的制约力量是来自外部的强制力，但同时制约效果也是立竿见影的。在网络安全以及网络立法层面，一些发达国家已经开始了这方面的探索。新加坡于 1996 年就允许新加坡广播管理局进行管理网络信息的相关工作，2003 年新加坡就针对当时的网络发展状况修改了相关的互联网法律法规，其中一条就是针对网络谣言的法律实施，对于严重的网络造谣行为将会面临诽谤罪的处罚；韩国对处置网络谣言的法律规定对于以危害公共利益为目的、利用电子设备散布谣言者，可判处 5 年以下有期徒刑并加以罚款；美国在规制本国的网络内容方面则是相继制定了 100 多项法律、法规来打击网络违法行为，维护国家的网络安全。

为了落实习近平总书记的讲话精神，更为了营造一个健康明朗的网络空间，我国一方面加快了对网络安全相关法律法规的制订步伐，相继出台了一系列与新媒体文化、网络文艺相关的政策法规文件，法律条例涉及网络的方方面面，让网络安全法更加的细化完善，真正做到了让网络文艺的创作、生产、传播与消费有法可循、有法可依；另一方面国家也加大了对网络文艺违法行为的打击力度。自 2010 年以来，国家版权局、网信办等部门组织开展了维护网络安全、净化网络空间的"剑网行动"和"净网行动"，行动旨在清除一些涉黄、涉黑、涉爆等违法的网络作品以及严厉打击网络盗版侵权等违法行为。"剑网行动"和"净网行动"取得了丰硕的成果。2019年上半年，仅起点中文网贮藏的小说作品就下架超过120万部，一些不合规范的作品由网站平台主动下架，这些举措有效地维护了网络空间的安全，而且收获了热烈的社会反响，受到民众的大力配合与支持。法律法规对网络文艺的"他律"举措，对约束网络文艺创作者的创作行为，规范网络文艺的生产秩序，打击网络文艺创作、生产、传播等违法行为，促进整个行业健康长远发展，起到了保驾护航的积极作用。

3. 正确价值观引领与条例法规双管齐下，营造风清气正的网络环境

2018年3月22日，国家广播电视总局发布了《关于进一步规范网络视听节目传播秩序的通知》（以下简称《通知》）。《通知》中严正提出，坚决禁止非法抓取、剪拼改编视听节目，如不得制作、传播歪曲、恶搞、丑化经典文艺作品。2018年4月，为了加强对于网络直播、网络短视频等网络文艺新业态的内容安全管理，全国"扫黄打非"办召集爱奇艺、今日头条、快手、微博、哔哩哔哩等18家国家知名网络视频播出平台，携手努力，打击遏制非法内容的生产与传播，传播正能量。全国"扫黄打非"办对各平台负责人明确强调，要坚持正确价值导向，履行企业的社会责任，加强内容审核与安全管控的工作，严格抵制违法有害信息及作品的生产与传播，追求平台发展的社会效益。各平台纷纷响应，积极采取措施，组建专项清查团队，集中对涉黄、暴力、歪曲历史、恶搞经典等问题节目进行清理。

针对网络短视频内容生产与传播所存在的诸多问题，为改善网络短视频的创作环境，提高网络短视频的内容质量，中国网络视听节目服务协会于2019年1月9日发布了《网络短视频平台管理规范》与《网络短视频内容审核标准细则》。其中《网络短视频平台管理规范》从总体规范、技术管理与内容管理层面给予了20条极具建设性的规范要求；而《网络短视频内容审核标准细则》则主要涉及短视频的内容生产等问题，并提供了相应的具操作性的审核标准。它们为相关平台对网络短视频的内容审核与质量把关提供了条例参考。这些法律条例的颁布与实施有助于网络文艺创作生产将精力放在"内

容"层面，推进网络文艺行业向着积极健康的方向发展，为广大网民特别是青少年营造一个风清气正的网络空间。

第二节　内部管理与社会制约

一、融媒体时代下文艺创作的社会责任重建

网络文艺的快速发展以及所带来的各种文化效应，成为让社会大众都无法忽视媒介的力量。美国学者托德·吉特林（Todd Gitlin）不仅洞察到大众媒介对于社会发展的重要性，而且还综合戈夫曼·葛兰西（Gramsci Antonio）的思想与理论，来批判性地大众媒介对于青年人与青年运动之间的关系提出："在一个日益模糊与不确定的世界里，人们越来越多地依赖于大众媒介来寻找并试图发现自我。而且，大众媒介本身的传播也背道而驰；说服性的大众媒介不断地消解着政治社群，借此来增加人们对其的依赖。同时，大众媒介也将一个机械的公共空间带入了私人领域。在生存世界的裂缝里，为了获取概念、英雄人物的形象、信息、情感诉求、公共价值的认同以及通常的符号，甚至是语言，人们发现自己已经越来越多地依赖于大众媒介。在现实生活中，它们无时无刻不在为人们编织着信仰、价值和集体认同……它们对这个世界做出各种解释并宣称事实何以为事实，而当这些宣称受到怀疑和指责时，它们又会用同样的宣称来压制积极的立场。简而言之，大众媒介已经成为支配意识形态的核心体系。"①托德·吉特林的这番言也为我们如何规制网络文艺生产给予了导向性的思考，新媒介的诞生依靠的不仅是科学技术自身的发展，其背后的操作力量是人的作用，因此我们不能只从技术力量的角度来对媒介本身进行指责、批判或者排斥，而是要充分发挥人的主观能动性来处理好人与媒介的关系问题。具体到网络文艺的生产规制问题就是除了借助外部力量对网络文艺进行伦理与法理的规约外，还需强调网络文艺内部管理的重要性。

---

① 吉特林.新左派运动的媒介镜像[M].张锐，译.北京：华夏出版社，2007：9.

网络文艺的爆发是一场伴随媒介革命的艺术革命，艺术也在这场具有颠覆性的革命力量中进行了重塑。网络文艺的艺术性与传统文艺的艺术性是一种既对抗又互动的张力，但是目前亟须探讨的不是网络文艺艺术性与传统文艺艺术性的关系问题，而是"艺术性"如何在网络文艺发展进程中，以各自的媒介特性呈现出来。因此，关于艺术的经典性问题在媒介时代需要重新被定义。经过前面几章的研究分析可以看出，相比传统文艺的生产，网络文艺有其独特的生产机制，生产机制的改变也赋予了网络文艺新的艺术特性。网络文艺符号生产机理实则是一种在后现代性主体欲望驱动下的"注意力"艺术符号的创造与再生产，旨在引起主体的官能快感，于符号本身而言，则是审美型符号向消费型符号的嬗变。

网络不只是一个生产平台，也是一个集生产、传播、消费于一体的集容空间。如果再用传统文艺的艺术标准与审美习惯去审视网络文艺则显得不合时宜，所以要如麦克卢汉所言引入"新的尺度"，需要把人类在互联网虚拟空间下身体感知的变化引入对网络文艺的判断标准之中。但是，我们又不得忽视这样的事实，网络文艺能指的丰富性促进着网络文化的多样与繁荣，成为社会情绪与个人情感表达的宣泄场，我们在注意到各种网络文艺能指在为我们创造了一个网络文化的万花筒的同时，也应该注意到"媒介化与能指化相伴随而引发的意蕴的消失、所指被拒斥的弊端"。[①] 经过前几章的分析，我们注意到，网络文艺世界中的符号已不再是意义的指向符号、文化认同的阐释符号，网络语言符号在生产传播中发生着"易变"与"异变"，符号的情绪意义成为自身符号全部的意义指向。网络文艺符号的这些特征使得符号生产者对符号的创造过程只是对"能指游戏"的把玩。

如果说从经典符号学的角度考察意义的形成机制，是能指与所指由任意性到理据性的过程的话，那么在网络文艺能指下我们感受到的是各种理据性的颠覆、漂浮的能指下的所指的滑动性与任意性以及意义建构的新机制。在传统艺术的生产过程中，所指与能指还存在传统符号学意义上的对应关系，所指是意义的指向，而能指是意义的形式。但到了网络文艺时代，媒介本身

[①]　隋岩，姜楠.能指丰富性的表征及新媒介的推动[J]. 现代传播(中国传媒大学学报)，2013：6.

不仅是信息的物质承担者，而且在传播中承担着意义的生成，所以在数字时代的网络文艺能指相对于所指而言，本身就具备了意识形态的属性。理应"能指在借力传播中实现意识形态的软着陆"①，但是在符号学视野下，我们看到网络文艺世界中能指的多样性逐步走向了能指的狂欢化路径。当能指成为能指的游戏，它所在的场域，于网络文艺则是历史语境的消失、政治话语的缺席以及个人存在的虚无，于网络文艺下的受众，面临的则是自由、理性的多重悖论，在浅表化的网络环境下该如何走出自我的围困、走向现代性。

研究网络文艺，并不是执着于网络文艺本身，而是希望透过网络文艺更好地了解主体在其中的生存状态，符号学只是用来抵达网络文艺本质的工具。因为"符号"与"艺术"之间存在一种天然的关联性，卡西尔在看待两者的关系问题时曾明确指出，"艺术可以被定义为一种符号语言。"网络文艺符号研究的目标就是要解释网络文艺文本系统的显现和分解的方式，旨在发现其意义总体的可能性，也是发现网络文艺符号世界中主体存在意义上的总体的可能性。网络文艺是现代化的产物，也是主体在通往现代性的道路上所遭遇的围困。现代化与现代性的发展并不是亦步亦趋的，现代化是对客观世界的研究，现代性则是对人的研究。网络文艺的发展属于现代化的力量显示，但是经过通篇的分析可以看出存在于网络文艺世界下的人类主体并非是现代性的主体。研究网络文艺，发现其中的问题，然后去解决它，解决并不是为了网络文艺本身，而是为了抵达人类主体的现代性。

从网络文艺符号本体看，网络语言遵循"符号—情绪"论而成为基于使用情境下的情绪符号，网络文学下的符号也变成想象语境服务的修辞符号，其符号功能旨在带给受众以审美快感。符号功能的转向所带来的则是对于艺术符号审美的转向，即由对艺术的精神消费转向身体参与下的感官消费。因此，网络文艺符号文本无论是作为话语文本还是叙事文本，文本的意义指向都不再是指向文本内部，而是指向了受众，受众的身体快感成为文本的意义效应。受众地位抬高的结果则是艺术符号其艺术价值的降位。从媒介革命的角度出发，"互动性"是网络文艺的本质所在，而网络文艺的核心特征则在其

---

① 隋岩，姜楠. 能指丰富性的表征及新媒介的推动[J]. 现代传播(中国传媒大学学报)，2013：6.

"网络性"。经过全篇的论述，可以鲜明的看出，网络文艺的"网络性"一方面根源于互联网时代下的媒介语境与虚拟生存体验，另一方面则植根于消费社会下的"粉丝经济"，而伴随着"粉丝经济"而来的是网络文艺"流量"符号的出现。现阶段，对于网络文艺符号的择判标准就是"流量"，一种可量化的数据，这种对艺术衡量标准的出现也同属于注意力经济下的产物。网络文艺符号的生产机制从外部看是网络文艺内部资源的空间再调整，从内部看则是艺术商品的形式调整，因此，在一定程度上，网络文艺符号生产是一种内容模式的形式化生产，对艺术来说，其艺术价值在于内容，而网络文艺则侧重于对于形式的流变。模式化是一种规范，是一种程式化，当生产机制成为一种模式化时，则必然会走向产业化与商品化。

根据之前谈到的文艺的"网络性"问题，文艺的"网络性"是媒介发展下对于艺术形式的必然要求，"粉丝经济"作为媒介革命的产物，也只是存在于网络文艺世界之中的象征资本。虽然网络文艺符号生产作为一种媒介生产，但是商业性并不是"媒介"的自带属性，因而并不是网络文艺商业性的原罪。在这里，并不反对艺术的商业性，艺术的艺术性与商业性并不是天然的二元对立的对抗结构，我们反对的是商业属性成为衡量艺术标准的唯一价值属性，是艺术的商业化。艺术可以大众化、通俗化，但是也要避免在艺术性降位的过程中由大众艺术向商品艺术过渡的危险。这是属于艺术的"灾难"，而这种"灾难"亦属于艺术消费的"我们"。因为商品化在把艺术变为商品艺术，把艺术的消费者变为商品艺术的消费者的同时，也在把该主体变为商品化的对象。媒介革命打破了"精英艺术—大众艺术"之间等级秩序，同时也从根本上消解了两者之间的二元对立关系。随着网络文艺符号生产所带来的受众地位的转向，也就意味着生产向消费的转向。不仅让艺术走向了商业化，受众同样也走向了商业化。"网红"群体的出现就属于网络中的商业化与职业化，"网红"作为注意力经济下的产物，成为携带点击量、粉丝量的"流量"主体。随着网络直播、网络短视频的出现与热捧，"网红"群体也逐渐壮大。

因而，我们需要审视的并不是网络文艺商业性与媒介的关系，而是要审视人与媒介的关系问题，是对网络文艺生产的伦理监督与法理监管的问题。对于网络文艺的艺术工作者而言，其生产责任在于如何通过新媒介的"语言"

去引渡文明，如何根植于网络这块广袤的虚拟土壤发展网络文化，从网络文艺的现状来看，网络文艺发展需要这样的文化警觉。对于网络文艺的泛娱化现状，有人提出了影视"分级制"的解决方案，但是网络文艺作为一种新兴的艺术形式，艺术价值是艺术的核心所在，"分级制"可以量化标准，但不可以量化价值，因此，问题解决的根本在于文化自觉。对此，文艺工作者要做的就是生产出可以培养受众文化自觉的艺术作品。仅仅依靠网络文艺生产的自律是远远不够的，还需要伦理监督、法理监管进行强有力的外部规制。因此，在享受技术带来便利的同时，我们需要反思行为的"合理性"偏向以及价值取向的适宜性；通过科学化调适，促进自由和意义在媒介内容生产中的展现，使技术更好地服务于我们的生活。

二、内部管理——自上而下的制度规范

据相关数据统计，到 2021 年，我国的网民数量已经超九亿，我国现在已经是全世界拥有网民数量最多的国家，而且这个数字还在不断上升，网民年龄结构也呈现出年轻化的趋势。伊格尔顿的"审美意识形态论"就认为文学艺术创作就是对于意识形态的生产。另一位一直致力于文本意识形态研究的西方马克思主义学者马歇雷（Macherey）则沿着阿尔都塞（Louis Althusser）文本——意识形态的离心结构理论又继续深入，在突出文学的意识形态性的基础上又突出意识形态的文学性，并在此基础上提出了文本中意识形态"在场—不在场"的深层辩证结构，进而提出了"症候"阅读的文学批评主张。

由于文学艺术特有的精神性以及对于人的精神思想的价值导向功能，从古至今，国家领导人一向重视对文艺意识形态的引导与管理。习近平总书记就十分重视意识形态问题，他在谈到意识形态这个问题时说道："面对改革发展稳定复杂局面和社会思想意识多元多样、媒体格局深刻变化，在集中精力进行经济建设的同时，一刻也不能放松和削弱意识形态工作。"[1]尤其是在思想开放、言论自由、文化多元的时代，更应抓紧、抓牢文艺的意识形态建设工作，坚持弘扬本原性的、本土性的、民族性的精神资源和正确的价值导

---

① 习近平论党的宣传思想工作[M]．北京：中央文献出版社，2020：21．

向以应对社会转型期外来思想的渗透与技术理性对人文理性的冲击。网络文艺不仅具有传统文艺的精神性而且还具有网络的自由性，多模态文化的集容也让网络文艺成为各意识形态的斗争地，同时也反映出网络文艺意识形态管理的难度与阻碍，因而对网络文艺的管理迫在眉睫。

(一) 坚持推进科学管理，有力保障行业健康规范发展

营造风正清朗的网络文艺生产空间与健康有序的发展生态，需要配合有效的管理措施，在党的十八大以来加大了对网络文艺管理的实施办法，管理思维、管理方式、管理手段也逐渐朝着科学化、规范化与法治化的方向发展。自新中国成立以来，我国一直坚定不移地走中国特色社会主义文化发展道路，在国家政策的引导与扶持下，我国的文艺发展也逐渐释放出强大的生命力与精神活力，网络文艺在二十年内实现了突飞猛进的快速发展。2018 年我国网络视听机构新增购买以及自制网络剧突破 2000 部，网络视听机构用户生成内容(UGC)存量更是达到 10.35 亿个，网络视听节目播放总量突破 2.66 万亿次。不可否认，我国已经成为名副其实的网络文艺创作与生产大国。

网络文艺作为一种集网络文化、二次元文化、宅文化等多种青年亚文化为一体的多模态文化集容生产空间。习近平总书记曾经指出，"网络空间已经成为人们生产生活的新空间，那就也应该成为我们党凝聚共识的新空间。"①随着网络文艺的繁荣发展，网络文艺的创作群体逐渐庞大，衍生出了众多新型的文艺业态，各种与网络文艺相关的自由职业者也是层出不穷。在网络文艺发展的初期，由于缺乏有效的管理与引导，这些庞大的网络文艺创作群体较长时间处于一种自发自愿、放任自流的"放养"阶段，所以只有加强对网络文艺从业人员的思想引导，让其朝着组织化、制度化发展，才能成为推动我国文艺发展的巨大推动力量。

(二) 健全管理制度、统一管理标准，维护充满活力、公平竞争的发展秩序

---

① 《习近平谈治国理政》第三卷，外文出版社，2020：318.

现阶段，我国有信息网络传播视听节目许可证的机构近 600 家，且大多以民营为主，这些机构的存在让我国的网络文艺市场在竞争中完善，在竞争中成长。而对于这些机构的管理，也应适应时代发展趋势，完善相应的准入政策，以降低准入门槛以及相应的资金扶持与政策鼓励来调动社会各界资源，激发网络文艺创作生产传播的主动性、积极性与创造性。

网络文艺的发展具有一定的爆发性，是一种带有强烈的草根精神与民间力量的大众文艺，这也导致了在初期无论是对网络文艺的管理还是评价以及文艺批评上都是沿袭着传统文艺的一套管理办法与评价体系。一方面，各级的文艺部门以及各种的文艺组织都把主要的精力以及工作的重心放在了对于传统文艺以及实体文艺的管理与运作上，而对于网络文艺的组织管理以及制度建设的重视程度不够，并且那些能够落到实处的管理措施也是存在很大的空缺。另一方面，我国现阶段网络文艺创作群体以及相关从业人员的基数群已经十分庞大，但是在管理队伍上一直缺乏一支懂业务、懂技术且具有前沿意识的网络文艺专业管理人员，这也暴露出我国在建立健全网络文艺管理机制的道路上还有很长的路要走，还有很多的挑战需要面对，还有很多的困难需要克服。近年来，我国从中央到地方，从文化部门到一些文艺组织都陆续出台了很多关于加强网络管理的文件及制度规范，将网络管理以及文艺管理的重心放在如何建立一种合理规范并适合中国网络文艺发展经验的文艺管理体制。

（三）坚持正本清源，持续政治行业突出问题

无论是网络文艺的创作者还是消费者都应自觉抵制"泛娱乐化"与"泛俗化"的作品。针对网络文艺创作中的不良思想倾向，我国出台了一系列的管理条例，如 2018 年国家广播电视总局下发了《关于进一步加强广播电视和网络视听文艺节目管理的通知》，其中一条提到了要"落实意识形态工作责任制，强化主管主办责任和属地管理责任"，切实增强网络视听节目的公益属性与文化属性。与管理措施相适应的，国家广播电视总局也加大了对违反上述通知的处置力度。

首先，文化部门以及各文艺组织的工作人员应自觉加强自身的思想道德

建设，加强信仰教育与价值认同，转变思想观念，深刻认识到加强网络文艺的制度管理以及意识形态引领是巩固社会主义主流意识形态的迫切需要，是建设文化强国的必然选择。其次，各文化有关部门应将工作的重心以及管理的重心先移到对网络文艺意识形态建设上来，努力做好对网络文艺群体以及创作队伍的思想引领与价值引导。大力加强队伍建设，建立一支专业化、组织化、制度化的网络文艺管理人才队伍，夯实"关键少数"。

网络文艺与传统文艺是一种在精神上具有共通性但是在形态上具有巨大差异的两个文艺类型，所以在具体管理上，也要做到"因材"管理。对网络文艺的管理，要组建专门的管理部门，从对实体文艺的管理转移到对网刊、网站的管理，同时管理手段也应做到与时俱进，实施技术化管理、网络化管理。在对网络文艺群体的管理上，也应适时的提高准入门槛，进一步落实实名用户制度，建立与完善网民个人信用备案机制。现在我国的网络文艺群体的特点呈现出规模小且分布零散的特点，很多的文艺小团体以一种"建群"的方式在网络上存在着，而"群主"则成为主要的"管理者"，负责一些简单的管理，做好秩序维护工作。"群主"的存在虽然一定程度上实现了网络文艺群体的小型"区域化"管理，但是由于缺乏专业的管理经验，在具体管理上缺乏一定的管理效力，管理效果还是差强人意。这就要求相关的文化部门应规范群主的管理，建立合理的奖励与惩罚机制，加强对敏感词汇的筛选力度，遏制一切有损社会主流意识形态建设、与主流价值观相抵牾的言语、词汇、作品的创作与传播。同时需要注意的是，管理方式不可太过僵化古板，不能只一味地停留在"不准为"的层面，这种"一刀切"的管理办法不仅不会起到很好的管理效果，而且还在很大程度上削减与制约了把关的质效。对于一些具有较强主流性质的政治发声，应给予积极的鼓励与引导，必要时与一些奖励措施相配合，从而调动他们发优秀作品、发主流言论的积极性与能动性。与此同时，对网络文艺群体进行一定的管理培训同样重要，做到知识学习与系统培训相结合，切实提高他们的专业素质与从业能力，充分发挥他们在网络文艺群体中的"领头羊"与"把关人"作用。

（四）把关内容生产，鼓励文艺创作的创新创优

自党的十八大以来，我国文艺创作不断开展落实"新时代精品工程"，文艺创作的创新创优导向也变得更加鲜明突出。为了鼓励优秀原创文艺的创作与生产，国家也相继出台了一系列的鼓励政策文件，制定优秀网络文艺重点选题规划、优秀网络文艺作品扶持计划等，逐渐形成了动态调整管理新局面，"播出一批、储备一批、筹划一批"的创作生产链也逐渐完善。在政策鼓励与项目引导方面还需要加大扶持力度，比如建立创新创优优秀网络文艺作品评选、优秀现实主义题材、重大社会题材以及少儿精品作品专项资金扶持、优秀原创内容推荐与引导机制；"设立网络视听节目内容建设专项资金，实施'网络视听节目精品提升工程'，鼓励网络视听出精品、出佳作。抓人才培养，深入实施行业'领军人才工程'和'青年创新人才工程'"①等。

最近几年，在"文化自信"的语境下，出现了"国学热""回归传统"等文化热潮，我国整体文化面貌呈现出欣欣向荣之景。在 2021 年的"十四五"规划以及 2035 年远景目标纲要草案中，又提出了一个充满高度文化自信的国家未来发展目标，即要在 2035 年实现文化强国。在建成文化强国的目标中，文化产业与文化事业尤其是最新兴起的新文化与新文艺业态则是不断为人民群众提供高质量的文艺精品以及高品质的文化产品与服务的"供给站"，是推动中国优秀传统文化传承与创新性发展的后坐力。中国传统文化是中华民族最根本的精神基因和最独特的精神标识，是中华民族的"根"和"魂"，是整个国家、整个民族实现文化自信的强大精神支撑，更是我们最深厚的文化软实力。新时代的文化要想实现新的发展与突破，就必须与时代接轨。在"融媒体"语境下，传统文化的传承与发展需要借力新技术、新媒介与新形式，让融媒体成为传播中国优秀传统文化的新方式与新路径。

网络文艺的成功"出海"足以显示出网络文艺已经成为国家软实力的重要载体，在展示中国传统文化的精神魅力、塑造文化大国形象、提高民族文化的国际影响力等方面发挥着重要作用。一个文艺的健康可持续发展必定有

---

① 聂辰席. 开拓创新，奏响恢弘乐章——新中国[J]. 人民日报，2019-9-10：20.

着一套科学合理的管理制度，网络文艺要想在新的时代语境与新的历史使命下实现更好地发展，这也为管理网络文艺提出了更高的要求。中国的网络文艺工作者与相关的管理人员应将以下几个方面当作今后的工作方向：一是大力发展网络文艺事业，开展网络文艺公共服务战略；二是集中发展网络文化产业，坚定走网络文化发展战略，国家政策与地方发展相结合；三是创新发展网络文艺，以内容为生产导向，实施主流文化弘扬战略；四是鼓励网络文艺创作，生产借力新技术，实施网络文艺科技战略；五是加快推动网络文艺理论建设与评价体系建设，形成科学合理的动态评价机制。

三、社会制约——社会场域与他律约束

（一）时代变化与受众需求变化

根据有关数据显示，中国数字用户规模总量在 2019 年的一季度首次突破 10 亿大关，在 2019 年年底用户总量以 10.17 亿收官，用户增速虽然有所放缓，但还是实现了 2.19% 的增幅；日均活跃用户更是达到了 9.8 亿人次，可以说现如今我国真正迎来了数字用户时代。在数字用户时代，数字用户的总量还在不断增长，与此同时，我国的数字用户结构也呈现出一些新特点、新变化。根据数字用户结构来看，24 岁以下的年轻用户已成为推动我国数字用户增长的新的核心增长动力，并逐渐成为我国数字用户的主力。

1. 受众消费方式转向内容消费与体验消费

以"90 后""00 后"为代表的"网生一代"越来越倾向于为自己感兴趣的内容买单。事实上，年轻用户并不是纯粹地将网络文艺当作现代化的娱乐消遣，他们也追求消费更优质的精品化原创内容，不仅如此，年轻用户还十分注重良好的用户体验，并将自身的消费体验感受纳入衡量文艺内容价值与意义的重要因素。有调查显示，当今社会有 54% 的年轻人愿意购买视频 VIP；为实现高科技带来的体验感，33% 的年轻人愿意付费进行 AR 体验。可以说现在网络受众的消费方式开始从娱乐消费转向内容消费与体验消费。

抖音的爆红，很大程度上是精准地抓住了现代年轻人的审美趣味与消费方式，很多的内容编辑软件在"95 后"群体中也是广受欢迎，它们走红的背后

消费逻辑就是"网生一代"互享需求的上升。现在我国网络短视频创作已经很好地将网络文化、青年文化、大众流行文化融入短视频的内容生产之中，注重消费者的体验感受，让受众在进行审美体验与娱乐消费的同时还能够将自身的体验感受进行艺术化的表达。相比传统文艺消费体验多侧重于精神思想领域，网络文艺的消费体验则更多地侧重于情绪、情感领域，甚至有的网络文艺作品就是将某种情感、某一情绪作为主要的内容输出，注重文艺内容所能传达出的情绪价值。

2. 依靠"画像定位"，满足用户需求的精准化表达

那些可以代表一个时代的文艺作品，一定是能够满足人民审美需求的。消费社会的到来，受众需求也从以前的粗放型消费开始转向更为精准化、个性化的消费模式。网络短视频的迅速走红虽然很大程度上是由于迎合了年轻用户的分享欲望与审美诉求，但是随着时代的变化，用户的个性化、差异化诉求也在不断增多，网络短视频初期的内容生产方式已经不再能满足受众的审美需要，于是在网络短视频创作领域，从原来的十几秒的短视频创作开始向 vlog 长视频转型，继而为用户提供了更多的消费选择。

网络文艺创作者该如何满足人民的审美需要，创作出更多具有市场竞争力的文艺作品，针对这一问题，很多的业界专业人士提出了相应的解决方案。慈文传媒副总裁、首席品牌官赵斌曾提出利用"画像定位"这一创作理念，针对个性化的受众需求，制作精致化内容。他表示，大数据统计的应用，可以给网络影视制作者勾勒出观众画像与受众需求，制作者在找准第一画像和需求之后，可以根据用户需求的精准表达，进行精致化创作，满足需求，直击用户。

3. 技术更新+优质内容，优化用户体验

在以技术主导的融媒体社会中，技术开始逐渐成为网络文艺创作的主导力量，并推动着传统媒体的转型，像"互联网+传统文艺"就是传统文艺生命力的数字化延伸。但是无论是传统媒体的技术化转型还是传统文艺的数字化转型，其最终的落脚点不应只局限于技术层面的升级与更新，而是要在技术助力的同时更要深入挖掘内容。在融媒体时代，内容依旧为王，而缔造良好的用户体验，需要更先进的技术与更优质的内容的加持。

4.追求高雅审美趣味成新趋势,"网生一代"愿为文化买单

"网生一代"是伴随着互联网技术成长起来的一代,其思维方式与文化思想也被打上了深深的网络文化的烙印。所以每当谈起"网生一代"时,常常会与网络青年亚文化联系起来,但事实上年轻用户也开始追求高雅趣味的文艺,注重文艺作品中文化内涵的流露。在《中国文化综艺白皮书》中,关于"文化综艺节目的什么要素最吸引你"的调查显示,近七成的年轻受访者将"精神内涵/价值导向"作为评价文化综艺节目的首要因素,其次是"节目的创新性"。随着年轻用户的文化素养与知识水平的提高,95后逐渐成为近几年崛起的文化类网综的主流人群,有调查显示,像《朗读者》《见字如面》《国家宝藏》《中国诗词大会》等一系列文化类综艺节目"95后"观众在所有受众群体中的占比竟超过三成。这些调查数据不仅从主观层面扭转了大众对于"网生一代"的刻板印象,而且在客观层面为网络文艺的生产与创作提供了一定的导向意义。综艺节目《国家宝藏》节目组曾专门研究过当代年轻人的审美趣味,并且该节目的制片人兼总导演于蕾还曾说过"当下社会对年轻人的审美是有一些偏见的,吸引年轻人的并不是'傻白甜',他们也非常喜欢有质感的东西"。事实上,那些实现市场与口碑双赢的文化类纪录片《我在故宫修文物》《航拍中国》等,最初就是在哔哩哔哩网站(简称"B站")获得了超高的播放量与关注度并成功走红,而"B站"的主要受众群体则是以"90后""00后"等"网生一代"。

因此,这些现象给现阶段我国网络文艺创作所带来的启示就是,相关的文艺创作者在提高自身创作能力与文化素养的同时,也要做好相应的市场调研,深入群众、抓好受众群体,及时了解现代受众的审美趣味与消费诉求,敏锐地捕捉受众的审美趣味转向,通过对受众群体审美品位的精确定位,调整自身的创作方向,以满足受众多样化的审美需要。现在年轻受众的审美趣味开始从通俗走向高雅、从娱乐走向文化、从非主流走向主流,那么网络文艺的创作与生产也要顺应这样的消费潮流,规避内容空洞、品位低下、价值观错位的低质量文艺作品的出现。

(二)社会场域与粉丝经济互相作用下的网络文艺生产

1. 社会场域的自我净化，助推网络文艺不断升级

社会场域这一概念最先是由布尔迪厄（Pierre Bourdieu）在 19 世纪中叶提出，布尔迪厄对场域的定义是："将一个场域定义为位置间客观关系的一网络或一个形构，这些位置是经过客观限定的。"①根据布尔迪厄的这番话，我们可以知道，对于场域的概念理解，我们不应将其看作一个实在意义上的领地，也不应从物理学角度去考察领域的空间意义，场域实际上是一个不同力量相作用的空间存在，这个空间它可感受但不可界定。作为社会学家的布尔迪厄在提出社会场域这一概念后又对社会中的许多场域进行了考察，例如政治场域、文化场域、宗教场域、美学场域等，每个场域都有其独特的力量构成以及主体关系，例如在艺术场域中，就有艺术创作者、消费者、艺术理论家、艺术批评家等不同的主体关系，不同主体之间的相互联结与相互作用恰恰依靠艺术这一场域，正是这种独特的力量关系赋予了艺术领域以独特的磁场。

可以说布尔迪厄的"场域"实则就是一个内含生气的、力量的、有潜力的存在。需要强调的是，社会中这些不同的场域虽然有着各自场域的逻辑规律，场域内部有着很强的自主性与自洽性，但各个场域之间并不是独立相隔的封闭性存在，相反，场域之间的力量也会相互渗透，特别是"统治的经济和政治力量"会影响场域并转化到场域半自主的逻辑中来。在笔者看来，布尔迪厄的"场域"理论，其价值不仅仅是为我们提供了一个重新审视社会系统构成的独特视角，更重要的是为我们研究网络文艺提供了一种关系主义的思维视角，这样的思维视角让我们研究网络文艺生态系统构成有了新的认知与发现。当我们带着布尔迪厄的"场域"理论与关系主义视角重新审视网络文艺生态系统时就会发现，网络文艺作为一个基于媒介而建构的庞大的文艺生态系统，也是一个极为复杂的场域，其内部的力量构成不仅涉及网络文艺的创作者、消费者与网络文艺研究者等主体力量，还涉及相关的文化部门人员，除此之外还包括各种文艺思潮、审美取向、商业逻辑、网络文化以及青年亚文化生态等多重力量。可以说，网络文艺作为一个基于媒介而存在的艺术场

---

① 本森.比较语境中的场域理论：媒介研究的新范式[J]. 韩纲，译. 新闻与传播研究，2003：1.

域，其场域内部并不是仅仅有艺术这一单极力量，而是集政治、文化、法律、教育、宗教等多极力量的综合性场域，只是在外部呈现上是艺术力量占主体。

既然网络文艺这一艺术场域需要与其他场域相互作用，融合并生，那么就要充分发挥网络文艺场域内部的积极力量。因此，无论是从各场域之间的健康发展还是从提高我国的文化软实力、扩大中国文化与中国文艺的国际影响力与号召力的角度出发，网络文艺的发展都需要将传播主流价值、塑造国家形象作为其主要的时代责任与历史使命，充分发挥网络文艺在新时代下精神导向与价值引领的作用。

第三节　宏观把控与微观管理

"互联网技术和新媒体改变了文艺形态，催生了一大批新的文艺类型，也带来文艺观念和文艺实践的深刻变化。"[①]网络文艺作为文艺的一种新形式，由于其创作主体的多元化以及规模大、传播快、受众广等特性，它的思想传播和价值导向功能在一定程度上比传统文艺有着更大的影响力。由于网络文艺的发展受到消费主义和市场化的影响，在资本和利益的驱使下，以"井喷式"的速度产生了海量的文艺作品，涵盖着大量或好或坏的信息。而在娱乐化倾向的诱导下，这些信息相比法律、道德、宗教等传统的价值观念更容易被大众所接受，潜移默化之中影响着人们的日常行为与思维方式。为抓好网络文艺建设，中共中央于 2015 年 10 月出台《中共中央关于繁荣发展社会主义文艺的意见》（以下简称《意见》）首次明确提出要大力发展网络文艺。习近平总书记更是深刻指出："网络空间是亿万民众共同的精神家园。网络空间天朗气清、生态良好，符合人民利益。网络空间乌烟瘴气、生态恶化，不符合人民利益。"[②]加强网络文艺创作生产的正面引导力度，充分发挥社会主义意识形态的引领作用，"尤其要加强对网络上一些低俗、劣质的网络文

---

① 习近平.在文艺工作座谈会上的讲话[J].人民日报，2015-10-15：2.

② 习近平.在网络安全和信息化工作座谈会上的讲话[J].人民日报，2016-4-26：1.

艺作品的清理与打击力度，纯洁网络环境，提升网络文艺的整体品味，不能让网络文艺在市场经济大潮中迷失方向、发生偏差"①。这不仅对净化网络空间、让网络文艺更好造福人民具有重要意义，而且这也是新时期构建社会主义意识形态话语体系面临的新课题。为了更好地构建与融媒体语境相适应的社会主义意识形态话语体系，既要着眼大局，又要落到实处，因而需要宏观把控与微观管理两方面力量的双重制约。

一、宏观把控——思想引领与主流意识引导

（一）加强对网络文艺意识形态引导建设

2019 年也是我国网络文艺快速发展的一年，用户总量、市场占有率以及生产作品总量较往年都有了很大的提升。截至 2019 年，我国网络音乐用户规模达 6.35 亿，网络直播以较 2018 年新增近两亿的速度成为我国网络文艺市场中发展最为迅猛的文艺形态之一，在 2019 年网络直播用户总数已达 5.60 亿。根据最新的《中国互联网络发展状况统计报告》，截至 2020 年 3 月，我国网民规模为 9.04 亿，互联网普及率达 64.5%。网络音乐、网络文学、网络游戏、网络短视频、网络直播等网络文艺形态以内容生产为导向，将创作的重心放在了对内容品质的不断提升上，以更好地推进中国文化事业的繁荣发展，用高品质的内容来适应时代发展的需要以及人民群众精神文化的需求。

1. 网络文艺也具有意识形态属性

文艺创作是基于一定的时代条件与历史背景的主观意识的能动输出，不仅具有强烈的主观性，外界大环境作为一种隐性的外部力量也在很大程度上影响着文艺创作、传播、消费的各个环节。因而文艺创作作为一种精神性的创作活动，必然带有一定的意识形态倾向。网络文艺不仅作为我国现代文艺的重要代表，同时也是网络文化的重要组成部分，这就使得网络文艺先天性地具有意识形态属性。正确把握、引领网络文艺的意识形态属性，不仅是坚

---

① 倪洋军.政治局会议"大力发展网络文艺"咋落实？[J].人民日报，2015 年月 12：2.

持和发展马克思主义文艺观的迫切需要，更是繁荣发展社会主义网络文艺、掌握意识形态工作话语权的现实要求。"我国主流意识形态必须包含以下几个构成部分：一是马克思列宁主义；二是中华优秀传统文化；三是世界其他国家优秀文化成果；四是中国共产党和中国人民极为宝贵的实践经验，即马克思主义中国化理论与实践成果；五是全社会各个阶级阶层创造并自觉整合的思想文化体系。按照此理解，我国主流意识形态具体指向必须囊括上述五个方面的内容体系。"①毛泽东在其文艺思想中也提到："在社会主义国家里，马克思主义的地位不同了，但是就是在社会主义国家，还是有非马克思主义的思想存在，也有反马克思主义的思想存在。"②毛泽东一向很重视文艺的意识形态属性，毛泽东在当时特殊的历史背景下看到了文艺这种精神性的产品在建构、传播意识形态方面所发挥的重要作用。对于文艺意识形态的把握与引领是任何一个政党的时代要求，加强主流意识形态在各个领域的主导地位也是实现其政治理想与社会理想的首要前提。因而，毛泽东的此番言论对党在融媒体时代语境下如何加强对各领域的意识形态引领工作以及巩固自身的意识形态话语权依然具有很强的警示意义。

从网络文艺的诞生时间以及发展历程来看，网络文艺还是一个新生事物，虽然成长与发展速度十分迅猛，但是由于在成长初期缺乏有效的管制导致我国的网络文艺经历了一段时间的"野蛮生长"，网络文化产业也遭受了产业泡沫化的厄运。由于网络空间的匿名机制与言论自由，使得网民可以在网络自由地进行言论的发表、传播，网络言论的真实性、有效性也遭到了很大的质疑。同时，网络的"泛自由性"所带来的网络言论的"无政府状态"也为各种非主流的价值取向提供了滋生与蔓延的温床。对于网络文艺创作而言，很多无良的文艺创作者脱离主流价值思想与社会道德的管约，对一些经典文艺作品进行恶搞、戏谑、解构，用新、奇、怪的艺术形式来取代经典作品的价值思想。在这样无序的思想环境下，大众的价值观念在日趋个性化与多元化的同时，认知、价值、思想也都在发生着悄然的变化，在亚文化思想的浸染

---

① 储著源.主流意识形态的"主流"之辨[J].思政学者，2017：8.
② 毛泽东.毛泽东选集：第3卷[M].北京：人民出版社，1991：855.

下逐渐偏离主流价值思想的轨道，降低对主流价值观的思想认同。最新数据表明，中国二次元用户集中分布于95后年龄段，数量比例高达57.6%，其次是年龄偏小的00后，其数量比例为20.9%，95后及00后两大群体共计占到78.5%，因此，二次元群体呈现年轻化特征。但是，传统文化的精神财富并没有很好地借助网络文化整体充分地展示，也没有很好地统摄网络文化的表现形式，相反，过多的青年亚文化侵入了传统文化本身，使得当今文化发生了某种"失范"，社会道德和价值观的主要规范所起的支配性作用则可能淡化。由于价值倾向的差异与模糊的是非善恶标准，最终造成受众的道德失范、道德相对主义、道德选择迷茫以及人生观价值观的取向紊乱。

2. 发挥社会主流意识对网络文艺引领作用

习近平总书记也从国家安全的战略高度出发，提出："必须坚持巩固壮大主流思想舆论，弘扬主旋律，传播正能量，激发全社会团结奋进的强大力量。"①因此，如何在纷繁复杂的多元网络文艺生态中确立社会主义主流意识形态的领导权，增强社会主义核心价值观的话语权，不仅关系到网络文艺的健康平稳发展，更关系到整个国家的文化安全以及社会的长治久安。这就要求网络文艺在创作过程中始终坚持社会主义主流价值观作为精神导向，提高内容建设，充分发挥社会主义意识形态对网络文艺的引领作用。

随着网络文艺内容品质的不断提升，网络文艺也逐渐成为我国文化软实力稳健提升的重要推动力量。为了进一步彰显我国文化的国际影响力，越来越多的网络文艺优秀作品也被推介到国外，进而开辟海外市场。在国家相关政策的扶持下，网络文艺"出海"也迎来了新的时代，网络文学的"出海"在众多网络文艺形态中表现一直突出，并成为我国向海外输出文化影响力的最具代表性的文化符号之一。截至2019年，仅阅文集团在海外授权的作品就达到700余部，网络文学一直以高产量的内容输出不断扩大海外市场格局。网络游戏近几年无论是国内市场占有率还是海外出口方面，都彰显出了强大的生命活力与艺术创造力。2019年我国的网络游戏用户规模达5.32亿，占网民整体的58.9%，而2019年全球用户支出排名前十的网络游戏中，我国的

① 胸怀大局把握大势着眼大事努力把宣传思想工作做得更好[J]. 人民日报，2013-8-21：1.

《王者荣耀》《梦幻西游》和《PUBG Mobile》分列第二、七、九名。网络视频（含短视频）自诞生之初就表现出了强劲的生命活力，截至 2019 年我国网络视频用户规模高达 8.50 亿，其中网络短视频用户规模为 7.73 亿，网络视频用户总量较 2018 年底增长 1.26 亿，占网民整体的 94.1%。2020 年初，我国的国民经济遭受到了重创，但是网络短视频却表现得十分亮眼，成为拉动国民经济、支撑网络文化产业的重要支柱，并引发了"后疫情"时代的短视频狂欢。网络短视频以生动直观的娱乐性内容以及互动性所带来的趣味体验，突破了地域、语言以及文化的局限，使其在跨文化传播方面具有了先天性优势，因而这种由短视频所引发的全民狂欢也影响到了海外。数据显示，抖音海外版 TikTok 下载量已超过 15 亿次，快手海外版 Kwai 更是多次登顶巴西应用总榜。网络短视频的海外影响力也让那些具有深厚文化内蕴的短视频作品担当起文化输出的时代使命。以知名博主李子柒为例，她的短视频内容一直聚焦于展现与传播中国传统文化，将中国传统文化与古色古香的影像风格相契相合。在她的视频镜头下，中国传统农家的衣食住行与生活细节处处体现着中国传统与中国智慧，可以说李子柒视频下的内容主体就是中国文化，就是中国精神。这样极具文化内蕴又极富视觉观赏性的视频内容也受到了众多海外受众的喜爱，截至 2019 年 12 月，李子柒在 YouTube 上的粉丝数近 800 万人，100 多个短视频的播放量大都在 500 万次以上，李子柒的视频也成为海外受众了解中国文化的一个窗口。

随着网络文艺的用户覆盖面以及国际影响力的不断扩大，网络文艺已成为一种新时代下彰显国民新面貌、彰显国家新气象的重要文化输出符号，因而对网络文艺的价值引导与思想引领就显得尤为重要，尤其是在融媒体语境以及跨文化传播的新时代下，更是为网络文艺意识形态的把控工作提出了新的任务与要求。创作的自由、文化的多元是网络文艺繁荣发展的重要前提，是网络文艺扩大影响力的重要保障，但网络文艺的文化多模态化中所包含的众多亚文化因素以及与主流价值观相抵牾的非主流文化因素也成为危害我国网络安全的内部隐患，成为威胁社会主义主流意识形态的危险因子。

习近平在 8·19 讲话中曾指出，在我国意识形态领域中存在"三个地带"，即主流媒体和网上正面力量构成的"红色地带"，网上和社会上一些负面言论构成的"黑色地带"以及处于两者之间的"灰色地带"。这些形象的比喻真实地反映了当前网络文艺作品的现状。具体而言，加强社会主义核心价值观在网络文艺领域的思想引领就是正确处理好这"三个地带"问题的关键所在。因而构建社会主义意识形态话语体系不仅要把眼光着眼于现实社会实践，同时也要加强对网络空间意识形态安全以及网络文艺内容价值导向的关注力度。鼓励主题积极向上的网络文艺创作，巩固马克思主义在意识形态领域的指导地位，把握党的精神在网络文艺创作与生产中的意识形态话语权，强化大众对共同思想基础的价值认同。

"自觉讲品位、讲格调、讲责任，自觉遵守国家法律法规，加强道德品质修养，坚决抵制低俗庸俗媚俗，用健康向上的文艺作品和做人处事陶冶情操、启迪心智、引领风尚。"习近平总书记不久前在全国宣传思想工作会议强调的这句话，同样适用于网络文艺创作。"新主流电影"《战狼Ⅱ》的导演吴京曾说："网络上的正能量，就像中国武术中的精气神。有了它，我们就能激浊扬清，创造美好。"中共中央在《意见》中不仅提出要"让中国精神成为社会主义文艺的灵魂"，而且也强调了"社会主义核心价值观是中国精神的集中体现和时代表达"。因此，推动网络文艺健康繁荣发展，必须确保社会主义核心价值观的指导地位，网络文艺作为人民精神文化需求的载体，自然地担负着精神纽带的价值功能。只有坚持社会主义核心价值观的引领，网络文艺才能充分反映时代发展的前进方向；只有以中国梦和中国精神为核心，网络文艺才能凝聚中国力量、践行中国价值。而如何凸显中国精神对网络文艺的引领地位，关键在于强化社会主义核心价值观的意识形态导向作用。

3. 加快文艺体制改革，建立规范的网络文艺发展机制

习近平指出："对传统文艺创作生产和传播，我们有一套相对成熟的体制机制和管理措施，而对新的文艺形态，我们还缺乏有效的管理方式方法。这方面，我们必须跟上节拍，下功夫研究解决。"①因此，面对迅猛的网络文艺发展态势，要加快构建规范的引导和保障机制以建立健全网络文艺管理体系。不仅如此，还要不断促进文艺体制深化改革，以适应网络文艺发展需求

---

① 习近平：《在文艺工作座谈会上的讲话》，《人民日报》，2015年10月15日，第2版。

的新形势。

　　建立规范的网络文艺发展机制，需要提高网络文艺人才的马克思主义理论素养，建设一批兼具理论素养与正确思想的网络文艺专业批评队伍，用主流意识对网络文艺进行批评引导。2017 年，中国传媒大学在国家艺术基金的资助下主办了国家艺术基金艺术人才培养资助项目——"网络文艺批评人才培养"。国家艺术基金坚持文艺"为人民服务、为社会主义服务"的方向和"百花齐放、百家争鸣"的方针，此次项目主要着眼于培养一支具有高水平的专业网络文艺人才队伍，以提高网络文艺工作者的文艺理论修养，加强他们对于网络文艺规律的认识，更重要的是提高网络文艺人才队伍的思想觉悟。网络文艺批评者只有在思想上始终保持思想正确，才能对我国网络文艺所面临的诸多困境以及问题症候给予建设性的批评指导，只有思想上有担当才可真正成为网络文艺批评意见中的精神榜样，才能更好地激发网络文艺的创作活力，更好地适应网络文艺发展的新形势、新要求，更好地为社会主义文艺繁荣贡献一己之力。

（二）主流意识与网络文艺由渗透走向深度交融

　　加强对网络文艺领域的政策引导与精神引领的目的就是巩固社会主义主流意识形态在网络文艺领域的主导地位，在国家与各方力量的共同努力下，主流意识与网络文艺已经实现了由渗透走向深度交融。

1. 主流意识对网络文艺主题选择上的渗透

　　为了更好地迎接新中国成立 70 周年，2019 年的网络文艺在主题的选择上多偏向于"红色""爱国"等极具时代色彩的主题，叙事风格也逐渐抛弃了之前的私人话语的叙述风格而转向具有史诗性的宏大叙事。有的平台还为庆祝新中国成立 70 周年设立了特别专属通道，用来向大众征集与之相契合的题材、故事，形成了网络平台上的"红色"内容矩阵。例如："B 站"向广大 95后"up 主"开展"我和我的祖国"与"我为祖国送首歌"主题创作征集活动，引发了 95 后的热烈追捧；腾讯视频开设"我们的 70 年"主题频道，对"70 周年优秀公益广告"进行了长时间优质资源位的高频曝光传播，激发民众的公益意识，传播正能量；喜马拉雅 FM 和中国文联网络文艺传播中心联合出品了献礼新中国成立 70 周年的音频专辑《那些年，我们一起追过的经典》，让听众在追忆经典中回顾中国社会的变迁史与中国人的奋斗史；快手则专设"脱贫攻坚"视频通道推出了《网红新村官》《宝藏乡村》等系列短视频，短视频《致敬！"共和国勋章"获得者张富清》上线 1 小时播放量突破 200 万，累计播放量近 3000 万，无论是在网络还是在社会中都引起了热烈反响，让广大群众重新把目光聚焦于那些为中国的脱贫攻坚奉献青春、牺牲自我的人民英雄。网络文艺创作在主题上向主流意识的靠拢，不仅让网络文艺这一网络阵地成为传播社会正向价值、弘扬主流价值思想的重要阵地，而且彰显了我国社会主义意识形态实现了在网络文艺领域的领导话语权。

2. 主流传统文化价值对网络文艺价值逻辑的渗透

主流意识与社会主义核心价值思想对网络文艺创作的影响还体现在主流传统文化价值对网络文艺价值逻辑的渗透上。从 2019 年的网络文艺的各大"爆款"网络剧以及"现象级"的网络文艺作品来看，一个很明显的特点就是创作者能够在创作中自觉地从中国优秀的传统文化资源中汲取创作灵感，将文化、价值、思想作为主要的内容生产而非侧重于离奇波折的情节编排，让文艺作品在娱乐大众的同时也能成为传播主流价值思想的窗口。这些将传统文化与主流价值很好地融合进故事创作的文艺作品不仅在消费市场获得了巨大的"流量"，而且还收到了主流媒体的肯定与点赞。诸如：剧集《长安十二时辰》在盛唐气象的再现中普及了盛唐文化；剧集《陈情令》在国风之美的书写中彰显了文化自信；剧集《破冰行动》用人性的深度和现实的丰富突破了缉毒题材的老套路；美食纪录片《人生一串第二季》用 90 后的"人间烟火气"成就了"新派网生纪录片"的新类型；网红李子柒用诗意田园的生活美学向外国人传播了中华优秀传统文化；等等。从上述"爆款"中，我们不难提炼出"'小人物、真英雄、正能量、大情怀'的内容逻辑，无独有偶，这正好与国庆档的主旋律影片典型《我和我的祖国》不谋而合。在时代推动的彼此蜕变中，主旋律和网络文艺的价值逻辑正走向交融"①。

---

① 秦兰珺. 2019 年中国网络文艺：通向未来之路[J]. 中国艺术报，2019-12-28：3.

3. 主流文化对网络文艺亚文化的渗透

长期以来，网络文艺一直被看作是网络亚文化的代名词，由于网络文艺天然的网络属性使得其内容呈现与价值表达都与青年亚文化的反叛精神内核不谋而合。但是随着主流文化逐渐替代网络亚文化而成为网络文艺的主导价值，主流文化与网络文艺中亚文化的互动也不再只流于表面，而是实现了更深层次的渗透与互融。网络短视频由于时间短小、内容精悍而成为青年受众的热宠，2019 年我国主流新闻平台《新闻联播》也推出了短视频新闻频道——《主播说联播》，主播将网络热词以及网络流行语与时事新闻相融合，用通俗诙谐的语言为大家播报新闻、解读时事。其中主播用带有网络热词的语句"荒唐得让人喷饭"来怒斥美国人士污蔑中国的行为，这一短视频迅速登上实时热搜榜，引发了广大群众的热议与支持。自此之后，主播的众多带有网络流行语的新闻解读屡屡登上热搜榜单，而新闻联播里正襟危坐的主持人蜕变为进驻各大网络平台的新晋"网红"。同样也是在 2019 年，"港独"事件的爆发引起了社会各界的关注，"港独"分子的无耻暴虐行径也引发了广大爱国人士的不满。在此境遇之下，一大批号称"帝吧网友"的爱国网民携手"饭圈女孩"以理性的方式进行网络"出征"，让五星红旗的图案和爱国标语在"港独"分子的社交媒体连续刷屏，让海外的社交软件在那一晚呈现出一片"红色"的海洋。这个曾经被当作"亚文化"看待的群体，以应援"爱豆"的方式，应援了被偶像化为"阿中哥哥"的祖国，在表达强烈爱国情感的同时也扭转了人们对网络亚文化群体的刻板认知。《人民日报》也在微博官方账号晒出"我们的爱豆叫阿中"的海报，以支持爱国网友爱国、护国行为，与此同时另一主流媒体共青团中央也在官微对"帝吧网友""饭圈女孩"等亚文化概念进行了新的释义，赋予了其新的时代内涵与文化意义。

4. 在美学特征上，现实主义美学战胜超现实主义美学成为网络文艺创作的美学追求

现实主义题材作品因其深切的人文关怀、厚重的价值内涵、尖锐的社会批判而成为表现社会主义主流价值观念的重要艺术载体。现实主义创作要求创作者不仅要关注现实、表现时代，还要以人民为本位，围绕人民的精神诉求来进行艺术创作。因而我国党和政府不仅将现实主义题材的作品纳入国家

顶层设计，而且还以政策鼓励、资金扶持等多种手段来支持现实主义题材的文艺创作，鼓励广大文艺创作人员在文艺创作中要以现实主义题材作为首要的主题选择。在党和政府的思想引领下，网络文艺创作也实现了现实主义创作转向，一大批"文质兼美"的现实主义题材作品纷纷涌现，网络文艺创作的现实主义特征的强化也成为我国现阶段网络文艺创作市场中最具时代意义的形态。"现实主义特征在网络文化领域的加强，一方面是社会主义精神文明建设和文化建设的题中应有之意，是马克思主义文化理论的必然逻辑和基本价值取向的表现，也是社会主义文艺的光荣传统和人民文艺的基本经验。"①

现实主义题材的网络文艺作品相比玄幻、惊悚、盗墓等幻想类作品，在对呈现历史转折中的中国以及中国故事的总体性把握上更具艺术张力，在彰显时代英雄事迹、抒发人民百姓的情感经验上更具艺术表现力，在弘扬社会主流价值、阐释社会主义核心价值理念上更具艺术感染力，因而无论从艺术表现还是客观要求上，现实主义题材作品都体现了思想性与时代性相统一的精神特质。以阅文集团举办的网络现实主义征文大赛为例，2016年共有6000多部作品参赛；2017年有8300多部；到了2018年，参赛作品总数破万部，共有11800多部现实主义题材的作品参赛。因而有学者称"中国网络文学进入现实主义题材的新时代"，也就不足为怪了。在国家主流意识的引导下，我国的网络文艺发展也实现了从"野蛮生长"到繁荣有序，从非主流到主流的伟大历程。

二、微观管理——理论指导与后备力量

网络文艺是新时代中国最具创新特征和时代特点的文艺形态之一。伴随互联网技术在经济社会发展各领域的广泛应用，网络文艺向社会精神文化领域加速渗透，正在迅猛成长为一种强大的社会塑造力量。近年来，相比网络文艺实践的巨大体量和高速发展，网络文艺的理论探索则稍显滞后，大多停留在感性化、表层化、碎片化的经验认知。网络文艺要在中国特色社会主义

---

① 张永禄.坚持网络文艺创作的社会主义价值取向——新时代重视弘扬现实主义文学[J].毛泽东邓小平理论研究，2019：9.

文艺事业中发挥更大作用，迫切需要更加学理化、深度化、体系化的理论指导，以推动这一新的文艺实践从自发走向自觉，切实增强自信。那么，面对气象万千、色彩斑斓的网络文艺洋洋大观，网络文艺基础理论建设该如何着手？习近平总书记关于文艺工作重要论述中直接体现马克思主义文艺观中国化、时代化的思想创新和理论创造，为网络文艺基础理论建设奠定了坚实基础，提供了基本遵循。

(一) 加快构建具有中国特色的网络文艺理论体系

1. 在社会主义主流文艺思想的指导下建立中国特色网络文艺理论与批评体系

根据时代发展经验以及理论构建经验来说，理论来源于实践，也是对实践经验的总结。习近平同志在其文艺思想中也旗帜鲜明地提出要用中国理论去解读中国实践。网络文艺理论与批评体系地构建也需要立足于中国网络文艺的实践经验，创建一种具有中国精神、中国气派以及中国风格的中国特色社会主义文艺批评体系，继而更好地服务、指导中国网络文艺的健康发展。

网络文艺作为数字艺术的衍生形态，两者在艺术形式、特点以及生产、传播、消费等方面具有一定的共性。目前中国数字艺术创新研究上已经在形态创新、形式创新和理论创新三个方面取得一些重要成果。我国数字艺术研究的巨擘及代表性成果主要有：廖祥忠主编的《数字艺术论》是国内最早对数字艺术形态进行全面系统解析和梳理的权威学术成果；黄鸣奋教授 20 余年来一直致力于对国内外数字艺术，特别是西方数字艺术实践和理论的跟踪研究；欧阳友权教授早年专攻中国网络文学研究，并取得重要成果，近年他开始关注网络文学之外的其他新型数字艺术形态，这些研究进一步开拓了网络文学的研究范围，具有原创新和前沿性特征。这些立足于中国媒介环境及文化转型期下的原创性成果，这些具有中国实践意义的原创性成果对于构建中国特色网络文艺理论与批评体系具有很重要的理论参考价值。在学术界，对于"网络文艺"的研究主要分为这几个部分：一是对于网络文艺生产过程中的问题批评研究；二是对网络文艺的德性研究；三是对网络文艺的价值观引领及导向研究。近几年也有越来越多的学者关注于网络文艺理论与批评体系构建的研究与讨论，并发表了很多具有发现意义的学术文章。但是对我国繁荣活跃的网络文艺发展现状来说，理论的设想与丰富的实践还是不能相匹及的。在这方面，我国知名的网络文学研究领军人物欧阳友权教授近几年出版了几本关于网络文学批评的书籍，为网络文艺理论提供了丰硕的理论基础。

对于网络文艺批评理论的构建并不只是具有理论层面的学理价值，更有着深刻的实践指导意义。文艺理论来源于文艺实践，文艺实践的发展与繁荣又需要好的文艺理论为指导，文艺实践不断向前发展，文艺理论也需要与时俱进，与实践齐头并进。尤其是在当代西方文论多种思潮不断涌入的今天，要加快对马克思主义文艺理论中国化的进程，唯有坚持社会主义主流文艺思想的理论指导，才能有效地指导当代中国的文艺创作与文艺批评实践，促使整体的文化生态系统的建设按照科学而和谐的目标发展。

在构建网络文艺批评理论体系的具体方法上，本文主张采用思辨推理、实证分析和比较研究相结合的研究策略。实证分析主要用于一些极具典型性和代表性的网络文艺生产实践案例的考察研究；思辨推理主要针对网络文艺生产的某些元问题，其优点是便于从学理上推导出一些精确度更高、统摄力更强、涵盖面更宽的理论发现；而比较研究则主要运用于网络文艺生产与传统艺术生产之间的创新比较、网络文艺系统与其他社会系统之间的创新比较、网络文艺系统内部各组成部分之间的创新比较，对网络文艺的实践经验能有一个多方位、多维度的认知，从而为理论构建提供更具鲜明特色的实践参考。

在网民数量上，中国有着全世界排名第一的网友基数群，这庞大的网友基数群势必会在网络文艺的创作、生产、消费等多个环节促进我国网络文艺的繁荣与腾飞。为了适应日新月异的网络文艺创作现状，相关的文艺批评家就需要在思想观念、批评方法以及批评语言上要随时代的变化而实时更新。虽然我国的文艺理论建设在对我国古代文艺理论思想的继承以及对西方文艺理论的批判性吸收的过程中，已经构建起相对成熟完善的、适应中国文艺实践发展的且具有中国特色的文艺理论以及文艺批评理论体系。但是这些理论体系都是来源于传统文艺的实践经验，现在的网络文艺在创作语境、创作思维、创作方式、创作话语等多方面已经与传统文艺存在着相当大的区别，如果再用传统文艺理论对网络文艺进行实践指导就会存在一定的滞后性,理论与实践之间还会出现严重的错位与脱节。针对这样的情形,我们不能够一味地否定传统文艺理论存在的合理性,亦不可采用削足适履这种愚笨的方法来对传统文艺理论进行拆解,对网络文艺实践进行一番"强制阐释"。就此意义而言,构建网络文艺批评理论体系就不单单是一种理论问题,还是一种带有鲜明时代性的文化问题与社会问题。用相关学者的话说就是"网络文艺想要获得良性有序的发展,无法离开网络文艺理论与网络文艺批评的发展,其关键还在于中国能不能在这个引领世界的特定文化现象方面有非常专业性的研究,建立起关于网络文艺、网络文化的中国的理论话语体系"①。建立中国网络文艺话语体系就需要文艺批评者提出新概念、新范畴、新表述,让理论与网络文艺实践经验深度融合,在对现在不良创作实践进行有效规制的同时也为今后的网络文艺创作与生产提供正确光明的道路选择。

2. 加大对网络文艺科研项目与选题的扶持力度

加大对文学艺术的重视程度,加快文学艺术学科的建设速度,加大对文学艺术的科研投入力度,这不仅仅意味着在新的时代背景下、在新的历史发展要求下人文社会科学的崛起,也是我国对人文建设、对文化滋养人心的价值功能的重视,亦是我国文化自信、艺术自信的彰显。

由于艺术学理论学科正式起步时间晚,其发展相对滞后,积累比较薄弱,学科影响也比较小。但是不得不承认的是,随着网络文艺的迅速发展与其大众化普及,网络文艺已经深深地渗透到人们的日常生活中,并极大影响了现代人的生活方式与思维方式。截至 2020 年 3 月,我国网民规模为 9.04亿,互联网普及率达 64.5%,网络行为日益丰富,利用网络创作艺术、传播艺术、消费艺术的行为方式越来越多,并将成为常态。5G 和人工智能的发展,更加快速和智能化的网络环境,将会加速改变艺术的创作、传播与消费,也将催生新的艺术形式的涌现。因而如何用更科学、专业、权威的学术理论来指导网络文艺的发展,就需要对现阶段的网络文艺诸多现象进行学理分析,把握其本质特性。对于网络文艺的研究最能够出代表性学术成果的就是

---

① 金永兵.如何建构中国网络文艺理论话语[J].中国文化报,2017-12-13:3.

参与国家社科基金项目，但是从近几年的国家社科基金项目的中标情况来看，关于网络文艺的国家社科基金重大项目课题的比例相比于其他学科还是太少，并且研究多侧重于网络文学研究，网络文艺的其他文艺形态几乎没有申请到国家社科基金重大项目，这也暴露出网络文艺学术研究的薄弱环节。就此意义而言，国家政策的支持对于网络文艺的学术研究甚至是艺术学理论未来的发展十分关键。"国家的政策和经费支持已超过十年前，国家社科项目的类型在日益丰富，国家各部委从不同角度出台政策和经费支持，科研基金类型和经费数量的增加。国家对艺术及艺术研究的重视，会直接推动艺术学科建设，直接推动高质量的艺术学理论学科成果的涌现。"①

将中国的网络文艺实践经验理论化，构建具有中国特色的网络文艺理论体系，不仅仅是我国网络文艺发展的道路选择，也是中国文化发展的必然时代要求。中国网络文艺理论体系的构建是一个兼具理论自信与文化自信的时代命题，因而需要一大批具有专业性、前瞻性的文艺理论家、批评家以及相关学者的共同努力，只有站在一定的时代高度与理论高度上才能构建出具有高质量、高水准的学术成果。

---

① 吴华.艺术学如何走向下一个十年？［M］.中国艺术报，2020 年 6 月 8 日，第 3 版。

(二)加快网络文艺学科建设与人才培养，提高网络文艺人才队伍的整体素质

习近平总书记在文艺工作座谈会上明确要求，要把文艺队伍建设摆在更加突出的重要位置，努力建设一支宏大的文艺人才队伍，造就一批在各领域有影响力的文艺领军人物。这是繁荣社会主义文艺事业的根本保证，也是推动网络文艺健康发展的重要保证。

1.扩大对网络文艺人才的培养力度，让网络文艺学历教育普遍化

网络文艺作为文化科技的前沿领域，拔尖人才的极其匮乏是制约发展的症结所在。目前我国仅有几所高校开展了网络文艺的学历教育，但是对于迅速发展的网络文艺以及人才缺口来说还是极不匹配的。网络文艺的"草根性"吸引了大量的普通群众加入网络文艺的创作中来，但是在全民参与式的网络文艺创作狂欢的背后却是人才队伍建设的不足，是人才质量的参差不齐，这也导致了网络文艺在内容上的泛娱化、三俗化等问题。简言之，网络文艺要想实现其精品化发展就必须有一支高质量的专业的人才队伍。为了保证网络文艺的人才储备资源，就必须在社会主义主流文艺思想的指导下结合时代发展特点与网络文艺人才需求，发展高校与文化产业公司合作培养、对口就业等模式，加大对网络文艺学历教育的投入力度。"要加强网络文艺从业者思想道德建设，引导网络文艺创作、评论、传播、消费等环节自觉践行社会主流价值观，培养造就一大批思想道德素质好、精通网络业务的人才队伍。要紧盯网络科技发展前沿，建立健全网络文艺人才培养体系，着力培养专业化高水平的创作人才、策划人才、管理人才、评论人才和营销人才，切实解决高层次、专业化、复合型人才短缺的问题。"①

人文科学是对人的观念、精神、情感和价值，即对人的精神文化的一种透视，是形成一个国家民族文化自觉且具有感召力与塑造力的文化。新中国成立以来，我国的学科建设也在不断地摸索中前进，经历了学科的意识形态化—学科的现代化(西化)—学科的中国化等几个阶段。新文科这一新理念

---

① 云德.关于网络文艺的几点浅识[J].南方文坛，2017：4.

是在数字人文背景、历史新节点与文科新使命下对于提高文科新增长点与更新人才培养模式的历史选择，是加快建设具有中国特色人文社会科学体系与构建极具中国风格、中国精神、中国智慧的中国学术话语体系的时代要求。

习近平总书记在 2016 年 5 月 17 日哲学社会科学工作座谈会上指出："一个国家的发展水平，既取决于自然科学发展水平，也取决于哲学社会科学发展水平。一个没有发达的自然科学的国家不可能走在世界前列，一个没有繁荣的哲学社会科学的国家国家也不可能走在世界前列。"①我国高等教育培养的高素质人才，不只需要"新工科"，同样需要"新文科"。基于此，"新文科"概念的意义不单单在于提出了一个新的词语范畴，更重要的是带来了一种思维范式与价值可能，因而在"新文科"建设背景下，可从价值论的角度来分析网络文艺学科建设理念以及人才培养方案所具有的价值与意义。

2018 年 10 月，教育部决定实施"六卓越一拔尖"计划 2.0，其中的基础学科拔尖学生培养计划，在原先数学、物理学等基础上，首次增加了心理学、哲学、中国语言文学、历史学等人文学科，打破专业壁垒，为大学探索通识教育、改革人才培养模式创造了前提。2020 年 11 月 3 日，全国相关高校在新文科大会共同商讨了《新文科建设宣言》，形成了新时代新使命，要求文科教育必须加快创新发展的共识，坚持走中国特色的文科教育发展之路，构建世界水平、中国特色的文科人才培养体系。

2. 创新教育手段，激发网络文艺学科教育的生长力

"文化的本质是伦理，其最后的成果则是优雅人性和高尚道德人格境界的养成。文化担负着塑造国家形象和国家信仰、接续民族精神血脉等多重重大使命。"②如何在"新文科"的建设背景下，将中国价值纳入对网络文艺学科建设的构建之中，进而推进人文社会科学的中国化；如何实现网络文艺学科建设与思想教育相贯通，强化价值引领，实现主流意识形态在大学生群体中间的"软着陆"，这都是在网络文艺学科建设与人才培养过程中所面对以及所要解决的问题。明清时期德育思想就将知与行看作是不可偏废的一体两面，

---

① 习近平.在哲学社会科学工作座谈会上的讲话[M]. 党史文汇，2016：6.

② 袁祖社.文化本质的"伦理证成"使命与精神生活的道德价值逻辑[M]. 道德与文明，2011：4.

诚如王夫之所说："诚明相资以为体，知行相资以为用。惟其各有致功，而亦各有其效，故相资以互用。则与其相互，益知其必分矣。同者不相为用，资于异者乃和同而起功，此定理也。"①知行合一对于教师的要求就是，教师要做到道德认知与道德行为的一致，成为知行合一的道德示范者与践行者，如此才可达到"亲其师"而"信其道"的教学效果。这就要求教师应加强对网络文艺学科的价值认同，对课程内容的意识形态属性有清醒的认知，增强社会主义主流价值思想在各学科之中的生命力与生长力。

如何在当今的大学体系中复兴中国传统教育观，让中华传统文化中的道义观与人生观在新时代下生活场景中继承生发？如何在人文教育中建构一种兼具本土性与时代性的、关于人之道的创新教育模式，复兴人文社科特有的源发性的、创生性的价值功能与人文教育特有的文化责任？我们针对这一问题，从我国的传统优秀文化中挖掘具有实操性的读书观与教育观，我国古代著名的教育家孔子的以德治国的治国观与以德育人的教育观就具有思想上的内在一致性，并且都十分强调道德信念力量的重要性，他曾提出"道之以政，齐之以刑，民免而无耻；道之以德，齐之以礼，有耻且格"（《论语·为政》）。孔子的这番思想在现代社会依旧具有启发意义与实践价值。因此，在挖掘中国教育现实经验的同时还需发扬中国古代教育传统，将传统与时代相嫁接，在注重发展马克思理论中国化的同时也要注意实现课程思政的中国化与民族化。在网络文艺学科教学实践过程中，化理论为道德，以"悟道""内省"的方式来取代直接性的知识输出，让学生在润物无声之中实现"自得"，在精神"涵泳"之中获得情感体认。

---

① 　王夫之.礼记章句[M].长沙：岳麓书社，2011：89.

结语　融媒体语境与网络文艺的春天

中华文明悠远流长，文学艺术方面的成就也十分辉煌。古有春秋战国时期的诸子百家争鸣，涌现了不同流派争芳斗艳的局面。中华人民共和国成立以来毛主席提出了"百花齐放、百家争鸣"作为我国发展科学、繁荣文学艺术的方针。2014年，习近平主持召开文艺工作座谈会时指出："文艺是时代前进的号角，最能代表一个时代的风貌，最能引领一个时代的风气。"中国自古以来都很重视文艺的发展。

为了大力发展网络文艺，国家发布了《生态文明体制改革总体方案》《关于繁荣发展社会主义文艺的意见》，主张要把创新精神贯穿创作生产全过程，高度重视和切实加强文艺理论和评论工作，大力发展网络文艺，增进主流意识对网络文艺的引领作用，加强文艺阵地建设，推动优秀文艺作品走出去。

根据最新的《中国互联网络发展状况统计报告》，截至2020年3月，我国网民规模为9.04亿，互联网普及率达64.5%。2019年，以网络音乐、网络文学、网络游戏、网络视频、网络直播等网络文艺形态为代表的网络娱乐类应用内容品质不断提升，逐步满足人民群众日益增长的精神文化需求。我国网络音乐用户规模达6.35亿，网络直播用户规模达5.60亿，较2018年底增长1.63亿，占网民整体的62.0%。网络文学用户规模达4.55亿，较2018年底增长2337万，占网民整体的50.4%，随着网络文学内容品质的不断提高，越来越多的优秀作品走向海外，截至2019年，仅阅文集团向海外授权的作品就达到700余部，毫无疑问，现阶段网络文学已成为我国向国际输出文化影响力的代表性符号。网络游戏用户规模达 5.32 亿，占网民整体的 58.9%，2019 年全球用户支出排名前十的网络游戏中，来自我国的《王者荣耀》《梦幻西游》和《PUBG Mobile》分列第二、七、九名。网络视频(含短视频)用户规模达 8.50 亿，较 2018 年底增长 1.26 亿，占网民整体的 94.1%，其中短视频用户规模为 7.73 亿。2020 年初，受新冠肺炎疫情影响，网络视频应用的用户规模、使用时长均有较大幅度提升，抖音海外版 TikTok、快手海外版 Kwai 等应用迅速扩张海外市场。

数据显示，TikTok 海外下载量已超过 15 亿次，Kwai 也多次登顶巴西应用总榜。优秀的短视频作品也担当起文化输出的重要使命，生动直观、新颖易懂的短视频作品突破了语言的局限性，更具跨文化传播力。以知名博主李子柒为例，她的短视频以中国传统文化为主线，围绕中国农家的衣食住行展开，吸引众多外国网友观看，成为他们了解中国文化的一个窗口。截至 2019 年 12 月，李子柒在 YouTube 上的粉丝数近 800 万人，100 多个短视频的播放量大都在 500 万次以上。

网络文艺作为融媒体时代的产物，与传统文艺相比，是兼具创新性与时代性的新兴文艺样态之一。随着媒介技术正不断地向人类生活的各方面延伸，网络文艺作为一种精神性的文艺产品也加速了向社会精神文化领域渗透的步伐，网络文艺依靠在网络世界所营造的如万花筒般的文艺狂欢图景，用自身强大的生命活力与包容性显示着自身所具有的强大的社会塑造力量。一个时代有一个时代的文艺，但是无论在任何年代，无论是何种文艺，文艺属性一定是带有鲜明的人民色彩、为人民发声的人民之文艺。具体到网络文艺的精神性，依托于网络文化而生的网络文艺，自诞生之初就被打上了浓厚的大众性、草根性的文化性质烙印。网络文艺创作环境的自由性开启了一个全民参与的时代，无论是网络文艺的生产、传播还是消费，每个环节的主体都是人民群众，人民不仅是网络文艺的创作者，还是网络文艺的鉴赏者与评判者。网络文艺的每个阶段性发展以及创作风向的转变，都与人民的日常生活与精神样貌有着密切的联系。

尽管网络文艺在发展初期，由于疏于监管，出现了"野蛮生长"的发展态势，无论是文艺题材的择选还是文艺内容的呈现都与人民生活相脱节，网络文艺的"人民性"特征遭到了来自各方面声音的质疑。在争议与质疑中，网络文艺在内部规制与外部监管、伦理与法理的多重管制中重返人民文艺的创作轨道，众多扎根于人民生活的现实主义优秀作品相继涌现，也在彰显着网络文艺在人民坐标中不断强化自身的价值标准的努力与成果。"在网络文艺的成长中，以崭新的样态不断呈现出来。这些新的样态又在实践中对文艺大众化、文艺创造力的释放，文艺推动人的全面自由发展等不断做出具有强烈中国化、时代感的鲜活诠释。"①网络文艺不是网络上的网络上的文艺，亦不是"网络"与"文艺"简单化的机械叠加，"网络文艺具有全新的独特的审美意象、审美理念、审美语言和审美实现方式，具备全新的独特的审美知觉体系"②。不可否认，网络文艺相较于传统文艺而言，它的独特性就在于其"网络性"，但是作为一种精神性的文化产品来说，其发展的最终落脚点应落在"文艺"二字，网络性不应掩盖艺术性而成为文艺作品的本质属性。作为一种新时代下的新兴的文艺样态，网络文艺应在个体文化层面、民族文化层面以及人类文化层面折射出具有中国智慧的生命价值、复兴梦想以及时代命题。我们需要警惕的是，网络文艺在创作层面被赋予了很大的自由度，并拥有着高宽容度的创作语境，但是网络文艺不可打着艺术"创新""自由""个性"的幌子对中国现实经验进行"去历史化""去中国化""去主流化"的艺术解读甚至是艺术亵渎。当资本介入文艺生产，文艺生产愈发向着模式化、工业化方向发展时，文艺作品将在商业性方面压制艺术性、精神性以及思想性的过程中，逐渐成为消费社会下人们茶余饭后的消遣品，成为这个"流量为王"的商品时代的牺牲品。这种"牺牲"不单单意味着一种文艺类型或文艺样态的消失，更重要的是它折射出整个国家、整个民族的精神面貌的颓丧，意味着整个时代人文精神的失落。

当下，网络文艺发展日新月异，不断丰富着现代人的精神生活的同时也在不断进行着自身生态系统的体系扩容，对网络文艺的认知应与其发展相同步。网络文艺的发展是一个动态的过程，我们不应用一种静态的、停滞的眼

---

① 彭宽.网络文艺是现实生活的敏锐"探测器"[J].光明日报，2012-1-22：2.
② 彭宽.网络文艺是现实生活的敏锐"探测器"[J].光明日报，2012-1-22：2.

光去定义网络文艺，不是说网络文艺不能被定义，而是要将网络文艺的发展放在时代发展的大语境中进行综合性的价值评判，应随着时代的变迁来赋予网络文艺新的时代内涵与历史使命。经过国家政策的指引以及主流文艺理论的指导后，我国现如今的网络文艺发展已经告别了最初的"野蛮生长"阶段，文艺创作与生产的精品化、主流化、中国化正在成为其主要的发展方向。除此之外，网络文艺在跨文化传播中所取得的骄人成绩，也在向全世界彰显着具有中国智慧的艺术风度。不论是网络文艺在国内的迅猛崛起还是在国外的成功"出海"，网络文艺都在用一张张亮眼的成绩单向世人展示着自身的艺术活力与魅力。网络文艺已经成为我国构建海外文化大国形象、实现"文化自信"的重要发展策略，相信在国家政策、文化部门以及各方文艺人士的共同努力下，我国的网络文艺定会迎来更为光辉、更为自信的春天！

参考文献

经典著作

[1] 邓小平文选[M]. 北京：人民出版社，1993．

[2] 胡锦涛文选[M]. 北京：人民出版社，2016．

[3] 江泽民文选[M]. 北京：人民出版社，2006.

[4] 列宁选集：第1卷[M]. 北京：人民出版社，2012.

[5] 马克思恩格斯选集：第2卷[M]. 北京：人民出版社，2012.

[6] 马克思恩格斯选集：第4卷[M]. 北京：人民出版社，2012.

[7] 毛泽东选集[M]. 北京：人民出版社，1991.

[8] 习近平. 习近平谈治国理政[M]. 北京：外文出版社，2014.

[9] 习近平总书记在文艺工作座谈会上的讲话学习读本[M]. 北京：学习出版社，2015.

中译著作

[1] 波德里亚. 消费社会[M]. 刘成富，全志钢，译. 南京：南京大学出版社，2000．

[2] 丹尼·贝尔. 资本主义文化矛盾[M]. 严蓓雯，译. 北京：人民出版社，2010.

[3] 道格拉斯·凯尔纳. 媒体奇观——当代美国社会文化透视[M]. 史安斌，译. 北京：清华大学出版社 2003.

[4] 亨利·詹金斯. 融合文化：新媒体和旧媒体的冲突地带[M]. 杜永明，译. 北京：商务印书馆，2012.

[5] 杰姆逊. 后现代主义与文化理论[M]. 唐小兵，译. 北京：北京大学出版社，2005.

[6] 马克·波斯特. 信息方式：后现代主义与社会语境[M]. 范静哗，译. 北京：商务印书馆，2011.

[7] 迈克·费瑟斯通. 消费文化与后现代主义[M]. 刘精明，译. 南京：译林出版社，2000.

[8] 迈克尔·海姆. 从界面到网络空间——虚拟实在的形而上学[M]. 金吾伦，刘钢，译. 上海：上海科技教育出版社 2000.

[9] 曼纽尔·卡斯特. 网络社会的崛起[M]. 夏铸九，王志弘，译. 北京：社会科学文献出版社，2001.

[10] 尼尔·波兹曼. 娱乐至死[M]. 章艳，译. 桂林：广西师范大学出版社，2004.

[11] 尼克·库尔德里. 媒介仪式：一种批判的视角[M]. 崔玺，译. 北京：中国人民大学出版社，2016.

[12] 乔治·莫利涅. 符号文体学[M]. 刘吉平，译. 成都：四川大学出版社，2014.

[13] 塞缪尔·亨廷顿，劳伦斯·哈里森. 文化的重要作用——价值观如何影响人类进步[M]. 程克雄，译. 北京：新华出版社，2007.

[14] 苏珊·布莱克摩尔. 谜米机器：文化之社会传递过程的"基因学"[M]. 高春申等，译. 长春：吉林人民出版社，2017.

[15] 托德·吉特林. 新左派运动的媒介镜像[M]. 张锐，译. 北京：华夏出版社，2007.

[16] 瓦尔特·本雅明. 机械复制时代的艺术作品[M]. 王才勇，译. 北京：中国城市出版社，2002.

[17] 威廉 A·哈维兰等. 文化人类学——人类的挑战[M]. 陈相超等，译. 北京：机械工业出版社，2014.

[18] 西奥多·彼得森. 传媒的社会责任理论[M]. 戴鑫，译. 北京：中国人民大学出版社，2008.

[19] 亚当斯密·国富论[M]. 郭大力，王亚南，译. 上海：上海三联书店出版社，2000.

[20] 约翰·费斯克. 理解大众文化[M]. 王晓珏，宋伟杰译. 北京：中央编译出版社，2012.

[21] 詹姆斯. 凯瑞. 作为文化的传播[M]. 丁未，译. 北京：华夏出版社，2005.

[22] 詹姆斯·韦伯斯特. 注意力市场：如何吸引数字时代的受众[M]. 郭石磊，译. 北京：中国人民大学出版社，2017.

中文著作

[1] 畅广元. 马克思主义文艺理论(第2版)[M]. 北京：高等教育出版社，2006.

[2] 陈晋. 毛泽东与文艺传统[M]. 北京：东方出版社，2014.

[3] 陈勇. 篇章符号学[M]. 哈尔滨：黑龙江大学出版社，2010.

[4] 陈宗明，黄华新. 符号学导论[M]. 郑州：河南人民出版社，2004.

[5] 程正民. 列宁文艺思想与当代[M]. 北京：北京师范大学出版社，1997.

[6] 宠井君，田宇原. 网络文艺的中国形象[M]. 杭州：浙江人民出版社，2017.

[7] 董学文. 文艺学的沉思[M]. 北京：人民文学出版社，1992.

[8] 段京肃，杜俊飞. 媒介素养导论[M]. 福州：福建人民出版社，2007.

[9] 范周. 网络文艺批评理论与实践[M]. 北京：知识产权出版社，2019.

[10] 葛朗. 当代文化语境下的马克思主义文艺观新阐释[M]. 上海：上海书店出版社，2011.

[11] 宫承波，刘姝，李文贤. 新媒体失范与规制论[M]. 北京：中国广播电视出版社，2010.

[12] 宫留记. 布迪厄的社会实践理论[M]. 郑州：河南大学出版社，2009.

[13] 郭正红. 现代精神生产论纲[M]. 北京：中央文献出版社，2004.

[14] 何威. 网众传播[M]. 北京：清华大学出版社，2011.

[15] 洪艳. 影像存在的伦理批评[M]. 北京：人民出版社，2011.

[16] 黄凤炎. 反思与超越——马克思的思想轨迹[M]. 北京：中国工人出版社，1988.

[17] 黄鸣奋. 数码艺术学[M]. 上海：学林出版社，2004.

[18] 季水河. 回顾与前瞻——论新中国马克思主义美学研究及其未来走向[M]. 北京：中国社会科学出版社，2009.

[19] 季水河. 美学理论纲要[M]. 长沙：湖南人民出版社，2011.

[20] 李思屈. 东方智慧与符号消费[M]. 杭州：浙江大学出版社，2003.

[21] 李幼蒸. 理论符号学导论[M]. 北京：中国社会科学出版社，1993.

[22] 梁漱溟. 中国文化要义[M]. 北京：人民出版社，2011.

[23] 廖祥忠. 数字艺术论[M]. 北京：中国广播电视出版社，2006.

[24] 刘云章. 马克思主义精神生产研究[M]. 北京：学苑出版社，2011.

[25] 陆贵山. 唯物史观与文艺思潮[M]. 北京：中国人民大学出版社，2008.

[26] 罗嗣亮. 现代中国文艺的价值转向：毛泽东文艺思想与实践新探[M]. 北京：社会科学文献出版社，2015.

[27] 罗中起. 艺术生产的价值论研究[M]. 沈阳：辽宁大学出版社，2008.

[28] 马立新. 数字艺术德性研究[M]. 北京：社会科学文献出版社，2013.

[29] 马立新. 数字艺术哲学[M]. 北京：中国社会科学出版社，2012.

[30] 欧阳友权. 数字化语境中的文艺学[M]. 北京：中国社会科学出版社，2005.

[31] 欧阳友权. 网络传播与社会文化[M]. 北京：高等教育出版社，2005.

[32] 欧阳有权. 数字媒介下的文艺转型[M]. 北京：中国社会科学出版社，2011.

[33] 彭兰. 网络传播概论[M]. 北京：中国人民大学出版社，2013.

[34] 邱明正，蒯大申. 邓小平文艺思想论稿[M]. 上海：上海文艺出版社，2004.

[35] 宋建林，陈飞龙. 中国马克思主义艺术理论发展史[M]. 上海：生活·读书·新知三联书店，2011.

[36] 谭好哲. 文艺与意识形态[M]. 济南：山东大学出版社，1997.

[37] 陶东风，金元浦，高丙中. 文化研究第三辑[M]. 天津：天津社会科学院出版社，2002.

[38] 童庆炳. 20世纪中国马克思主义文艺理论研究[M]. 北京：北京大学出版社，2012.

[39] 汪民安. 文化研究关键词[M]. 南京：江苏人民出版，2007.

[40] 王治河. 福柯[M]. 长沙：湖南教育出版社，1999.

[41] 吴小莲. 马克思主义视域下的艺术产业化研究[M]. 武汉：武汉大学出版社，2007.

[42] 夏忠宪. 巴赫金狂欢化诗学研究[M]. 北京：北京师范大学出版社，2000.

[43] 肖小穗. 传媒批评[M]. 哈尔滨：黑龙江人民出版社，2002.

[44] 谢晓昱. 数字媒体艺术概论[M]. 北京：高等教育出版社，2017.

[45] 谢晓昱. 数字艺术导论[M]. 南京：江苏科技出版社，2009.

[46] 熊元义. 中国特色社会主义文艺理论研究[M]. 北京：人民出版社，2010.

[47] 叶敦平. 马克思主义哲学原理[M]. 北京：高等教育出版社，2004.

[48] 张岱年. 中国文化精神[M]. 北京：北京大学出版社，2015.

[49] 张开. 媒介素养概论[M]. 媒大学出版社，2006.

[50] 张新军. 可能世界叙事学[M]. 苏州：苏州大学出版社，2009.

[51] 赵毅衡. 符号学原理与推演[M]. 北京：中国传媒大学出版社，2011.

[52] 周宪. 审美现代性批判[M]. 北京：商务印书馆，2006.

[53] 周志雄. 网络文学研究[M]. 济南：山东人民出版社，2015.

[54] 朱立元. 马克思主义文艺理论中国化研究[M]. 北京：经济科学出版社，2007.

[55] 庄庸，王秀庭. "互联网+"新文艺丛书国家网络文艺战略研究：中国文化强国新时代[M]. 福州：福建教育出版社，2017.

[56] 宗争. 游戏学：符号叙述学研究[M]. 成都：四川大学出版社，2014.

中文期刊

[1] 陈海燕. 从虚构到写实——论网络文学的题材转向[J]. 广西师范学院学报(哲学社会科学版)，2018(04).

[2] 陈佳，徐凤琴. 我国网络文艺的意识形态属性及其引领路径[J]. 中国民族博览，2019(16).

[3] 陈建波. 习近平文艺思想研究[J]. 中共杭州市委党校学报，2015(05).

[4] 陈学明. 论"西方马克思主义"的当代意义一从与后现代主义对立的角度看[J]. 复旦学报(社会科学版)，2003(04).

[5] 陈永禄. 坚持网络文艺创作的社会主义价值取向[J]. 毛泽东邓小平理论研究，2019(09).

[6] 程海威，欧阳友权. "网生文学批评"的话语权生成及其功能承载[J]. 中州学刊，2020(04).

[7] 单小曦. 网络文学评价标准问题反思及新探[J]. 文学评论，2017(02).

[8] 丁国旗. "以人民为中心"文艺思想的理论突破[J]. 湖南社会科学，2015(03).

[9] 丁静. 网络表情符号中的多模态隐喻探究[J]. 湖北文理学院学报，2018(07).

[10] 丁秋玲，张劲松. 融媒体视域下对外讲好中国故事的叙事建构[J]. 学习论坛，2020(12).

[11] 董虫草. 弗洛伊德眼中的游戏与艺术[J]. 浙江师范大学学报，2005(03).

[12] 董学文. 马克思主义文艺理论中国化的新表述——学习习近平总书记在文艺工作座谈会上讲话的体会[J]. 河南教育学院学报(哲学社会科学版)，2015(04).

[13] 董学文. 让文艺上的历史虚无主义没有藏身之地[J]. 红旗文稿，2016(03).

[14] 董燕，杨劲松. 大学生网络消费的符号学阐释[J]. 教育评论，2016(03).

[15] 董子铭，刘肖. 对外传播中国文化的新途径——我国网络文学海外输出现状与思考[J]. 编辑之友，2017(08).

[16] 范玉刚. "以人民为中心的创作导向"—习近平文艺思想的人民性研究[J]. 文学评论，2017(04).

[17] 冯宗泽. 网络时代综艺节目创作思路转型[J]. 现代传播(中国传媒大学学报)，2014(06).

[18] 付春晓. 马克思主义大众化网络传播机制研究[J]. 辽宁工业大学学报(社会科学版)，2018(06).

[19] 付凯利，王强强. 网络文艺的时代特性及其矛盾体现[J]. 党史文苑，2016(24).

[20] 耿文婷. 论当代中国网络文艺的文学性兼容取向[J]. 现代传播，2020(04).

[21] 龚成，李成刚. 我国网络文化管理体制建设中的问题及对策分析[J]. 新闻界，2012 (04).

[22] 郭彦森，席会芬. 论精神生产关系的构成[J]. 郑州大学学报(哲学社会科学版)，1994(04).

[23] 何志钧，孙恒存. 微文化语境下数字媒介的审美转型[J]. 中原文化研究，2014 (06).

[24] 何志武，张洁. 碎片化时代的媒体奇观——电视综艺节目热潮的归因与批判[J]. 现代传播，2015(05).

[25] 胡海波，郭凤志. 马克思恩格斯社会整体性视域下的精神生产理论[J]. 东北师大学报(哲学社会科学版)，2009(06).

[26] 胡疆锋，须文蔚. 网络文学终将突破审美认知的同温层[J]. 中国文艺评论，2020 (07).

[27] 胡潇. 马克思恩格斯关于意识形态的多视角解释[J]. 中国社会科学，2010(04).

[28] 胡一峰. 超越"爽感"之后——从《隐秘的角落》看网络剧精品化之路[J]. 艺术评论，2020(10). 。

[29] 黄朝斌. 当代电影视觉奇观与消费文化语境的趋同[J]. 电影文学，2015(03).

[30] 黄华新，徐慈华. 符号学视野中的网络互动[J]. 自然辩证法研究，2003(01).

[31] 黄鸣奋. 范式比较和数码艺术理论体系建构[J]. 艺术评论，2012(08).

[32] 黄鸣奋. 后移动互联网时代的网络文艺[J]. 福建论坛，2018(08).

[33] 黄鸣奋. 互联网艺术理论巡礼[J]. 文艺理论研究，2006(04).

[34] 惠东坡. 多模态、对话性、智能化：新闻写作话语建构的新走向[J]. 新闻与写作，2018(08).

[35] 姜春新. 新世纪文艺人民性的理性诉求[J]. 文艺理论与批评，2015(04).

[36] 金莉. 马克思主义文艺人民性的理论旨趣与价值意蕴[J]. 学习论坛，2016(04).

[37] 金永兵. 为中华文化复兴铸魂——学习习近平总书记在文艺工作座谈会上的讲话[J]. 社会科学战线，2015(02).

[38] 李建军，刘会强，刘娟. 强势传播与柔性传播：对外传播的新向度[J].《东北师大学报(哲学社会科学版)》2014(03).

[39] 李礼. 网络亚文化的后现代逻辑——对"屌丝"现象的解读[J]. 青年研究，2013

（02）.

[40] 李宁. 非主流网络文艺的审美文化探析——以"喊麦"与"社会摇"为中心的考察[J]. 艺术评论，2018（08）.

[41] 李鹏. 媒体融合时代网络文艺发展的问题与对策[J]. 传媒，2019 年（17）.

[42] 李曦珍. 电视即符号——西方"电视镜像"符号批判理论探要[J]. 甘肃社会科学，2008（04）.

[43] 李翔. 视频网站自制节目的内容特色与生存之道[J]. 当代传播，2014（01）.

[44] 李燕，马若云. 习近平文艺思想探析[J]. 中共山西省委党校学报，2015（03）.

[45] 李战子，陆丹云. 多模态符号学：理论基础，研究途径与发展前景[J]. 外语研究，2012（02）.

[46] 林品. 从网络亚文化到共用能指——"屌丝"文化批判[J]. 文艺研究，2013（10）.

[47] 刘玲. 拉康欲望理论阐释[J]. 学术论坛，2008（05）.

[48] 刘妍. 2019 年中国网络文艺发展现状和问题及趋势[J]. 文艺评论，2020（04）.

[49] 马季. 网络文艺与时代精神的塑造[J]. 网络文学评论，2019（01）.

[50] 马立新，洪文静. 基于 IP 和流量要素的网络文艺内循环生产机制研究[J]. 艺术百家，2018（01）.

[51] 马立新. 中国网络文艺内外循环再生产的三重逻辑[J]. 内蒙古社会科学（汉文版），2019（06）.

[52] 南娟舟. 符号学视角下对汉语网络语言的研究[J]. 海外英语，2018（15）.

[53] 欧阳友权. 网络艺术的后审美范式[J]. 三峡大学学报（人文社会科学版），2003（02）.

[54] 欧阳友权. 数字媒介与中国文学的转型[J]. 中国社会科学，2007（03）.

[55] 欧阳友权. 数字传媒时代的图像表意与文字审美[J]. 学术月刊，2009（06）.

[56] 欧阳友权. 网络传播下的文化三重转向[J]. 探索与争鸣，2012（07）.

[57] 欧阳友权. 新媒体与中国文艺学的转向[J]. 文学评论，2013（04）.

[58] 欧阳友权. 新媒体的技术审美与视觉消费[J]. 中州学刊，2013（02）.

[59] 欧阳友权. 网络文学批评对文论逻辑原点的调适[J]. 广西师范学院学报（哲学社会科学版），2018（04）.

[60] 欧阳友权. 网络文学批评的五个焦点问题[J]. 社会科学家，2018（10）.

[61] 欧阳友权，江晓军. "新青年"文化视域下文化产业发展的新机遇[J]. 学习与探索，2019（04）.

[62] 欧阳友权, 邓祯. 中国二次元文化的缘起、形塑与进路[J]. 学术月刊, 2020(04).

[63] 欧阳友权. 网络文学价值的三个维度[J]. 江海学刊, 2020(03).

[64] 欧阳友权, 曾照智. 也谈网络文学现实题材创作——以《网络英雄传Ⅱ：引力场》为例[J]. 南方文坛, 2020(04).

[65] 欧阳友权. 新媒体创作自由的艺术规约[J]. 社会科学, 2020(05).

[66] 潘雯. 中国精神：推进中国特色的社会主义文艺发展的关键词[J]. 中国社会科学研究生院学报, 2016(04).

[67] 潘熙宁. 文艺工作者要倾听"三种声音"[J]. 党建, 2016(04).

[68] 彭文祥, 黄松毅. 新时代语境中的网络文艺创作与批评新范式[J]. 中国文艺评论, 2018(08).

[69] 秦璇. 浅谈经济全球化背景下精神生产全球化的生存与发展[J]. 当代经济, 2007(06).

[70] 宋生贵. 以人民为中心是文艺活动弘扬社会主义核心价值观的关键[J]. 理论实践, 2015(08).

[71] 隋岩, 姜楠. 能指丰富性的表征及新媒介的推动[J]. 现代传播(中国传媒大学学报), 2013(06).

[72] 隋岩, 姜楠. "能指狂欢"的三种途径——论能指的丰富性在意义传播中的作用[J]. 编辑之友, 2014(03).

[73] 隋岩, 姜楠. 能指的丰富性助力意识形态传播[J]. 新闻与传播研究, 2014(08).

[74] 陶水平. 深化文艺美学研究弘扬中华美学精神[J]. 江西师范大学学报(哲学社会科学版), 2015(03).

[75] 童庆斌. 中国特色社会主义文艺思想的时代性——兼谈中国当代文艺家的历史责任[J]. 北京师范大学学报(社会科学版), 2015(02).

[76] 王小英. 超级符号的建构：网络文学IP跨界生长的机制[J]. 中州学刊, 2020(07).

[77] 王岳川. 网络文化的价值定位与未来导向[J]. 四川师范大学学报(社会科学版), 2004(05).

[78] 巫汉祥. 网络文艺媒体特征论[J]. 厦门大学学报(哲学社会科学版), 2002(04).

[79] 夏烈. 网络文艺场域中的女性文化与主体新世界[J]. 东吴学术, 2020(04).

[80] 肖珺. 多模态话语分析：理论模型及其对新媒体跨文化传播研究的方法论意义[J]. 武汉大学学报(人文社科版), 2017(06).

[81] 熊文泉, 张晶. 网络文艺的叙事本质探析[J]. 浙江传媒学院学报, 2018(24).

[82] 徐放鸣. 以人民为本位与当代文艺的新使命——学习习近平总书记在文艺工作座谈会上的讲话[J]. 艺术百家, 2015(02).

[83] 徐轶瑛, 沈菁, 李明潞. 网络剧文化的后现代特征及成因[J]. 现代传播, 2018(04).

[84] 薛晨. 传播过程中的符号语境[J]. 中外文化与文论, 2015(03).

[85] 杨柏岭, 张泉泉. "想象的实感"：网络文艺批评的原则、类型及艺术真实论[J]. 现代传播(中国传媒大学学报), 2018(08).

[86] 尹鸿, 王旭东, 陈洪伟. IP 转换兴起的原因、现状及未来发展趋势[J]. 当代电影, 2015(09).

[87] 尹立. 拉康的精神分析语言观[J]. 华中科技大学学报(社会科学版), 2003(04).

[88] 俞璋凌. 论网络经济时代消费符号的传播[J]. 安徽建筑大学学报, 2018(05).

[89] 禹建湘. 空间转向：建构网络文学批评新范式[J]. 探索与争鸣, 2010(11).

[90] 禹建湘. 网络文学产业化的文学征候[J]. 湘潭大学学报(哲学社会科学版), 2012(06).

[91] 禹建湘. 网络小说的"叙事性"美学营构[J]. 求是学刊, 2019(06).

[92] 禹建湘. 网络文学虚拟美学的现实情怀[J]. 江海学刊, 2020(03).

[93] 袁祖社. 文化本质的"伦理证成"使命与精神生活的道德价值逻辑[J]. 道德与文明, 2011(04).

[94] 张法. "文艺"一词的产生、流衍和意义[J]. 文艺研究, 2012(05).

[95] 张涵. 德波的"景观社会"理论评析[J]. 山东大学学报(哲学社会科学版), 2009(03).

[96] 张晶. 三个"讲求"：中华美学精神的精髓[J]. 文学评论, 2016(03).

[97] 张晶. 人民是文艺审美的主体——对习近平同志在文艺工作座谈会上讲话的美学理解[J]. 现代传播, 2015(01).

[98] 张永禄. 坚持网络文艺创作的社会主义价值取向——新时代重视弘扬现实主义文学[J]. 毛泽东邓小平理论研究, 2019(09).

[99] 张圆梦. 网络文艺的人民性及其未来发展[J]. 人民论坛, 2020(16).

[100] 赵立兵, 熊礼洋. 从"沉默的螺旋"到"意见的长尾"：社会结构变迁与舆论形态重构[J]. 新闻界, 2017(06).

[101] 郑焕钊. 从媒介融合到文化融合：网络文艺的发展路径[J]. 中国文艺评论, 2020(04).

［102］周彬. 网络场域：网络语言、符号暴力与话语权掌控［J］. 东岳论丛, 2018(08).

［103］周才庶. 新时代中国网络文艺的文论话语建构［J］. 当代文坛, 2019(03).

［104］周晓红. 毛泽东文艺思想与习近平文艺思想比较研究——基于两次座谈会［J］. 传承, 2015(06).

［105］周志雄, 王婉波. 网络文学的主流化倾向［J］. 江海学刊, 2020(03).

［106］庄庸, 安晓良. 中国网络文学海外传播："全球圈粉"亦可成文化战略［J］. 东岳论丛, 2017(04).

［107］曾方本. 多模态符号整合后语篇意义的嬗变与调控［J］. 外语教学, 2009(06).

中文报纸

［1］陈定家. 网络文学海外传播的思考［N］. 中国文化报, 2019-6-19(03).

［2］陈光宇. "泛网络文艺评论"值得重视［N］. 文艺评论, 2020-09-14(04).

［3］陈光宇. "两新"文艺的六个特征［N］. 中国文化报, 2020-7-20(07).

［4］党云峰. 网络文学需精耕细作［N］. 中国文化报, 2019-01-11(03).

［5］房伟. 中国网络文学之现实主义问题［N］. 中国社会科学报, 2020-07-20(03).

［6］吉狄马加. 坚持以人民为中心的创作导向是新的历史条件下党的文艺政策的立足点［N］. 光明日报, 2015-10-09(13).

［7］金永兵. 如何建构中国网络文艺理论话语［N］. 中国文化报, 2017-12-13(03).

［8］冷鑫. 网络文艺应有时代担当［N］. 人民政协报, 2015 年-11-16(10).

［9］李小茜. 从"网络性"回归到"文学性"［N］. 中国社会科学报, 2018-05-25(08).

［10］刘妍. 全民抗疫中网络文艺的担当与成长［N］. 中国艺术报, 2020-02-24(03).

［11］马建辉. 文艺家要牢固树立四个意识［N］. 光明日报, 2015-10-21(02).

［12］马立新. 创作无愧于时代和人民的优秀作品［N］. 中国社会科学报, 2019-10-11(06).

［13］马立新. 遏制流行病象, 构建网络文艺新秩序［N］. 中国社会科学报, 2018-08-08(05).

［14］欧阳友权. 建立网络文学批评"共同体"［N］. 中国社会科学报, 2017-03-20(05).

［15］彭宽. 网络文艺是现实生活的敏锐"探测器"［N］. 光明日报, 2012-01-22(02).

［16］任艺萍. 做有担当的文艺家［N］. 人民日报, 2015-10-13(03).

［17］尚霄. 网络文艺创作承担培根铸魂使命［N］. 中国社会科学报, 2019-08-26(06).

［18］汪涌豪. 媒介融合迭代与文艺评论新样态［N］. 中国艺术报, 2019-10-21(06).

［19］王琳琳. 完善网络文艺治理体系，营造清朗网络发展空间［N］. 中国社会科学报，
　　　2017-12-01(06).

［20］王一川. 跨越"饭圈"利益束缚，建构艺术公赏境界［N］. 文艺评论，2020-02-01
　　　(05).

［21］吴华. 艺术学如何走向下一个十年？［N］. 中国艺术报，2020-06-08(03).

［22］习近平. 在网络安全和信息化工作座谈会上的讲话［N］. 人民日报，2016-04-26
　　　(01).

［23］习近平. 在中国文联十大、中国作协九大开幕式上的讲话［N］. 人民日报，2016-11-
　　　03(03).

［24］夏烈. 网络文艺的主流化与发展观［N］. 中国艺术报，2019-01-11(03).

［25］项江涛. 提升网络文艺评论境界［N］. 中国社会科学报，2019-09-06(02).

［26］肖罗. 让中国精神成为社会主义文艺的灵魂［N］. 光明日报，2015-10-20(01).

［27］许苗苗. 代入感运用为网络文艺增添蓬勃生机［N］. 人民日报，2020-06-03(20).

［281］张慧瑜. 数字时代的文艺评论［N］. 文艺报，2021-01-27(04).

［29］郑焕钊. 对网络抗疫文艺创作的几点建议［N］. 文艺报，2020-03-02(04).

［30］周安华. 精神离散与网络文艺的文艺性再造［N］. 文艺报，2020-11-13(03).

［31］朱志勇. 是产品，而非艺术品：也论人工智能与文学艺术［N］. 光明日报，2020-01-
　　　15(03).

［32］庄青青. 指导新时代文艺发展和文艺工作的行动指南［N］. 中国社会科学报，2020-
　　　06-02(08).

外文著作

［1］Arthur Asa Berger. Popular Culture，Media and Narrative in Daily Life［M］. MA：Harvard University Press，2006.

［2］Charlie Gere Art. Time and Technolog：Histories of the Disappearing Body［M］. New York：New York University Press，2006.

［3］Gunther Kress. Multimodality，An Social Semiotic Approach to Contemporary Communication［M］. London：Rout ledge Press，2010.

［4］Harold A. Innis. The Bias of Communication［M］. Toronto：University of Toronto Press，2008.

［5］Henry Jenkins. Convergence Culture，W-here Old and New Media Collide［M］. New

York: New York University Press, 2006.

[6] John Fiske. Reading the Popular[M]. London & New York: Rout ledge Press, 1989.

Knoble Berkeley. Configurations of Cultural Growth[M]. Columbia: Columbia University Press, 1951.

[7] Lars Ellestrom. Media Borders, Multimodality and Intermediality [M]. Hound mills: Palgrave Press, 2010.

[8] Marie－Laure Ryan. Posible Worlds, Artificial Intelligence, and Narrative Theory[M]. Bloomington: Indiana University Press, 1991.

[9] Mark Hansen. New Philosophy for New Media[M]. Cambridge, MA: MIT Press, 2009.

[10] Peter Brooks. Body Work: Objects of Desire in Modern Narrative[M]. MA: Harvard University Press, 1993.

[11] Samova. L, et al. Communication Between Cultures [M]. Boston: Wads worth Press, 1991.

[12] Sarah Cook , Beryl Graham. Rethinking Curating: Art After New Media[M]. Cambridge Mass: MIT Press. 2003.

[13] Wardrip Fruin Noah , Nick Montfort. The New Media Reader[M]. New York: The MIT Press. 2003.

外文文献

[1] Adeel Akmal, Richard Greatbanks, Jeff Foote. Lean thinking in healthcare −Findings from a systematic literature network and bibliometric analysis [J]. Journal of Health policy, 2020, 124(6).

[2] Adrian Gor. Reimagining the Iconic in New Media Art: Mobile Digital Screens and Chôra as Interactive Space[J]. Journal of Theory, Culture & Society, 2019, 36(7).

[3] Brief Analysis of Body Narrative and Symbol Symbolism in New Media Art[J]. Journal of Arts and Imaging Science, 2019, 6(1).

[4] Carolina Villarreal Lozano , Kavin Kathiresh Vijayan. Literature review on Cyber Physical Systems Design[J]. Journal of Procedia Manufacturing, 2020, 45.

[5] Christine Duff , Catherine Khordoc. Introduction: Reading Intertextual Networks in Contemporary Québécois Literature Lire les réseaux intertextuels dans la littérature québécoise contemporaine[J]. Journal of Quebec Studies, 2020(69).

［6］J. P. Minas , N. C. Simpson , Z. Y. Tacheva. Complete bibliographic data, cluster assignments and combined citation network of emergency response operations research extant literature［J］. Journal of Data in Brief, 2020, （31）.

［7］Johannes Geismann , Eric Bodden. A systematic literature review of model－driven security engineering for cyber － physical systems［J］. Journal of Systems & Software, 2020, （169）.

［8］New Media Art Research Focused on Tactile Symbols［J］. Journal of Arts and Imaging Science, 2019, 6（2）.

［9］Performing Expressions in New Media Art Projections［J］. Journal of Arts and Imaging Science, 2019, 6（1）.

［10］Seyedmohsen Hosseini , Dmitry Ivanov. Bayesian Networks for Supply Chain Risk, Resilience and Ripple Effect Analysis：A Literature Review ［J］. Journal of Expert Systems With Applications, 2020, （6）.

［11］Soft Computing；Reports Summarize Soft Computing Findings from Johannes Kepler University（Fuzzy Neural Networks and Neuro － fuzzy Networks：a Review the Main Techniques and Applications Used In the Literature ）［J］. Journal of Computers, Networks & Communications, 2020.

［12］Wong Dennis Jay , Gandomkar Ziba , Wu Wan－Jing , Zhang Guijing , Gao Wushuang , He Xiaoying , Wang Yunuo, Reed Warren. Artificial intelligence and convolution neural networks assessing mammographic images：a narrative literature review［J］. Journal of medical radiation sciences, 2020, 67（2）.

［13］Yuyao Zhou. In the new media era, the inspiration that the dynamic interaction elements of new media art bring to stage art design［J］. Journal of Frontiers in Art Research, 2019, 1（6）.

总跋　新文科时代的教学相长与学术自觉

聂茂

一

人的一生充满许多偶然性。我做梦也没想到，我的职业最终会定格在大学里。我做过农民，搞过"双抢"。跳出"农门"的第一份工作，是在一个乡下医院做检验士，抽血、化验、看显微镜、写检验报告单，每天重复着同样的工作。我压抑的内心被强大的"作家梦"驱使，毅然决然奔赴鲁迅文学院深造，幸运地与文坛大家莫言、余华、迟子建、严歌苓等人同堂听课。在汹涌澎湃的时代大潮中，个人的命运犹如浮萍，一阵飓风将我吹进了复旦大学。在那里，我进行了一场"黑+白"、"智力+毅力"的大比拼，最终考上了湘潭大学古典文学研究生，毕业后顺利地进入湖南日报社，成为一名编辑、记者。五年之后，我不安的心再次被大洋彼岸的世界所诱惑，果断辞掉了令人羡慕的工作，远赴新西兰留学。四年后，我学成归来，进入中南大学，教学、科研、写作，每天忙忙碌碌，一晃就是 17 年。

回顾这一路走来的辛苦与不易，我又想，所谓人生的偶然，难道不是生命历程的一种必然吗？如果没有农民性格的蛮劲和韧性，我又怎会成为一名乡下医院的检验士？如果不是因为强烈地爱好文学，我又怎会义无反顾地奔赴鲁迅文学院求学？如果不是北京和上海的人生苦旅，我又怎会成为一名古典文学的研究生，进而成为一名编辑、记者？如果不是古典文学的熏陶和编辑、记者工作的锻炼，我又怎会出国留学、然后被中南大学引进，直接破格晋升为教授和新闻系的学科带头人？更为重要的是，在中南大学新闻系工作五年后，根据个人兴趣和学院学科建设的需要，我再次转身，进入中文系现当代文学教研室。在大学工作的 17 年里，由我指导毕业的研究生达 50 多名，其中一半以上是新闻传播学、文化产业和文化传播学的学生，一小半是现当代文学、世界文学与比较文学的学生。这些年，我在文化产业学、哲学、审美文化学和现当代文学四个方向招收博士生，还包括三名国际留学生（其中两名博士、一名硕士）。所有这些，看似偶然，其实都有其必然的逻辑。这些看似偶然性的因素却为我眼前的这套书埋下了伏笔。

换言之，当新文科时代来临的时候，我顿时意识到，这完全也是偶然中的必然。因为，时代大潮的潮起潮落，有其内在的规律：潮起，有潮起的动因；潮落，有潮落的缘由。无论你是伫立岸边，还是身处潮中，重要的是你要关注洋流的方向，把握大潮的脉动。对高校广大教职员工而言，新文科既是新的挑战，更是新的机遇。

<h2 style="text-align:center">二</h2>

经常听人说，这是最坏的时代，也是最好的时代。可很少有人去深思：所谓"最坏"，"坏"在何处？你做好了应对"最坏"的准备吗？所谓"最好"，又"好"在哪里？你有过应对"最好"的措施吗？或者换一个角度，作为普通大众，你究竟是处在转型社会的夹缝中自暴自弃，顾影自怜，还是积极拥抱时代大潮，做勇敢的冲浪者，做灯塔的守护人？

像 99% 的普罗大众一样，我所取得的任何一点成绩都凝结着个人的智慧、汗水和心血，都十分不易，弥足珍贵。2018 年我一次性推出 7 大卷、300多万字的《中国经验与文学湘军发展书系》，这是个人意义上的湖南文学史，别人看到的是这个浩大工程的巨型体量，而对创作者背后的孤独、寂寞、无助以及探索中的苦痛与跋涉中的艰辛并没有多少人去关注。实际上，这个书系是我进入大学后，特别是从事现当代文学 10 余年的集中思考和总结，牺牲了绝大部分的节假日、寒暑假和几乎所有的闲暇时光换来的，如果算上自 20

世纪 80 年代起从事文学创作以来我一直置身于文学现场持续不断的观察、研究与书写，时间跨度长达 30 余年，如此看来，300 余万字书系的出版就容易理解多了。

同样地，今天摆在我们面前的这套"21 世纪都市文化跨学科研究书系"也并非一挥而就，轻松完成的。作为从农村进入城市并有过漂洋过海经历的一线科研人员，我试图站在全球化语境下，用自己的方式审视城市，聚焦城市文化，全面阐释迅速崛起的中国和转型社会的阵痛对城市原居民与异乡者产生的种种影响。作为研究者，我要重视和分析这些影响，客观、真实、全面地了解产生影响的深层原因。从目前的学科分类来看，这些影响涉及文学、哲学、政治学、经济学、历史学、民俗学、心理学、传播学、媒介经营以及管理学、工程学、建筑学等等，这样一个庞大体系，一个人很难独立完成，团队合作是最佳选择，也是最现实和最有效的选择。

之所以强调团队合作，是因为每个人都有自己的知识盲点，每个人都有自己擅长的领域和短板。新文科重视跨学科研究，这种研究就是要进行学科交叉，就是要将学科壁垒打通，就是要将团队的智慧和活力发挥出来，在保"质"的基础上，提高"量"的饱有度。单打独斗的个人英雄主义时代越来越远离学术中心，新文科强调跨界重组后产生的强大力量。打个不一定恰当的比喻，学科建设如同手术室中的外科大夫，一个手术的成功与否，不是靠外科大夫个人的努力，还要靠麻醉师、药剂师和护士等一个团队的通力合作才行。学科建设一定要把握好"学术与现实的关系"。很长时间以来，学界对"现实"采取一种回避态度，好像介入现实，特别是介入带有意识形态的现实，学术就会大打折扣，学术就显得"动机不纯"，学术"高人"尽可能远离"现实"、回避"政治"，仿佛只有在"象牙塔"和"故纸堆"里做出来的学问才是所谓的"纯学问"、"真学问"，才是学术的高地，是学人最高的追求，结果便是：学术研究的路越走越窄，学人对时代的关切越来越漠视、对现实的回应越来越乏力，所有这些，正是新文科要着力打通和解决以及跨学科建设要努力突破的关键所在。

三

一个学问大家不只是专家，而且是杂家。西方三位百科全书式的学问大家苏格拉底、柏拉图与亚里士多德都是杂家，他们都有广博的知识、"冒犯"的兴趣和挑战的自觉。亚里士多德的著作涉及哲学、逻辑学、伦理学、政治学、生物学、自然科学等。他的老师柏拉图的著作同样涉及哲学、政治学、教育学、心理学、经济学、法学和自然学说等。柏拉图的老师苏格拉底不仅是哲学家、教育家，也是伦理学家、法学家、修辞学家等。

与此相类似，中国百科全书式的学问大家孔子也是一位杂家，他的著作涉及文学、文献学、典章制度、管理学、司法、礼仪、音乐和自然科学等。另一位百科全书式的学问大家老子，他的《道德经》涉及政治学、哲学、伦理学、自然学、人学、养生学、军事学、辩证法等。之所以如此，从溯源上讲，我们的知识，原本就是一个整体，在古代，像今天这样的学科分类并不存在。

新文科时代让我感受到教学相长的全新的意义。古人云："学然后知不足；教然后知困。知不足然后能自反也。知困然后能自强也；故曰教学相长也。"(《礼记·学记》)教学相长是中国优秀文化传统。人民教育家陶行知曾经指出："先生创造学生，学生也创造先生，学生先生合作而创造出值得彼此崇拜之活人。"这是对教学相长的最生动的诠释。新一代学人对新生事物有着天然的兴趣和探知欲，他们对老一辈学者颇有畏难情绪的新媒体语境，诸如数字仓储、云文本储存、数据可视化、虚拟现实和媒体出版等高科技带来的"数字人文"十分熟悉，他们着眼的问题意识、形成的书写形式、聚焦的研究兴趣与彰显的学术追求，与老一辈学者也有了明显的不同。他们心目中的"学术堡垒"、"同行相轻"或"门户之见"等传统观念也少了许多。他们更擅长将新科技融入到文学、哲学、历史等传统文科之中，不仅带来研究方法的变化，更大大拓宽他们的学术视野。

新文科建设既要把人文社科内部系统打通，又要把人文科学与社会科学之间的隔膜打通，还要将文科与理科、文科与工科、文科与医科以及文科与其他学科之间的"肠梗阻"打通，让工科、理科、医科等知识融入新文科教学和研究视野。对教者而言，只有不断地更新自己的知识，吸纳与时俱进的教学方法和研究理论，使自己始终处于"新"的精神状态，才能得心应手地工作。从这个意义上说，这是时代倒逼"传道"、"授业"、"解惑"的师者去努力适应社会，在学术探索中推陈出新，因为"道"是在不断变化之中，"业"也在不断变化之中，由此产生的"惑"也是不断变化的。因此，作为师者，如果不积极走出书斋，不愿置身于沸腾的生活现场，疏于与学生打成一片，不想倾听他们的呼声，完全漠视时代的需要，就很难做好自己的工作。

诚然，新文科对学生的要求也越来越高，他们不仅要掌握诸如新媒体技术、非线性编辑、数据挖掘等技术，还要懂得技术分析、GIS 建模和各类理论前沿的方法，将"要我学"变成"我要学"的自觉转变，让科学、新型的混合学习、智能学习、网络学习在"学习的革命"中发挥更大作用。新文科强调跨学科，所谓跨学科其实就是将学科进行"交叉"，取长补短，互相观照。这里的"交叉"至少包含三层意思：一是知识交叉，二是思想交叉，三是方法交叉。在带着弟子进行"21 世纪都市文化跨学科研究书系"的实践中，我对"交叉"二字感受很深，这里既有方法的挑战，又有观念的冲击，还有跨越黑暗的鸿沟后见到曙光的欣喜。

四

新文科时代要秉持学术良知和学术自觉，要追求学术的"博大精深"。这里的"博"指的是渊博，即把知识当成一个整体，广泛涉猎，采撷精华，融会贯通。"大"指知识的广度，追求应有的体量，包容并蓄，海纳百川，成就自我。"精"指知识的精度，这个"精"字好比知识的金字塔之塔尖，这样的塔尖必须建立在博大的地基之上才能牢不可破。"深"指知识的深度，从专业上讲，要有自己的专业深度和专业特色。跨学科不是混淆各学科的分界，而是要打通一切阻阂，要有丰富的人文情怀。例如"两弹一星"中的许多杰出科学家，他们都有很高的文学造诣，以及很高的诗词歌赋的写作能力和鉴赏水平。

与此同时，我们强调学术自觉。所谓学术自觉，首先指的就是在服务国家、服务社会、服务大众的进程中，学术研究要把创造性转化、创新性发展作为应尽之责。学术自觉，应该体现学人的生命自觉。生命自觉就是要弄清人的生命价值和意义。人既有自然生命/物质生命，又有文化生命/精神生命。人不是生来就具有"人"的本质，一个人没有经过文明的洗礼就有可能成为"野人"。梁漱溟先生指出："人之所以为人在其心；而今则当说：心之所以为心在其自觉。"梁漱溟强调的"心的自觉"，其实就是指生命的自觉。有了生命的自觉，学术自觉才有可能实现。

其次，学术自觉要有强烈的问题意识，要自觉地把学术研究立足于国情和民情，既要有国际视野，更要有民族精神，要努力做出中国风格、中国气派、中国味道的学术成果来。

第三，学术自觉要有自己鲜明的立场。自然科学可以没有国界，但社会科学一定是有国界的。我们倾听他人不是鄙视自己而是为了更好地审视自己，我们向西方学习不是忘却自己而是更好地建构自己。因此，我们追求的"中国特色"就是带有中国烙印、中国底蕴和中国文化DNA的学术成果。

第四，学术自觉应当建立在学术情怀之上。所谓学术情怀，是指学人对于学术研究的敬畏之心，对学术成果的价值判断，对学术使命的自觉意识，主要体现为"虚心做人"和"潜心治学"两个向度。学人，首先是"人"。人应当有人的诚信、人的尊严、人的个性、人的追求，等等。"板凳敢坐十年冷，文章不写半句空"，这种精神仍然是新一代学人的最高追求。这种学术情怀要求师者和学者均锤炼品德，自觉树立和践行健康的人生观、价值观，自觉用中华优秀传统文化培根铸魂、启智润心。这是我们的学术追求，也是我们的人生目标。

总之，城市在发展，城市文化在嬗变，我和我的团队爬过了一座小山，前面矗立着新的更高的山。我们没有停下，而是迎风而上，携手前行。

所有的关爱都是我披荆斩棘的精神支柱，我默默记住；

所有的支持都是我风雨兼程的力量源泉，我深深铭恩。

2021年5月16日于岳麓山下抱虚斋